나의 전쟁은 끝나지 않았다

나의 전쟁은 끝나지 않았다

정현웅 장편소설

제1권

작가의 말

　이 소설은 약 백이십여 년 전 조선 말기, 나라가 망하는 시점에 국권을 복구하기 위해 투쟁했던 독립투사 운강 이강년(雲崗李康秊)의 일대기이다. 운강을 1인칭으로 설정해서 그가 보고, 듣고, 느꼈던 당대의 현실을 리얼하게 끌고 가려고 했다. 소설의 시점은 운강이 역사를 관망하는 입장과 실제 몸을 던져 구국의 일념으로 투쟁한 두 가지 측면이 있다. 운강과 더불어 당대에 살았던 역사적 인물이 긍정적이든 부정적이든 조명될 수밖에 없다. 실존 인물이 많이 등장하는 것은 사실이나, 소설적인 전개를 위해 가상의 인물도 포함하고 있다. 실존 인물에 이름을 약간 비틀어서 가상의 인물로 묘사되기도 하고, 아예 가상의 인물을 설정해서 꾸미기도 하였다. 그렇게 가상의 인물과 실존 인물을 뒤섞은 것은 소설적으로 좀 더 자유스럽게 하려고 했던 것이고, 하나의 창작 수법일 뿐이다.
　어느 이야기가 사실이고, 어느 이야기가 꾸민 이야기인가는 중요하지 않다. 이 소설은 거의 사실을 바탕으로 과거 구국의 의병 활동을 했던 운강을 중심으로 생각과 행동을 소설화시켰다. 역사적인 인물의 사실적인 구성을 위해 이미 나와 있는 기록을 참조하였다. 황현의 『매천야록』 야사라든지, 『조선왕조실록』 고종 편을 참조하거나, 운강의 전투 기록을 정리한 『창의사실기』, 그리고 사학자들이 연구한 근세 역사에 대한 논문 등 역사적인 사건, 연설, 편지, 대화 등을 인용해서 직간접으로 활용했다. 그러나 이 소설이 모두 고증으로 채워진 것은 아니며, 나오는 자잘한 에피소드나 행동이 모두 역사인 것은 아니다. 필자는 역사 교과서를 쓴 것이 아니고 소설을 쓰고자 한 것이며, 쓰러져가는 조국을 위해서 생명을 불사르며 투쟁할 수밖에 없었던 한 시대의 인물 운강 이강년의 삶과 애국의 정신을 구현해 보고자 했다.

일본의 침략이 일어났던 당대의 이야기는 오늘날까지 우리에게 식민의 피해의식으로 남아서 지우고 싶은 역사이다. 그로 해서 일부 사람들은 식민사관에 젖어서 과거 역사에 무감각해지거나 왜곡된 역사에 갇혀버리기도 하였다. 식민사학의 폐해로 인해 왜곡된 역사의 대표적인 예가 『삼국사기』에 나오는 삼국의 초기 기록을 부정하며 부여와 가야를 포함한 5국 시대를 축소하거나 말살하며, 통일신라와 고려 시대의 국경을 축소해서 설정한 지도, 삼한의 강역을 한반도에 축소해서 설정한 왜곡된 고대 지리지, 그리고 일본의 정한론 인식을 심어

준 발상이 된 한반도 남쪽의 가야 지역을 『일본서기』에 나오는 임나일본부로 규정해서 설정한 것, 국조 단군을 신화로 굳혀버리고 단군조선 47대 왕조를 아예 부정해버리는 고대사의 왜곡 등을 들 수 있을 것이다. 고대 국가를 모두 한반도에 비정하면서 한국의 고대사를 송두리째 비틀어 놓은 저의는 한국 지배를 위한 것으로 이러한 식민사학으로 만들어진 역사 왜곡이 해방 이후 오늘날까지 한국의 역사 교과서에 그대로 각인되어 내려오고 있다. 한반도 지명과 중국의 동부(화북성, 안휘성, 산동성 등) 지명에 같은 한자로 표기된 동일한 지명이 많이 나오면서 고대 역사가 뒤틀리는 일에 일조하게 된다. 해방 이후 백 년이 다가오는데 아직도 수정되지 않고 왜곡된 역사가 교과서에 그대로 나오고 있는 것이, 아직도 조선총독부가 있어 역사 교과서를 검열해서 내보내나 하는 생각이 들기까지 한다.

30여 년 전에 필자는 이스라엘을 방문하여 홀로코스트(아우슈비츠 유대인 절멸수용소)를 재현해 놓은 시설을 본 일이 있다. 거기에 학살된 유대인들의 신발이 산더미처럼 쌓여 있고, 더 끔찍한 것은 사람의 이빨이 수북하게 쌓여 있었다. 학살하면서 뽑아놓은 이빨을 모아놓은 것이다. 그 앞 현수막에 이런 문구를 써놓은 것을 보았다. 〈용서하자, 그러나 잊지는 말자.〉

1970년 겨울에 독일의 브란트 총리가 폴란드 바르샤바의 유대인 희생자 기념비 앞에서 갑자기 털썩 무릎을 꿇으며 고개를 숙이고 한

동안 일어나지 않았다. 무릎을 꿇은 독일 총리의 모습은 세계 언론에 널리 퍼졌다. 그리고 언론에는 이런 글이 헤드라인으로 떴다. 〈이렇게까지 할 필요가 없는 그가 반드시 이렇게 할 필요가 있는 사람들을 대신해서 무릎을 꿇었다.〉 선대가 잘못한 일을 후대가 책임져야 하느냐는 것은 토론의 여지가 있지만, 독일 총리가 무릎 꿇은 것은 개인이 꿇은 것이 아니라, 독일이 꿇은 것이다. 그 일은 개인을 떠나 국가라는 상징 의미를 지닌다.

언젠가 일본 총리가 담화문인가 뭔가를 발표하면서 〈통절한 반성과 마음에서 우러나오는 사죄〉를 한다는 구절을 넣었다고 하여 화제가 되었다. 전보다 한층 더 사과 수위가 높아졌다는 것이다. 일본의 언론에서는 뜻밖의 일이라고 하면서 일본이 할 수 있는 가장 높은 수준의 사과라고 하였다. 이렇게 몇 마디 말장난 같은 용어를 사용하면서 사죄한다고 하지만, 과연 통절한 반성과 마음에서 우러나오는 죄송한 마음이 있는가 하는 점이다. 그것이 진솔하다면 주둥이만 놀릴 게 아니라 행동으로 보여주어야 한다. 그것은 식민지 침략에 대한 사죄뿐만이 아니라, 식민 기간 동안 한국인들을 어떻게 학대하고 침탈했는가 그 진상을 밝히는 일이다.

행동으로 보여주어야 한다는 것은 앞에서 언급한 독일 총리처럼 한국의 정신대 할머니가 있는 경기도 광주 정신대 희생자 기념비에 가서 무릎을 꿇어야 하며, 그리고 과거 무슨 협정을 해서 더 이상 보상을 하느니 못 하느니 그런 형식적인 것을 떠나서 희생자들에게 보상해 주어야 한다. 식민 기간 동안 한국인 여성으로서 끌려간 종군 위안부는 약 30여만 명이다. 그중에 14만 3천여 명이 죽거나, 행방불명, 또는 현지에 그대로 남았다. 강제로 끌려가서 노역한 한국인 남자 징용자는 약 200만 명으로 보고 있는데, 그중에 57만 6천여 명이 질병이나 노역, 또는 전쟁의 희생자로 죽었다. 이 사실은 1970년 중반에 일본의 대의사(代議士, 국회의원) 아라부내(荒船 자민당의 장로격이며, 후에 衆議院 부의장을 지낸 진보 성향의 인물)가 선거구민을 모아놓고 시국 강연을 하면서 이런 말을 했다. 〈전쟁 중에 징용 한국인에게 저금하도록 한 돈이 자그만치 1천1백억 엔으로까지 늘어났지만, 종전으로 결국 못쓰게(못받게) 되었다. 징용공으로 끌고 와서는 군인으로도 써먹었지만, 그중에서 57만 6천여 명이 가혹한 노역으로 병이 들어 죽고, 전쟁의 희생자로 죽었다. 그리고 한국의 위안부가 14만 3천여 명이 희생되었다. 일본인 군대가 살육한 것이다. 따지고 보면 모두 70여만 명이나 희생된 것이다.〉라고 했다. 해방되면서 살아남은 징용자 역시 그동안 노역하면서 강제 예금되었던 돈을 전혀 받지 못했다. 당시 징용자들에게는 약간의 보수를 주었으나, 징용자들이 중간에 도망가는 것을 막기 위해 그 보수 전액을 예금하도록 강제 규정해 놓았다. 예금이라고 해서 오늘날 같이 은행에서 한 것이 아니고, 그들이 임시로 정해 놓은 금융 기관에서 관리했다. 전쟁이 끝나면서 일본은 그 돈을 보상할 능력도 없고, 그 일을 책임질 기관도 없어져 버린 것이다. 그 돈이 모두 1천1백억 엔이라고 말한 근거라든지, 종군 위안부

희생자가 14만 3천여 명이라고 한 것은 그 통계 기록이 있었다는 뜻이다.

  이 모든 것을 현재 일본 정부는 모른다고 하면서 인정 자체를 하지 않으려고 한다. 용서는 진솔하게 사죄하는 자에게 베푸는 관용이다. 가깝게 지내는 이웃이라고 할지라도, 사죄하지 않는 자는 용서도 하지 말고 잊지도 말자고 할 수밖에 없다.

  조국을 잃을 수밖에 없었던 존망의 시점에 투쟁하여 산화한 인물 운강에게서, 오늘날 살고 있는 우리에게 역사의 트라우마를 극복하는 일에 일조하기를 바라며, 조국의 의미가 무엇인지, 인간의 삶이 무엇인지 생각할 수 있는 계기가 되었으면 한다.

  끝으로 이 소설 집필에 자료를 제공하고 취재에 도움을 준 의병장 운강 이강년 기념사업회에 감사를 전한다. 아울러 이 소설의 출간에 물심양면으로 지원해준 문경 시청에 감사한다.

2025년 1월
문경 집필실 伯山齋에서 著者

 1권 차례

작가의 말 • 4

제1장 개화파와 김옥균 …………………………… 11
제2장 임오년의 군인 폭동 ………………………… 103
제3장 삼일천하 ……………………………………… 180
제4장 민심(民心)이 천심(天心) …………………… 259

제1장

개화파와 김옥균

1

옥졸(형무소 교도관)이 나의 어깨와 두 팔을 묶어 허리에 감았다. 그리고 대들보에 걸려있는 교수형 줄을 잡아당겨 그것을 나의 목에 걸었다. 그리고 묻지도 않는 쓸데없는 말을 했다.

"당신이 처음이요. 이 감옥이 생긴 이후 최초 교수형이무니다."

처음이니 영광스럽게 생각하라는 뜻인지 알 수 없었다. 내가 사형당하고 있는 경성 감옥(서대문형무소)은 순종 2년(1908년) 일본인 건축가 시텐노가즈마(四天王要馬)의 설계로 지어진 것인데, 1907년 8월에 완성되었지만, 대한제국 군대 해산과 의병의 봉기, 고종황제의 폐위와 순종의 등극 등 어수선한 시국의 불안으로 개소하지 못하고, 1908년 10월에야 비로소 개소하였다. 내가 10월 13일 아침 열 시에 처형되기에 교도관이 말하는 교수형 첫 번째 죄수라는 것이다. 나와 함께 의병 활동을 했던 의병장 허위도 체포되어 사형 판결을 받고 감옥에 갇혀 있다는 말을 들었지만, 내가 먼저 교수형 되는 듯했다. 어차피 각오한 몸이라, 내 한목숨 죽는 것은 안타깝지 않지만, 이후에 많은 독립 투사들이 나처럼 이 감옥서 죽거나, 감옥생활을 해야 될 것이라는 생각을 하면 그것이 가슴 아팠다.

교수형 줄이 목에 걸리는 느낌이 왔다. 옥졸이 줄을 잡아당겨 나의 몸이 공중에 뜨도록 했다. 줄이 목을 당기면서 몸의 하중에 의해 숨통이 조여왔다. 처음에는 무엇인가 날카로운 것이 목을 치면서 걸리는 느낌을 주었다. 바로 그 순간 내가 입고 있는 바지가 흘러내렸다. 수의로 만든 바지의 끈이 허술하게 묶여 있어서 풀어진 것이다. 그러자 바지가 밑으로 빠지는 듯해서 나는 손으로 허리춤의 바지를 움켜잡았다. 조선의 선비는 죽을 때 죽더라도 바지춤을 내리고 죽지는 않는다. 숨통이 조여 호흡을 멈추기는 했으나, 웬일인지 나는 빨리 죽지 않고 계속 의식이 있었다. 그것은 짧은 순간이지만, 마치 다른 세계로 시간 여행이라도 떠난 것처럼 지난 일들이 떠올랐다.

먼저 떠오른 일은 13년 전에 처음 기치를 올린 문경 가은의 장터이다. 동구 밖 도태리에 살고 있는 박일교 포수의 집을 거사 장소로 잡은 것은, 그동안 내가 모은 의병들이 대다수 포수였기 때문이다. 박일교 포수는 산포수들을 모집하는 데 공을 세웠다. 편의상 그의 집을 모임의 장소로 했다. 내가 새벽에 도착하자 모여있던 60여 명이 함성을 지르며 마당으로 뛰어나와 나를 맞이했다. 60명 중에는 포수 출신이 아닌 사람들도 섞여 있었다. 나와 동문인 유생들이 있었고, 한때 함께 참여했던 동학군도 있었으며, 농민과 상인 보부상들, 그리고 극소수의 노비 출신도 있었다. 엽총을 지니고 있는 사람은 모두 포수 출신이었다. 거의 반 이상이 포수였으니 가장 많은 직종이었으며, 이들은 짐승을 잡는 데 뛰어난 사격술을 지닌 저격수였다. 그때 우리들의 심정은 왜놈들도 짐승으로 생각하고 있었으니, 포수들의 과녁은 틀림없이 명중할 것이다. 포수들은 하나의 규칙이 있다. 그것은 첫방의 승부이다. 엽총의 탄약이 비쌀뿐더러 그렇게 쉽게 구할 것이 못 되기 때문에 헛되이 쏠 수 없었다. 그리고 산에서 짐승을 발견하여 총을 쏘아 소리를 내면 짐승이 멀리 달아나거나 호랑이 같은 맹수는 사람을 공격하기 때문에 반드시 첫방으로 끝내야 했다. 그 첫방의 원칙을 이제 일본군에게 적용하려는 것이다.

나는 이때부터 일본군과 전쟁을 시작한 것이다. 아니, 좀 더 거슬러 가야 할지 모르겠다. 전쟁을 시작한 것은 내가 무과 과시에 합격해서 벼슬을 시작하던 시점이었는지 모른다. 그때 나의 나이는 22살이었다. 1880년 여름에 나는 종6품 선전관(宣傳官)이 되어 대궐 안에 있는 선전관청 집무실에 근무했다. 선전관 정원은 21명으로 정3품 당상관이 1명이고, 종6품 이상이 3명이다. 종9품은 19명이며, 그 안에 음서 출신자가 제수되는 남행(南行) 2명이 있다. 겸선전관은 모두 55명이고, 종6품 이상으로는 문신겸선전관이 5명이며, 무신겸선전관은 38명이다. 종9품으로는 무신겸선전관만 12명이다.

제1장 개화파와 김옥균

선전관은 임금의 호위와 숙의를 전담하고, 명령을 전달하는 전령이며, 조정과 왕실의 통로이고 출납하는 창구였다. 나는 출납 당직 사관으로 있었다. 혼인을 한 지 3년이 지나가고 있었다. 나의 부친은 내가 여덟 살에 지병으로 돌아가셨다. 아버지 나이 25세 때이다. 나는 조부모와 어머니 슬하에서 자랐다. 물론 무장이었던 백부의 보살핌으로 무사의 길을 걸었고, 한학자인 조부의 아래에서 학문을 닦았다. 큰딸은 두 해 전에 출생해서 가족들과 같이 있다. 가족들은 모두 문경에 있었고, 나는 홀로 한양 서촌의 객잔(하숙집)에서 기거했다. 올해 여름에 아내로부터 임신을 했다는 소식을 전해 들었다. 아들이든 딸이든 무사히 출산하기만을 기원하였다.

나의 집무실 선전관청은 승정원 바로 뒤편에 있었다. 승정원은 도승지를 비롯한 6명의 승지들과 그 종사자들이 수십 명 근무하는 곳이었다. 그들도 선전관처럼 국왕의 직속 기구로서 왕의 출납을 담당하는 것은 같았으나, 승정원의 도승지와 승지들은 모두 당상관들로 3품 이상의 벼슬을 하고 있어 우리와 같은 6품 선전관과는 품계가 달랐다. 승지들은 왕의 허락 여부와 관계없이 궁을 출입할 수 있는 별입시관들이었으며, 국왕에게 국정을 논하고 자문하는 사정기관이기도 하였다. 선전관의 별칭이 서반승지라고 하듯이, 승지와 선전관의 일부 기능은 같았다.

궁내부에 근무하던 이 시기에 나는 네 명의 귀인들을 만나 교분을 쌓게 되었다. 교분이라고 했으나 친구를 사귀게 되었다고 할까. 물론,

그중에 김옥균의 경우는 친구라기보다 친분이라고 해야 할 것이다. 김옥균은 나보다 일곱 살이나 많을뿐더러 동부승지의 직책을 가진 당상관으로 내가 허물없이 대할 사람은 아니었다. 그와 친분을 쌓게 된 것은 나보다도 그가 나를 가까이 대했기 때문일 것이다.

다른 세 명은 나이도 비슷하고 6품 품계를 가진 벼슬도 같았기 때문에 허물없이 서로 간에 속에 담은 것을 털어놓고 상의하는 처지였다. 임오군란 이전에는 보부상으로 활동했던 중인 출신 이용석과 가까이 지냈다. 민영익의 6촌 형 민성규는 의원 과시에 합격한 의원이었나, 무과 과시에 합격하면서 선전관이 되었다. 끝으로 강민호라는 선전관이 있다. 이자는 나와 나이가 동갑이지만, 내가 출생한 날이 하루 앞선다는 이유로 나에게 형님이라고 호칭해서 거북했던 사람이다. 처음에는 몰랐으나 가까워지고 나서 털어놓은 말에 의하면, 그는 노비 출신이었지만 돈으로 양반을 사고, 다시 돈으로 무과 과시를 사서 선전관이 된 사람이었다. 출신 신분은 믿을 수 없는 사람이지만, 비교적 성실한 사람이었다. 양반이라는 족보도 사고, 관직을 사는 것은 물론이고, 과거 시험까지 돈으로 사는 세상이 바로 그때였다.

김옥균은 동부승지로 있으면서 공조의 일을 분담했다. 공조(工曹)는 조정의 6조 중에 하나로, 산림, 수공업, 건축, 제철, 산업통상, 과학기술을 맡은 기관이다. 정치적인 위세로 보면 별로인 이 직책을 김옥균이 맡고 있었다는 것은 그의 개혁 의지가 강했다는 것을 알 수 있다. 이 분야는 약소국에서 부국, 내지는 강국으로 가는 실체이기 때문이다. 승지들은 다른 기관의 벼슬아치들을 무시하는 경향이 있었다. 승지들의 콧대가 원래 높은 것이었지만, 나는 김옥균처럼 콧대 높은 사람은 처음 보았다. 그는 승지 가운데 가장 젊은 나이였다. 도승지를 비롯해 다른 승지들은 나이가 들어 수염이 허옇게 길게 늘어져 있었으나, 그는 젊은이여서 다른 승지들과 있으면 시종처럼 보였다. 하지만 그는 나이든 다른 승지들과 마찬가지로 다리를 꼬고 앉아 허리를 뒤로 젖히고 거만스럽게 말하는 것이었다. 동부승지 자리가 승지 중에 가장 하급 자리로 서열이 가장 낮았으나, 그가 거만스럽게 말해도 아무도 그를 탓하지 않고 경청하는 것을 보았다. 그는 안동 김씨 문중이다. 대원군으로 인해 안동 김씨가 한풀 꺾이기는 했으나, 노론 세력의 핵심임에는 틀림없어 왕비 민씨 문중인 여흥 민씨만큼 세력을 가지고 있었다.

   김옥균이 유명한 것은 그의 천재성 때문이었다. 두꺼운 책을 한 번 읽으면 그대로 외운다고 하였다. 책을 송두리째 외운 사람은 과거 인물 가운데 정약용과 허균이 그랬다고 하지만, 김옥균에게 있는 그 소문은 약간 과장된 말이기도 하였다. 그러나 내가 그것을 확인할 수 없는 위치이고, 확인할 필요도 없는 일이었다. 그렇지만, 확실한 것은 내가 만난 김옥균은 상당히 명석하고 치밀한 사람이었다. 그는 임신년(1872년) 나이 스무 살에 문과 과시에 장원급제했다. 그 이듬해가 대원군의 섭정이 끝나고 고종이 친정을 시작하였던 해인데, 대원군 밑에서 일 년을 보내면서 그로부터는 환영받지 못했다. 그것은 김옥균이 대원군의 정적인 김병기의 아들이었기 때문이다. 물론, 국왕 고종과 왕비 민씨로부터는 신임를 받았다. 그러나 그는 개화사상으로 갑신정변을 일으키면서 국왕과 왕비 민씨의 원수가 되었다. 국왕의 원수란 역적이 되었다는 말이 된다.

김옥균은 김병태의 장남으로 태어났다. 태어났을 때 살결이 백옥같이 곱다고 해서 옥균이라는 이름을 붙었다. 그가 여섯 살 때 5촌 당숙이며 정계 세력가인 김병기의 양자로 입적했다. 그는 어려서부터 글씨와 시, 문장, 그림, 음악 등에 다재다능해서 소문이 날 정도였다. 7살부터 유명한 선생들을 찾아다니며 수업을 하였다. 모든 선생들이 옥균이는 백 년에 한번 나올까 말까한 천재라고 칭찬했다. 음악을 한 번 들려주면 그대로 따라 연주했고, 시를 써주면 당장 답시를 내놓았다. 중국 고서를 비롯한 한문 서적을 읽으면 거의 기억해내어 무슨 말은 몇 쪽의 어디에 있다고 꼭 집어 대답했다. 10살 전후의 아이가 이토록 총명하고 재기가 넘치자 선생들은 농담 삼아 이 애는 커서 뭐가 될지 모른다. 천하 인재로 이름을 떨치지 않으면 천하를 말아먹을 역적이 될 것이라고 농담을 하였다. 옥균이 11살에 양부 김병기가 외직에 나갈 순번이 되어 강릉 부사로 갔다. 옥균도 강릉으로 가서 송담서원에서 공부했다. 강릉은 서인의 원조 율곡의 고향이다. 송담서원은 율곡의 사당을 모신 노론 학파였다. 그때부터 김옥균은 노론 학파의 학맥을 이었다. 양부가 5년이 지나 옥균 열여섯 살 때 상경해서 이전 집 북촌으로 돌아왔다. 당시 흥선대원군의 총애를 받던 박규수의

문하가 되어 본격적으로 과거 시험 공부를 했다. 그 무렵에 옥균은 박규수의 집(경복궁 동편의 북촌) 사랑방에 드나들던 한의원이면서 개화 선지자였던 유대치를 알게 된다. 유대치는 젊은이들로부터 백의정승이라고 불리는 기인이었다. 박규수의 집에는 신기한 사람들과 물건이 많았다. 수도승이면서도 술을 마시는 땡중인 이동인도 만나고, 역관 수석으로 스승 박규수와 함께 중국행 사신단에 다녀왔던 오경석도 만났다. 유럽에서 가져온 지구본, 일본에서 가져온 만화경, 미국에서 가져온 망원경 등의 신식 물건과 청나라의 영환지락, 해국도지의 서구지리와 정세, 문물을 소개한 책들을 접하게 된다.

옥균은 다른 권세가들의 자제들이 모여있는 북촌의 젊은이들과도 인연을 쌓는다. 박영효는 철종의 부마이면서 고종의 매제였다. 개화파로서 모임을 가지며 옥균과 가까워졌다. 김홍집과는 나이 차이가 좀 났지만, 옥균이 살고 있는 바로 앞집에 살고 있어 어렸을 때부터 함께 자랐다. 여흥 민씨의 민영익, 유길준, 박정양, 서재필 등과 동문수학했다. 이동인이 동대문 밖 봉은사의 주지였는데, 그곳에 몰려가서 이동인이 부산 왜인촌을 드나들며 가져온 일본 서적들을 읽었다. 이때 옥균은 그 일본 서적을 읽기 위해 일본어를 배웠다. 옥균은 임신년(1872년) 문과 알성시(謁聖試)에 장원급제했다. 국왕이 직접 뽑는 알성시에는 명문가 자제들이 많이 응시한다. 그래서 급제해도 바로 임관되기 어렵다. 그러나 양부 김병기의 배경과 마침 스승 박규수가 우의정에 올라서 그 배려로 성균관 전적(典籍)에 보임되었다. 그 후 옥균은 바르게 관직을 갈아타며 승급했다. 병자년(1876년) 2월 강화도 조약이 불평등 조약이라는 것을 알고, 자주독립을 하려면 강대국이 되어야 한다는 것을 절실하게 깨닫는다. 그래서 개혁을 추진할 정치 단체의 필요성을 느끼고 추진하였다. 내가 그를 만났을 때는 이미 그 계획이 진행되고 있을 때였다.

나는 같은 선전관으로 있는 강민호를 통해서 김옥균과 인사를 나누었다. 그가 승정원을 출입할 때 먼발치에서 보거나 궁궐에서 마주칠 때도 나는 하급자로서 고개를 숙여 인사를 할 정도였지, 따로 앉아 대화를 나눈다거나 식사를 함께 한 일은 없었다. 강민호는 김옥균과 아주 가까운 사이로 보였다. 김옥균은 강민호를 심복 부하 다루듯이 하였지만, 민호는 당연한 것 같이 충성을 바치는 듯했다. 민호는 국왕보다 옥균에게 더 충성심을 가지고 있는 인상을 주었다. 누가 누구에게 충성심을 갖든 내가 알바는 아니지만, 옥균이 하고 있는 행동 반경은 뭔지 모르게 위태로운 느낌을 주었다. 그는 조정 안팎은 물론이고, 왕궁 내부에 심복을 심고 있었고, 그렇게 형성된 단체 이름이 충의계였다.

충의계(忠義契)는 비밀결사이면서 반상의 한계를 뛰어넘어 누구든지 들어갈 수 있는 조직이었다. 다만, 일단 가입하고 나면 함부로 빠져나가거나, 배신할 수 없다. 배신하면 다른 계원 요원들이 그를 죽이는 것으로 되어 있었다. 친목을 목적으로 하면서 국왕에게 충성을 바치자는 거룩한 이념이 있었으나 실제는 폭력 조직같은 결사 조직이었던 것이다. 김옥균이 나를 만나던 첫날의 모임에서는 충의계 이야기는 하지 않았다. 그는 나라에 충성해서 국왕을 잘 보필하자는 보편적인 이야기만 늘어놓았다. 그리고 지금 자신이 시찰단을 만들어 일본을 다녀오려고 하는데 국왕이 반대한다고 했다. 왜 반대하는지 알 수 없다고 말했다. 그래도 국왕을 설득해서 일본 시찰단을 만들 것인데, 그때 함께 일본에 가지 않겠느냐고 물었다. 옆에 앉아 있던 강민호가 대화에 끼어들면서 자기는 가려고 한다고 했다. 나는 김옥균이 품고 있는 나라에 대한 충성심을 의심하지는 않았으나, 충의계라는 결사 조직을 떠올리며 함부로 대답하지 못하고 생각해 보겠다고 하였다. 그러자 그는 미소를 지으면서 결심이 서면 강민호에게 의사를 말해 달라고 했다. 다음에 저녁 식사를 함께 하자고 하면서, 그때는 좀 더 많은 이야기를 나눌 수 있을 것이라고 하였다.

그와 나 사이에 많은 이야기가 무슨 필요인지 알 수 없었지만, 나는 감사하다고 대답했다. 내가 그를 처음 만났을 때 느낌은 소문처럼 거만하지 않았고, 상대방의 말에 경청하면서 진중한 모습을 보였다. 훤칠한 키에 수려한 외모는 미남자였으며, 눈은 반짝이며 총명했다. 인상이 매우 좋았고, 대화도 천천히 했으며, 반대 의견을 내놓아도 상대방 의사를 존중해 주면서 고개를 끄덕였다. 그의 인상이 좋아서 나도 충의계에 가담해서 개혁에 동참하고 싶었으나, 충의계에 가담한 회원은 탈퇴하면 죽인다는 대목이 마음에 들지 않아서 선뜻 응하지 못했다. 강민호를 통해서 들은 말로는, 개혁 조직을 만들면서 가장 어려웠던 두 가지가 있는데 그것은 첫째 신분의 차이가 주는 갈등이고, 다음이 조직의 배신자로 해서 개혁 조직이 깨지는 일이었다. 신분이 주는 갈등이란 양반이나 고위 관리뿐만이 아니라 중인이며 농민, 쌍놈이라고 하는 노비층까지 흡수해야 하는데, 이 신분 격차가 잘못하면 조직을 와해 시킬 수 있다는 점이다. 양반은 쌍놈을 인간 취급하지 않으니까, 그들이 조직에 들어오면 분란이 생길 위험이 있었다. 그렇다고 백성의 상당수가 쌍놈인데, 그들을 도외시하는 개혁은 있을 수가 없고, 강대국이 되려면 반상의 제도를 깨야 하기 때문에 당연히 노비층을 흡수하여야 한다는 것이었다. 그리고 배신 문제는 역사적인 일을 놓고 볼 때, 이념을 가진 사조직은 반드시 배신자가 나오게 되고, 그 배신자로 인해 조직이 와해 된다고 했다. 대표적인 예가 칠서의 변과 홍길동 사건이라고 덧붙였다. 강민호를 통해 충의계 회원 정강을 볼 수 있었다. 모두 공개되어도 아무렇지 않은 내용이었다. 국왕과 나라에 충성하고 서로 친목을 도모하자는 내용이지만, 끝부분에서 '회원으로서 계(契)의 취지를 배신하여 계모임에 위해를 주는 자는 그에 응당한 대가를 치른다.'라는 구절이 있다. 응당한 대가가 무엇인지 구체적으로 나와 있지 않았지만, 강민호의 말에 의하면 죽인다고 한다. 아직 계원 가운데 임의로 탈퇴하거나, 위해를 가해서 죽은 자는 없다고 하였다. 나라에 충성하고 친목을 도모하자는 계모임에 위해를 가할 일이 있을 수가 없으니 당연한 귀결이긴 하였다.

충의계의 명단은 비밀이지만, 대표적인 계원의 이름은 알려진 비밀로 되어 있다. 조직을 주관하고 있는 개화파 인물은 이름을 내걸고 있었다. 강민호의 말에 의하면 김옥균이 회장이고, 그 아래에 홍영식, 민영익, 서광범, 박영효, 서재필 등이 주축이 되어 있으며, 유대치와 이동인, 오경석, 윤웅렬은 자문위원이었다. 그 당시만 해도 나는 이 충의계 조직을 국왕 고종이나 왕비 민씨가 알고 있는지 몰랐다. 알고 있는 비밀이면 나 역시 충의계에 들어도 좋다고 생각했으나, 그 사실을 알고 있느냐고 국왕이나 왕비에게 물어볼 수도 없었다. 물어본다는 것은 밀고를 뜻하는 것이기 때문이며, 김옥균을 비롯한 개화파의 순수한 애국정신이 손상되어 그들의 국가 쇄신 정책이 깨지는 것을 나는 원치 않았다. 훗날 갑신정변이 일어난 후에 알게 되었지만, 충의계 조직이나 김옥균을 비롯한 젊은이들이 개혁을 위해 준비하고 있다는 사실을 고종이나 왕비 민씨도 알고 있었다. 알고 있었으나, 국왕은 중용을 지키면서 지켜보았고, 왕비 민씨는 개혁파의 세력조차 자신의 아류 속에 넣으려고 하였다.

2

광화문 옆으로 흐르는 냇가에 참나무가 줄을 지어 있다. 백년이 넘은 참나무 고목이 울창해서 지나가던 사람들이 그늘에 앉아 쉬어 가기도 했다. 여름이 되면 매미들이 시끄럽게 울어대었다. 도토리가 열리는 가을이 되면 아이들과 아낙네들이 긴 장대와 바구니를 들고 와서 나뭇가지를 후려쳐 떨어지는 도토리를 주워 담았다. 그것을 한 바구니 주워가서 도토리묵을 쑤어먹었다. 가을 한철의 일이지만, 도토리가 익는 계절이 되면 흰옷을 입은 아이와 어른들이 하얗게 모여들어 도토리를 줍는다. 그런데 근래에 와서 냇가에 있던 무성한 도토리나무가 없어졌다. 한성 사람들이 땔감에 쓰려고 나무를 잘라갔기 때문이다. 벌목을 못하게 관청에서 지켜도 밤에 몰래 와서 그루터기만 남기고 베어 갔다. 그러자 사람들은 잘라내고 남은 그루터기에 앉아 쉬었다. 하지만 최근에 와서 그 그루터기마저 캐어 가서 없어졌다. 고목의 뿌리를 캐어 말려 땔감에 사용했다. 지금은 나무가 하나도 없어 매미 소리도 들리지 않는 삭막한 광화문 광장이 되었다. 그늘이 없어 냇가에 쉬는 사람도 없다. 다만, 냇가에서 빨래하는 아낙네들의 모습은 볼 수 있었다. 더러는 어머니나 누나를 따라와서 물가에서 돌을 던지며 놀고 있는 아이들의 모습이 보였다. 이 시냇물은 북악산에서 흘러 내려오는 물줄기다. 수심이 얕아서 여름에는 아이들이 물에 뛰어들어도 빠지지 않았다. 그러나 10월에 접어들어 날씨가 쌀쌀해지자 아이들은 물에 들어가지 못했다. 돌팔매질 놀이를 하고 있었다. 납작한 돌을 수면에 던져 물장구를 치게 하는 수제비 뜨기라고 하는 놀이였다. 나도 어렸을 때 문경의 양산천 시냇가에서 같은 물놀이를 하고 놀았다. 돌을 던져 물장구를 누가 많이 치도록 하는지 내기를 하는 것이었다.

오늘 점심에, 같이 근무하는 강민호와 함께 주막에서 국수를 사 먹고 지금 남촌에 있는 집을 보러 갔다. 일 년 동안 가족을 문경에 떨어뜨려 놓고 따로 생활하는 것이 여간 불편하지 않았다. 그래서 집을 구해 가족을 한양으로 오게 하려는 것이었다. 민호가 지인이 살지 않고 비워둔 빈집이 있다고 해서 보러 가는 길이다. 객잔에서 자고 음식을 모두 사 먹으려 하니, 연봉 300냥을 받는 선전관 녹봉으로는 너무 빠듯한 생활이었다. 요즘 물가의 시세가 높아져서 국수 한 그릇에 2푼을 줘야 한다. 마냥 국수만 먹을 수는 없는 일이다. 주로 먹는 것은 국밥이다. 국밥은 별로 다른 반찬이 없어도 해결할 수 있고, 평소에도 국밥을 좋아했으니 즐겨 먹었다. 그러나 일 년 전에는 2푼 하던 국밥 가격이 지금은 3푼으로 올랐다. 매일 삼시 세 끼 식사를 국밥만 사 먹으면 한 달에 270푼이 들어간다. 나 혼자 먹어서 그렇지 식구 열 명이 사 먹으면 식비만 2천7백 푼이 소모되었다. 1냥은 10전이고, 푼으로는 100푼 단위로 호환된다. 한 달 녹봉을 푼으로 환산하면 2천5백 푼이니, 25냥 월급을 받고 가족 식비도 해결하지 못하는 것이다. 나는 조상으로부터 내려받은 전답이 오십여 두락(오십 마지기) 있어 녹봉에 의존해서 생활하는 것은 아니지만, 문경에 있는 가족이 모두 열 명이 넘는다. 물론 다섯 명의 남녀 노비들을 합친 숫자이다. 전답의 반은 세 명의 소작인을 두어 경작하고 있고, 나머지는 하인들과 가족들이 경작했다. 그런데 가족이 모두 한양에 올라오면 나머지 전답 반도 소작인을 구해서 맡겨야 할 것이다. 면포 1필이 엽전으로 열 냥이고,

쌀 한 섬이 면포 1필 반이다. 나의 한 달 녹봉으로 쌀 두 석도 살 수 없는 박봉이다. 박봉인데다 물가는 천정부지를 모른 채 올라가고 있다. 조정에서는 물가가 올라도 녹봉을 올려 줄 생각을 안 한다. 하지만 나와 같은 하급 직책인 선전관 녹봉만 박한 것이 아니다. 대신이라고 하는 판서들도 연봉이 겨우 7백50냥이라고 하니, 재상들도 녹봉만 가지고는 넉넉지 못했다. 대부분 조상으로부터 물려받은 전답이 많아서 풍족한 삶을 살고 있었다. 부를 물려받거나 축적해 놓지 못한 재상은 집안에 노비도 없어 집안일을 가족이 직접 해야 한다. 양반의 재산 목록에서 전답 다음에 중요한 것이 노비 문서였다. 노비를 얼마나 가지고 있느냐가 부의 척도가 되었다. 노비 한 명의 가격은 정해져 있다기보다 노비에 따라 달라진다. 그러나 보편적으로 11세에서 50세의 남자는 쌀 50석 이상이다. 오십 석이면 말 한 필의 가격과 같았다. 노비의 몸값이 말과 비슷했다. 임진왜란 전만 해도 노비가 많아서 전체 인구의 반이 노비였다. 그때는 노비의 가격도 비교적 싼 편이었다. 그러나 지금은 노비의 수가 많이 줄어들어 들리는 말로는 사노비와 공노비를 합쳐서 전체 인구의 사분의 일 정도 된다고 한다. 노비가 많은 때보다 노비 가격이 비쌀 수밖에 없는데, 힘이 장사인 노비는 백 석도 넘고 이백 석에 팔리기도 한다. 노비도 말이나 소처럼 튼튼하고 힘이 세면 가격이 올랐다. 노비가 거래되는 가격은 면책 가격과 달랐다. 면책 가격은 거래 가격보다 많게는 열 배 이상 책정되었다. 임진왜란 당시 병력의 수가 모자라서 노비를 대거 징집했다. 그때부터 공식적으로 면천첩을 발행해서 노비 문서를 없애주고 평민으로 해주었다. 전쟁에 나가서 왜적 목을 두 명 이상 베면 면책을 해주었다. 그리고 돈이 모자란 선조는 전쟁 시기부터 면천첩을 만들어 노비 문서를 없애주고 돈을 받았다. 임진왜란 직후 선조가 내린 면천첩의 가격은 쌀 5백 석이었지만, 너무 비싸다고 해서 가격이 계속 내려 나중에는 15석까지 싸구려로 면천첩이 발행되었다. 그때 많은 수의 노비가 면첩을 받아 노비의 수가 줄어들었다. 당시만 해도 관노가 35만 명이었던 것이 지금은 3만 명에 불과하였다. 지금은 면천첩 금액이 많이 뛰어올라 최소 1천 냥에서 최고 1만 냥에 육박한다.

　이맹현이라는 부호가 죽으면서 아홉 자식들에게 노비 문서 758구(口)를 상속해 주었다. 퇴계 이황도 자식들에게 물려준 재산이 전답 3천 두락에 노비 370구였다. 사대부들의 평균 재산이 전답 3백 두락에 노비 1백 명 전후였던 것을 보면 퇴계도 많은 재산을 모았다고 볼 수 있을 것이다. 그런데 이황의 경우 370구의 노비가 집안에서 같이 살며 일하는 솔거노비가 아니라, 외부에 집을 마련해 줘 살며 소작 일을 하는 외거노비였다. 어쨌든, 청빈에 자부심을 가진다 하는 성리학자 사대부도 수백 명의 노비를 거느린 것을 보면 노비가 재산의 척도였던 것은 틀림없다. 노비를 많이 가졌다고 비난하는 것은 아니다. 나도 다섯 명의 노비를 가지고 있으니 비난할 자격은 없을 것이다. 그러나 시대가 변하면서 노비 제도를 없애자는 여론이 들끓고 있는 요즘의 시선으로 보면 탐탁한 일은 아니다. 그래서 요즘 개화파 사대부들은 노비를 없애고 대신 머슴이라는 이름으로 일을 시키며 연봉의 보수를 준다고 한다. 한 해 일을 시키고 쌀을 너댓 석 준다고 하였다. 개화파라고 해서 모두 그렇게 하는 것은 아니지만, 김옥균 집에서는 노비 문서를 모두 없애고 대신 머슴들을 고용해서 일을 시키고 있었다. 그런데 사실 머슴이나 하인이나, 노비가 무슨 차이가 있는지 모르겠다.

이때, 흰 두루마기를 펄럭이며 갓을 쓴 양반들이 광장을 가로질러 어딘가로 바삐 걸어가고 있는 것이 보였다. 궁 앞에 가서 복합상소를 올리려고 하는 선비 무리가 아니고, 집회에 나가는 개화파 군중이었다. 개화파 무리는 선비뿐만이 아니라, 다른 신분도 많이 섞여 있다. 상인들이나 평민들도 적지 않다. 더러는 쌍놈이라고 칭하는 노비들도 있었다. 이제는 시대가 달라져서 노비들도 양반처럼 흰 두루마기를 걸치고 갓을 쓰고 다녔다. 그래서 거리를 걸어가는 사람의 옷차림이나 외양을 보고는 양반인지 쌍놈인지 알 수 없다. 전에는 양반과 쌍놈의 걸음걸이가 달랐지만, 각박한 세상이 되면서 걸음걸이도 같아져서 분간하기 어렵다. 이제는 양반이라고 해서 허리를 젖히고 느릿느릿하게 걷는 게 아니다. 그렇게 늦장을 부렸다가는 밥 벌어먹기도 힘들어진다. 양반이든 쌍놈이든 먹고 살기 바빠서 빨리 걸어다녔다.

광화문 한쪽에 세워놓은 돌 사자상 대가리 위에 열 살 남짓한 소년 한 명이 올라가 서 있다. 그 아이는 석상 위에 올라가 신기하다는 표정을 지으며 내려다본다. 그러자 밑에서 놀고 있던 아이들이 모두 위를 올려다보았다. 그중에 한 계집아이가 손을 들어 위를 가리키며 무엇이라고 소리쳤다. 길을 지나가는 어른들은 별 관심 없이 그냥 힐끗 쳐다보며 걸어갔다. 늙은 양반이 의관을 정제하고 갓을 쓴 채 나귀를 타고 광화문 앞을 지나갔다. 어린 종자가 나귀의 고삐를 잡고 촐랑거리며 걸어갔다. 어린 종자의 걸음이 느려 나귀에게 끌려간다. 그러자 노인이 들고 있는 회초리로 종자를 후려치며 "이랴 이랴" 하고 말했다. 그 양반이 보기에는 나귀나 종자가 같은 짐승으로 보였는지, "이랴 이랴" 하고 빨리 가자고 재촉했다.

  우리는 광화문을 벗어나 골목으로 들어갔다. 종로를 중심으로 종각 남쪽이 청계천으로 이어진다. 그 남쪽이 남촌이었다. 북촌은 노론을 중심으로 해서 세도가들이 집중해서 살고 있었고, 남촌은 남산을 중심으로 양반이나 선비가 살고 있었다. 양반 가운데는 남인이나 북인, 그리고 소론 무리들이 섞여 살았다. 그들은 권세를 잃은 몰락한 가문이 많고, 그곳에 사는 선비들에게 남산골샌님이라는 별칭으로 부르면서 한물간 꼴통 취급을 했다. 수표교 다리를 지나 청계천을 건너가는데, 지게꾼 여러 명이 보였다. 지게를 등에 지고 긴 담뱃대를 물고 피우면서 수표교 난간에 걸터앉아 있거나 일감 줄 사람을 찾아 할 일 없이 서성거리고 있었다. 그 지게꾼 무리 중에 유난히 눈에 띄는 자가 있었다. 열두어 살 정도 되어 보이는 소년인데, 지게를 매고 긴 담뱃대를 입에 물고 담배를 피우고 있었다. 아이는 담배 연기를 푸하고 내뿜으면서 옆을 지나가는 우리를 힐끗 쳐다보았다. 어른을 보아도 담배 끌 생각을 하지 않는 싸가지없는 놈이었지만, 우리는 그냥 지나쳐서 남산 쪽으로 올라갔다.

　좁은 골목을 걸어가고 있는데 맞은편에서 바구니를 산더미처럼 높게 올려 실은 지게꾼이 오고 있었다. 바구니를 너무 높게 담아 쓰러질 것 같았는지 지게꾼은 걸으면서도 쓰러지지 않으려고 애써 균형을 잡고 있었다. 세찬 바람이라도 불면 바구니를 담은 지게가 뒤집어질 것만 같았다. 바구니를 담은 지게꾼이 우리 옆을 지나칠 때는 쉽게 비껴가기 어려울 정도로 비좁아서 우리는 벽에 몸을 붙이고 지게꾼이 지나가기를 기다렸다. 그곳을 빠져 나오자 비교적 넓은 길이 나왔다. 길가에는 상가들이 밀집해 있었다. 한양의 상시 시장으로는 동대문 밖과 마포 나루터가 유명하지만, 오일장이 있는 곳은 여러 곳이었다. 도회지는 상시 시장이 있으면서도 오일장을 같이 지냈다. 길가에는 전에 내가 여러 차례 와 본 일이 있는 잡화점 가게가 있었다. 잡화점은 일명 만물상이라고도 불렀다. 없는 물건이 거의 없는 갖가지 물건을 가져다 놓고 팔아서 만물상이라고 했다. 현재 진열장에 없더라도 손님이 주문하면 며칠 사이에 그 물건을 가져다 놓았다. 소쿠리, 바구니, 멍석, 놋쇠 그릇, 키, 면빗, 얼레빗, 참빗을 비롯한 모든 빗이며, 인두, 가위, 도마 칼, 손거울, 일본에서 수입했다는 비누, 향수, 머릿기름, 백분, 치분 등 여자의 화장품도 있었다.

　각종 칼과 창 등의 무기류도 있었다. 일본도와 조선칼은 구분되었고, 무기로 눈에 띈 것은 총포였다. 포수들이 사냥용으로 사용하는 엽총이 여러 가지 있었다. 사냥용 총으로 가장 신식 총은 볼트액션 총기로 윈체스터였다. 윈체스터는 세계적으로 유명한 미국산 엽총이다. 포수들이 모두 가지고 싶어 하지만 워낙 비싸고 구하기 힘들었다. 포수뿐만이 아니라 무기가 필요한 무관들도 가지고 싶어 한다. 맹수를 저격해서 한방에 눕힐 수 있는 총포이니, 사람을 잡는 데도 수월한 무기일 수밖에 없다. 엽총과는 달리 일반 소총은 무기이기 때문에 함부로 팔 수는 없었으나, 이 잡화점에 비치해 놓은 것을 전에 들렸을 때 보았던 기억이 난다. 그때 내가 본 것은 일본에서 개발한 소총과 서구 열강이 개발한 것이었다. 무기인데 그런 총기를 진열해 놓아도 괜찮은지 점원에게 물었다. 점원인지 가게 주인인지 알 수 없었으나, 마흔 살 전후로 보이는 신체가 건장하고 눈망울이 큰 사내였다. 그는 진열하는 것이 불법이 아니냐는 나의 말에 빙그레 웃으면서 대답했다.

"뭐 우리나라 국법에 소총을 팔면 안 된다는 법은 없지요. 아예 총포를 구할 수도 없으니 소지하면 안 된다는 법도 있을 필요가 없어요."

"이런 총포를 누가 사 가지?"

"주로 군부대 관청에서 한두 개 구입하고, 일반인은 사는 사람이 없습니다. 엽총은 포수들이 사 가지만, 이런 전쟁용 총은 필요하지 않으니 안 삽니다. 물론, 강도를 하려고 작정한 사람이야 사 가지만. 머스컷이나 신종 볼트액션 총기가 최고지요. 일본 제품으로는 종자도총이라든지, 미국에서 가져온 스프링필드가 좋습니다."

"이것들이 최신 소총이란 말이요?"

나는 총이 탐이 났다. 역시 무관의 본능으로 관심이 갔던 것이다.

"최신 총포에 끼지 못합니다. 현재 우리도 구하지 못했지만, 우리하고 거래하는 밀수꾼의 말로는 원한다면 볼트액션 소총들을 구해줄 수 있다고 합니다."

"그게 어떤 총인데?"

"독일의 마우저, 러시아의 모신나강, 영국의 리엔필드, 마디니 핸리, 일본의 38식 보병총, 미국의 윈체스터, 스프링필드 신형 등이 볼트액션입니다."

"나는 일본의 30식 보병총은 알고 있는데, 38식이 나왔단 말인가?"

"30식 보병총은 머스킷 형식이고, 신형은 더 발전한 것입니다. 그런데 나리께서는 총포에 관심이 많으시군요. 옷차림을 보니 무관이신 것 같은데, 하나 사시겠습니까?"

"최신형 볼트액션은 한 자루 가격이 얼마요?"

"외국 것이라 구하기 힘들어서인지 꽤 비쌉니다. 한 자루에 황소 한 마리입니다. 황소 한 마리 가져오시면 볼트액션 총포와 그 총신에 맞는 탄환 일백 개를 드립니다. 탄환만 따로 더 사려면 돈이 더 필요하겠지만요."

"황소 한 마리?"

나는 기가 질려서 더 이상 말하지 못하고 잡화점을 나왔다. 당시 황소 한 마리 가격은 쌀 70석이다. 면포로 환산하면 50필이며, 나의 일년 연봉 가지고도 살 수 없었다. 농민들에게 있어 소는 그 집의 유일한 재산 목록이기도 하였다. 군대를 10만 대군으로 늘인다면 어느 정도 국방력을 가질 수 있을 것이다. 임진왜란 전에 율곡 이이 선생이 주장했듯이 10만 정병의 필요성은 지금도 유효했다. 하지만 군인이 10만 명이 된다고 해도, 그에 버금가는 화력을 지니지 못하면 아무 소용이 없는 일이다. 그래서 군인을 10만 명으로 양성한다면 10만 자루의 볼트액션과 최소 1천만 개의 탄환을 구입해야 하는데, 잡화점 가게 주인의 말에 의하면 소 10만 마리를 팔아야 한다는 계산이다. 10만 마리의 소를 팔면 조선의 농민들은 어떻게 농사를 지을 것인가. 그렇게 비싼 총포를 사들이기보다 우리 손으로 만들어야 하지만, 우리는 아직 그런 기술도 없고, 총포를 만들 철제도 마련하기 힘든 실정이다. 더구나 임진왜란 이후 삼백 년간 내부 당파싸움은 질리게 했지만, 외부와의 전쟁 경험이 없다. 병자호란 정도는 경험했지만, 그것도 임진왜란 후 인조 14년(1636년) 일 년간 청나라와의 싸움으로 굴욕적인 항복을 하고 나서 곧 멈추었다. 그 이후 평화롭게 안주한 조선의 임금과 조정에서는 총포를 만들 이유조차 찾지 못하고 있었다. 지금은 만들어야 할 시점이지만, 이미 때가 늦었는지 모른다. 나는 나라 걱정을 하며 그 잡화점을 떠났는데, 이번에 민호와 함께 집 보러 가는 길에 그 잡화점 앞을 지나며 그때 생각이 나서 다시 한번 들어가 보았다. 그때 보았던 주인이 아닌 비교적 젊은 점원이 앉아 있다가 우리가 들어가자 벌떡 일어섰다. 나는 가게 안을 둘러보며 진열한 총포를 찾았으나 보이지 않았다. 점원에게 총포에 대해 물었다. 그러자 점원은 움찔하면서 무엇인가 겁먹은 표정을 지었다. 나와 민호의 옷차림이 무관 제복이어서인지 더욱 두려워했다.

"뭐, 다른 뜻은 없고, 전에 보았던 머스킷인가 볼트액션 총포에 대해서 물어보려는 거야."

"그 총포들은....관청에서 모두 몰수해 갔습니다, 나리."

"왜?"

"우리 가게에서 사간 미국제 볼트액션 신형 원체스터로 강도를 해서 일가족을 죽이는 일이 벌어졌습죠. 그 일로 해서 포도청에서 와서 우리 집에 있는 총기를 모두 몰수해갔습니다."

나는 가게 밖으로 나왔다. 민호가 따라 나오면서 물었다.

"형님, 갑자기 왜 총포에 관심 가지십니까?"

"관심 가지기보다, 전에 이 만물상에 들렸을 때 보았던 외국산 총포들이 떠올라서 보려고 들렸을 뿐인데, 역시 사고가 나고 말았군요. 그때도 그런 걱정이 들더니만."

"저도 총포에 대해서 관심이 많습니다. 볼트액션을 한 자루 구하려면 황소 한 마리 값이라고 하죠?"

"공이 그걸 어떻게 아시오?"

"밀수에 대해서는 제가 좀 알죠."

"공이 밀수도 하였소?"

"내가 한 게 아니라, 밀수꾼들을 잘 알고 있습니다."

"그런 자들은 상대하지 않는 것이 좋은데."

우리는 남산 정상에 올랐다. 남산에 온 김에 집 부근의 풍광도 보고, 한양 전체가 한눈에 내려다보이는 산 정상에 올라가 보자고 해서 왔다. 남산은 그렇게 높은 산은 아니었지만, 한양 시가지가 한눈에 들어왔다. 소나무에 가려 보이지 않는 곳도 있었으나, 장소를 조금 바꿔서 보면 모든 곳이 눈에 선명하게 나타났다. 한성은 그 어느 도회지보다 넓었고, 기와집과 초가집이 뒤섞이며 저 멀리 산 아래까지 펼치어 있다. 특히 왕궁이 있는 북쪽은 웅장하기 그지없었다. 중국에 다녀왔던 어느 수신사가 조선을 깔보면서, 조선의 왕궁이 넓고 웅장하다고 알고 있었지만 자금성에 가서 기가 죽었다고 하였다. 황제를 알현하기 위해 성안으로 들어가 한참 들어가도 다시 궁전이 나오고, 또 넓은 광장을 지나 한동안 가도 또 궁전이 나오고 하기를 여러 번 해서 지칠 때쯤에 황제가 있는 궁궐에 당도했다고 한다. 조선의 궁은 그에 비해 헛간 같은 생각이 든다고 했다. 사대사상에 박혀 있는 그 벼슬아치는 조국의 궁궐을 모독하고 있었다. 나는 아무리 자금성이 넓고 웅장해도 내 조국 조선의 왕궁을 더 애모한다. 왕궁 쪽을 보니 눈에 띄는 현대식 건물이 보였다. 그곳은 외국의 공사관들이 있는 곳이었다. 산비탈이라든지 언덕에 공관을 지어 놓아서 왕궁이 내려다보이는 형세였다. 일부러 그런 곳에다 건축한 것은 아니겠지만, 외국의 공사관들이 빙 둘러쳐서 왕궁을 조망하는 것이 왠지 탐탁하지 않았다.

　그곳에서 한강이 있는 동남쪽을 내려다보던 나는 어리둥절하였다. 어리둥절했다기보다 약간 놀라지 않을 수 없었다. 바로 옆으로 돌기만 하면 기와집이 즐비한 남촌의 부촌이 나오는데, 눈에 들어오는 그곳은 본 일이 없는 빈민굴이었다. 시골에 내려가도 그런 곳이 없었다. 천여 채의 움막이 쓰레기더미처럼 너절하게 펼쳐있는 빈민촌이 그곳에 있었다. 판자나 나무 조각, 짚이라든지 수수깡 등의 껍질로 움막을 만들고, 문은 천으로 가려놓았다. 여름에야 괜찮으나 추운 겨울에는 어떻게 견딜지 알 수 없다. 그곳에 있는 사람들도 옷이 모두 시커멓게 보였다. 어딜 가나 흰옷으로 눈에 띄는 조선 군중의 모습과는 달리 다른 나라 사람처럼 옷이 검었다. 옷이 검은 것이 아니라, 모두 흙에 묻고 세탁하지 않아 검게 보인 것이다. 너덜너덜하고 때가 묻어서 흰색을 상실하였다. 그나마 그런 움막이라도 있어 다행이지, 그마저 없는 거지들은 다리 밑이나 나무가 우거진 숲속에서 찬 이슬을 맞으며 산다. 한양에 와서 산 지도 일 년이 넘었지만, 나는 왕궁이 있는 한양에 그런 곳이 있는 줄 꿈에도 모르고 있었다. 내가 놀라는 것에 비해 민호는 잘 알고 있는 듯 히죽히죽 웃으면서 나를 쳐다보았다. 웃는 그의 표정으로 보아 그는 빈민촌의 실태를 잘 알고 있는 인상이다.

"이곳을 일명 거지촌이라고 합니다. 형님은 모르셨나 보군요? 이 거지촌은 지난 십 년 사이에 급박하게 생겨났어요. 국태공(흥선대원군)께서 은퇴하고 국왕 전하가 친정을 펴기 시작하던 계유년(1973년)부터 생겨나기 시작해서 오늘날까지 커진 것입니다. 지방에 탐관오리가 득실거리고, 왕궁과 조정 대신들이 지방 수령 벼슬을 돈 받고 내려보내면서 수령이 된 지방관들이 벼슬을 산 본전을 뽑기 위해 농민들을 쥐어짜게 되었습니다. 땅 가진 지주에게 돈을 긁어내자, 지주들은 소작인들을 핍박해서 착취했고, 견디지 못한 소작인들은 살던 곳을 등지고 도회지로 나오게 되었습니다. 대지주가 아니고 적은 땅을 가진 농민들도 마찬가지입니다. 나라에 내는 세금에다가 지방 수령들이 덧붙여 거둬들이는 각종 세금으로 견디지 못하고, 살길을 찾아 도회지로 나왔습니다. 대표적인 도회지가 한양이었던 것입니다. 그러나 시골에서 농사만 짓던 농민들이 한양같은 도회지에 와서 무엇을 하겠습니까? 배운 기술이라고 해야 농사짓는 것인데, 그 일을 못하니까 날품팔이를 할 수밖에 없습니다. 지게 품팔이도 하고, 땔 나무를 베어 팔고, 물을 길어 팔았습니다. 그것도 모두 그렇게 할 수 있는 것이 아니었습니다. 그것도 못하는 사람들은 거지가 될 수밖에 없습니다. 그러다 보니 물 있고, 산이 있어 나무가 있는 이곳에 그나마 의지하기 위해 몰려든 것입니다. 여기 모인 사람 중에 반은 거지로 구걸을 해서 먹고 살고 있을 것입니다."

나는 민호의 말을 들으면서 뒷통수를 맞은 것처럼 머리가 아프면서 갑자기 비애감이 들었다. 왕실의 후예이며 양반이고, 화서학파 선비로서 항상 자부심을 가지고 있던 나는 누구인지 알 수 없다. 남산 정상에서 그 빈민굴을 보면서, 평소에 품고 있던 내 조국 조선에 대한 자존심이 무참하게 깨졌다. 그리고 처음으로 백성에 대해 죄를 지었다는 생각이 들었다. 내가 임금도 아닌데 왜 그런 생각이 들었는지 알 수 없었다. 아마도 내가 이 나라의 기득권층이라고 생각하고 있었는지 모르겠다. 내가 호의호식하고 있는 동안 백성들은 피폐하고 굶주려 있었던 것이다.

"형님, 왜 그렇게 놀라세요? 놀랄 일이 아닙니다. 어느 도회지를 가든 거지들은 있기 마련입니다. 그런데 한양에서는 거지들이 어떻게 하다가, 한 곳에 모여들다 보니 저런 빈민촌을 만든 것일 뿐입니다."

나는 민호의 말에 아무 대꾸를 하지 않았다. 내가 순진하고 어리석은 것인지는 몰라도 한꺼번에 수천 명의 거지들이 모여 사는 동네를 발견하고 충격을 받지 않을 수 없었던 것이다. 도회지에는 어디든 거지가 있기 마련이고, 그들이 모이다 보니 이런 거지 촌락을 형성했다는 민호의 말이 틀린 것은 아니지만, 그 거지 집단이 한 마을을 형성할만큼 크다는 데 자괴감을 느끼고 있었다. 우리 임금은 이 거지촌을 알고 있을까? 임금이 나처럼 집 구하려고 남촌에 왔다가 남산 꼭대기로 올라올 기회도 없을 것이다. 그러니 눈으로 볼 수 없을 것이며, 신하 중 그 누구도 말하지 않으면 평생 모르고 지나갈지 모른다. 나는 굉장히 불쾌한 기분이 들었다. 그것은 누구를 향한 불쾌인지 모르겠다. 어쩌면 나 자신을 향한 불쾌인지도 모르겠다. 기분이 상한 나는 민호에게 손짓해서 산을 내려 가자고 하였다. 내가 기분 나빠하자 그는 더 이상 히죽거리며 웃는 얼굴을 하지 않았다. 웃는 그의 표정도 역겨웠던 나의 마음을 알아차린 듯했다. 그렇지만, 내 기분을 이해해 달라고 민호에게 설명할 수도 없었고, 설명할 필요도 없었다.

다시 남산을 내려가며 동쪽 산비탈을 돌아갔다. 돌아가자 조금 전에 쓰레기더미처럼 보였던 거지촌과는 너무나 판이하게 다른 기와집이 나타났다. 산 하나를 사이에 두고 이렇게 다른 주거지가 있다는 것이 신기하였다. 주택이 드러나기 시작하자 골목이 나오고 상가도 눈에 띄었다. 산비탈 오솔길에는 띄엄띄엄 좌판상이 있다. 노점에서는 혁대라든지, 화장품, 신발 등 이것저것 잡화를 깔아놓고 팔았다. 오솔길에 지나다니는 사람은 거의 보이지 않았는데도, 좌판을 지키는 사람들은 몸을 움직이지도 않고 꼿꼿하게 앉아서 기다리고 있었다. 오솔길에 소나무 하나를 차지하고 그 아래에 잡다한 물건들을 늘어놓았다. 조금 떨어진 동리에서는 이따금 개짖는 소리가 울려왔다. 동리는 비교적 조용했으나, 어디선지 다듬이질을 하는 소리가 들려온다. 다듬이질 소리는 언제 들어도 푸근한 느낌을 준다. 마주앉아 두 사람이 번갈아 치는지 장단이 맞으면서 경쾌하게 울렸다. 아마도 시어머니와 며느리가 마주 앉아 방망이를 두드리는지 모르겠다. 아니면, 대가집에 살고 있는 하녀 두 명이 익숙한 몸짓으로 다듬이질을 하고 있을 것이다.

주택가의 큰길로 내려오자 산비탈 방향에 넓은 공터가 나오고 큰 기와집 건물이 나타났다. 요리 집인지 간판이 크게 달려있고, 대문 앞 공터에는 사인교라든지 이인교 가마와 인력거 여러 대가 있었다. 인력거꾼이나 가마를 메는 사람들은 쭈그리고 앉아 모두 한결같이 담배를 피우고 있었다. 나이가 젊고 늙은 것을 불문하고 모두 담배를 물고 뻐금거리고 피운다. 최근에 와서 너도나도 담배를 피워대었다. 여자든 남자든 불문이었다. 좀 전에 수표교를 지나다가 보았듯이 이제는 나이 어린 애들까지 담뱃대를 물고 빨아대는 것이다. 요리 집 안쪽으로 높은 담장이 있는 공터를 보자 그곳에는 활 쏘는 사람들이 모여서 떠들었다. 활을 쏘고 과녁에 맞지 못했는지 허탕이라고 하면서 깔깔 웃으면서 떠들었다. 무슨 계모임으로 모였는지 그곳에는 부인들로 가득했다. 고급 요리 집에서 회식하고, 활쏘기로 여흥을 즐기는 부인이라면 아마도 양반 집 아낙네가 틀림없다. 하지만 나의 예상과는 달리 요즘은 신분을 불문하고 계모임을 가지는 것이 유행이다. 그래서 이들의 여인이 기생조합일 수도 있고, 상인조합원 부인 모임일 수도 있었다. 특정된 신분만이 누릴 수 있는 옛날의 풍토가 바뀌고 있었다. 공터에서 활을 쏘고 있는 여인들이 모두 한결같이 젊고 아름다운 것을 보니 기생조합에서 나왔는지도 모르겠다. 치마저고리를 입었지만, 끈으로 허리에 꽉 조이고, 잘록한 허리와 엉덩이의 곡선을 한껏 자랑하고 있는 맵시가 그런 생각을 하게 하였다. 그러나 그 여인네들이 사대부 양반집 부인이든, 기생조합 여인이든 내가 상관할 바는 아니었다.

그곳을 지나 주택가 골목에 들어서는데 앞쪽에서 징과 장구 치는 소리가 울렸다. 아울러 목이 쉰 여자가 노래를 부르는 소리가 들렸다. 일반적인 노래가 아니라 굿을 하고 있는 것이다. 내가 살고 있던 문경에서도 굿을 하여 동네가 떠들썩한 일이 가끔 있었지만, 나는 한양만큼 굿을 많이 하는 도회지는 처음 보았다. 한양에는 어딜 가나 굿하는 소리가 시끄러웠다. 양반들이 사는 북촌이나 지금 우리가 들어서고 있는 남촌은 물론이고, 상인들이나 평민들이 사는 동네에서도 자주 굿을 올렸다. 한양에는 북악산과 남산을 비롯해 산과 골짜기에 절이 많이 분포되어 있었다. 그런데 그것이 실제 암자일 수도 있지만, 대부분 무당집이나 점쟁이 집, 그리고 무슨 무슨 선도집이라고 해서 도 닦는 집이었다. 외부에서 언뜻 보면 절집이지만 내부로 들어가 보면 무당집이 아니면 도술가의 도당이다. 그중에 무당의 세력이 가장 커서, 골짜기에 넓은 터를 잡고 굿당을 만들어 놓았다. 사람들이 그곳에 와서 굿을 올리는 무당들의 근거지가 되는 본부였다. 그 본당에는 박수이든 무당이든 수십 명이 있었고, 매일같이 굿을 했다. 손님이 그만큼 많이 온다는 뜻이었다. 노량진에 있는 신당(굿당)과 궁궐에서 가까운 북악산 골짜기에도 신당이 있고, 남산에도 국사당(國師當)이라고 해서 큰 신당이 있었다. 매일같이 신당에서 북 치고 장구 치고 징을 울리며 굿을 하면 굉장히 시끄러워서 주변에 사는 민가에서 신당을 없애달라고 민원을 올린다. 이 시대의 민원은 임금에게 올리는 상소였다. 그렇게 상소를 올려도 임금은 민원을 단 한 번도 들어준 일이 없었다. 그것도 그럴 수밖에 없는 것이, 왕비 민씨가 무당 굿을 좋아해서 궁궐에서도 자주 굿을 올리는 판이었다. 민씨가 무당 굿을 좋아했다기보다, 아들 순종의 건강과 미래 운명을 위해서 산신령에게 기도를 올리는 정성 때문이었다. 왕비는 민원을 하는 일반인들과 생각이 달랐다. 세자인 순종의 건강과 미래의 복을 위한 것이니만큼, 개인적인 일이 아니라 모두 나라를 위한 일이라고 생각하는 것이다. 그래서 조금도 부끄럽거나 나쁘다고 생각하지 않았다. 나라를 위한다는 핑계라고 했지만, 사실 그녀는 조금의 가책도 느낀 일이 없으며, 핑계를 대야 한다는 개연성조차 생각하는 여자가 아니었다. 왕궁에서 선전관으로 지냈던 지난 한 해 동안에도 나는 굿하는 소리를 자주 들었다. 왕궁이 아무리 넓다고 해도 북 치고 장구 치고, 징을 쳐대면 온 궁궐에 굿소리가 울려퍼지게 되어 있었다. 더구나 깊은 밤에 굿을 하면 더욱 심하다. 그렇게 무당 굿이 울려도 궁안의 모든 관리들은 그러려니 하고 타성에 젖는다. 처음에는 나 역시 궁안에서 무당 굿 소리가 들려 깜짝 놀랐으나, 이제는 타성에 젖어 그러려니 하고 관심조차 갖지 않았다. 백성이 직접 민원을 올리기도 하지만, 대신들을 이용해서 상소를 올리기도 한다. 조정 신료가 상소를 올려도 임금은 끔쩍 안 했다. 한양에는 무당들의 조직으로 숭신인조합(崇神人組合)이 있다. 그 조합의 조합장이 왕비 민씨와 아주 친하며, 더구나 계절마다 한 번씩 임금을 알현하고 큰돈을 상납한다고 하였다. 철마다 돈을 가져오는 조합장을 임금은 총애할 수밖에 없었다. 그리고 임금은 숭신인조합으로부터 철마다 돈을 먹는 입장에 좀 시끄럽다고 해서 그들을 내칠 수 없었다. 관료가 상소를 올린다고 해도 들어줄 수 없는 일이었다. 상소를 올려도 안 되자, 어느날 한성 판윤(서울시장) 김종식이 국왕을 알현하고 굿을 금지해달라고 직접 아뢰었다. 그러자, 국왕은 빙끗 웃으면서 말했다.

"뭘, 그런 일 가지고 경까지 나서서 그럽니까? 좀 시끄러우면 한쪽

귀를 막고 모른 척 하면 될 일을. 무당이 굿해서 나라가 망하는 것도 아닌데."

 훗날 회상해 보면, 그놈의 굿 때문에 나라가 망한 것이 아닐까 하는 생각까지 들었다.

3

"바로 이 집입니다."

 강민호가 어느 큰집 대문 앞에서 걸음을 멈추며 손으로 가리켰다. 전통 기와집으로 건립된 여든 칸 정도의 고택이었다. 규모가 커서 나보고 사라고 하면 자금을 마련할 수 있을지 알 수 없었다. 그러나 민호가 나를 데려와 집을 보여주는 것은 집을 팔기 위해서는 아니었다. 이 집은 지인의 것이면서 자기 것이나 마찬가지라고 알 수 없는 말을 했다. 지인의 것이면서 동시에 자기 것이라니 무슨 뜻인지 이해할 수 없다. 그러나 내가 이 집에서 살지 말지 결정을 안한 상태로 사연을 물어볼 필요는 없었다. 그리고 묻지 않아도 집에 얽힌 내력을 들려줄 것이다. 집은 삼백 년 정도 되었다고 한다. 임진왜란이 끝나고 바로 지은 집이라는 것이다. 비교적 깨끗하게 사용했고, 중간에 수리한 흔적이 보였다. 그러나 지금은 몇 년간 사용하지 않아 거미줄이 쳐 있고, 먼지가 두껍게 내려앉아 있다. 일단 둘러보기 위해 집안을 살폈다. 마당 한 가운데 연못이 있지만, 물이 거의 없는 상태에 잡초가 무성했다. 잡초 사이에 커다란 연잎이 수초 사이에 솟아있는 것이 인상적이었다. 그 연못으로 물줄기가 이어지는 산비탈 쪽으로 폭좁은 냇가가 있었으나 흙이 쌓여서 물이 막혀 있었다. 그 끝에 정자 하나가 있었다. 정자는 거미줄과 먼지로 덮여 있었다. 마당 전체는 넓고 납작한 돌을 깔아놓았으나 돌 사이로 풀이 자라 무성했다. 그것도 가을이 되자 시들어 덤불처럼 덮여 있다. 담을 둘러친 경계선으로 별채가 길게 복도처럼 이어져 있었다. 그 별채는 이십여 개의 방이 연이어 있었다. 아마도 하인이나 하녀들의 숙소로 보였다.

안채로 들어가자 가운데 대청이 있고 양옆으로 큰방이 있었다. 그리고 다른 담장 쪽에 사랑채로 보이는 별채가 있다. 별채 옆에 또 다른 별채가 있었는데, 그 방은 문이 열려있고, 방안이 비스듬히 보였다. 서재인지 방안에는 책들이 너절하게 널려있었다. 책이 모두 방바닥에 떨어져 있었다. 서가에 꽂혀있는 것은 하나도 없었다. 그 방으로 들어가 바닥에 떨어진 책들을 보았다. 별로 관심을 줄만한 책들은 보이지 않았다. 민호가 책에 대해서 설명했다.

"이 방은 한정익 어르신의 서재입니다. 큰방에 가면 가구가 그대로 있을 것입니다. 서재에 있는 책은 내가 중요한 것은 집으로 가져다 놓았고 그 밖의 잡다한 서적은 간장병 마개 하거나, 똥 **닦**는 종이로 사용하려고 동네 사람들이 들어와서 가져간 것으로 보입니다."

"이 집이 한정익이라는 사람 집입니까? 그 사람은 어디 가고, 왜 공이 집을 관리합니까?"

우리는 서재에서 나와 대청 한쪽에 있는 큰방으로 갔다. 큰방에도 거미줄과 먼지가 덮여 있는 것은 마찬가지였다. 고급 자개장이 놓여 있었으나, 열어젖힌 장롱 안에 있는 옷가지며 이불이 바닥에 흩어져 있다. 일부는 없어진 듯 보였다. 민호가 벽에 몸을 기대며 한숨을 내쉬더니 입을 열었다.

"오 년간 비어있어 집이 을씨년스럽지요. 마치 유령이라도 나올 것처럼 말입니다. 전에는 내가 가끔 와서 청소도 하고 관리했지만, 일 년 전부터는 오지도 않고 방치했더니 먼지가 쌓이고 폐가처럼 되었네요. 이 집 주인과 나의 관계를 이야기하기 전에 먼저 이 집 주인 한정익 어르신에 대해서 말해야겠군요. 한정익은 남원 부사를 지내고 호조 참판으로 있었습니다. 성격이 곧고 불의에 참지 못하는 분이었지요. 이 집은 그의 부친 한승 대감이 조상 대대로 물려받으면서 살았던 곳이기도 하고, 한정익 참판도 어린 시절을 보냈던 곳입니다. 한승 대감은 십여 년 전, 국태공께서 섭정할 무렵에 이조판서를 지냈던 분입니다. 국태공께서 쇄국정책을 펴면서 외국과의 외교를 단절하자 그래서는 국제적인 고립을 초래해서 안 된다고 수없이 상소를 올렸습니다. 우리도 일본식 유신을 해야 된다고 주장했습니다. 그러자 국태공은 한승 대감을 파직시켰습니다. 귀양 보내지 않은 것이 다행이었지요. 그 뒤를 이어 벼슬에 오른 한정익은 개화파는 아니었지만, 곧은 성격으로 바른 말을 잘했습니다. 아버지 한승이 국태공 밑에서 벼슬을 했다면, 아들 한정익은 아들 고종 밑에서 벼슬을 한 사람이라고 봐야 할 것입니다.

그런데 지금으로부터 5년 전(1876년) 일본이 강화도를 무단 침공하고 조선과 분쟁이 발생하자 병자수호조약을 강제로 맺었지요. 강화영에서 조인된 이 조약은 형님도 알고 있을 것입니다. 일본 공사관을 설치하고, 항구 두 개 처를 택해서 일본 상인들에게 무역을 하게 하고, 같은 항구에 조계지(租界地)를 만들라고 강요했습니다. 이것이 일본 침략의 시작이었던 것입니다. 그렇게 하자 한정익 호조 참판은 그것이 일방적인 불평등 조약이니 취소하라고 상소를 올렸던 것입니다. 그냥 취소하라는 논조만 한 것이 아니라, 일본 군함이 대포를 들이댄다고 해서 불평등 조약을 그렇게 힘없이 결재하는 임금이 진정한 임금이냐고 국왕이 강단있는 결단을 못한 것에 대해 성토한 것입니다. 이 상소로 해서 일본 측에서 반발하면서, 한정익의 상소는 조선과 일본의 우호적인 외교 정책을 훼손하고 모욕했다고 한정익을 처벌할 것을 주장했습니다. 그리고 조선의 대신들도 그 상소가 국왕을 꾸짖는 어투가 들어간 것에 대해 불손함을 지적하면서 역적으로 몰았습니다.

국왕은 일본의 반발과 대신들의 불평에 어쩔 수 없이 한정익 참판을 파직하고 흑산도로 귀양을 보냈습니다. 죄목이 역모에 준하는 불손과 일본과의 우호적인 외교 정책의 훼손이었습니다. 외교 정책의 훼손이 곧 역모라는 뜻이었지요. 형님도 잘 아시는 바처럼, 죄목 중에 역모가 가장 엄혹하지 않습니까. 그렇지만, 운양호가 먼저 조선을 무단 침공해서 벌어진 일을 오히려 자기들의 배에 포탄을 쏘았다고 하면서 우리에게 죄를 떠넘기고, 그 댓가로 개항하라고 한 것이 불평등 조약이라고 말한 것이 잘못은 아니지요. 한정익 참판이 역모라고 생각하는 사람은 아무도 없었을 것입니다. 일본 측에서도 그렇게 생각하지 않았을 것이고, 대신들도 그런 생각을 하지 않았겠지요. 공격은 그렇게 해도요. 국왕도 그렇게 생각하지 않았음에도, 일본과 대신들의 눈치를 보고 한정익을 정말 역모로 귀양을 보냈던 것입니다. 역모이면 연좌(緣坐)가 적용된다는 것을 아시죠? 재산을 몰수하고, 삼족을 멸하든지, 역적의 일문 씨를 말리는 사형을 집행하고, 여자들은 모두 관노로 보내는 일 말입니다. 그러나 한정익이 실제 역모한 것이 아니고, 좀 과격하고 국왕에게 불손한 태도를 보여서 역적이 되었다는 것을 아니까, 정상을 참작해서 죽이지 않고 귀양을 보내고, 재산도 몰수하지 않았습니다. 일문을 처형하는 문제도 부친 한승을 죽이지 않았습니다. 아들은 없으니까 죽일 필요도 없을 것이고, 다만 15세 나이의 딸이 한 명 있고, 부인 평양 강씨가 있었는데 그녀들은 관노로 보내게 되었습니다.

역적으로 몰려 아들이 귀양 가고, 손녀와 며느리가 남원관아 관노로 끌려가자, 부친 한승은 혼자 남아있다가 칼로 목을 찌르고 자결을 해버렸습니다. 부친이 자결했다는 말을 듣고 흑산도로 유배간 한정익은 심하게 앓다가 병을 얻었던 것입니다. 유배 간 지 일 년이 지나면서 병을 앓다가 그도 죽습니다. 남편이 죽었다는 말을 듣고 관노로 있던 처 강씨가 대들보에 목을 매고 죽었습니다. 병사하고 자결하면서 가족들이 모두 죽게 되자 절망을 한 딸도 목을 매어 죽으려고 했지만 제가 발견하고 생명을 구하게 되었습니다."

여기까지 말한 민호는 더 이상 입을 열지 않고 침묵하고 벽에 몸을 기댄 채 서 있었다. 감정이 뜨겁게 올라오는지 말을 끊었던 것이다. 그의 상투 위로 천장에서 거미줄을 타고 내려온 작은 거미 한 마리가 지나갔다. 거미가 지나가도 감정에 빠져서 기어가는 것을 못 느끼는지 잠자코 있었다. 그렇게 한동안 침묵하며 감정을 진정시키더니 다시 한숨을 내쉬고 말을 이었다.

"그럼 지금부터는 내가 한정익 가족과 어떤 인연인지 말씀드리겠습니다. 나는 남원의 변두리, 반달산 언덕이라는 곳에서 홍 진사라는 나이 든 늙은이 지주의 노비로 있었습니다. 나 혼자 노비로 있었던 것이 아니고, 나의 아버지와 어머니도 같은 노비였습니다. 노비 부부가 아이를 낳았던 것입니다. 노비 부부가 낳는 아이는 노비가 된다는 사실을 알고 계시죠? 우리는 홍 진사 집에서 산 것이 아니고, 변두리 촌락의 홍 진사 전답이 있는 곳에서 외거노비로 있었습니다. 나의 부친은 홍 진사 전답 스무 두락 정도 되는 땅을 경작하는 소작인 노비였지요. 홍진사는 남원에서 부호로 전답을 천여 두락 가지고 있었습니다. 그것을 수십 명의 노비에게 나누어 소작하도록 했습니다. 나도 아버지와 함께 홍진사 땅을 경작하는 같은 종놈이었지요. 나는 남달리 힘이 세어서 힘줄이라는 이름을 가지고 있었습니다. 내가 태어나고 백

일이 되었을 때 이름을 지어주었는데, 내가 무거운 쇠뭉치를 집어 들어 올렸다고 해서 기운이 세다는 의미의 힘줄이라는 이름을 지어주었습니다. 그 후에 나는 크면서 힘이 장사였고, 말을 매우 잘 탔습니다. 홍 진사가 말을 몇십 마리 키우고 있었는데, 우리 집에 보내 나보고 사육하라고 했습니다. 훈련도 시켜 좋은 경주마로 만들었던 것입니다. 홍 진사는 자주 우리 집에 와서 말을 타고 운동을 했습니다. 그때마다 나는 홍 진사의 말잡이 종노릇을 하기도 했습니다.

우리 집에서는 소 대신 말로 경작을 했는데, 소가 아닌 말로 경작을 하면 장단점이 있습니다. 소보다 말이 민첩해서 부리기는 좋지만, 힘을 쓰는 것이 소가 더 셉니다. 그리고 말은 자기를 훈련시키는 자에게는 말을 잘 듣지만, 다른 사람 말은 잘 듣지 않습니다. 그래서 아버지는 말로 경작을 하면서 계속 불편해하며, 홍 진사에게 말보다 소를 한 마리 사달라고 했지만, 홍 진사는 아버지의 청을 들어줄 생각을 하지 않았습니다.

내가 열다섯 살이 되던 여름 어느날이었습니다. 홍 진사가 집에 오더니 히죽거리고 웃으면서 나를 향해 말했습니다. 너도 이제 나이가 들었으니 장가를 가야지? 누가 좋으니? 달래, 꽃잎? 달랑이는 어때?

홍 진사의 입에서 나오는 이름은 모두 홍 진사 집에서 일하는 계집종들이었습니다. 모두 내 나이 또래의 처녀들로 나도 잘 아는 사람들이었습니다. 나는 속마음을 들킨 사람처럼 얼굴을 빨갛게 붉히며 어쩔 줄을 몰랐습니다. 노비가 재산이기 때문에 재산을 늘린다는 욕심으로 노비 총각이나 노비 처녀가 있으면 빨리 결혼시키려고 합니다. 그래야 아이를 낳아 재산이 늘어나니까요. 그러더니 홍 진사는 주변을 한번 힐끗 돌아보더니 입술로 자신의 혀를 핥으며 물었습니다.

힘줄아, 너의 애미 어디 있니?

저기 냇가에서 빨래하고 있어요. 왜요? 불러와요?

우리 집에서 바로 언덕을 내려가면 작은 하천이 있는데, 그 냇물은 추운 한겨울이 되어도 얼지 않고 흘렀습니다. 그래서 추운 겨울이 되면 오리 밖에 떨어져 있는 마을에서 아낙네들이 그 냇가로 와서 빨래할 정도로 유명한 하천입니다. 반달산 하천하면 남원 사람들은 모두 알 정도입니다.

너의 애비는 어디 있냐?

저기, 산비탈 밭에 풀 뽑는다고 일하러 갔어요.

그래, 너의 애비에게 우시장에 가보라고 해야 될 것 같으니 불러와라.

그날이 남원 오일장이 서는 날이었습니다. 우시장에 보낸다는 말을 들으니 아버지가 그렇게도 원하는 소를 사게 하려고 하는 줄 알고 나는 단숨에 아버지에게 가서 홍 진사가 부른다고 했습니다. 우시장에 보내겠다고 하더라고 하니까 아버지도 좋아했습니다.

아버지가 오자 홍 진사는 우시장에 가서 송아지 가격과 황소 가격을 알아보라고 했습니다. 가격만 알아보고 그냥 오라고 했습니다. 말을 타고 가지 말고 걸어갔다 오라고 했습니다. 말을 타고 가면 잠깐이면 다녀올 수 있으나 걸어가면 두 시간 소요되기 때문에 아버지는 어리둥절하였지만, 다른 말 없이 그가 시키는 대로 옷을 갈아입고 떠났습니다. 아버지가 떠나고 나서 홍 진사는 나에게 심부름을 시켰습니다. 집에 가서 떡배 아저씨에게 새로 구입한 가죽 말 완장을 달라고 해서 가져오라고 했습니다. 그리고 말을 타고 가지 말고 걸어서 가라고 했습니다.

저기, 어르신, 왜 말을 사용하지 못하게 하세요? 걸어가면 시간도 오래 걸리고 완장이 무거워 가져오기도 불편한데요.

이놈아, 시키는 대로 해라.

나도 아버지처럼 더 이상 이유를 묻지 않고 홍 진사의 명령에 따라 걸어서 갔습니다. 말을 타지 않지만, 나는 걸음이 빨랐습니다. 말만큼 빠르지야 않겠지만, 계속 뛰어갔습니다. 빠른 속도로 홍 진사 집에 도착해서 떡배라는 노비를 찾아서 주인이 새로 구입 한 말 완장을 가져오라고 해서 왔다고 하자, 떡배는 이상하다는 듯 고개를 까웃했습니다.

그건 며칠 후에나 도착한다고 알고 있을 텐데 가져오라고 하다니…… 하고 우물거렸습니다.

주인님이 뭘 착각하신 모양이네요. 돌아가서 며칠 후에 도착한다고 전하겠습니다.

나는 그렇게 말하고, 떡배 아저씨에게 꾸벅 인사하고 다시 뛰기 시작했습니다. 홍 진사 집과 반달산 언덕에 있는 우리 집이 이십 리 정도 떨어져 있었는데, 내가 뛰면 반 시간이면 다녀올 수 있는 거리였습니다. 그렇게 집에 도착하자 마구간에 홍 진사의 모습이 보이지 않았습니다. 이리저리 살피면서 찾았더니 홍 진사는 산언덕 아래 냇가에 있었습니다. 어머니가 빨래를 하던 부근이었습니다. 나무 그늘 아래에 있었는데, 다가간 나는 화들짝 놀라지 않을 수 없었습니다.

홍 진사가 어머니 몸을 올라타고 낫으로 가슴이며 목을 겨누면서 뭐라고 중얼거렸고, 어머니는 손으로 싹싹 빌며 살려달라고 했습니다. 처음에 나는 이해가 안 되어 지금 뭐하고 있지 하는 생각을 했습니다. 그때 나의 나이가 열다섯 살이지만, 나는 아무 것도 몰랐습니다. 변태라는 것이 무엇인지, 더 정확히 말하자면 가학성 변태에 대해서 몰랐습니다. 그런데 나의 눈에 비친 그 장면에서 어머니가 발가벗겨져 있었던 것입니다. 어머니만 벗은 것이 아니라 홍 진사도 벗고 있었고, 좀 말하기 거북합니다만, 이미 강간을 당하고 있었던 것입니다.

그제야 나는 사태를 알아차렸고, 놀란 목소리로 소리치며 어머니에게 달려갔습니다. 엄마 하는 나의 외침에 그 동작을 하던 홍 진사가 고개를 휙 돌려 돌아보았습니다. 그리고 몸을 추스르며 말했는데 나의 귀에도 들렸습니다.

저 새끼 왜 벌써 와? 집에 안 간 거야?

어머니 다치지 않았어요? 괜찮아요?

내가 그렇게 소리치면서 달려들었습니다. 나는 다른 생각없이 그냥 황급히 뛰어갔을 뿐입니다. 그다음 어떻게 하겠다는 생각은 할 겨를이 없었고, 무엇이 무엇인지 정확히 상황 판단도 못했습니다. 그러나 내가 달려가자, 홍 진사는 내가 위해라도 하는 것으로 생각하고 화들짝 놀라며 어머니 목에 낫을 대면서 소리쳤습니다.

　오지 마, 새끼야. 오면 네 애미 죽이겠다.

　그는 시퍼런 낫을 어머니의 목에 대며 소리쳤습니다. 그러자 나는 걸음을 딱 멈추면서 바라보았습니다. 이제야 사태를 이해하게 되었습니다. 홍 진사가 어머니를 강간하고 있다가 내가 나타나자 놀라서 어머니의 목에 낫을 대었다는 사실을 말입니다. 내가 뛰어가면 낫으로 어머니의 목을 자를 것 같았습니다. 양반 주인이 쌍놈 노비 목 하나 땄다고 해서 무슨 사단이 나지는 않기 때문에 죽이고 싶으면 죽이고 핑계를 대면 그만인 세상이었습니다. 그 정도는 나도 알고 있었습니다. 그래서 움직이지 못하고 가만있는데, 어머니가 떨리는 목소리로 말했습니다.

　힘줄아, 나는 괜찮다. 오지 마라. 괜찮으니 오지 마라.

　그 떨리는 목소리가 왜 그렇게 슬프게 들렸는지 모르겠습니다. 나는 큰 소리로 울고 싶었습니다. 어머니는 지금 자신의 상태보다 아들의 안위를 걱정하고 있었던 것입니다. 어머니는 입속말로 괜찮다 괜찮다 하고 반복해서 중얼거렸습니다. 갑자기 복받쳐 오르는 슬픔과 분노로 몸이 휘청하고 흔들렸습니다. 내가 밟고 있던 돌이 미끄러워 몸이 휘청하고 쓰러지는 것을 느꼈습니다. 나는 쓰러지지 않았으나 몸이 기우뚱하고 움직이며 한두 발자국 움직였습니다. 그것을 홍 진사는 내가 뛰어드는 것으로 착각하고, 오지마 새끼야 하고 소리쳤습니다. 그리고 다음 순간 어머니의 목줄 동맥에서 한 줄기의 피가 뿜어져 나오는 것이 보였습니다. 뒤이어 어머니가 목으로 손을 올리면서 아이구 하고 비명을 질렀고, 그제야 홍 진사도 어머니의 목에서 피가 뿜어져 나오는 것을 보고 깜짝 놀라며 낫을 들고 있지 않은 다른 손으로 막았습니다. 순간적인 나의 느낌이지만, 홍 진사는 어머니의 목을 고의적으로 벤 것이 아니고, 낫을 목에 대고 있다가 몸을 움직이면서 동맥을 잘랐던 것입니다. 나는 피를 뿜는 어머니가 걱정되어 뛰어가서 어머니의 몸을 안았습니다. 그러자 어머니의 몸을 짓누르고 있던 홍 진사가 옆으로 피하면서 낫을 휘둘렀습니다. 나를 죽이려 휘둘렀는지, 아니면 본능적인 몸짓인지는 몰라도 그가 낫을 휘두르자 나는 그의 손목을 잡아당기면서 낫을 탈취했습니다. 낫을 빼앗는 과정에 홍 진사가 억하면서 두 손으로 목을 감쌌습니다. 낫을 빼앗는 반동으로 낫이 그의 목을 스치고 지나가며 동맥을 잘랐던 것입니다. 홍 진사의 목에서 핏줄기가 솟아 나왔는데, 동맥이 터져서 그런지 핏줄기가 마치 물총처럼 쏴하고 내뿜는 것이었습니다. 어머니도 피가 뿜어져 나오는 곳을 자신의 손으로 눌렀으나, 목동맥에서 뿜어져 나오는 핏줄기가 어떻게나 센지 수습이 안 되는 것이었습니다.

두 사람은 거의 동시에 숨을 멈추었습니다. 생각지도 못한 뜻밖의 일로 나는 넋이 나갔습니다. 처음에는 너무 황망해서 아무런 생각이 들지 않고 이를 어떻게 하지 하는 단순한 걱정만 앞섰습니다. 그러다가 한참 후에 현실을 직면하고 나는 먼저 벗겨져서 땅바닥에 놓여 있는 어머니의 옷을 주워서 입혔습니다. 어머니의 옷을 입히면서 자꾸 눈물이 나와서 참느라고 애썼습니다. 울어도 되었지만 왠지 참아야 한다는 생각이 들었는지 억지로 참아내었습니다.

그렇게 옷을 모두 입히고 옆에 앉아 있었습니다. 얼마나 시간이 지났는지 사람이 가까이 다가오는 기척이 들어 고개를 들어보니 송아지와 황소 가격을 알아보러 우시장에 갔던 아버지가 보였습니다. 아버지는 피투성이가 되어 죽은 두 사람을 멍하니 바라보며 기가 차는지 아무 말을 못했습니다. 나도 피범벅이 되었고, 옆에는 낫이 떨어져 있는 것을 보더니 아버지는 조용히 물었습니다.

이게 대관절? 무슨 일이 있었냐?

나는 대답하지 못했습니다. 그리고 그동안 참았던 슬픔과 분노가 한꺼번에 터지면서 나는 엉 하고 소리쳐 울기 시작했습니다. 내가 소리 내어 엉엉하고 울자 아버지도 함께 꺼억꺼억 하고 울었습니다. 우리 두 사람은 말없이 그냥 울기만 했습니다. 그리고 한참 후에 아버지는 조용한 목소리로 나에게 물었습니다.

주인 나리는 네가 죽였냐?

네, 내가 죽였어요.

아버지는 홍 진사를 주인 나리라고 호칭하였습니다. 그것은 평생 그렇게 불렀기 때문에 타성에 젖어 그랬을 뿐이지만, 나는 아버지의 그 호칭이 기분 나빴습니다. 그래서 화난 목소리로 또 말했습니다.

그래요. 내가 이 새끼 목을 베었어.

내가 죽였는지, 자기가 찔렀는지 나로서도 알 수 없는 일이었습니다. 내가 죽였든 안 죽였든 그것은 아무 상관이 없었습니다. 그러자 한참 있다 아버지는 나에게 말했습니다.

알았다. 내 말을 잘 들어. 너는 살아야 한다. 이 길로 옷을 갈아 입고 도망을 가라. 여기서 멀리 가라. 그리고 다시 돌아오지 마라.

싫어요. 왜 그래야 해요?

돌아오지 말라면 돌아오지 마라, 새끼야. 여긴 내가 정리할 테니.

그때만 해도 정리한다는 말뜻을 나는 알아듣지 못했습니다.

정리한다는 것은 적당히 수습해서 일을 마무리 하겠다는 긍정적인 일로 생각이 들었지만, 어떻게 정리할 것인지는 나로서는 알 수 없었습니다. 나는 아버지의 말대로 따랐습니다. 냇가로 가서 피묻은 몸을 씻어 내고, 다른 옷으로 갈아입었습니다. 아버지는 장롱을 열고 모아 놓은 상평통보 한 푸대를 나에게 주었습니다. 푸대에 걸방을 매어 울머지고 가라고 했습니다. 집을 떠나다가 뒤를 돌아보니 아버지가 서 있다가 손을 들어보이며 다시 말했습니다.

멀리 가라, 그리고 다시 돌아오지 마라.

나는 의문이 들어 물었습니다.

정리한다며 왜요? 나중에 다시 만나요. 몇 달 후에 몰래 찾아오면 되잖아요.

그렇게 말했지만 아버지는 대꾸가 없었습니다. 나는 아버지를 뒤로 하고 그곳을 떠났습니다. 그리고 넉 달인가 지나서 밤에 몰래 집으로 돌아왔습니다. 집은 다른 소작인 노비들이 차지하고 살고 있었습니다. 다시 숨었다가 한 달 후에 거지 복색을 하고 남원 오일장에 갔습니다. 사람이 많이 우글거리는 곳에 가면 별로 눈에 띄지 않을 것이기 때문에 그 기회를 틈탄 것입니다. 주막에 들어가서 나는 넌지시 너댓 달 전, 반달산 언덕에서 일어난 홍 진사와 여자 노비 사건을 물었습니다. 그 일은 너무나 유명해서 한양에까지 소문이 퍼졌는데 그것도 모르냐고 핀잔을 하며 주막 노파는 떠들었습니다. 그 일로 해서 남원 부사가 다른 사람으로 갈렸는데, 부사가 잘못해서 갈렸다기보다 남원이 떠들썩해지면서 그냥 이유없이 바뀌었다는 것이었습니다. 사또가 누가 되었든 그것은 관심이 없고, 사건의 결말이 어떻게 되었냐고 물으니까, 홍 진사와 여자를 모두 낫으로 찔러 죽인 범인은 자수했기에 별로 어려움 없이 해결되었다는 것이었습니다. 범인은 어떻게 되었냐고 물으니 당연히 사형이라고 대답하였습니다. 전라도 관찰사 관아로 이첩되어 교수형에 처해 졌다고 하였습니다. 그래서 나는 아버지가 나 대신 자신이 죽였다고 거짓 자백한 사실을 알았습니다. 그것이 아버지가 생각한 정리였던 것입니다. 아버지는 그들을 죽인 합리적인 이유를 대기 위해 홍 진사와 부인이 간통하는 현장을 발견하고 두 사람을 한꺼번에 목 베었다고 자백했던 것입니다.

그리하여 반달산 언덕의 간통 사건은 마무리가 되어버린 것이었습니다. 그래서 나는 더 이상 숨어다니지 않았습니다. 이렇게 이야기를 하다 보니 내 과거 이야기만 한 듯합니다. 한정익 참판 가족과 인연을 말하려다가 나의 개인 이야기를 너무 길게 한 것 같습니다. 이야기 그만 할까요?"

그가 체념하는 표정으로 말을 맺으려고 했다. 끝낸다고 해서 안타까울 것은 없지만, 아직 한 참판과의 인연에 대해서는 언급도 하지 않았다. 그리고 민호의 그 과거 이야기는 끔찍하기는 했으나 흥미진진했다. 재미있으니 더 해보라고 하는 말이 나올 것 같아 나는 얼른 입을 다물었다. 내가 머뭇거리자 그는 또 다시 한숨 내쉬고 말을 이었다.

"뭐, 어차피 꺼낸 이야기인데 마무리를 하지요. 거지처럼 복색하고 다니는데 하루는 길을 지나다가 한 사건을 만납니다. 수레에 사람을 태우고 지나가던 말이 무엇에 놀랐는지 껑충 뛰어오르면서 이리저리 우왕좌왕하는 것이었습니다. 말고삐를 잡은 시종은 말을 제대로 제압하지 못하고 잡고 있던 고삐조차 놓치고, 뒤로 나자빠지는 것이었습니다. 말이 앞으로 내달리자 수레바퀴가 돌에 부딪치면서 뛰어올랐고, 수레 안에 타고 있던 여자가 비명을 지르는 소리가 들렸습니다. 나는 재빨리 몸을 날려 말의 고삐를 잡는 동시에 입고 있는 윗옷을 벗어 말의 머리에 덮어 씌웠습니다. 말은 앞이 안 보이면 뛰지 못하고 동작을 멈추는 약점이 있습니다. 그래도 껑충거리기에 고삐에 힘을 주어서 눌렀습니다. 말이 내 힘에 못이겨 무릎을 꿇었습니다. 날뛰는 말을 한숨에 제어하자 지켜보던 사람들이 감탄했습니다. 뒤에서 오던 사인교 위에서 한 중년 남자가 내리는데, 그는 남원에 새로 부임한 사또 한정익이었습니다. 말이 끄는 수레에 타고 있던 사람은 한정익의 부인 강씨와 딸 지희였습니다. 어딘가를 다녀오다가 사고를 만난 것입니다. 한정익은 나에게 고맙다고 인사를 하며, 기운이 장사인데 어디 사는 누구냐고 물었습니다.

나는 약간 당황했지만 이럴 때는 정공법으로 나가야 한다는 생각이 들어 나의 신분을 솔직하게 밝혔습니다.

저는 신분이 비천한 노비 출신으로 이름은 힘줄이라고 합니다. 얼마 전에 부모님을 모두 잃고 고아가 된 처지라 지금 집도 없이 구걸하여 살아가고 있습니다.

노비 출신? 나이가 몇 살인가?

열다섯 살입니다.

갈 데도 없는 몸이라고? 보아하니 기운이 장사던데 여러 가지로 쓸모 있을 텐데 구걸을 하며 세월을 보내서 쓰겠나?

다섯 달 전에 반달산 언덕의 사건이 일어났는데, 그때 죽은 여자가 제 애미입니다.

그 말을 듣자 한정익은 옆에 있는 아전 한 사람에게 물었습니다. 아전이 놀란 눈으로 나를 바라보더니 네가 힘줄이냐고 물었습니다. 그는 나의 얼굴은 몰랐지만 반달산 사건을 알고 있었습니다. 내가 그렇다고 대답하자 그는 한정익 부사에게 그 사건을 설명했고, 그 사건의 범인 아들이라고 했습니다. 한정익 부사도 반달산 사건에 대해서 알고 있었습니다. 반달산 간통 사건은 조선천지 모두 알고 있는 치정사건이기 때문에 조선인이면 모두 알 정도였습니다."

나도 조선인이지만 모르고 있는데 라고 말하려다가 참았다. 그는 좀 전과는 달리 이제는 약간 신바람을 내며 말을 이었다.

"이 청년을 제가 압니다 하고 아전이 나에 대해서 자세하게 설명하였고, 한정익은 나를 데리고 관아로 갔습니다. 내가 오갈데 없다고 하자 나를 관아 마방의 사령(책임 일꾼)으로 임명하고 함께 지내게 했습니다. 노비 신분을 아주 벗어난 것은 아니지만, 한정익의 노비이면서 동시에 남원 관아 마방사령으로 일하게 된 것입니다. 나는 열심히 일했고, 충실하게 행동했습니다. 아버지가 누명을 뒤집어 쓰고 나를 구해준 은혜에 보답하는 것이 내가 충실하게 살아가는 일이라고 생각했기 때문이었습니다. 남원 관아에서 일 년 정도 지내자 한정익은 승진해서 종2품 당상관이 되어 호조 참판으로 한양으로 가게 되었습니다. 한양 남촌에 한정익 본가가 있어 그곳으로 왔습니다. 나는 노비 신분으로 함께 왔습니다. 바로 이 집입니다."

여기서 그는 감개무량하다는 표정으로 방안을 한번 훑어보는 것이었다. 그래서 호조 참판 한정익과 인연이 맺어진 것이구나 하고 나는 이해할 수 있었다. 그러나 어떤 이유로 그는 한정익의 재산을 관리하는 대리인이 되었는지 알 수 없었다. 아직 가야 할 이야기는 더 남아 있는 듯했다. 내 의중을 단번에 눈치채고 그는 계속 말을 이었다. 우리는 한쪽에 있는 탁자를 끌어당겨 그 위에 있는 먼지를 닦아내고 걸터앉았다. 그는 약간 수줍은 웃음을 웃고 나서 말을 이었다. 다음 이야기는 끔찍한 이야기라기보다 그를 수줍게 하는 좀 창피스런 이야기일 것이라는 짐작이 들었다. 그는 괜히 헛기침을 두어번 하더니 말했다.

"앞에서 말씀드렸듯이 한정익이 역적으로 몰려 흑산도에 귀양 가서 병사하고, 부인이 관노 신분으로 목매어 죽는다는 데까지 말씀드렸지요? 아니, 중요한 것은 그의 딸이 모든 가족을 잃자 절망하고 어머니를 따라 목매달은 것을 내가 구해서 살렸다는 말씀을 드린 거 같군요. 부인 강씨와 딸 지희가 관노로 남원 관아로 갈 때 나도 따라갔습니다. 한정익이 병사로 죽기 전에 나를 불러서 흑산도로 가서 그를 만났습니다. 그는 숨이 넘어가는 상태여서 온 힘을 다해 말했습니다. 너는 노비 신분이지만 나는 너를 아들 같이 생각했다. 사대부 양반이 쌍놈에게 이런 말을 하는 것은 쉽지 않을 것입니다. 그렇지만, 나는 그 말이 빈말이 아니라는 것을 알고 있습니다. 나에게 뿐만이 아니라 노비 모두에게 그는 주인 행세를 하지 않고 인간적으로 대하는 분이었습니다. 특히 나에게 잘 대해 주었습니다. 아들처럼 대해 주었는지는 모르겠지만. 아들이 없어서 그랬나? 어쨌든, 그는 죽기 전에 나에게 부탁이 있다고 했습니다. 자기에게는 친척들이 없지 않지만, 이번 상소 역적 건으로 해서 모든 친척들이 자기에게 등을 돌렸다고 합니다. 그래서 친척에게 부탁하지 않겠다고 하면서 자기 집과 전답 문서를 나에게 주겠다고 했습니다. 그러니 지금 관노가 되어 있는 처와 딸의 장래를 보살펴 달라고 했습니다. 전답 문서를 주겠다는 것이라든지, 부인과 딸의 장래를 보살펴 달라는 말이 상당히 모호한 말이었기 때문에 나는 좀 더 구체적으로 지시해 달라고 했습니다. 전답 1천7백

50두락을 나에게 준다는 것은 기증하는 것인지 아니면 관리를 해달라는 것인지 물었습니다. 그리고 부인과 딸을 보살펴 달라는 것도 애매한 말인 것이 지금 나 역시 관노라서, 내가 무슨 힘으로 보살피냐고 물었던 것입니다.

그러자 그는 구체적으로 말했습니다. 내가 실제 역적이라고 생각하는 사람은 없다. 그러니 언젠가는 사면되어 복권될 것이고, 그렇게 되면 처와 딸도 관노에서 면책되어 나갈 것이다. 그때가 언제 올지 모르지만, 그때가 되면 너에게 준 전답과 집을 부인과 딸에게 사용해 주되, 너 자신도 노비 신분에서 해방되어 평민의 신분을 갖기 바라며, 그 신분 세탁에 내가 준 돈을 사용해도 좋다. 그렇게 말하고 덧붙여서, 만약 내 딸이 너를 원한다면 둘이 혼인해도 좋다. 나중에 내 딸에게 지금 내가 한 말을 전해라. 그럼 내가 신뢰했던 너를 딸도 신뢰하고 남편으로 맞이할 수 있을 것이다. 그 말을 듣고 나는 감명받은 것이 사실입니다. 아, 이분은 나를 정말 아들같이 생각했구나 하는 생각이 들더군요. 그러나 그분은 한 가지 잊은 것이 있었습니다. 언젠가는 복권된다고 했지만, 만약 그 언젠가가 십 년이나 이십 년 후에 온다든지, 아예 오지 않을 수도 있는 일입니다. 현실은 생각보다 냉혹한 세상이니까요. 그러나 차마 그런 말을 그에게 할 수 없었습니다. 명심하겠다고 말하고 그가 나에게 준 모든 문서를 챙겨들고 떠났습니다. 그게 그와 마지막이 되는 듯해 나는 우울한 기분으로 작별 인사를 했는데, 그때 심경이 다시는 돌아오지 말라고, 잘 가라고 손짓하며 나를 보냈던 반달산 집에서 아버지의 모습을 보는 심정과 똑같았습니다. 그 순간 만큼 그는 나의 아버지 같다는 생각도 들었던 것입니다.

 나와 이별한 지 한 달 만에 그는 죽었습니다. 그가 죽자 예상하지 못했던 일로, 부인이 따라 자결을 하게 되어서 당황했습니다. 딸도 따라서 죽을 것 같아 같이 관아에 있으면서 아침 저녁으로 그녀를 살피며 신경을 썼는데, 예상대로 새벽에 목을 맨 것을 보고 내가 막았던 것입니다. 막고 그녀의 아버지를 만났을 때 했던 말을 들려주었습니다. 그녀가 다시 죽으려고 할 것 같아 예방하기 위해 말했던 것입니다. 곧 사면되어 풀릴 것이고, 아버지가 나에게 관리하라고 준 돈은 아가씨를 위한 돈이니 죽지 말라고 했습니다. 아가씨가 나를 좋아하면 둘이 결혼하라는 아버지의 말은 차마 꺼내지 못했습니다. 그리고 나는 생각했습니다. 이제 역적이 된 한정익이 죽었는데, 누가 나서서 그의 복권을 상소하겠으며, 임금은 다른 바쁜 일도 태산처럼 밀렸는데 언제 한정익의 사건을 떠올려 복권시켜 줄 생각을 하겠는가 하는 것입니다. 그냥 놔두면 한없이 시간이 흘러갈 것 같았습니다. 그래서 비상 수단을 쓰기로 했습니다. 작금의 세상은 돈이면 모든 것이 해결된다는 말이 있습니다. 돈이면 과거 시험도 합격하고, 돈이면 지방 수령도 되고, 돈이면 쌍놈도 양반이 되고, 돈이면 연정도 살 수 있다고 합니다. 그렇다면 그 돈으로 한번 세상을 사보자. 그래서 나는 한정익이 나에게 준 돈을 계산해 보았습니다. 집은 아가씨가 나가면 살 수 있는 집이 필요하니 그대로 놔두더라도 전답은 팔아도 될 것 같아 계산해 보았습니다. 논 한 두락에 80냥이고, 밭 한 두럭은 50냥입니다. 논 1천6백 두락이면 12만8천 냥이고, 밭 1백50 두락은 7천5백 냥입니다. 모두 합하니 13만5천5백 냥이었습니다. 그것이라면 충분히 세상을 살 것 같았습니다.

　우선 관노의 신분을 벗기 위해 남원 부사 하고 흥정을 했습니다. 부사는 나와 참판의 딸 지희를 면책시키는 데 2만5천 냥을 달라고 했습니다. 나는 1만 냥이고, 지희는 1만5천 냥이라는 것이었습니다. 왜 지희의 면책 자금이 나보다 더 많으냐고 물으니, 그녀는 역적의 딸이라서 면책하는 데 더 어려움이 있다고 했습니다. 역적의 딸인 그녀를 면책하기 위해서는 내수사 수장 정도로서도 안 되고, 임금의 결재까지 받아야 한다는 것입니다. 나는 쌍놈을 면책하는 데 임금이 끼어 든다는 말을 듣고 기절을 할 정도로 놀랐습니다. 작금의 세상이 이렇게까지 타락했는지 몰랐습니다. 어쨌든 상감마마가 결재한다면 합법적인 일이니까 그대로 하기로 했습니다. 그렇게 해서 지희와 나는 관노의 신분 세탁에 성공했습니다. 그런데 나는 평민으로 머물고 싶지 않아 양반까지 올라가기로 하고 다음 작업을 했습니다. 양반이 되는 데는 얼마나 들까. 알아보니 그것도 1만 냥이 들더군요. 양반이 될 때는 족보를 만들라고 해서 나는 평양 강씨 문중으로 해서, 42대 손으로 등록했습니다. 한정익의 부인이 평양 강씨여서 강씨를 선택한 것이 아니고 알아보는 과정에 그 문중과 타협이 되었던 것입니다. 그리고 지희와 결혼도 했습니다. 그녀의 아버지가 했던 말을 들려주지 않았지만,

그녀는 나와 같이 세월을 보낸 것이 수년인데다, 그동안 내가 하는 행동이나 성품을 지켜보아서 상당한 호감, 아니, 호감이 아니라 연정을 가졌다고 보아야 할 것입니다. 그녀 나이 열여섯 살이고 내 나이 스물두 살, 그러니까 작년에 우리는 결혼식을 올렸습니다. 나는 평양 강씨이고, 그녀는 청주 한씨 양반 문중이었던 것입니다.

 그녀는 남촌에서 부모와 함께 살았던 집에 들어가기 싫다고 했습니다. 자꾸 과거 생각이 나서 눈물이 흘러 살 수 없다고 합니다. 우리는 혜화동 쪽에 새집을 마련했습니다. 그러자 욕심이 생겨 나는 벼슬을 하고 싶어졌습니다. 그 말을 그녀에게 했더니 자기에게 글을 배우라고 해서 나는 그녀를 스승으로 모시고 천자문부터 소학, 대학 등 기본적인 한학 공부를 했습니다. 문과보다 무과가 나의 적성에 맞을 것 같다고 하자 그녀도 동의했습니다. 기운이 장사인 만큼 그것을 사용할 수 있는 것은 무인이 되는 길이라고 생각했습니다. 아니, 내가 과거에 응한 것은 일종의 투기였지, 무슨 나라를 위한 헌신이나 충성 따위는 손톱만큼도 없었습니다. 지랄 같은 이 세상에 어디에다 무슨 충성을 바치라는 것이냐는 게죠. 충신을 역적으로 몰아 아버지가 유배지에서 병사하게 하고, 할아버지와 어머니 마저 자결해서 가족을 풍비박산으로 몰았는데, 그녀도 충성심이 없었습니다. 나 역시 어머니가 지주에게 유린당하고, 그로 해서 아버지가 대신 죽음의 길을 갔던 참혹한 여정을 걸어왔던 터라 임금에 대한 충성심은 없습니다. 나는 그 누구보다 조국이라든지 민족이란 말을 좋아합니다. 그런데 그것을 임금에게 하는 충성으로 하고 싶지 않습니다. 충성이라는 것은 반드시 임금에게 하는 것만이 전부는 아니지 않습니까?"

　민호는 말을 마치고 이제 할 말을 다 했다는 표정을 지었다. 그는 마지막 말을 의미있게 끝냈다. 충성은 당연히 임금에게 바쳐야 한다. 그런데 그의 생각은 임금은 존경 대상일 뿐이지 실제 충성은 나라에 바치고, 백성에게 바쳐야 한다는 것이었다. 임금에 대한 존경도 없는 듯했다. 임금을 사기꾼 대하듯이 하지 말았으면 싶었다. 그리고 전에 언젠가 민호의 초청을 받아 혜화동 그의 집을 방문했는데, 그의 처 한지희는 나이가 어리지만 상당한 미인이었다. 갸름한 얼굴에 고운 눈썹의 선이 뚜렷하고 나이가 어리면서도 우아한 분위기를 주었다. 집에는 꽃슬이라는 나이 어린 하녀가 한 명 있었다. 두 여자가 음식을 장만하고 술을 내왔다. 나는 그녀에게 함께 식사를 하자고 청했으나, 그녀는 사양하고 꽃슬이라는 하녀와 함께 부엌에서 식사를 하였다. 음식을 먹으면서 담소하는 중에 갑자기 민호가 말했다..

　"형님, 제 처는 진짜 양반 출신입니다."

　나는 고개를 끄덕이며 미소를 지었다. 그렇지 않아도 그녀를 처음 보았을 때 얼굴에 어리는 고귀한 자태와 우아함이 그녀가 양반 규수라는 것을 한눈에 알아볼 수 있었다. 집에 대한 내력을 알려고 한정익의 인연 이야기를 듣고 보니 민호가 말한 진짜 양반이라는 사실이 실감되었다. 남촌의 그 집을 모두 돌아보고 우리는 선전관청으로 향하였다. 대문을 나서면서 나는 민호에게 말했다.

"이 집 마음에 듭니다. 살 돈은 없지만, 당분간 사용하기로 하겠소. 집세를 내라면 내겠습니다."

"세라니요. 무슨 그런 섭섭한 말씀을 하십니까? 과거 시험에 합격하기 위해 1만 냥을 또 썼습니다만, 아직 10만 냥 정도 남아있으니 돈 걱정은 하지 말아주시요. 빨리 수리를 해서 더 추워지기 전에 이사 오십시오, 그래야지 나도 형수님 얼굴도 보고, 어린 조카들 얼굴을 볼 수 있지 않겠습니까?"

4

겨울로 들어서면서 아침저녁 날씨가 차가워졌다. 어제 밤에 밖에 내놓은 대야의 물이 얼었다. 추워지자 남산 동쪽 산비탈에 살고 있는 거지촌 사람들이 걱정이었다. 쓸데없는 걱정일지 모르지만, 가능하다면 남아도는 헌 옷이라도 챙겨 그들에게 가져다주고 싶었다. 그러나 한두 명이 아닌 천여 명의 집단을 구제하기 어려울 것이다. 남촌의 빈집은 수리가 끝난 지 보름이 지났다. 목수와 토목공이 와서 집 안팎을 깨끗하게 꾸며놓았다. 사흘 전에 가족들이 문경에서 이곳으로 이사를 왔다. 가족들은 지난 여름에 조부 장례식에서 보고 처음 본다. 그때만 하여도 아내는 만삭된 아기를 잉태한 채 힘들게 거동하고 있었다. 친인척과 동리 사람들이 도와주기는 했으나 상을 치르느라 분주하게 몸을 움직여 자주 배를 만지며 아파하던 것이 여간 걱정스럽지 않았는데, 다행히도 아무 탈 없이 넘겼다. 상을 치르고 한 달 후에 아기가 태어났다. 첫아들 승재였다. 아들은 이제 백일을 넘겼으나 남촌에 이사 왔을 때 처음 본다. 두 해 전에 출생한 딸은 이제 제법 커서 말도 잘하고 잘 뛰어다닌다. 조부가 돌아가시고 보니, 이제 집안 어른은 어머니 혼자 남았다. 어머니는 아직 쉰이 안되었으나 머리가 희끗희끗 쉬어 있었다. 그리고 가끔 허리 통증이 있어 자리에 누웠다. 그럴 때면 나는 어머니의 허리를 열심히 주물러 주었다. 어머니는 시원하다며 좋아하다가도, 내가 힘들까 봐 그만하라고 했다. 한창 젊은 내가 뭐가 힘들까 하는 생각이지만, 어머니는 내가 어린애인 것처럼 걱정하는 것이다. 나이가 들어도 어머니에게 있어 나는 어린애인 모양이다. 지난번에 조부상을 마치고 한양으로 올라올 때 어머니는 대문 밖 큰길까지 멀리 따라 나와 배웅했다. 아내는 대문 앞에 우뚝 서서 떠나는 나를 물끄러미 바라볼 뿐이었다. 아내 옆에 두어 살 된 딸 아이가 서 있고, 그 뒤로 세 명의 하인과 두 명의 하녀들이 서 있었다. 세 명의 하인 중에 두 명은 늙은이들이었다. 두 노비는 내가 태어나기 전부터 집에 있던 노비들로 내가 아기일 때 업고 다니기도 하였다. 다른 한 명의 노비는 서른 살의 장정이었다. 그는 집에 있는 전답 농사를 위해 새로 들어온 사람이었다. 두 명의 하녀는 마흔 전후의 중년인데, 한 사람은 과부가 된 여자고, 다른 한 사람은 결혼하지 않은 노처녀였다. 그들이 모두 대문 앞에서 손을 흔들며 나를 배웅하는데 유독 어머니만 멀리 따라 나오자 나는 송구하고 거북했다. 송구하고 거북한 것은 대문 앞에 서 있는 사람들도 마찬가지였다. 그래서 나는 말고삐를 잡아당기며 걸음을 멈추고 어머니에게 말했다.

"그만 들어가세요. 그래야지 제가 말을 달려 빨리 가지요."

어머니가 말의 배를 쓰다듬으며 물었다.

"이 말이 잘 달리니?"

"그럼요. 선전관청에서 전용으로 사용하는 말입니다. 왜요? 말이 탈이 날까 봐 걱정이세요?"

"탈이 나면 걸어가야 할 텐데 어떡하니?"

"왜 탈이 날 거라고 생각하세요? 쓸데없는 걱정 마시고 들어가세요. 그리고 제 처 만삭인 거 같은데……"

"보름 후인가, 한 달 후인가 출산 예정이다."

"잘 좀 살펴주세요. 처가 워낙 몸이 허약해서……"

"초산도 아니고 두 번째 출산인데 괜찮다. 걱정하지 마라."

나는 어머니의 몸을 잡아 집을 향해 돌아서게 하고, 말에 올랐다. 그리고 말 채찍을 치면서 어머니에게 말했다.

"다음 설 명절 때 내려오겠습니다. 어머님."

그리고 말을 몰아 달렸다. 먼지를 일으키며 달려가다 산모퉁이를 돌 때 뒤를 힐끗 돌아보았다. 어머니는 아직도 그 자리에 서서 나를 바라보고 있었는데, 저고리 옷자락을 걷어 올려 눈을 닦고 있는 것이 울고 있는 듯했다. 아주 이별하는 것도 아닌데, 유독 어머니만 애타고 있는 것이 안쓰러웠다. 그래서 그때 생각한 것이 가족과 함께 살아야 하겠다는 것이었다. 이런저런 이야기를 하다가 강민호에게 슬쩍 말했다. 가족들과 별거하는 것도 불편하니 한양에 집을 마련해서 가족이 올라오게 하고 싶다고 했다. 그러자 그는 마침 잘 되었다는 듯이 환하게 웃으며, 자신이 관리하는 빈집에 대해서 말했다. 민호가 남촌에 있는 역적 한정익의 집을 소개해서 당장 옮기게 된 것이다.

오늘 저녁 집들이를 하기로 했다. 집들이라기보다 그동안 신세 지었던 사람들을 모시고 식사를 대접하려고 한 것이다. 이번 집들이는 내가 주도한 것이 아니고, 김옥균이 만든 모임이었다. 김옥균이 강민호를 통해 나에게 집들이를 겸해서 모임을 가지는 것이 어떤가 하고 제의해 왔다. 초대할 손님도 김옥균이 찍었다. 박영효, 서광범, 민영익, 민성규, 강민호, 홍영식, 윤치호, 서재필을 부르라고 했다. 홍영식, 윤치호, 서재필은 이날 다른 일이 있어 못 온다고 해서 빠졌고, 민영익은 김옥균, 서광범이 모이는 잔치에는 갈 수 없다고 거절하는 바람에 빠지기로 했다. 그런데 함께 선전관으로 있는 민성규가 나서서 다시 초대해서 오게 되었다. 김옥균이 초대하라고 나에게 지시했던 이 인물들은 모두 개혁파 인물이었다. 그리고 두 해 후 갑신년에 정변이 일어났을 때 보니 개혁 반란의 주도 인물이었던 것이다. 이들을 초대해서 대접한 그날의 그 모임 때문에 나는 갑신정변 직후 의금부에 체포되어 같은 패가 아니냐고 추궁 당했다. 집들이를 한 것이라고 대답했지만, 당시 서민들에게는 집들이 풍속이 있었으나, 사대부에게는 거의 없는 일이었다. 그럴 수밖에 없는 것이 사대부들은 이미 고래 등같은 집을 가지고 있고, 대부분이 선조로부터 물려받아서 계속 살고 있었기 때문에 집들이를 할 일이 없었다. 집을 자주 옮기는 평민이나 중인들이 집들이를 하였던 것이다. 그래서 양반이나 귀족들은 집들이를 하지 않았다.

어쨌든 잔치를 하는 것은 아니지만, 좀 신경을 써야 하는 인물들이 있어서 제대로 음식을 장만했다. 음식 장만하는 데 일손을 보탠다고, 아침부터 강민호의 아내 한지희가 와서 도왔다. 그리고 이제 내 처도 출산한 지 백일이 지나서, 몸이 회복되어 건강했다. 내 처는 스물세 살이고, 민호의 처는 열일곱 살이니 모두 젊었다. 집에 있는 두 명의 하녀들이 마흔 살이 넘었다고 하지만, 요리하는 데는 두 양반보다 그녀들이 더 잘했다. 그래서 준비한 것을 보니 잔치상을 방불케 하였다. 민호가 나의 집에 미리 와서 오는 손님들을 마중하기 위해 대기했다.

해가 서쪽으로 막 기울고 있을 무렵 제일 먼저 박영효가 왔다. 그는 손님 중에 가장 나이가 어린 스무 살이었지만, 전대의 임금 철종의 부마(사위)이고 현 국왕의 매제가 되는 귀족이었다. 김옥균, 홍영식, 서재필, 서광범과 동문수학한 동지였다. 그는 금릉위라는 작위를 가지고 있다. 골목에 들어서는 그는 네 명의 가마꾼이 메는 사인교를 타고 왔다. 가마 옆으로 수염이 허옇게 난 늙은 종자 한 명이 따라왔다. 대문 앞에서 가마가 멈추자 늙은 하인이 가마 문을 열고 허리를 구십도로 꺾었다. 나이가 스무 살 밖에 되지 않은 청년이 거드름을 피우면서 천천히 내렸다. 내려서 가슴을 펴고 갈지자걸음을 하며 대문으로 들어섰다. 그 앞에서 내가 그를 맞이했다. 내 옆에 있던 강민호도 허리를 굽혔다.

"어서 오십시오. 금릉위 대감."

"허허, 운강 공과 무심 공이구려. 뭐 집들인지 뭔지 한다고 해서 왔오. 고우(古愚) 공은 왔소?"

고우 공이란 김옥균의 호였다. 고균이라고도 불렸지만, 김옥균은 너무 똑똑하다는 말이 퍼져서 일부러 어리석다는 우(愚)를 넣어 호를 바꾸기도 하였다. 겸손한 척하고 한 짓이지만 내가 보기에는 오히려 교만한 태도였다.

"네, 아직 안 오셨습니다. 안으로 들어가시죠."

나는 박영효를 집안으로 안내했다. 그리고 서재로 데리고 들어갔다. 서재는 방이 넓었고, 문과 창을 제외하고 벽 전체에 서가를 꾸며 책으로 장식했다. 책은 거의 모두 강민호가 가져다 놓았다. 전에 한정익이 가지고 있던 것도 있고, 책방에서 사온 것이다. 문경 집에서 공부할 때 내가 보던 것도 가져왔다. 반은 인쇄본 책이지만, 거의 반은 필사본의 역사책이었다. 내가 읽은 일이 없는 고서들도 있었다. 그리고 한쪽 탁자에는 탁본들이 수북하게 쌓여 있었다. 그것도 강민호가 무역하는 상인에게서 샀다고 하였다. 방 가운데는 넓은 탁자가 놓여 있고, 음식이 한 상 차려 있었다. 하얀 창호지 여러 장이 음식을 덮고 있었다. 음식상 앞에는 방석이 여러 개 놓여 있었다. 가운데 방석 앞으로 박영효를 안내했다. 박영효는 헛기침을 하며 방석 위에 앉았다. 그는 얼굴이 둥그스름하고 눈이 컸다. 타고난 귀족의 풍모를 풍기는 사대부 귀공자였다. 그는 철종의 혈육이자, 국왕의 사촌인 영혜옹주의 부마가 되었다. 금릉위의 봉작과 상보국숭록대부 품계를 받으면서 3정승과 같은 반열에 올랐다. 국왕의 친형 이재면의 품계보다 그의 품계가 더 높았다. 아들 때문에 아버지 박원양은 공조판서에 올랐고, 죽은 조부 박제당은 숭정대부 겸 좌찬성에 추증되었다. 역시 죽은 증조부 박해수도 자헌대부 이조판서 겸 성균관 당상에 추증된다. 그런데 재수없게 옹주와 혼인한 지 3개월 만에 사별했다. 당시는 부마의 재혼과 축첩은 불법이라서 후사가 없었다. 국왕 고종이 불쌍하게 여겨 궁녀 몇 사람을 하사해서 이들에게서 서자, 서녀를 얻었다. 그는 삼 년 전에 오위도총부 도총관, 다음 해 혜민서 제조를 거쳐 지난해에 판의금부사에 임명되었다. 판의금부사는 의금부 으뜸 벼슬로 종1품 관직이다.

나는 박영효에게 잠깐 실례하겠다고 하고 다시 대문 앞으로 나갔다. 내가 나가자 대문 안으로 서광범이 들어섰다. 그는 나보다 한 살 아래인 22살인데, 이조참판을 지낸 서상익의 아들이었다. 할아버지는 예조판서를 지낸 서대순이다. 박규수의 제자가 되면서 김옥균을 비롯한 개화파 젊은이들과 친하게 되었다. 그는 나와 같은 시기인 작년에 중광문과에 급제해서 홍문관 부수찬이 되었다. 김옥균과는 사돈 집안 관계이고, 어렸을 때부터 함께 북촌에서 박규수의 제자로 동문수학했다.

"어서 오십시오. 익헌 공."

"운강 공, 안녕하십니까? 이렇게 초대해 주어서 감사합니다."

"별 말씀을…… 지금 안에 금릉위께서 와 계십니다."

"아, 그렇습니까?"

"안으로 들어가시지요."

나는 마당에 서 있는 늙은 노비 영감에게 서광범을 서재로 안내하라고 하고 대문 밖으로 나갔다. 대문 밖에 누군가 도착하는 기척이 들렸기 때문이다. 밖으로 나가니 민영익과 민성규가 같이 도착했다. 민영익은 현재 참판으로 있으나, 왕비 민씨의 조카로서, 권세가 하늘을 찌를 듯이 대단했다. 두 사람은 각기 인력거를 타고 왔다. 한양에서 이동 수단으로 인력거는 별로 사용하지 않는 편이었는데, 5년 전에 일본과 통상 협약 조약이 되어 부산항과 제물포항(인천항)이 개방되면서 갑자기 쏟아져 들어왔다. 일본은 인력거를 주된 이동 수단으로 사용하고 있었다. 그 문물이 넘치듯이 쏟아져 들어와 지금은 여자나 남자나 모두 인력거를 타고 다녔다. 거리에 따라 가격의 차이는 있지만 2푼에서 3푼 정도만 주면 한양 어디든지 태워주었다. 2푼이면 국수 한 그릇 값이고, 3푼이면 국밥 한 그릇 값이었다. 그러니 약간의 돈만 있어도 양반이든 쌍놈이든 상관없이 이용했다.

"어서 오십시오. 두 분이 만나서 오는 길인가 보군요."

"육조 거리에서 만나 뭘 좀 상의하느라고 늦었습니다. 우리가 늦지 않았나요?"

"아닙니다. 금릉위 대감과 익헌 공(서광범)은 와서 기다리고 있습니다. 현재 고균 공이 아직 안 왔습니다만."

"그 사람은 항상 그렇게 거드름을 피우며 나타나요. 거리를 지날 때 보면 자기가 무슨 임금이나 되는 것 같이 선도를 앞세우고 많은 사람들이 땅에 엎드려 조아리기를 즐기는 사람입니다. 그런 사람이 권력을 잡으면 꼭 역적이 된다고 합디다만."

민영익이 입을 실룩거리며 김옥균을 비난했다. 김옥균이 권력을 잡으면 자기가 왕이 되려고 할 것이라는 말을 돌려 하고 있었다. 민영익은 김옥균을 굉장히 나쁘게 보고 있었다. 민영익은 이조 참판으로 있으면서 조정의 인사권을 틀어쥐고 있었다. 물론, 조정의 인사권은 왕비 민씨가 가지고 있는 것이고, 민영익은 고모인 왕비의 지시를 받을 뿐이지만, 아직 스무 살을 갓넘은 나와 비슷한 또래의 나이에 육조 가운데 가장 우두머리인 이조의 실무를 담당하고 있었다. 이조는 각 문관의 임용과 공훈 및 봉작, 인사 고과와 정무를 관장하는 부서였다. 벼슬을 내릴 때 왕비가 모든 신하들의 성분을 파악하는 처지가 아니었기 때문에 먼저 민영익을 불러, "이 사람 어때?"하고 물어본다. 그러면 민영익은 자기 마음에 들지 않는 인사에 대해서는 나쁘게 말한다. 그 사람 인간성이 더럽습니다 라거나, 돈을 너무 밝히기로 소문이 나 있습니다 하거나, 너무 개화파에 밀착해서 위험한 인물입니다 하고 나쁘게 말하면 왕비는 벼슬을 내리려다가도 주춤하게 되는 것이다. 그러니 왕비 못지않은 막강한 권력을 차고 앉았다고 할 수 있다.

그때 골목 안으로 한 무리의 사람들이 들어왔다. 사인교를 가운데 두고 평복 차림의 장정들이 수십 명 왔는데, 사람 수를 세어보지 않았으나 백 명 정도 되는 듯했다. 그 사람들은 어깨에 총을 메고 칼을 차고 무장을 하고 있었다. 많은 사람들이 한꺼번에 왔지만, 한두 사람이 걷는 것처럼 다른 잡음이 들리지 않고 조용했다. 발자국 소리가 들리기는 했으나, 그것도 마치 구령에 맞추어 걷는 것처럼 규칙적이었다. 나는 긴장하면서 사인교를 뚫어지라고 바라보았다. 옆에 있던 강민호가 반기면서 말했다.

"아, 이제 오셨군요. 고균 공입니다."

사람은 가마에서 내리지 않는데 강민호는 알아보고 그렇게 말했다. 강민호의 말처럼 가마에서는 김옥균이 내렸다. 김옥균은 왕궁이나 육조(6부가 있는 조정)에 갈 때가 아니고, 낯선 곳이나 행사에 초대받아 갈 때는 호위군들을 대동한다고 했다. 말만 들었지, 김옥균이 데리고 다닌다는 호위군을 본 일은 없었다. 그러나 골목에 들어서는 백 명의 장정들을 보면서 그것이 소문이 아니고 실제라는 것을 알았다. 호위군을 데리고 다니는 것은 최근에 그를 죽이겠다고 하는 협박이 여러 차례 왔기 때문이라고 했다. 처음에야 암살 협박 때문에 호위군을 데리고 다녔겠지만, 이제는 자기 위엄을 드러내기 위해서라는 말도 있다. 호위군을 그렇게 데리고 거리를 지나가면 많은 사람들이 고개를 숙여 인사를 한다. 고개를 숙이는 정도가 아니라 평민이나 노비들은 땅에 바짝 엎드려 머리를 박는다. 감히 쳐다보지도 못하는 것이다. 마치 임금 행차 때 하는 모양새였다. 그것이 아니꼬워서 조금 전에 민영익이 그렇게 비난했던 것이다.

5

식사를 마치고 술잔이 오고 갔다. 나로서는 김옥균과 술자리를 가지는 것이 처음이었다. 전에 강민호와 함께 점심 식사를 같이 한 일은 있지만, 그때는 한낮이었고, 다음에 중요한 조정 회의가 있어 술을 입에 댈 수 없었다. 처음에는 서로 어떻게 지내는지, 추워지는데 월동 준비는 잘 하고 있는지 안부를 묻는 형식적인 대화가 오고 갔다. 그러나 술을 마시면서부터는 마치 본론에 들어가자는 듯이 정책을 논하기 시작했다. 나하고 강민호, 그리고 같은 선전관 민성규는 듣고만 있었다. 다른 네 사람보다 직급도 낮았고, 지금 맡고 있는 직책 역시 정책을 논할 위치는 아니었기 때문이다. 다른 네 사람은 조정의 정책을 입안하거나 집행하는 위치였다. 그것보다 출신 배경이 막강한 세도가들의 자식들이었다. 출신 배경을 따지면 나도 효령대군의 19세손으로 왕실의 후예였다. 왕실 사람이기는 하지만, 영향력을 발휘할 수 없는 왕손이라서 내세울 것이 못 된다는 것을 알고 있었다. 주로 이야기하는 사람은 김옥균이었다. 모든 사람들이 경청하고 있었지만, 민영익은 지루한지 하품까지 하였다. 내가 보기에는 무의식적인 하품이 아니고, 그만 떠들라고 하는 경고 같아 보였다. 그걸 아는지 모르는지 김옥균은 무시하고 계속 열변을 토했다. 그때 문이 열리며 과부 하녀가 들어와서 나에게 귓속말로 잠깐 나와 보세요 라고 했다. 그녀를 따라 밖으로 나왔다. 그녀가 걱정스런 얼굴로 방금 마님이 정신을 잃고 쓰러졌다고 하였다. 그래서 급히 안방으로 모셔 눕혔는데 정신은 깨어났으나 계속 누워있다고 전했다. 나는 급히 안방으로 가서 처를 살폈다. 그녀는 내가 들어가자 알아보고 자리에서 일어나려고 했다.

"그대로 누워 있어요. 어디가 아프오?"

"모르겠어요. 갑자기 현기증이 나면서……"

"의원을 부를까요?"

과부가 나에게 물었다.

"마침 우리 손님 가운데 의원이 한 분 있어. 그분에게 부탁해 볼 테니 그냥 누워있으시오."

나는 민성규를 떠올렸다. 그는 한양에서 태어났지만, 어렸을 때 대구로 내려가 살았다. 양반이지만 집안이 가난해서 아버지가 대구 약령시장에서 약(약초)을 팔았다. 민성규도 아버지 밑에서 약초를 팔면서 경험을 쌓았지만, 아버지는 그에게 공부해서 과거에 시험을 보아 벼슬하기를 바랐다. 그는 글공부는 싫어서 항상 사냥을 다니거나 강에 가서 물고기를 잡는 생활을 즐겼다. 그러다가 약령시장에서 의원을 열고 있는 노인에게서 의료 공부를 하였다. 머리가 좋았던 민성규는 단번에 의학 지식을 습득할 수 있었고, 실제 환자를 치료하기도 하였다. 처음에는 의원 노인을 따라 다니면서 어깨너머로 배웠다. 나중에는 직접 환자를 치료했다. 원칙으로는 의원 과시가 따로 있어, 그 과시에 급제해야 의원이 될 수 있었으나, 아버지가 중인이나 하는 의원 일을 못하게 해서 과시를 볼 수 없었다. 5년 전에 아버지가 세상을 떠나고 약령시장에 개업하고 있던 의원 노인도 죽었다. 노인은 죽으면서 민성규에게 의료원을 넘겨주었다. 그러나 의원이 되려면 의원 과시에 급제해야 해서 그는 한양에서 2년마다 열리는 의원 과시에 시험을 보고 합격했다. 다시 대구로 내려와 의원을 차렸으나, 노인이 할 때만큼 환자가 오지도 않았고, 엽총을 가지고 사냥이나 다니며 제대로 의료원을 꾸려갈 수 없었다.

그는 3년 전에 무과 과시에 시험을 보고 급제하며 선전관이 되었다. 무과 과시에 아버지가 약초를 팔아서 모은 1만 냥을 쓰기도 하였다. 돈을 쓰지 않으면 시험만으로 급제가 어려운 시절이었다. 물론, 내 경우는 워낙 성적이 좋아서 떨어뜨리지 못했다고 하였다. 2만 냥을 낸 사람이 장원급제하고 나는 차석으로 합격했다.

서재로 가서 민성규를 밖으로 불러내었다. 아내가 쓰러져서 누워 있는데 봐달라고 했다. 그는 나의 안내를 받아 안방으로 들어갔다. 과부가 지키고 앉아 있다가 자리에서 일어났다. 아내도 일어나려고 했지만, 그냥 누워 있으라고 했다. 민성규가 아내 앞에 앉으며 정중하게 말했다.

"실례합니다. 부인, 먼저 진맥을 할테니 한쪽 손을 내밀어 보시겠습니까?"

아내가 왼쪽 손을 내밀자 민성규가 주머니에서 접은 비단 수건을 꺼냈다. 비단은 하얗고 얇았다. 그것을 펴서 아내 손목 위에 올려놓더니 그 위에 손을 얹어 맥을 짚었다. 여자를 진맥할 때는 의원의 손이 환자의 손목에 직접 닿지 않게 하려고 얇은 비단 천을 깔았다. 마치 왕가의 귀부인에게 내의원이 하는 짓을 하고 있었다.

"괜찮습니다. 과로하신 것 같습니다. 감기 기운도 있고요."

"내 처는 본래 몸이 약한 편입니다. 특히 겨울철이 되면 적응이 잘 안 되어서요."

"약한 사람이 따로 있는 게 아니고 체질 탓입니다. 추위에 유난히 약한 것입니다. 제가 약방문을 써드릴 테니 약전에 가서 약초를 구해다가 탕을 끓여 몇 첩 드시면 가뿐하게 나을 것입니다."

민성규는 한쪽에 두 손을 모으고 서 있는 과부에게 부탁해서 종이와 붓과 벼루를 가져오게 했다. 무엇인가 약 이름을 써넣었다. 그것을 나에게 주면서 탕을 끓여 마시라고 하였다. 함께 방을 나오며 나는 그에게 고맙다고 인사했다.

"고맙기는요. 어쩌다가 의술을 배웠을 뿐입니다."

"어쩌다가 배웠다지만 환자의 상태도 물어보지 않고 진맥만 하고 병을 알아맞히니 대단합니다. 역시, 돌팔이는 아니군요."

"하하하, 돌팔이라니요. 그래도 의원 과시를 보고 합격한 사람입니다. 내가 무과 과시에는 돈을 썼지만, 의원 과시는 실력이 전부입니다."

민성규가 장난스럽게 으스대면서 우리는 서재로 들어갔다. 안에서는 김옥균이 한참 열변을 토하고 있었다.

"일에는 먼저 할 일이 있고 나중에 할 일이 있습니다. 제일 먼저 할 일은 우리나라 경제 발전입니다. 열강의 틈바구니에서 우리가 살아남으려면 어느 한쪽에 기대서 살려달라고 빌기보다, 차라리 자립하면서 부강해져야 합니다. 주변의 제국들은 물론이고, 멀리 떨어져 있는 제국들조차 우리를 먹으려고 눈독을 들이고 있는 판에 어딜 기댄다고 해결될 줄 아십니까?"

기댄다는 표현은 국왕과 왕비의 외교 정책 기조를 비판하는 말 같이 들렸다.

"제일 먼저 할 일이 경제 발전입니다. 그다음 군사력의 증강일 것입니다. 처음부터 군사력을 증강하면 좋겠지만, 대관절 어떻게 군사력을 증강할 수 있겠습니까. 경제 발전 없이는 군사력을 강화할 수 없습니다. 먼저 돈을 벌어 부자 나라가 되어야 합니다. 경제 개발을 위해 상공 기업체를 보호하고 육성해야 합니다. 치도국을 설치하여 도로 개수사업을 하고, 우정국을 설치하여 우편제도를 실시하고, 새로운 농목장과 농사시험장, 농업학교를 만들어 미래의 농업 일꾼을 선진화시켜야 합니다. 순경부를 설치하여 경찰 제도를 개혁해야 합니다."

듣고 있던 서광범이 입을 실룩하더니 말했다.

"전에 상감마마에게 상소했다는 그 내용이잖아요? 상감마마께서 뭐라고 하셨어요?"

"폐하께서 말씀하시길, 그걸 하려면 돈이 있어야 하는데 돈을 어떻게 마련하냐고 하문하셨습니다."

"아주 정확히 짚으셨네요."

민영익이 나서면서 말했다.

"그래서 돈이 필요한 것이지요. 뭐, 돈은 찍어내면 되지요."

그 말에 김옥균이 화를 벌컥 내려고 했다. 그러나 억제하며 조용히 말했다. 억양을 낮추자 그가 얼마나 화가 났는지 짐작이 되었다.

"나라 망하게 할 일 있어요? 돈을 만들어 뿌리는 것은 제일 바보 같은 짓이라는 것을 모릅니까? 전에 국태공께서 경복궁을 건립하면서 당백전 고액 엽전을 찍어냈어요. 엽전 한 개가 백 푼에 해당하는 고액 상평통보였죠. 그것 때문에 경제가 얼마나 뒤틀렸습니까? 나중에는 중지하고 더 이상 찍지 않았지만, 그 영향은 한동안 상인들과 백성들을 힘들게 했습니다."

"돈을 만들려면 그렇게 무식하게 나올 게 아니라 금광을 캐서 금을 외국에 팔면 됩니다. 금은 현찰이나 마찬가지고 굉장히 비싼 거라 돈이 되잖습니까?"

서광범이 약간 개념 없이 지껄였다. 그러자 김옥균이 받았다.

"그럼 그 금광은 어디 있어요? 그리고 어떻게 금광을 개발하지요? 외국으로부터 개발 장비를 들여와야 하는데 그것부터 막대한 돈과 기술이 필요합니다. 우리들이 지금 하고 있는 원시적인 금광 채굴로는 경제에 영향을 줄 만큼 금을 캘 수 없습니다."

"그렇지만 내가 금광 캐서 돈 번 사람들의 이야기를 들으니 수익이 짭짤하다는 데요? 성천금광이라고 하천에 붙어있는 금광이 있는데, 그곳으로 사람들이 몰려갔다고 합니다. 농부들이 농사짓는 것을 포기하고 천여 명이 몰려가서 광산은 인산인해가 되고, 그곳에 엿장수, 술장수. 밥장수, 놀음판, 창기까지 생겨났다고 합니다. 광부들의 손에는 바가지하고, 돌 깨는 망치 하나, 그리고 사금을 넣는 조그만 푸대를 지니고 있을 뿐이었습니다. 망치로 돌을 깨어 바가지에 넣고 물에 개어 채를 쳐서, 사금을 건져 주머니에 담습니다. 그 사금을 하루 종일 모아 팔면 하루에 5냥 내지 7냥 정도 생기니, 한 달이면 150냥에서 2백여 냥 돈이 된다고 합니다. 그러니 누가 농사를 짓고 있겠습니까? 그래서 너도 나도 금광으로 몰려가고, 누구는 떼돈을 벌어서 출세하는 것입니다."

서광범의 말에 민영익이 물었다.

"그런 광산이 어디 있어요?"

"우리나라 금광은 운산 광산, 홀곡 광산, 적미 광산 등 좀 있지요. 모두 금광입니다."

"그래 보았자 아까 고우 공께서 말씀하신 것처럼 원시적인 채굴이라 금이 제대로 나오지 않습니다. 한 개인으로 볼 때 하루종일 해서 닷냥, 일곱냥 벌겠지만, 하루 종일 모아 벌게 아닙니다. 미국이나 영국 같은 나라에서 하는 기계와 기술이 필요합니다. 일본에서는 옛날부터 은광이 많은데, 그들은 네델란드나 영국을 통해서 가져온 새로운 기계와 기술력으로 많은 양을 채굴하고 있답니다. 일본이 은화로 유명한 것도 바로 은광이 풍부해서지요."

"그래서 결론은 광산 개발로 돈을 벌 수 없다는 것입니까?"

박영효의 말에 서광범이 항의하는 어조로 말했다.

"광산 개발도 우리 산업을 보호하고 개발해야 하는 산업이요." 하고 김옥균이 대답했다. "그렇게 한 부류만 가지고 얘기할 수 없고, 전반적인 산업 개발을 해야 합니다."

"나는 우리 땅에 있는 금광을 발굴해서 돈을 만들자는 것입니다. 돈 만드는 데 그게 제일 빠르지요."

"빠른 것은 돈을 찍어내는 것이라니까요."

서광범의 말에 민영익은 계속 돈 찍어내는 말로 대응했다. 그리고 히죽 웃으면서 말을 이었다.

"이 말은 아직 공개되지 않은 비밀입니다만, 여러분들에게만 말씀드리는 것이니 다른 사람에게는 공개하지 마십시오. 사실 최근에 왕실 내수사와 선혜청에서 닷냥 백동화와 당오전 상평통보를 찍어내려고 준비 중에 있습니다. 내년이나 후년쯤 찍어 낼 것입니다."

김옥균이 깜짝 놀라며 민영익을 쳐다본다.

"정말 나라 망하게 하려나 보군? 폐하의 생각이요, 아니면 민자영이 생각해 낸 거요?"

그의 말에 민영익은 움찔하였다. 민자영은 왕비 민씨 이름이었다. 감히 왕비의 아명을 호명한 것은 김옥균의 기분이 광장히 더러워져 있다는 뜻이었다. 김옥균이 국왕을 폐하라고 호칭하는 것은 새삼스런 것은 아니었다. 그는 전부터 국왕에게 황제가 되라고 상소를 올린 일이 있었다. 나라 이름에도 제국이라는 말을 넣고, 황제가 되므로써 그것이 바로 독립을 표방하는 것이라고 하였다. 국왕 고종이 겁을 먹으면서, 앞으로 제발 황제가 되라는 말을 하지 말라고 당부했다. 그 사실을 중국이 알면 어떻게 하느냐는 것이었다.

"아니, 공은 왜 나에게 화를 내시오? 내가 만든 정책도 아닌데?"

민영익이 불만스런 표정으로 김옥균을 보면서 투덜거렸다.

"내탕금이 없다고 고액 돈을 만들어 풀면 해결될 것으로 생각하는 거요?"

"나는 모르오."

"그 결과가 어떻게 될지 뻔한 일을 모른다고만 하지 마시오. 당신도 이 조선이 불쌍하면, 아니, 조선 백성이 안타깝다고 생각하면 민자영 생각만 추종하지 말고 안 되는 일은 안 된다고 막는 것이 진정한 충성이요."

"뭐 내가 공에게 이실직고할 이유는 없지만, 나도 할만큼 했소. 선혜청 당상관도 안된다고 했고, 도승지도 안된다고 했지만, 국왕 전하와 중전마마가 하라고 하니 어떻게 하겠소."

"선혜청 당상관도 안 된다고 했다고? 민겸효가 과연 자영의 뜻에 거슬리는 말을 했을까?"

 민겸호는 병조판서이며 선혜청 당상으로 왕비 민씨의 직속 아류였다. 왕비 민씨의 숨소리조차 알아듣고 그 뜻을 거슬리지 않는다고 소문난 민겸호가 반대 의견을 말했다는 것은 거짓이라고 김옥균은 생각하고 있었다. 김옥균은 내뱉듯이 말했다.

 "폐하를 모시려면 제대로 모시오. 당신이나 민겸호 같은 참모가 민자영 옆에서 비위만 맞추고 있으니 나라 꼴이 이게 되겠소?"

 "공은 무슨 말씀을 그렇게 막 하시오? 그렇게 막말을 해도 되는 거요? 민자영이라니? 임금 모독죄가 뭔지 아시오?"

 "알지. 궁형이 아닌가. 가서 고해라. 그리고 폐하든 자영에게 가서 그래라. 내가 왕을 모독했으니 부랄을 까라고 해라."

 "궁형으로 그칠 일이 아니오. 당신은 역적이요."

 "내가 왕비의 아명을 말했다고 역적이 되는가? 조선에 그런 법이 있던가?"

 "모두 이러지 마십시오. 모두 진정하십시오."

 박영효가 나서면서 말렸다. 민영익은 화가 나는지 벌떡 일어서더니 나갔다. 내가 그의 뒤를 따라 나갔다. 뒷마당을 지나 뜰로 나설 때 내가 그의 옆에 붙으면서 말했다.

 "운미 공, 진정하십시오. 고균 공의 말씀이 지나친 것은 나도 알겠지만, 일을 키우지 말았으면 합니다."

 "난 그래서 김옥균이나 서광범이 있는 자리는 피하려고 했던 거요.

성규 형이 운강 공 말씀을 하면서 같이 자리를 해달라고 강권해서 왔던 것인데……"

"미안합니다. 나는 두 분이 그렇게 반목하는 줄 몰랐습니다."

"고균은 성질이 개지랄 같으니 계속 가까이하지 마십시오. 저놈은 왕실을 삼킬 역적이 될 거요. 운강 공은 왕실 후예가 아닙니까? 우리가 왕실을 지켜야지 누구에게 맡깁니까?"

민영익은 대문 밖으로 나갔다. 대기하고 있던 인력거꾼이 민영익을 발견하고 수레를 끌고 달려와서 대문 앞에 세웠다. 승차하면서 민영익이 나에게 말했다.

"오늘 일은 나도 미안합니다. 운강 공과 다음에 언제 자리를 같이 합시다. 성규 형을 통해 연락할테니 다음에 자리를 하고 좀 더 진진한 이야기를 나누었으면 합니다."

"운미 공, 조심해서 가십시오."

민영익은 인력거에 오르려고 하다가 화가 치미는지 대문 안을 향해 눈을 흘기면서 말했다.

"정말 부랄을 까서 내시로 만들까, 개씨기……"

민영익이 인력거를 타고 골목을 빠져나갔다. 조선 법에 궁형은 없다. 임금을 모독하면 역적죄는 성립할 수 있지만, 궁형이란 제도는 없었다. 아마도, 중국 한나라 때 무제(武帝)가 사마천에게 벌한 궁형을 두고 빗대서 한 말이었다. 흉노를 정벌하러 출전했던 한나라 장군이 흉노의 매복에 걸려서 포로가 되었다. 무제는 포로가 된 장군이 장군

답게 죽지 못하고 적에 잡힌 것을 두고 비난했다. 그러자 모든 신하들은 황제가 화난 것을 알고 침묵했다. 그런데 사관으로 있던 사마천이 나서면서 그 장군을 두둔하면서 말했다.

"폐하, 적에게 잡혔을 때는 나름대로 이유가 있었을 것입니다. 장군은 적과 싸워 이기기도 하고 패하기도 하는 법입니다. 그의 입장을 고려해 주지 못하고 역적이라고까지 말씀하시는 것은 폭군이나 할 수 있는 생각입니다."

그 말을 듣고 불난데 부채질하는 꼴이 되어 황제는 노발대발하면서 사마천의 목을 자르라고 하였다. 일단 감옥에 가두고 나서 황제는 곰곰이 생각하니 사마천을 죽이기에는 아까웠든지 정위를 불러 물었다.

"그 많은 신하 가운데 나에게 바른말을 하는 자는 저놈밖에 없어. 그래서 나는 저놈을 존경한다. 사마천이 나를 폭군이라고 모독하기는 했지만, 죽이기는 아까운데 다른 방법이 있는가?"

그러자 정위는 말했다.

"폐하, 황제를 모독하면 궁형에 처할 수 있는 것이 법입니다."

"그렇다면 궁형에 처하시오."

그렇게 해서 사마천은 나이 사십이 넘어서 부랄 까는 궁형에 처했다. 사마천은 벌을 받은 후 자살을 생각했으나, 사관(史官)으로서 그동안 써 왔던 역서가 남아있었다. 그걸 마치려면 아직 십 년은 더 일해야 했다. 그래서 그는 죽는 것을 포기하고 은둔해서 글을 썼다. 그래서 탄생한 것이 사마천의 사기였다. 황제모독의 궁형은 여기서 생기게 된 말이고, 중국의 후세 황제들은 그 선례를 본받아 자기를 모독하는 자에게 궁형을 내렸다.

골목에는 백 명의 김옥균 호위무사들이 조용히 서 있었다. 그들은 숨소리조차 들리지 않을만큼 조용히 있었는데, 마치 자객처럼 그늘 속에 있었다. 골목 입구에는 길을 밝히는 등불이 있다. 그 빛을 피하며 담벽 그림자에 묻혀 있었다. 그들이 마치 잠입한 자객 같아서 섬찍한 느낌조차 들었다.

다시 서재로 돌아오자 조금 전에 썰렁했던 분위기는 사라지고 일행은 술을 마시기도 하고 서가에 꽂혀있는 책을 살펴보았다. 박영효가 책을 꺼내 살피면서 놀라는 목소리로 말했다.

"운강 공, 이 책들은 어디서 난 거요?"

"대감, 아직 읽지 못한 고서들입니다. 무심 공이 구해다 준 것입니다. 눈에 띄는 고서라도 있습니까?"

"있다마다, 필사본이지만, 없어진 책들이요. 사료에는 기사로 제목이 나오지만 현재 책을 구할 수 없는 거요. 물론, 어느 선비가 골방에 보관하고 있을 수도 있지만, 아직 찾지 못한 사라진 사서요."

"그게 어떤 책인지 모르겠습니만."

나는 박영효 옆으로 가서 그가 꺼내놓은 책들을 보았다. 박영효가 빼놓은 책은 모두 필사본이었다. 구삼국사, 해동고기, 신라고기, 규원사화, 진역유기, 고승전, 계림잡전, 백제서기, 신라고사, 화랑세기 등이었다. 그 책들을 읽어보지도 못했지만, 사라진 고서라는 사실도 모르고 있었다.

"이걸 어디서 찾았소?"

"제가 찾은 게 아니고…… 본래 이 집은 역적 한정익 호조 참판의 집입니다. 이 서재도 한정익 참판의 것입니다. 5년 전의 일이니까 모두 한정익 참판이 역적으로 몰려 흑산도로 귀양간 사실을 알지요? 귀양 가서 일 년 만에 병사했습니다. 병자수호조약이 불평등 조약이라는 상소를 올린 일이 역적입니까?"

나는 이 기회에 한정익을 복권시키려고 했다. 강민호가 이 집을 나에게 선물했다면 나도 그를 위해 무엇인가 보답해야 할 듯해서 개화파 인물들에게 호소했다. 김옥균이나 박영효가 한정익 복권 상소를 올린다면 국왕도 거절하지 못할 것이다.

"한 참판 이야기는 나도 알고 있소." 하고 김옥균이 말했다. "일본 눈치 보느라고 충신을 역적으로 몰아 귀양보낸 처사는 안 될 일이지만, 당시 김기수 일행이 일본 사절단으로 도일해서 일본을 탐색하고 있을 때라서 우리도 한정익 참판 복권을 강하게 올리지 못했던 것이요. 그런데 그 일로 한 참판의 부친이 자결하고, 관노가 되었던 부인도 죽었다고 하던데?"

"네, 그랬죠. 본인은 병사하고, 부친이 자결하고, 부인은 목을 매고 죽고, 어린 딸은 관노로 그냥 있었어요. 친척들은 연좌제에 걸릴까 보아 쉬쉬하면서 모두 외면하고, 그 상황에서 딸은 어땠을 거 같습니까? 이제 복권시켜 딸의 명예라도 지켜주어야죠."

"그럽시다. 그런데 딸은 아직도 관노로 있소?"

"아닙니다. 따님은 지금 관노의 면책을 받고 여기 있는 무심 공의 부인이 되어 살고 있습니다. 면책은 받았으나 아버지의 명예는 회복해주셔야죠. 역적의 딸이라는 불명예를 계속 달아주지는 않겠지요?"

"그래요? 무심 공의 부인이 되었다고…… 이런, 무심 공이 그렇다면 이 일을 진작에 나에게 말할 일이지."

김옥균은 강민호에게 섭섭하다는 투로 말했다. 김옥균에게 그 사정을 진작 말했으면 국왕에게 청해서 한정익의 복권이 가능했을 것인데 왜 말하지 않았느냐는 핀잔이었다. 마치 그에 대한 대답이라도 들으려는지 김옥균은 계속 강민호 얼굴을 쳐다보았다. 민호는 약간 수줍은 웃음을 짓더니 말했다.

"저의 개인적인 일로 대감께 폐를 끼치고 싶지 않아 말씀 올리지 못했습니다."

"이게 어떻게 개인적인 일인가? 충신을 역적으로 몬 것을 알면서 침묵하는 신하만 있고, 그 일을 하고도 잊어버리는 임금이 있다면 그런 나라는 망할 수밖에 없네. 그런 나라로 만들지 말아야지."

"고우 공과 내가 책임지고 상소를 올리거나, 직접 주상을 알현하고 복권 시키겠으니 이제 그 고민은 그만하고, 여기 책 말이요. 이 책을 어디서 구했는지는 중요하지 않고, 이 책들을 나에게 빌려줄 수 있소? 내가 모두 필사한 다음 돌려주겠소."

"그렇게 하시지요."

나는 박영효가 요구하는 대로 책을 가져가라고 했다. 그는 다음에 다시 와서 시간을 가지고 다른 책들도 모두 검토해서 희귀한 서적들을 모두 필사하겠다고 하였다. 며칠 후에 그는 하인 한 명을 데리고 인력거를 타고 왔다. 집들이 때처럼 사인교를 타고 거드름 피우지는 않았다. 책은 모두 스물두 권이었는데, 그것을 모두 필사하려면 시간이 걸릴 것이다. 물론, 그는 시간이 없어 사람을 시킬 것이겠지만, 다음 해 임오군란이 터지고, 박영효는 수습책으로 제물포 조약이 체결된 후에, 조약 이행을 위해 특명전권대신 겸 제3차 수신사로 선발되어 일본으로 갔다. 두 해 후에 김옥균과 박영효, 홍영식, 서광범이 주도해 일으켰던 갑신정변이 실패하고 일본으로 망명하면서, 그 책을 돌려받지 못했다. 모두 필사했는지, 하다가 중단했는지 그것은 알 수 없었다.

박영효의 시선이 탁자 위에 있는 탁본으로 가더니 여러 장을 들춰 내용을 보더니 깜짝 놀란다. 그는 탁본에 있는 내용을 계속 훑어보더니 나를 돌아보며 물었다.

"이 비석 탁본은 어디에서 난 것입니까?"

"그것은 무심 공이 만주에 왕래하던 상인으로부터 사온 것입니다. 고구려 19대 영락 왕의 묘비석으로 판명되었는데, 최근에 고구려 국내성이 있던 집안현에서 발견된 것으로 만주인이 탁본해서 사람들에게 팔았다고 합니다."

"조선시대 기록에 의하면, 조선시대뿐만 아니라 고려시대도 마찬가지지만, 고려사에 의하면 집안현에 있는 그 성터 자리를 금나라 황성(皇城)이라고 했고, 조선왕조실록에는 여진 황제의 성이라고 나옵니다. 그 성이 고구려 국내성이었다는 사실은 최근에 알려진 일인데, 그 비석 역시 전에는 금나라 황제의 능비로 알려졌습니다. 고구려 광개토대왕의 능비라면, 1천5백 년 전의 금석문 탁본인만큼 우리 고대사가 나온 귀한 것입니다. 그런데 여기 빨간 줄로 옆줄 쳐놓은 것은…… 누가 한 것이지요?"

박영효가 손으로 가리키는 곳에 빨간 줄이 쳐 있는데 그것은 나도 모르는 일이었다. 강민호가 그 탁본을 나에게 주었기 때문에 그에게 물어보았다. 자기에게 탁본을 판 조선 상인이 삼국사기에 나오는 기사에 없는 부분이 있어 표식을 해놓은 것이라고 하였다고 했다.

"그렇다면 둘 중의 하나입니다. 묘비석에 일어나지 않았던 전쟁 역사를 기록해 놓았든지, 아니면 김부식이 삼국사기에서 뺀 것이든지." 하고 박영효가 말했다. "그런데, 장수왕이 선왕의 위업을 기리기 위해 써놓은 비문인 만큼 거짓은 아닐 것입니다. 그렇다면, 왜 김부식은 이 중요한 기사를 빼버렸을까요?"

김옥균과 서광범도 탁본이 있는 탁자 앞으로 와서 탁본 내용을 들춰보았다. 빨간 줄이 쳐 있는 글자는 상당히 많은 부분인데, 모두 경자년(서기400년)과 그 전후 기사로 영락 왕이 정벌을 한 전쟁 이야기였다.

영락 9년 기해년(서기399년)에 백잔이 맹세를 어기고 왜와 화통했다. 왕이 평양에 순시 중이었는데, 신라 왕이 사신을 보내 왕께 아뢰기를, "왜구가 신라의 국경에 들어차 성지(城池 해자)를 부수었습니다. 노객(신라 내물왕)은 대왕의 백성(民)으로서 왕께 귀의해 구원을 요청합니다." 라고 하였다. 태왕(영락 왕)은 은혜롭고 자애로와서 그 충성심을 갸륵히 여겨 신라 사신을 보내면서 계책을 알려주어 돌아가고하게 하였다. 다음해 영락 10년 경자년(400년)에 왕이 보병과 기병 5만을 보내 신라를 구원하게 했다. 남거성부터 신라성에 이르기까지 곳곳에 있는 왜구를 크게 궤멸(倭寇大潰) 시켰다. 관군(고구려군)이 도착하자 왜구가 퇴각하여 그 뒤를 지체 없이 쫓았는데 임나가라의 종발성에 이르니 성이 곧 항복하였다. 69개 성(촌락)에 안라인수병(安羅人戍兵)을 배치하여 지키게 하였다. 고구려군은 수군을 동원해서 계속 열도(列島, 길게 줄을 지어 늘어서 있는 섬, 즉 일본 본토를 가리킴)의 왜구 패잔병을 추격했다. 왜인은 백잔과 한통속이었다. 왜왕이 백잔관료(百濟王族)이니만큼 왜가 밀통하는 것을 그대로 볼 수 없어 끝까지 추격해서 바다를 건너 웅진성, 임천성, 와산성, 괴구성, 묵사매성, 우술산성, 진을래성, 노사지성 등을 공격해서 점령했다. 전에는 신라의 매금(이사금)이 몸소 고구려에 와서 나랏일을 논의한 일이 없었는데, 국강상광개토경호태왕에 이르러 신라 매금이 직접 와서 여쭙고 조공(朝貢聽命) 하였다.

라는 내용이다.

여기 열거한 성들은 모두 일본 규슈에 있는 옛날 성으로, 내가 알수 있는 성명(城名)은 웅진성(熊津城) 밖에 없는데, 웅진성은 현재 공주에 있는 고마나리성의 이름이다. 고마나리성(곰나루성)은 위례성에서 천도한 백제의 두 번째 수도이지만, 그 성이 수도가 된 것은 백제 22대 문주왕 시대(서기 475년) 이후였고, 그것은 경자년으로부터 75년이 지난 무렵이었다. 광개토대왕비문에 나오는 웅진성은 일본 규슈의 구마모토현(熊本縣) 지역에 있는 옛성 구마노리성을 가리킨다. 구마노리성 명칭은 일본서기에서는 백제 문주왕이 천도한 백제의 수도를 구마나리(久麻那利)라고 한문으로 표기했는데, 백제에서도 고대 백제어로 고마나리라고 불렀다. 고대어로 고마는 곰을 뜻하며, 나리는 냇물이라는 우리 말이다. 곰은 한자어로 웅(熊)이 되고, 냇가는 내천(川), 즉 나루 진(津)으로 표기되면서 웅진(熊津)이 된다. 이미 규슈 구마모토 지역에 백제 유민이 터를 잡고 살고 있는 토성이 있었으니, 그 성이 웅진성(구마나리)이었다. 백제성과 동명인 이 성은 백제 유민이 건너가 살았던 오래된 고성이었다. 일본서기 기록에 의하면 백제부흥운동 관련 기사에는 구마노리성(久麻怒利城)이라고도 나온다. 웅진이라는 이름은 삼국사기, 삼국유사, 신증동국여지승람 등의 사서에서는 모두 웅진이라고 표기되어 있다. 중국 양서에는 고마(固麻)라고 되어 있었다. 이렇게 나라마다, 시대마다 약간씩 호칭이 달라졌으나, 고구려에서는 5세기 이전부터 웅진이라고 호칭했음을 알 수 있다. 그리고 백제의 웅진과 규슈에 있는 왜 땅의 웅진 지명이 같았다.

고구려군이 규슈(九州) 지역 왜구의 성들을 점령했다는 기록이 나오는 이 부분 72자의 글자는 모두 지워지고 훗날 나온 탁본에는 없다. 그리고 경자년에 고구려군 5만 병력이 신라를 구하기 위해 남진하고, 계속 추격해서 바다를 건너 규수를 침공한 이야기는 일본서기에 나오지 않는다. 일본서기에서 이런 일을 언급하지 않은 이유는 일본서기가 일본의 각 지방 호족이나 혼재하던 나라들을 집대성하고, 이것을 마치 통일된 왕조에서 있었던 일인 양 소급 적용한 것에 있다. 더구나 광개토대왕릉비에 나오는 왜군이 실제로는 통일왕조의 정규군이 아닌 소규모 국가들에서 파견한 백제의 용병 내지는 해적이었기 때문에 기록에서 누락되었다고 볼 수 있다. 더구나 당시에 문자가 없던 일본은 구전에 의존할 수밖에 없어 중간에 누락될 수도 있고, 일본서기에서는 고구려 군사가 열도에 쳐들어와서 성을 점령한 수치스런 일은 피하고 싶을 수도 있어 일부러 생략할 수도 있다.

내가 남촌에서 집들이할 때 본 그 탁본은 만주인 초씨 부자가 탁본을 떠서 1880년에 배포한 것보다 더 전의 것으로 아마 1876년에 나온 것으로 짐작된다. 1880년 무렵에 만주인 초씨 부자(父子)가 탁본을 대량으로 찍어서 팔았는데, 그 견본이 없어 경자년에 고구려군이 규슈 왜구의 성들을 침공한 이야기가 나오는지는 확인할 수 없다. 그 후에 나와서 사람들 사이에 돌았던 탁본은 5년 후인 1885년의 것이다. 이 탁본부터는 바다 건너 열도로 추격해서 성을 함락했다는 기사 전부가 돌로 쪼아서 없애버렸기 때문에 탁본에는 나오지 않았다. 누가 그런 짓을 했는지 알 수 없는데, 추측하기로는 만주 지역에 침투한 일본군 첩보부대 장교가 그 능비를 발견하고 일본 사학자를 통해서 소멸시킨 것으로 보고 있다. 능비에서 다른 데는 비교적 멀쩡한데다, 설사 손실이 된 글자가 있다고 해도 가끔 띄엄띄엄 손실된 한자가 나오는 것에 비해서 그 부분은 몽땅 소실된 것이 특이한 일이었다. 그 부분만이 모두 허옇게 글자가 지워진 것은 그 부분에 광개토대왕이 일본 열도를 점령한 기사가 나왔기 때문에 그것을 감추기 위한 조치로 보인다. 특히 왜왕이 백잔관료(百濟王族)이니만큼 왜가 밀통하는 것을 그대로 볼 수 없어 끝까지 추격해서 바다를 건너 웅진성, 임천성, 와산성, 괴구성, 묵사매성, 우술산성, 진을래성, 노사지성 등을 공격해서 점령했다 라는 구체적인 문자가 여간 신경 쓰이지 않았나 보다. 5세기 이전에 이미 왜국은 백제 왕족이 소위 천황이 되어 나라를 다스리고 있었다는 말이 된다. 이때의 왜국은 백제의 분국이라고 해도 무방할 것이다. 왜와 백제가 형제처럼 돈독했던 이유를 알 수 있다. 다만, 그 이후 백제가 나당 연합군에 멸망하고 나서 6년이 지나서 왜국은 국명 일본으로 고쳤고, 그 이후 50여 년이 지나 일본서기를 만들 때 백제 서기를 본뜬 데다가 일본국의 권위를 극대화시키고 주변국을 격하시키면서 역사를 비틀어버렸다. 전설과 신화로 가득한 일본서기 내용을 보면 역사서라고 하기에도 민망해진다. 더구나 전시대(前時代)에 선조의 나라였던 백제를 번(주변국을 신하의 나라라고 얕보는 명칭)이라고 하면서 한껏 낮추면서 역사를 왜곡하였다. 일본서기를 쓸 무렵까지 백제가 존재했다면 감히 그런 투의 기사는 쓰지 못했을 것이다. 없어진 나라를 한껏 멸시하는 그 태도는 백제 왕족이 선대의 천황으로 있었던 인연을 생각하면 싸가지가 한참 없었던 것이다. 광개토대왕 비문에 보면 고구려가 백제와 왜국을 보는 시선이 정확하게 나온다. 백제는 백제라고 표기한 것이 단 한 번도 없이 모두 백잔(百殘)이라고 했다. 잔(殘)이란 경멸하여 없애버릴 필요가 있는 집단을 뜻한다. 왜 나라에 대해서는 왜(倭)라고 하거나 왜구(倭寇)라고 했다. 단 한 번도 왜국이라고 하지 않았다. 왜구라는 호칭은 13세기 고려 말기와 조선시대에 중국 해안과 조선 해안을 침공하여 약탈하고 밀무역을 하였던 해적집단을 가리키는 칭호였지만, 광개토대왕 비문에 보면 5세기 이전부터 왜구가 나온다. 아주 오래 전부터 왜를 국가로 인정하기보다 도둑(寇)으로 생각하고 있었던 듯했다. 일본 규슈 정벌 기사가 나온 그 탁본은 내가 한성 남촌을 떠나 문경으로 이사 가면서 그대로 서재에 놔두었던 것이 나중에 알아보니 모두 소실되고 없어 찾을 수 없었다.

"김부식은 경주 김씨로 신라 왕실의 후예요. 삼국사기를 보면 신라를 우월적인 존재로 부각시키고 가장 많은 지면을 할애했어요. 특히 김유신을 기록한 열전을 보면 김유신 영웅 만들기에 필력을 동원한 느낌을 줍니다. 기해년(399년)년에 신라 왕이 신하로 자처하며 고구려 국왕에게 도와달라고 한 것이 김부식의 마음에 들지 않았나보오."
하고 김옥균이 빙끗 웃으면서 말했다. "임나가라 종발성이 어디 있는지 모르겠지만, 5만 명이나 되는 대병력으로 치른 전투를 김부식이 삼국사기에서 쏙 빼버린 저의가 의심스럽소. 김부식은 송나라 사신으로 가서 육 개월간 머물며 지냈는데, 그때 송나라 황제 휘종이 사서 자치통감(資治通鑑)을 김부식에게 선물로 주었다고 하오. 거기에 자극받아 김부식은 돌아와서 삼국사기를 구상하게 된 모양인데, 방법론은 사마천의 사기를 본뜨고, 영향은 자치통감으로부터 얻은 듯합니다. 그리고 삼국사기 기사를 보면 자치통감에 나온 반도 삼국 기사를 인용한 구절이 많소. 그자를 정리하자면, 신라의 왕실 후예로서 신라에 편협한 자이고, 중화의 사대사상이 들어있는 주자학파라는 점이요. 기해년과 경자년으로 이어지는 고구려 대군 5만 명이 남진해서 정벌한 기사가 삼국사기에는 왜 빠졌는지. 그리고 대륙 백제와 대륙 신라가 왜 나오지 않고 있는지 모르겠소. 지금 김부식이 살아서 내 옆에 있다면 꼭 물어보고 싶소. 기해년과 경자년에 고구려가 신라를 구원해 주면서 왜구의 열도(규슈)까지 가서 수십 개 성을 함락해서 정벌한 이야기는 어떻게 해서 빠졌는지 말이요. 동시에 대륙 백제와 대륙 신라 역사를 삼국사기에서 빼버린 이유가 무엇인지. 몰라서 뺀 것인지, 알았으나 잠깐 있었던 분국이라서 이야기할 필요가 없어서 뺀 것인지. 중국의 고대사에는 여러 곳에서 대륙에 있었던 신라와 백제 이야기가 나오는데, 왜 삼국사기에서는 한마디도 언급이 없는지 수수께끼요. 삼국사기 편찬이 마쳐지고 책자로 출간되기 전에 먼저 송나라 황제에게 보내 읽어보라고 했다는 기록이 있소. 그 말은 마치 송나라에게 검열을 부탁한 인상을 주는 것은 왜일까요? 김부식은 의종 5년(1151년) 77세의 나이로 죽었는데, 그로부터 19년 후에 무신정변이 일어나 정중부가 김부식의 관을 열고 부관참시했소. 죽은 후까지도 무신들에게 증오의 대상이 된 이유가 묘청의 난을 평정한 이유 때문인지, 아니면 유학자로서의 권세가 후세 사람들에게 증오스러웠는지 모르겠소."

김옥균은 삼국사기를 편찬한 김부식을 별로 달갑게 보지 않고 있었다.

"내가 일본에 관심 갖는 것은 세상 사람들이 말하듯이 단순히 친일하려는 목적이 아니라, 우리나라와 비슷하게 낙후되고 가난했던 일본이 어느 순간 도약했다는 점을 연구하려는 것이요. 서구의 문물을 받아들이고 개화에 박차를 가한 점이요. 그것은 정치적 뒷받침이 있었기 때문인데, 바로 명치유신이요. 남의 나라에 기대려는 것이 아니고, 그 유신을 연구하자는 것이요. 일본은 삼백 년 전에 이미 네덜란드로부터 개혁의 맛을 보았던 것이요. 네덜란드로부터 화승총의 위력을 배웠고, 오오다 노부나가, 도요토미 히데요시, 그리고 도꾸가와 이에야스로 넘어가는 패권을 쥔 다이묘 쟁탈전을 하면서 그들은 천주교라든지 개신교라는 종교문화를 받아들이면서 서구의 인본주의와 신의 세계에서 가지고 있는 갈등도 배웠던 것이요. 개혁은 그렇게 천천히 삼백 년을 꿈틀거리며 흘러갔던 것이요. 내가 보기에 일본개혁을 유신에 초점을 맞추기보다 그 전에 이미 개혁의 물결에 휩싸이고 있었던 것으로 보이고 있소. 마지막에 유신이 개혁에 박차를 가한 것이요. 그런데 비교되는 우리는 무엇을 했소? 임진왜란이라는 중병을 앓았으면서도 전쟁의 무서움을 잊고 대비하지 못했소. 병자호란을 잠깐 겪기는 했지만, 국왕이 산성을 나와 무릎 꿇고 엎드려 빈 것으로 끝내버리고, 삼백 년의 평화에 길들어 안주한 것이오. 그것도 당파 싸움으로 피 터지게 싸우면서도 외부의 적은 보지 못한 것이요. 이제 끝난 것일까? 이미 늦은 것일까? 나는 그렇게 생각하지 않고 있소. 우리 손으로 대조선제국을 만들어야 하오. 일본이 개화의 뒷받침이 된 것이 유신이라고 했듯이, 우리도 정치적인 개혁의 뒷받침을 만들어놔야 하오. 개혁의 정치적인 뒷받침을 나는 우리 군주를 황제로 옹립하고, 대조선제국을 건설하며 정치는 내각과 의회에서 민주적으로 해야 하오. 그 표본이 영국이고, 일본일 거요. 황제는 신이 아닌데도 가끔 신이 되려고 해요. 그때 백성은 불행해지는 것이요. 그래서 아예 신에 준하는 존재로 만들어 줘서 황제가 스스로 신이 되려고 애쓰지 말고 그냥 신이 되라고 해야 합니다. 황제가 항상 위대한 군주라면 그럴 필요가 없겠지만, 불행하게도 황제도 인간이기에, 우매한 군주가 나올 수가 있고, 폭군이 나올 수도 있는 것이요. 그러면 백성 수천만 명이 단 한 사람 때문에 불행해지기도 하고 불쌍해지는 것입니다. 그것을 막기 위해 입헌군주제를 하자는 것이오."

김옥균은 이제 자신의 속내를 드러냈다. 민영익은 김옥균이 야심이 많다고 보고 권력을 잡으면 자신이 황제가 되려고 할 것이라고 보았다. 그를 역적이라고 욕한 것은 바로 그 점을 시사한 것이다. 그러나 나는 고균이 친일 반역자라고 생각해 본 일은 없었다. 그가 일본을 등에 업고 음모하는 분위기를 보여주었지만, 지금 워낙 자생할 수 있는 힘이 없기 때문에 외세의 힘을 빌리려고 한 것이다. 그러나 외세의 힘을 빌리려면 자신을 지킬 수 있는 최소한의 비밀 병기는 가지고 있어야 한다. 신라의 김유신이 당나라에 기대어 백제를 치고 고구려를 망하게 했지만, 5만 명이라는 정예병력을 품고 있어, 털을 뽑지 않고 먹으려는 당이 목에 걸려 뱉어내게 했다. 우리에게는 그것이 준비되어 있는지 나는 김옥균에게 묻고 싶다. 그 준비를 하려고 안간힘을 쓰고 있는지 모르겠다. 그 해답은 내가 내릴 수 없다. 김옥균도 내리지 못할지 모르겠다. 후에 일본에 기대서 갑신정변을 일으켰다가 실패했을 때도 나는 고균이 참으로 재수 없었다고 생각했지 그를 친일 반역자로 판단하지 않았다.

집들이를 마치고 집을 떠나면서 김옥균이 나에게 말했다.

"운강 공, 내가 폐하로부터 일본 시찰 가는 일에 승낙을 받았소. 계속 반대하던 폐하가 왜 승낙한지 아시오? 일본에서는 최근에 은행이라는 기관을 만들어 돈을 관리하는 창구를 만들어 경영하는데, 그 은행에서는 백성의 돈을 받아 보관해주면서 돈의 액수와 보관해 주는 기간을 계산해서 이자를 줍니다. 그리고 은행은 돈이 필요한 상인이나 개인이나, 담보가 있는 자에게 돈을 빌려주어서 이자를 받습니다. 은행은 그 이자로 유지하는데, 은행도 돈벌어 좋고, 상인은 그 빌린 돈으로 사업을 할 수 있어 좋습니다. 일본에 가서 그 은행을 조사해서 경영을 배워오겠습니다. 그리고 조선에 은행을 세웁니다. 폐하가 내탕금이 동나서 돈이 필요하면 은행에 돈을 빌리면 됩니다. 폐하의 궁전만 해도 충분한 담보가 될 것입니다. 폐하는 담보가 없어도 폐하의 권위 때문에 신용이 되어 빌려줄 것입니다. 어떻습니까? 가서 은행도 배우고 일본 정부로부터 돈도 빌려오겠습니다. 일본 은행이나 정부에서 돈을 빌려오려면 아마도 폐하의 신용장을 가져오라고 할 것입니다. 저에게 신용장을 써주십시오. 다녀와서 일본으로부터 빌린 차관으로 은행을 세우겠습니다. 그래 주신다면 이자를 싸게 해서 빌려드리겠습니다. 그러면 앞으로 벼슬을 팔지 않아도 굿도 하고 잔치도 얼마든지 할 수 있습니다.

물론, 끝에 붙인 사족은 내가 장난삼아 한 말이지만, 폐하는 그 자리에서 승낙하며 신용장을 써주었소. 그러니 이번 시찰에 공도 갑시다. 한 달 후, 올해 12월 초에 떠날 것이오."

제2장

임오년의 군인 폭동

1

　숭례문(남대문)에서 남산으로 향하는 길목에 선혜청이 있고, 그 관할 내에 도봉소가 있었다. 도봉소는 커다란 창고와 넓은 마당이 길쭉하게 뻗어있다. 창고에는 군량으로 사용하는 비축미를 넣어두는 곳인데, 비축할만한 식량이 없이 항상 비어있다. 그러나 며칠 전에 전라감사가 세곡으로 쌀을 실어 보냈다. 쌀은 군산항을 통해 3대의 배편을 이용해서 한양으로 옮겨졌다. 화물선은 제물포를 지나 한강 어귀로 들어와서 한양에 도착했다. 마포 나루터에서 내려진 화물은 쌀 1천5백 섬이었다.

　비가 내렸다 그쳤다 하는 궂은 날씨에 군인들이 줄을 서 있었다. 줄은 여러 겹이었지만 줄어들지 않았다. 창고 안에서 시비가 붙어 싸우는 소리가 들렸다. 군사들은 창고 안에서 들리는 싸움 소리와 자기들은 별개인 것처럼 무표정하게 서 있다. 13개월 치 월급을 못 받고 있다가 이번에 특별히 한 달 급료를 지급받는 것이다. 군사들이 받는 연봉은 쌀 12석이었다. 그러니 한 달에 쌀 한 석을 받는 것이다. 쌀 한 석은 장정이 어깨에 매고 가기는 힘든 무게였기 때문에 대부분 지게를 지고 오거나, 대부분 손수레를 끌고 왔다. 그들의 얼굴에 가랑비가 들이쳤으나, 양곡을 배급받는다는 기대 때문인지 비는 아랑곳 하지 않았다. 모든 군사들이 군복을 입고 있지 않아서 군인인지 평민인지 구별이 되지 않았다. 그리고 구식 군대 군사들은 군복이 평민이 입는 옷과 비슷해서 잘 구별되지도 않았다. 군복이라고 해도 찢어져서 꿰맨 자국이 눈에 띄었다. 꿰맨 자국이 너덜거리며 헤어지면 마치 거지들의 복색처럼 지저분해졌다. 군영에 돈이 없어 월급도 못 주고 있는 형편이라 새로운 군복을 지급해주지 못했기 때문이다. 한 달에 한 석씩 월급을 받고 있으나, 식구가 많은 사람은 그것으로 생계가 해결되지 않았다. 생계가 해결되든 말든 일단은 매달 월급을 주어야 하는데, 13개월이나 밀렸으니 군사들은 죽을 맛이었다. 친척에게 식량을 빌리는 것도 한계가 있었다.

　대원군이 섭정하던 시절에는 훈련도감, 용호군, 금위군, 어영군, 총용군으로 된 5군영을 경영했다. 대원군 섭정이 끝나고 임금 고종이 집정하면서 왕비 민씨 세력은 대원군이 했던 거의 모든 정책을 뒤집어 엎어버렸다. 그래서 5군영을 없애고 병력을 반으로 줄여 무위영과 장어영 2개 군영으로 축소했다. 새로운 사관학교 별기군 부대를 창설

해서 양반 자식들을 모집해서 훈련시켰다. 이들은 앞으로 군대 병력을 확충시킬 때 지휘할 장교를 양성하는 곳이었다. 일본에서는 얼마 전부터 육군 사관학교를 만들어 장교를 육성시켰는데, 그것을 본받은 것이다. 조선 주재 일본 공사관에 경비병으로 와 있는 호리모토 레이조(堀本禮造) 소위를 교관으로 불러 별기군 학생들을 가르쳤다. 그 숫자는 아직 백 명이 넘지 않은 소수였지만, 모두 양반 자식이었다. 특히, 한양 북촌과 남촌에 살고 있는 부잣집 양반과 세도가 자식들이 대부분을 차지하고 있었다. 그러다 보니 자연히 이들은 왕비 민씨의 친위부대의 성격을 띠게 되고, 예우가 좋을 수밖에 없었다.

대원군이 키웠던 구식 부대의 군사들은 평민들이 많았고, 중인이나 노비 출신도 있었다. 더러는 양반집 자식들도 포함되어 있었다. 양반집이라고 해도 찢어지게 가난한 사람들도 있었다. 그들은 양반이라는 사실을 내세우지도 못하고, 땔감 나무를 해다가 오일장에 나가 팔아서 생계를 유지했다. 더러는 부인이 바느질 품을 팔아 연명하는 집도 있었다. 조선 말기가 되면서 신분의 격차가 줄어들고 있었던 것은 확실했다. 그러나 완벽하게 신분의 귀천이 없어진 것은 아니다. 강상죄는 아직 유효했으나 옛날처럼 엄하지 않았고, 법이라고 하지만 유명무실했다. 새로운 별기군 부대가 생기자, 구식 군사들은 무시당했다. 무시하기 위해 봉급을 주지 않은 것은 아니지만, 일 년이 넘는 13개월씩이나 녹봉을 주지 않았다. 군사들은 그 월급을 받아먹고 살아야 하는데 주지 않았으니, 그 고달픔은 말할 수 없었다. 군사들에게 봉급을 주지 못한 원인은 군부를 총책임지고 있는 대신으로부터 그 아래 관리들이 군사들에게 지급되는 급료를 유용해서였다. 유용의 성격은 여러 가지였지만, 선혜청에서는 내수사에서 관리하는 내탕금(왕궁에서 사용하는 돈)까지 책임지고 있었다. 왕궁에서 매일같이 무당 굿을 하고, 왕세자의 건강과 복을 기원하기 위해 명산에 기도를 올리며 쌀을 봉양하는 것이 수십 만석에 이르다 보니, 돈이 모자랐던 것이다. 국왕과 왕비 민씨가 비상 수단으로 벼슬까지 팔면서 마련해 보았으나 그래도 부족했다. 그러다 보니 선혜청에서는 그것을 메꾸려고 군사들에게 줄 봉급으로 나온 쌀을 빼돌릴 수밖에 없었다. 더군다나 전에 선혜청 당상관이었던 김보현은 선혜청 당상관으로 있으면서 치부하여 부자가 되었고, 돈을 써서 경기도 관찰사(감사) 벼슬까지 차고 앉았다. 현재 당상관인 민겸호라고 다를 것이 없었다. 왕비 민씨의 세력을 업고 안하무인으로 악행을 저질렀다. 왕궁에 내탕금을 채우기 위해서 그랬든, 자신의 치부를 위해서 그랬든, 군사에게 갈 월급을 착복하였다. 13개월이란 적지 않은 세월을 착복하고도 별로 두려움이나 미안함이 없었다. 그는 민겸호이기 때문이다. 민겸호가 누구인가.

　민겸호는 왕비 민씨와 같은 동본인 여흥(여주) 민씨였다. 그의 형은 민승호였고, 누나는 대원군의 부인 여흥 부대부인이었다. 1838년 판돈령부사 민치구의 3남으로 태어났다. 흥선대원군의 부인이며 고종의 어머니인 부대부인 민씨가 친누나이니 그 세도는 대단했다. 대원군과 처남 매부 사이였으나 대원군에 붙지 않고 왕비 민씨에게 붙었다. 고종이 즉위한 후 국왕의 외삼촌이 되었고, 1874년 흥성대원군을 축출하는 데 절대적인 역할을 한다. 국왕과 왕비의 지원을 받으면서 한성부 판윤(서울시장)을 지내고, 홍문관 부제학, 판의금부사, 지충추지사, 금위대장, 지삼군 부사, 무위도통사, 무위소제조, 어영대장을 역임했다. 1880년 말에서 현재까지 군무사 경리 당상이 되었고, 선혜청 당상관이며 병조판서로 있다. 나라의 재정과 병권을 모두 쥐고 있는 것이다.

날씨는 후줄근하고 비가 내리다그쳤다하며 후덥지근하였다. 비를 맞으며 월급을 받으려고 모여있던 이백여 명의 군사는 빨리 배급을 받고 돌아가고 싶었으나 줄이 줄어들지 않고 창고 안에서 싸우는 소리가 들리자 짜증이 났다. 도봉소 마당에 모여있는 군사는 이백여 명에 불과했으나, 실제 무위영 군사는 1천5백 명이 된다. 이번에 전라도에서 세곡(나라에 조세로 바친 곡식)을 싣고 와 도봉소에서 하차했는데, 모두 천 석이 조금 넘었다. 우선 옛 훈련도감 병사(현재 무위영 군사) 1천5백 명에게 밀린 월급 중 한 달치라도 지급하라는 지시가 떨어졌다. 그런데, 1천5백 명에게 지급하려면 최소한 1천5백 석은 되어야 하는데 5백 석이 모자랐다. 그것은 세곡을 실은 배들이 마포 나루터에서 하차할 때 선혜청 당상관 민겸호의 지시를 받고 5백 석이 다른 데로 빼돌려졌기 때문이다. 밑의 관리들은 5백 석이 모자라는 이유를 알 수도 없고 알아야 할 이유도 없었다. 다만, 지시대로 그 남은 1천 석으로 모든 군사에게 월급을 주라는 지시를 따를 뿐이었다. 그래서 창고지기 창리 문도식과 무위영 영관 이준오는 상의해서 쌀을 보충하기로 했다. 그들이 했던 방식은 쌀에 쌀겨를 집어넣어 부풀리는 것이었다. 전에도 했던 일이라 별로 새로울 것이 없었다. 쌀겨는 군영 마방에 가면 산더미처럼 쌓여있었다. 그 쌀겨는 말을 먹이는 사료였다. 그 쌀겨를 썬 짚과 섞어서 말에게 먹였다. 그러니까, 군사 월급에 주는 쌀에다 말에게 먹이는 쌀겨를 섞은 것이다. 쌀겨는 제대로 정미한 것이 아니고 찌꺼기이기 때문에 자연히 흙이나 모래가 들어갈 수밖에 없었다. 모래와 흙이 들어간 쌀을 지급하고 있는 것이다. 거기다가 장마철에 수송하느라고 물에 젖어서 썩기도 하였다. 그냥 주는 대로 가져갔다가 펴보니 쌀겨가 반이나 들어가 있고, 그것도 물에 젖어서 썩어 있었다.

"우리가 짐승이냐? 말이나 돼지에게 줄 사료를 먹으라는 거냐?"

"거기다 썩어서 먹을 수도 없다."

"그것도 한 섬이 아니라 반이나 줄어들어 있다."

배급받아 갔던 군사들이 다시 돌아와 항의하기 시작했다. 그러자 창고 안에 들어가 쌀 푸대를 들고 나오던 다른 군사들도 그 소란을 듣고 푸대를 열고 손으로 파보니 역시 쌀겨가 수북이 잡혔다. 여러 명의 나졸을 지휘하며 배급을 감독하던 창고지기 창리(倉吏)가 버럭 고함을 질렀다.

"이 새끼들아, 쌀을 정미하다 보면 쌀겨가 들어갈 수 있지. 그걸 우리가 어떻게 하란 말이야?"

소리치는 창리는 민겸호 집 하인 문도식이었다. 그는 노비였지만, 민겸호의 특별한 배려로 선혜청 도봉소 창고 책임자가 되어 있었다. 노비라 할지라도 세도가의 하인은 무시할 수 없는 권세를 가지고 있었다. 노비가 힘없는 양반을 패도 별다른 일이 없을 정도로 세도가의 권세는 막강했다.

"우리는 모르는 일이니 우리에게 따지지 마시오." 하고 옆에 있는 영관(營官) 이준오가 거들었다. 이준오는 중인 출신으로 도봉소를 관리하는 관리였다. "거 뭐, 쌀에 쌀겨가 있으면 물로 씻어내서 그냥 먹으면 될 것을 뭘 그런 것을 가지고 시비요?"

"쌀겨 있는 것도 문제지만, 모두 썩었다니까."

가져갔다 다시 가져온 군사 한 명이 문도식 앞에 푸대를 내려놓고 열어 보여주었다. 그는 십부장(분대장) 박춘식이었다.

"당신도 한번 보시오. 이걸 먹을 수 있을 것 같소?"

문도식은 푸대 안을 슬쩍 보면서 말했다.

"장마라서 비를 맞아 그런 거요. 썩기는 무슨…… 배가 부르면 먹지 말든지. 모두 거지 같은 놈들이 큰소리치기는."

그렇게 말하고 문도식이 푸대에 오줌을 누었다. 박춘식을 비롯해서 돌아와 시비를 붙는 자들을 제압할 생각으로 그렇게 모욕적인 행위를 하였다. 그러자 군사들은 기가 죽기보다 분노를 터뜨렸다.

"저 새끼가 미쳤나? 어디다 오줌이야?"

"쌀이 썩었다며? 썩은 쌀에 오줌 좀 누었다. 왜?"

"이 새끼가…"

십부장과 함께 들어왔던 포수 출신 김춘영이 문도식의 뒷통수를 갈겼다. 뒷통수를 맞고 몸이 휘청하며 쓰러질 듯이 비틀거렸다. 그는 몸의 균형을 잡고 김춘영의 멱살을 잡았다.

"나를 쳐? 죽고 싶으냐? 내가 누군지 모르냐?"

"네 놈이 창리가 아니더냐. 창리는 창리답게 굴어."

"나, 민겸호 대감집에 있는 사람이야."

"네 놈이 민겸호의 하인 문도식이구나. 그렇지 않아도 네 놈의 악명은 일찍이 들었다. 개 같은 자식."

김춘영이 멱살을 잡고 있는 문도식의 뺨을 후려쳤다. 두 사람이 얽혀서 몸을 밀고 당기며 주먹질을 시작했다. 두 사람이 싸우자 주변에 있던 군사들이 달려들었다. 처음에는 말리는 척하다가 문도식을 때렸다. 지켜보던 영관 이준오가 싸움을 말리려고 달려들었지만, 그는 군사들에게 맞고 피를 흘렸다. 문도식과 이준오는 박춘식, 김춘영, 유복만, 정의길, 강명준, 김춘길 여섯 사람에게 몰매를 맞았다. 코피가 터져 피가 줄줄 흘러 얼굴을 덮었다. 피를 흘리며 쓰러진 두 사람을 여러 명의 군사들이 짓밟고 뭉갰다. 그대로 두면 죽을지도 몰라서 지켜보던 다른 군사가 말했다.

"이 정도로 그만 해요. 그러다가 죽겠소."

"이런 놈은 뒈져도 좋아. 아주 죽여버려."

"이걸 사람이 먹으라고 줘? 이게 녹봉이라고, 개새끼."

김춘길은 쌀이 들어 있는 푸대를 집어 들어 문도식과 이준오의 얼굴에 던졌다. 쌀이 쏟아져 두 사람의 얼굴을 뒤덮었다. 배급을 받으러 마당에 모여있던 군사들이 줄을 이탈하고 모두 문앞을 가득 메웠다. 쌀 썩은 푸대를 본 일부 군사들은 같이 흥분해서 소리쳤다.

"우리가 짐승이냐? 군량미를 계속 빼돌리더니 이젠 썩은 쌀을 줘? 누구야?"

"누구긴 누구야. 선혜청 당상관 민겸호지."

"저놈은 민겸호 집 하인이야. 하인이야 시키는 대로 했겠지. 저놈보다 당상관 그놈을 잡아 죽여야 해."

이때 당상관 민겸호는 도봉소 바로 옆에 있는 선혜청 당상관 별실에서 다른 대신들과 궐련(券煙) 담배를 빨고 있었다. 얼마 전에 수신사 일행이 일본에서 가져온 영국 궐련이었다. 그것을 다른 대신들에게 맛보라고 대접하고 있는 중이다. 그렇지 않아도 이번에 전라도에서 양곡을 수송해서 밀린 급료를 주게 되어 행복한 마음으로 도봉소에 와 있었다. 그런데 그곳에서 소란이 일어나자 당상관 집사에게 물었다. 무슨 일이냐고 알아보라고 하였다. 집사는 이미 알고 있는지 망설이더니 사실대로 말했다.

"쌀 배급을 받던 군사 몇 명이 썩은 쌀을 주었다고 소동을 일으켰다고 합니다. 창리 문도식과 영군 이준오가 맞아서 기절했다고 합니다. 피투성이가 되어…… 그냥 놔두면 죽을지도 모른다고 합니다."

"뭐가 어째? 대관절 어떤 놈들이야. 장마 때문에 물에 젖은 쌀이 좀 썩었겠지. 다른 거로 바꿔 주면 되지 폭동을 일으켜? 그거 왜 이제 말해?"

"말씀을 하시는 중이라서 보고를 못드렸습니다."

"빨리 포도청에 연락해서 그놈들을 잡아들이라고 해."

2

 박춘식과 김춘영은 포도청 나졸이 오기 전에 자리를 피했다. 그러나 도봉소에서 창리 문도식과 영공 이준오를 폭행한 일은 그대로 지나칠 수 없었다. 현장에서 두 사람을 폭행한 유복만, 정의길, 강명준, 김춘길이 체포되어 포도청 감옥에 감금되었다. 그들이 체포된 내력과 도봉소에서 벌어진 일을 알게 된 김춘길의 아버지 김장손, 유복만의 동생 유춘만, 그리고 십부장 박춘식이 한 자리에 모여 궁리했다. 포도청에 있는 네 사람을 구하는 길은 다른 군사들에게 통문을 돌려 다수의 힘을 이용하는 방법밖에 없다고 결론을 내렸다. 한두 사람이 포청에 가서 탄원을 했다가는 그들마저 잡혀들어 갈 것이 뻔했다. 그래서 그들은 일단 먼저 통문을 만들고 그것을 가지고 다른 군사들의 서명을 받았다. 세 사람이 각기 구역을 분담해서 탄원서를 돌렸다. 무위영 군사들은 같은 처지이기 때문에 공감을 하고 있었다. 그래서 서명 받는 데는 어려움이 없었다. 비가 퍼붓고 있는 중에도 서명 받은 연판장이 젖지 않게 하려고, 그것을 가슴 깊숙이 넣어 몸을 웅크리고 이곳저곳 군사들의 집을 찾아다녔다. 대부분 군사들은 군영에도 나가지 않고 집에 칩거하고 있었다. 부대를 해산시킨다는 소문도 있고, 이최응이 지휘하는 군영 별파진 병력을 동원하여 무위영 군사들을 모두 체포한다는 소문이 돌았기 때문에 그 반발로 출근하지 않았다. 전면 태업을 시도한 것이다. 일부는 군영에 나갔으나 대부분 군사들은 군영에 나갈 생각을 포기하고 있었다.

나흘 정도 지나면서 세 사람은 2백 명 정도의 서명을 받아냈다. 더러는 겁을 먹고 탄원서에 서명을 피하였다. 그래도 이해한다고 하면서, 탄원서에 서명하지 않았어도 내일 아침 해뜨는 시각에 도봉소 마당에 집결해 달라고 했다. 그렇게 해서 군사 2백여 명을 도봉소 앞마당에 집결시켰다. 대부분 탄원서에 서명한 군사들이었으나, 더러는 서명을 회피한 사람이나 민간인들도 포함되어 있었다. 비는 그치고 날씨는 맑았다. 2백여 명의 군중이 집결한 것을 보며 박춘식은 흐뭇한 표정을 지었다. 탄원한다고 해서 이렇게 많은 군사를 한꺼번에 잡아들이지는 않을 것이라는 생각이었다. 박춘식은 이들을 이끌고 무위영 대장 이경하의 집으로 갔다. 이경하는 공조판서를 거쳐 현재 무위대장으로 있었다. 박춘식 일행은 탄원서를 직접 포도청으로 가져가는 것보다 그들의 대장인 이경하를 통해 올리는 것이 옳다고 생각했다. 이경하는 이백여 명의 군사들이 몰려오자 깜짝 놀라서 밖을 내다보다가 하인에게 물었다.

"저들은 뭐야? 왜 내 집에 몰려왔어?"

"무위영 군사들입니다. 며칠 전에 있었던 도봉소 폭력 사건에 잡힌 군사들을 석방시켜 달라는 탄원서를 가져왔다고 합니다."

"누가?"

"박춘식이라고 하는 잡니다."

"뭐하는 놈인데?"

"십부장이라고 합니다."

"별 거지 같은 놈이 다 있군. 십부장 따위가 날 찾아와? 가라고 해."

"대감, 박춘식 혼자 온 것이 아니고 밖에 2백 명의 군사들이……."

"뭐라고?"

그는 하인에게 한쪽 귀를 돌리며 다시 물었다. 이경하는 나이가 칠십이 되어서 귀도 잘 안 들리고 기력이 없었다.

"밖에 군사들이 몰려와 있습니다."

"음, 그렇지, 저놈들이 탄원해 달라고 떼거리로 왔단 말이지? 그냥 보내서 쉽게 물러가지 않겠군. 그래, 주동자가 누구야? 그 박춘식이란 놈을 일단 들어오라고 해. 무슨 얘긴지 한번 들어보자구."

그렇게 말하고 이경하는 헛기침을 하며 사랑방으로 들어가서 방석을 깔고 결가부좌를 하고 앉았다. 그는 긴 수염을 쓰다듬으며 다시 헛기침을 하였다. 대원군이 섭정할 무렵에 그는 그의 총애를 받아 여러 관직에 기용되었다. 형조판서, 훈련대장, 지의금부사, 좌우변 포도대장을 역임했다. 포도대장으로 있을 때 대원군의 지시를 받고 천주교도를 잡아들여 사형시키는 일을 했다. 외국인 신부들도 처형했는데, 천주교도를 잡아서 심문할 때 그는 하나의 원칙을 정해서 집행했다. 신도가 오면 먼저 그에게 물었다. 하늘님은 없다고 말하면 살려주고, 믿는다고 하면 사형이라고 했다. 일반인들이 생각할 때는 살기 위해서라도 없다고 말할 것으로 생각했으나, 상당수의 신도들이 "믿습니다." 라고 소리쳤던 것이다. 그렇게 말하는 자는 모두 형장으로 보냈다. 신자와 가족의 수가 3만2천여 명이었다고 하는데, 그중에 약 8천여 명이 처형을 당했다. 낙동(駱洞)에 있는 그의 자택 마당에서 심문했다. 하늘님을 믿는다고 한 사람은 모두 형장으로 가서 죽었기 때문에 그를 '낙동염라' 라고 부르기도 하였다. 그는 대원군의 지시를 가장 많이 수행한 하수인으로, 포도대장으로 있을 때는 매일 형벌을 내려 사람을 죽였다. 그래서 대원군이 말하기를, 이경하는 다른 장점은 없고 오직 사람을 잘 살해하는 독한 놈이기 때문에 기용한 것이라고 하였다. 천주교 신자를 많이 죽이다보니 매일같이 형을 집행한 것이지만, 실제는 다른 죄수들도 적지 않았다. 사이비 종교를 만들어 혹세무민하는 자들과 화적들, 그리고 엽전을 불법으로 만들어 유통시키는 도주자(盜鑄者)들이 많았다. 천주교도를 죽이는 것은 종교 탄압으로 부당했으나, 다른 범법자들은 죽여야 할 죄인들이기 때문에 많이 처형시킬 수밖에 없었다.

　박춘식과 김장손, 그리고 유춘만 세 사람은 군사들이 서명한 탄원서를 들고 들어왔다. 세 사람은 나란히 서서 이경하에게 큰절을 올렸다. 이경하는 악명 높은 악질 관리였지만, 어쨌든 그들의 대장이기에 예를 올린 것이다. 인사를 하고 무릎을 꿇고 나란히 앉았다. 박춘식은 가져온 연판장을 이경하 앞에 밀어놓고 말했다.

"대감, 이것은 지금 체포된 우리 군사 네 명을 방면해 달라는 통문입니다. 한번 살펴봐 주시면 고맙겠습니다."

이경하는 앞에 있는 연판장을 힐끗 쳐다보기는 했지만 읽어보려고 하지 않았다. 박춘식이 도봉소에서 벌어졌던 일을 설명했다. 그 전에 먼저 군인 월급으로 준 양곡에 쌀겨가 반이 들어가고, 더러는 썩은 것이 있었다고 말했다. 그 점을 항의하려고 갔으나 도봉소의 창리 문도식이 배고픈 자들이 뭘 따지느냐, 그대로 먹으라고 하면서 쌀 푸대에 오줌을 누었다고 했다. 그래서 싸움이 일어난 것인데 그들을 체포해 간 것은 억울하다고 하였다.

이경하는 말이 잘 들리지 않는지 귀를 이쪽저쪽 돌리면서 들었다. 잘 안 들려서 못 알아 들었으나 묻지 않고 단도직입적으로 말했다.

"난 군료 관할의 권리가 없는 사람이다. 그런 일은 선혜청 당상의 관할이니 그에게 가서 말해라."

"그에게 가서 말한다고 해결될까요? 그래서 대감의 탄원도 함께 올리려고 하니 서명해 주십시오."

"내 관할이 아니라고 했잖아. 그렇게 말귀를 못 알아듣느냐?"

"대감께서 직접 선혜청 당상에게 말씀해 주시면 안 될까요?"

"선혜청 당상이 누구지?"

이경하는 기억도 깜박거리는지 모든 사람이 알고 있는 선혜청 당상 민겸호 이름을 모르고 있었다. 그러자 뒤에 배석해 있던 관리가 큰 목소리로 말했다.

"민겸호 대감입니다, 대감."

"그렇지, 민겸호이지. 그래, 나에게 와서 떼쓰지 말고 겸호 집에 가서 말해."

박춘식은 이경하가 더 이상 움직일 것같지 않자 포기하고 자리에서 일어섰다. 그의 말대로 군사들을 이끌고 민겸호 집으로 갔다. 이경하 집은 낙동에 있었는데, 그곳에서 민겸호의 집은 오리 정도 떨어져 있었다. 민겸호 집은 경우궁에서 가까운 북촌에 있었다.

군사들이 몰려가자 거리를 지나는 사람들이 모두 걸음을 멈추고 바라보았다. 어디서 난리가 났나 하고 수군거리기도 하였다. 그들이 무위영 군사들이라는 것을 알고 있는 사람은 혀끝을 차며 결국 일이 벌어졌군 하고 지껄였다. 아이들은 무엇인지도 모르고 군중 사이로 비집고 들어가서 함께 행군하였다. 길가의 주막에서 양재기에 설거지하고 남은 물을 버리다가 사람들이 지나가자 깜짝 놀란다. 그러나 이미 물을 뿌렸기 때문에 지나가던 군사들이 뒤집어썼다. 물을 뿌린 아낙네는 잘못했다고 두 손을 비비며 허리를 굽혔다 폈다 하였다. 실수한 것을 알고 군사들은 웃을 뿐 뭐라고 하지 않고 지나갔다.

민겸호의 집에 도착하자 무리들은 집을 둘러쌌다. 특별히 시킨 사람이 없었으나, 정문과 뒷문은 물론이고 쪽문까지 막아섰다. 담장을 경계로 여러 명이 패를 져서 섰다. 다른 사람은 집밖에 두고 박춘식과 김장손, 유춘만이 안으로 들어갔다. 대문은 활짝 열려있었으나 안에는 가족의 모습이 보이지 않았다. 하인 다섯 명이 주뼛거리며 마당에 서 있었다.

"전하시오. 민겸호 대감을 만나러 왔소."

박춘식이 하인들에게 말했다. 나이가 든 하인 한 명이 대답했다.

"없어요. 출타 중이십니다."

"가족도 없소?"

"모두 출타 중이십니다."

"우리가 온다는 소릴 듣고 가족을 모두 피신시킨 것 같소."

김장손이 박춘식에게 말했다.

"그럼 어떻게 하지요?"

유춘만이 풀이 죽으면서 말했다.

"선혜청 당상관 집무실로 가 봅시다."

김장손의 말에 박춘식이 고개를 흔들면서 말했다.

"소용없을 것입니다. 집을 피했다면 집무실에 있을 리가 없소."

"망할 새끼, 피한다고 될 일이야."

김장손이 마당에 침을 뱉으면서 말했다. 마당에 있던 하인들이 들어온 세 사람에게 말했다.

"대감은 출타하고 없으니 나가시오."

그때 밖에서 안의 동정을 살피던 군사 십여 명이 쏟아져 들어왔다.

"몸을 피한다고 될 일이야? 도둑질한 것이 많이 쌓였을 텐데 놔두고 어딜 갔지?"

그 말을 듣고 누군가 소리쳤다.

"모두 꺼내 불태웁시다. 집안을 뒤져서 꺼내옵시다."

"그래, 도둑질한 거 제 물건도 아닌데 무슨 상관이야."

"우리 녹봉을 훔쳐서 만든 재물인데 그냥 둘 수는 없지."

군사들은 소리치면서 집안으로 뛰어들었다. 문밖에 대기하고 있던 일부 군사들이 뒤이어 들어왔다. 그들과 합세하여 집안을 뒤지기 시작했다. 군사들이 안으로 뛰어들자 박춘식은 그들을 향해 소리쳤다.

"보석이며 재물은 모두 꺼내오시오. 그 어떤 물건도 개인이 가져가면 안 됩니다."

군사들은 집안으로 뛰어들어 장롱이며 옷가지를 파헤쳤다. 하인들이 그것을 막으려고 했지만 군사들에게 매를 맞았다. 모두 피를 흘리며 쓰러져서 마당에 나뒹굴었다. 군사들은 하인들에게 화풀이를 했다. 군사들이 차고 있는 칼을 빼들어 휘둘렀기 때문에 하인 중에 두 명은 칼에 맞고 숨을 거둔 상태였다. 워낙 많은 사람이 달려들었기 때문에 누가 찔렀는지 알 수 없었다. 사람을 죽인 것에 그치지 않고 군사들은 집안을 거칠게 다루면서 마치 집에 화풀이를 하는 사람 같았다. 문짝을 발로 차서 쓰러뜨리고 가구는 모조리 부수었다. 그렇게 찾은 것을 모두 마당에 가져다 놓았다. 마당에 수북하게 쌓인 것을 옷과 함께 불 질렀다. 집안에서 비단이 많이 나왔다. 면포와 비단은 물건을 사고 팔 때 환전의 가치를 지니고 있었기에 바로 돈이었다. 비단뿐만이 아니라, 주옥이며 장신구, 산호나 호박, 수정, 대모로 만든 패물이 불에 탔다. 인삼, 녹용, 사향노루가 몇 개의 상자에서 나와 산더미처럼 쌓여서 불에 탔다. 그 냄새가 진동하자 담밖에 있던 군사들이 안을 들여다보며 킁킁거리고 냄새를 맡았다. 민겸호가 집에 있으면 탄원서를 보여주고 선처를 호소하려고 했는데, 뜻하지 않게 사람을 죽이고 가구와 보석을 꺼내 불을 지르는 일이 벌어졌다. 그곳에 올 때까지만 해도 이렇게 과격하게 할 생각은 없었다. 그런데 군사 다수가 분노를 참지 못하고 폭발했던 것이다. 박춘식이 한숨을 쉬면서 중얼거렸다.

"어디 가서 민 대감을 찾아 이걸 보여주지?"

"불 질러 보석을 태웠는데 탄원서가 문제야?" 하고 김장손이 말하며 불안한 표정을 지었다. "포청에 잡힌 자식놈을 구해 볼까 하는 심정으로 시작한 일인데 이제 일이 더 꼬여버려서 어떻게 하지?"

"할 수 없소. 집을 부수고 재물을 태웠으니, 민겸호가 가만히 있을 리가 없을 거요. 어떻게 대처할지 대원위 대감에게 가서 매달려 봅시다."

대원군에게 가자는 박춘식의 말에 두 사람은 찬성했다. 그곳에서 경우궁을 지나 조금 올라가면 언덕에 있는 운현궁이 있다. 대원군은 무위영 군사들이 썩은 양곡을 받고 분노해서 소요를 일으켰다는 보고를 받은 바가 있었다. 그들이 집으로 온다고 하자 약간 긴장하였지만,

이것이 좋은 기회라는 생각을 한다. 박춘식과 김장손, 유춘만이 대표로 대원군 앞에 앉았다. 그들은 전에 이경하에게 했던 것처럼 대원군에게 큰절을 올리고 무릎을 꿇고 나란히 앉았다. 대원군의 옆에는 허욱(許煜)이 서 있었다. 허욱은 환갑을 바라 보는 노인으로 대원군의 가신이었다. 그는 대원군의 개인 호위무사이기도 했으며, 대원군이 할 수 없는 궂은일을 맡아 하는 살수였다. 나이가 들어 칼잡이 일은 어렵지만, 뒤에서 모사를 꾸며 일을 벌이는 것은 맡아서 했다. 폭탄이 들은 선물 상자를, 승려를 시켜 민승호에게 가져다주도록 사주한 사람도 그였다.

박춘식은 그동안 일어난 일을 대원군에게 상세하게 말했다. 탄원서를 올리려고 민겸호 집에 갔다가 저지른 일도 고했다. 대원군은 고개를 끄덕이며 모두 듣고 나서 말했다.

"그대들이 봉기한 것을 충분히 이해하겠다. 급료는 썩지 않고 쌀겨가 없는 양곡으로 새로 지급하게 할 테니 그 점에 대해서는 안심하기 바란다. 그러나 일을 벌여놨으니 수습은 해야되지 않겠나?"

"대원위 대감, 우리가 어떻게 해야 합니까? 분부를 내려 주십시오."

"하루 안으로 무위영 병사들을 더 소집할 수 있겠지?"

"이번 일을 모두 알고 있을 것입니다. 모두 소집하도록 해보겠습니다."

"자네는 민간인들을 모아보게. 오일장에 가서 장보러 온 사람들과 거지촌에 가서 장정들도 모으게. 무위영 병사들과 섞어서 적어도 ……."

대원군은 옆에 서 있는 허욱에게 지시했다. 허욱이 허리를 굽히며 물었다.

"몇 명이나 모으면 될까요?"

"5천 명은 되야 하지 않겠나?"

그 말을 듣고 허욱은 대원군이 이 기회를 이용해서 반정을 도모하려는 것을 알아차렸다.

"이번 모병이 실수 없도록 하게. 5천 명을 모병하려면 적어도 5천 냥은 들테니, 돈은 허준익에게 가면, 배동익 어음 5천 냥 짜리가 있을 것이니 달라고 해서 쓰게."

"네, 잘 알겠습니다."

소요를 일으킬 군중을 모으는 데 돈이 필요했다. 5천 명을 모으는 데 5천 냥이 든다는 것은 한 사람당 한 냥씩 준다는 뜻이었다. 시장을 떠도는 장사꾼이나 날품팔이 장정들, 그리고 거지촌에서 할 일 없이 떠도는 사람들에게 한 냥씩 주면 2박 3일 정도 쓸 수 있다. 그들이 하는 일은 그냥 군중이 되어, 지휘자의 지시를 받고 함께 소리치며 소요를 일으키면 되는 것이다. 배동익은 한양에서 큰 상점을 하는 대행수인데, 전국 각지에도 분점이 있었다. 그의 어음은 국왕도 인정하는 신용등급이 최고인 어음이었다. 그래서 국왕이나 왕비 민씨도 배동익 어음이라면 아무 말 없이 그냥 받았다.

다음 날 저녁 무렵에 박춘식과 대원군이 모은 5천 명의 군중은 남산 아래 강변에서 모였다. 거지촌 바로 옆의 강둑이었다. 오합지졸을 모았지만 일단 명령 체계가 잡혀야 데리고 돌아다닐 수 있어 편제를 짰다. 제일 아래 열 명씩을 묶어 십부장 체제를 만들었다. 다음에 그 열 명 씩 열 개의 조직을 뭉쳐 백부장을 만드는데, 백 명의 조직은 군 편제에서 1초(哨)라고 하며 기본 조직이 된다. 그 백 명씩을 열 개 뭉치면 천 명이 되는데, 천 명을 보통 천부장이라 하였다. 백 명이 소대나 중대라고 본다면 천 명은 대대나 연대였다. 그 천 명의 연대가 열 개 모이면 1만 명의 군제가 편성된다. 1만 명은 사단 병력이 되는 것이다. 그 1만 명이 다섯 개 모이면 군단이 되는데, 고대의 군제는 보통 5만 명이 하나의 군대로서 위력을 발휘했다. 고구려 기병들의 편제도 거의 모두 5만 명의 군제였다. 광개토대왕이나 장수왕이 중국이나 백제, 신라를 공격할 때는 5만 명의 기병을 이끌고 싸웠다. 대원군과 무위군 십부장 박춘식이 5천 명을 모았지만, 이들은 훈련을 받은 군인이 아니기 때문에 편제는 아무 짝에 소용이 없다. 그러나 십부장부터 시작해서 백부장, 그리고 천부장을 편제하고 그 지휘자는 모두 무위영 군인들에게 맡겼다. 무기도 들지 않고 맨주먹 뿐이지만, 그들은 함성을 지른다거나 주먹을 휘두르는 일은 모두 할 수 있었다. 천부장이 백부장들에게 명령하면 백부장은 십부장들에게 명령한다. 그 지시를 순서대로 받지못할 급박한 상황이면 천부장이 일방적으로 지시한다. 이를테면, 울어 하면 모두 대성통곡을 하며 운다. 우는 시위는 보통 궁궐 문앞에서 복합상소를 올리는 형식으로 울었다. 5천여 명이 대성통곡하면 궁전에 있는 임금은 놀라서 전전긍긍하는 것이다. 모여있는 군중을 보면 군인들의 모습도 보이지만, 양반, 중인, 쌍놈이 뒤섞여 있고, 일부에는 남사당 패의 모습도 있었으며, 노인과 아녀자, 그리고 아이들까지 섞여 있었다. 아이들은 돈을 주고 산 것이 아니지만 그냥 사람들 틈에 끼어 있는 것이다. 신분 계급의 격차를 뛰어넘어, 남녀노소를 불문하고 모인 군중들이 결국 백성들이다. 백성들이 평화스럽게 시위를 하는 것이다. 때로는 폭력적인 지시를 한다. 이를테면, 탐관오리 대감의 집에 다가가서 불 지르고 부수라고 하면 집에 불을 지르고 난동을 부리는 것이다. 집을 부수고 가구를 파괴하는 일은 통쾌한 일이다. 더구나 민겸호와 같이 백성들을 착취한 인물의 응징은 더욱 통쾌했다. 관군이 총칼을 들고 진압하러 올 경우도 있는데 그럴 때는 무기를 휴대한 자들이 앞을 가로막고 대적해서 싸운다.

  박춘식이 지휘하는 군사들과 민간인 천 명은 제일 먼저 동대문 쪽에 있는 통발령으로 가서 무기고를 점령했다. 그곳에서 2백여 점의 소총과 일천 자루의 칼과 창을 꺼냈다. 그 무기로 무장한 군중은 좌포청으로 가서 옥에 갇혀 있는 무위영 군사 네 명을 석방시켰다. 무장한 천여 명의 군중이 몰려가자 지키고 있던 포졸들은 싸우지도 않고 그대로 줄행랑을 쳤다. 포도청을 장악한 다음 가까이 있는 의금부로 가서 반 민씨 세력의 정치범들을 석방했다. 그다음은 한양 도처에 살고 있는 간신배를 체포해서 죽였다. 간신배라고 했지만, 민씨 세력의 인물들과 백성들로부터 규탄을 받고 있는 벼슬아치였다. 민씨 다음으로 그 폭동으로 해서 죽은 대표적인 인물은 흥인군 이최응이었다. 이최응은 대원군의 친형임에도 불구하고 왕비 민씨를 지지하며 쇄국정책을 비롯한 대원군의 모든 정책을 반대했다. 남은 사천 명은 허욱이 지휘하면서 한성을 장악했다. 이때는 이미 대원군이 지휘하는 무위영 군대와 민간인들이 봉기해서 민씨 일파를 잡아 죽인다는 소문이 퍼졌다. 그래서 한양에 살고 있는 대부분 민씨들은 집을 버리고 가족과 함께 다른 곳에 몸을 숨겼다. 대부분의 민씨라고 했지만, 민씨들이야 많다. 여기서 말하는 민씨는 세도가 있는 문중을 두고 하는 말이다. 세도가 없는 일반 민씨 백성은 아무도 신경쓰지 않았다.

좌포청에서 남쪽으로 조금 내려가면 훈련원이 있었다. 그곳은 별기군 군영이 있는 곳으로 별기군뿐만이 아니라 일본인 교관 호리모토 소위와 하사관, 그리고 일본인 민간인이 상주하고 있었다. 박춘식이 지휘하는 무위영 군사들이 별기군을 습격했다. 숙소에 머물고 있던 별기군 사관생도들은 모두 도망을 갔다. 그리고 무위영 군사들은 그들에게 겁을 주었을 뿐 죽이거나 쫓지 않았다. 그러나 함께 있는 교관 호리모토 소위를 비롯한 하사관들을 모두 죽였다. 민간인들도 일본 옷을 입고 있으면 무조건 죽였다. 일본에 대해서 악감정을 가지고 있던 박춘식은 거기서 멈추지 않고 군중을 이끌고 일본 공사관으로 갔다. 당시 공사관은 경희궁 성벽 너머 언덕에 자리하고 있었다. 경희궁과는 성벽 하나를 사이에 두고 가까웠다. 뜰에서 보면 상대 쪽이 서로 보이는 거리였다. 그곳에 진주하자 소요군이 공사관으로 온다는 정보를 듣고 요시모토(花房義質) 공사는 재빨리 몸을 피했다. 그는 공사관에 있는 중요 서류를 모두 불에 태웠는데, 서류를 불태우는 과정에 집에 불이 붙어 함께 타버렸다. 그는 공관원 전원과 함께 그들의 함선이 있는 제물포항으로 도주했다.

허욱이 지휘하는 소요 민중 속에는 대원군이 있었다. 대원군은 약 이백 명의 호위병으로 자신을 호위하도록 하고, 창덕궁 돈화문으로 갔다. 궁전에 들어서기 전에 사람을 시켜 국왕 고종에게 이 사태를 수습할 사람은 대원군밖에 없으니 그를 부르라고 사주했다. 그대로 쳐들어가도 어쩔 수 없는 상황이었으나, 체면을 중시하는 그는 형식을 갖추기 위해 그런 장난을 한 것이다. 고종은 어쩔 수 없이 아버지를 불렀다. 그리고 부름을 받은 대원군은 당당하게 궁궐로 들어갔다. 들어가면서 소요 군중들을 시켜 궁궐 안에 숨어 있는 민씨 일파를 비롯한 척신들을 잡아들이라고 하였다.

이때 궁궐 안이 가장 안전할 것이라고 생각하고 숨어있던 민겸호와 경기 관찰사 김보현을 잡았다. 김보현은 전 선혜청 당상관으로 민겸호 못지않게 무위영 군사들이 증오하는 인물이었다. 허욱이 지휘하는 군사들이 국왕이 머물고 있는 궁전에서 민겸호를 발견하고 그를 끌고 나왔다. 돌계단 위로 끌려나오다가 마당에 있는 대원군을 보고 민겸호가 황급한 목소리로 말했다.

"대원위 대감, 제발 내 목숨만은 살려주시오."

"댁이 누구시더라?"

대원군이 비웃으면서 그렇게 물었다.

"아이구, 접니다. 형님. 날 꼭 죽일 필요가 있습니까? 나도 나라를 위해서 열심히 일한 것뿐입니다."

두 사람은 처남 매부 사이였다. 평소 같으면 가까운 사이겠으나, 원수처럼 싫어하는 적이 되어 있었다.

"죽으면서까지도 민심이 어디에 있는지 정신을 못 차리니. 참으로 딱한 일이오. 그런 대감을 내 어찌 살릴 수 있겠소."

그 말이 떨어지자 계단 위에 있던 군사가 민겸호의 몸을 밀어 난간 아래로 던졌다. 아래 뜰에 몸이 쿵 하고 처박혔다. 허욱을 비롯한 여러 명의 군사들이 달려들었다. 군복으로 갈아입고 있는 허욱은 허리에 차고 있던 검을 뽑아 한칼에 민겸호의 가슴을 그었다. 갈라진 피부와 옷 사이로 피가 스물스물 나오다가 동맥이 터지는지 확 뿜어져 나왔다. 핏줄기가 허공으로 치솟았다가 사그러들었다. 피를 보자 흥분한 다른 군사들이 창으로 찔렀고, 칼을 가진 자는 죽어 가는 그의 몸을 베었다. 소총을 든 군사가 총을 쏘자 총성이 찡 하고 궁궐 안을 울렸다. 그리고 뒤이어 십여 명의 군사들이 우르르 몰려가서 한 번씩 칼질을 하였다. 난도질하는 모습을 보던 대원군은 계속 지켜보기 끔찍했든지 고개를 돌렸다.

이제 남은 것은 왕비 민씨를 잡아 죽이는 것이다. 허욱이 군사들을 독려하면서 다그쳤다. 아직 궁궐 안에 숨어 있을 것으로 생각하고 이

잡듯이 뒤지라고 했다. 그래서 군사들이 백 명씩 패를 지어 궁궐 안의 모든 건물을 수색했다. 그러나 왕비 민씨의 모습은 보이지 않았다. 더러는 지나가는 궁녀가 있어 잡아 물어 보았으나 왕비가 어디 있는지 모른다고 하였다. 사실 소요에 참가한 군인들과 일반인들은 왕비 민씨의 얼굴을 모른다. 다만, 알고 있는 것은 왕비의 나이가 1851년생으로 31살이라는 사실이었다. 김옥균과 동갑이다. 김옥균은 2월에 태어났고, 민자영은 11월에 태어났다. 31살이면 일반 나인들과 큰 차이가 없어 궁녀 얼굴과 비슷했다. 실제 왕비는 궁녀 옷을 입고 다른 궁녀들과 함께 휩쓸려 다니다가 소요 군인에게 잡혔다. 군졸이 너희들 왕비 못 보았느냐, 어디에 있는지 말하라 했다. 그러자 한 궁녀가 "우리 몰라요. 어디에 계시는지. 우리도 찾고 있는 중인데요"라고 대답했다. 그러자 군사들이 그녀들을 보내주고 방으로 들어가 장농을 열고 안을 들여다보고, 다락방까지 수색했지만 왕비를 찾지 못했다. 해가 긴 여름 날이라서 사위는 천천히 어두워졌다. 거의 여덟 시가 지나 아홉 시가 될 무렵 왕비 민씨는 궁녀 복장을 하고 동대문을 빠져나가고 있었다. 민영익이 주도한 탈출이었다. 왕비가 궁궐을 빠져나오는 것은 쉬웠다. 궁궐에는 외부 사람들이 잘 모르는 쪽문이 상당히 많이 있었다. 그 쪽문은 궁궐 안의 내시들이나, 궁녀들조차 자기가 소속된 곳이 아니고는 잘 몰랐다. 그러나 성문을 나오려면 경비를 서고 있는 반란군을 통과해야 한다. 돈화문에는 반군이 많이 지키고 있었다. 가장 허술한 데가 동대문임을 알고 민영익은 그곳으로 탈출 계획을 잡았다. 그곳을 나가기 어려우면 밧줄을 늘여서 성벽을 넘는 방법을 생각하였다. 왕비를 두 사람이 드는 작은 가마에 태워 문을 나가려고 하는데, 반군 중에 지휘자로 보이는 늙은 사내가 세웠다.

"누구냐? 가마에서 내려라."

"안에 몸이 아픈 상궁이 타고 있어요. 내의원에 가서 치료받으려고 가는 길이에요."

가마 옆에서 걸어가던 몸집이 커다란 궁녀가 말했다. 그 여자는 상궁으로 나이가 조금 들어보였고, 얼굴은 곱상했으나 체격이 매우 커서 장정처럼 보였다. 기운이 세다고 해서 사람들은 그녀에게 고대수라는 별명을 붙여주고 있는 내전의 김 상궁이었다. 고대수는 수호전에 나오는 여자 장사였다. 고대수는 108명의 중간 두령 가운데 서열 101번째 두령이었다.

이때 뒤쪽에서 따라오던 군복을 입은 사내가 튀어나왔다. 그는 무예별감 홍계훈으로 국왕을 호위하던 군관이었다. 국왕이 왕비를 보호하며 피신시키라고 명을 해서 따라붙은 것이다.

"가마 타고 못 나갈 것 같다. 얘야, 내 등에 업혀라."

홍계훈은 가마를 열고 등을 대었다. 안에는 나인 복장을 한 왕비 민씨가 타고 있었다. 민씨가 그의 등에 업히자 홍계훈은 재빨리 성문을 빠져나가며 멍하니 바라보는 무위영 군사들에게 말했다.

"난 궁전 별감이요. 누이동생이 아프다고 해서 데려가는 것이요. 좀 봐주소."

반군들은 더 이상 막지 않고 멍하니 바라보았다. 홍계훈과 왕비가 나가자 뒤따르고 있던 고대수가 나갔고, 가마를 든 나졸들이 빈 가마를 매고 나갔다. 조금 뒤에서 그들의 상황을 눈여겨보며 기다리고 있던 민성규가 따라나갔다. 민성규가 서 있는 바로 뒤에 민영익이 그들의 상황을 지켜보고 있었다. 민성규와 민영익은 성문의 군졸들이 끝까지 왕비를 막거나 체포하려고 하면 칼을 빼들고 가서 제거할 생각을 하고 있었다. 그러나 왕비가 그대로 통과하자 나서지 않았다. 다만 민성규는 무엇인가 봇짐을 어깨에 맨 채 빠른 걸음으로 그들을 따라 나가는 것이었다. 반군들은 여러 장의 초상화를 들고 횃불에 비쳐 들여다보며 성문을 나가는 민성규를 살폈다. 민성규의 얼굴이 초상화에 없자 그대로 통과시켰다. 모두 빠져나가자 민영익은 소나무 뒤에서 몸을 숨기고 깊은 한숨을 쉬었다.

　여기까지가 민영익이 나의 집에서 잠을 자며 들려준 이야기였다. 민영익은 세도가 민씨들을 색출할 때 집에 있지 못하고 아내를 다른 곳에 보내고 자신은 나에게 와서 숨었다. 나는 그를 숨겨 주었다. 서재에 침구를 깔고 잠을 자게 했으나, 그는 잠이 오지 않는다고 나와 이야기를 하자고 했다. 우리는 밤늦게까지 이야기를 나누었다. 주로 나누었던 이야기는 대원군이 다시 집정을 하면 이제 개혁은 물 건너 갈 것이고, 그렇게 되면 이 나라가 걱정이라는 한탄을 하였다. 그리고 그동안 며칠에 걸쳐 일어난 군사 폭동에 대해서 나에게 이야기해 준 것이다.

3

동대문에서 홍계훈 등에 업혀서 나온 왕비 민씨는 다시 가마에 탔다. 일행은 벽동 민응식 집으로 향했다. 민응식은 오늘 낮에 민영익과 연락해서 만났다. 민영익은 밤이 되면 왕비를 궐 밖으로 모시려고 하는데, 우선 민응식의 집에 숨기기로 했던 것이다. 민응식은 벼슬이 별로 높지 않은 익위사세마(翊衛司洗馬, 정9품의 관직)이다. 세마는 세자의 호위를 담당하던 관서로 무반직이었으나 문반도 임명하였다. 세자를 호위하는 익위사는 세자를 가까이에서 호위한다는 특수성 때문에 직급은 낮았으나 왕실과 밀착해 있었고, 특히 세자의 어머니 왕비 민씨와는 가까운 사이일 수밖에 없었다. 과거를 보아서 급제하기도 했지만, 과거급제는 형식을 갖추기 위한 것이었고, 실제는 왕비가 민응식에게 내린 직책이다. 군사 폭도들이 민씨들의 집을 수색하고 있지만 민응식이 워낙 낮은 품계에다 별로 말썽이 없는 사람이고, 단순히 세자의 호위 군관이란 이유로 찾지 않을 것으로 생각해서 그 집을 선택한 것이다. 민응식의 집은 한양 벽동에 있었지만, 장호원에 또 다른 향제(고향에 있는 집)가 있었다. 그래서 충주 방향으로 도망간 왕비는 민응식의 향제에서 체류하기도 하였다. 잡힐까 두려워 한 집에 오래 머물지 않고 이집 저집 옮기면서 있었으나, 주로 민응식의 도움을 많이 받았다. 그 일로 해서 민응식은 임오군란이 끝나고 다시 왕비가 정권을 잡았을 때 벼락출세의 길이 열렸다. 이듬해 대사성이 되고, 갑신년 초에 독판내무부사, 두 해 후에 이조판서가 되었다.

　밤에 민응식의 집에 모여든 민씨 일행은 앞으로 어떻게 도주할 것인가 하는 계획을 짰다. 홍계훈은 사람의 눈에 띄기 때문에 군복을 벗고 사복으로 갈아입고 계속 호위임무를 맡았다. 그리고 선전관 민성규는 처음부터 계획한 대로 의원이 되어 왕비의 건강을 살피며 돌보기로 했다. 처음에는 궁궐에 있는 내의원 중에 한 명을 선발해서 붙이려고 했지만. 선정된 내의원이 누구 편인지 알 수 없었기 때문에 그렇게 하지 못했다. 아무도 믿을 수가 없어 민영익이 6촌 형인 성규를 찍은 것이다. 민성규는 봇짐에 각종 한약재를 넣고 왕비와 동행하게 되었다. 그리고 홍계훈이 밤중에 보부상 이용석을 찾아서 데려왔다. 이용석은 중인 출신으로 발이 빠르고 기운이 장사였다. 봇짐을 메고 조선 팔도를 돌아다니며 장사를 하여서 조선 지리도 훤하게 꿰고 있었다. 소문으로는 이용석이 축지법을 쓰고 있어 하루에 천리를 간다고 했으나, 그것은 거짓말이었다. 말도 하루에 천리를 못 가는데 인간의 걸음으로 불가능했으나, 사람들은 그것을 믿고 있었다. 여자로는 상궁 김씨가 동행했는데, 그녀는 왕비의 몸종으로 시중을 들기로 했다. 허름한 2인용 가마를 가져가기로 했다. 가마가 너무 화려하면 사람들의 눈에 띄기 때문에 검소한 차림을 하려는 것이었다. 가마를 메는 장정은 두 사람 모두 궁궐에 있는 무관들이었지만 노비 복장을 하였다. 그리고 항상 가마를 타는 것이 아니라 때로는 걷도록 하였다.

새벽이 되자 왕비와 일행은 민응식 가족이 해주는 식사를 마치고 출발했다. 떠날 때는 민응식과 민긍식, 현홍택이 합류해서 갔다. 이른 새벽에 나가자 거리에 사람들은 별로 없었다. 중랑천을 건너 망우리 고개를 넘었다. 선착장 광나루에 도착했다. 일행이 여러 배 중에 좀 큰 배를 골라 뱃사공에게 흥정했다. 사공은 나이가 들은 노인이었는데 뱃삯을 올리려고 트집을 잡고 떠나지 않았다. 흥정이 잘 되지 않자 가마 안에서 듣고 있던 왕비 민씨가 손에 끼고 있던 금반지를 빼서 던졌다. 민응식이 그것을 주워 뱃사공에게 주자 사공은 입을 헤헤 벌리며 굽신거리더니 배를 몰았다. 배는 거슬러 올라가 남한강으로 들어섰다. 일행은 양평에 도착해서 배에서 내렸다. 강을 건너 계속 남쪽으로 갔다. 한동안 가자 점심 무렵이 되었다. 이천으로 들어가는 초입이었다. 주막에 들려서 국밥을 시켰다. 다른 사람들은 국밥을 자주 먹었겠지만, 왕비는 낯선지 입에 대지 못했다. 국밥을 먹으면 목이 아프다고 했다. 그래서 민성규는 진맥을 잡아 보고 입안을 살폈다. 진맥할 때는 주막의 방 하나를 잡아 김 상궁과 왕비, 그리고 민성규 세 사람이 들어갔다. 비단 보를 왕비의 손목에 올려놓고 민성규는 무릎을 꿇고 앉아 맥을 짚었다. 그리고 왕비에게, 황공하옵지만, 입을 벌려보라고 해서 입안을 살폈다. 왕비는 인후통을 앓고 있어서 그 자리에서 민성규는 감기 처방 약을 지었다. 가지고 간 봇짐에서 약재를 꺼내 그 자리에서 탕을 끓여 마시도록 했다. 약탕은 민성규가 가지고 갔지만 땔감은 없었기 때문에 민성규는 주막 노파에게 땔감을 달라고 해서 김 상궁에게 끓이도록 했다. 약탕 그릇에서 쌍화탕 냄새가 진동했다. 왕비는 방안이 갑갑해서 밖으로 나와 주막 밖의 마루에 앉아 김 상궁이 끓여온 탕을 마셨다. 주막의 노파가 약을 먹는 왕비를 보더니 지나가며 한마디 했다.

"쯔쯔, 아기씨, 여름 감기에 걸리셨구만. 세상이 편해야 병이 없지. 그 죽일 년인 왕비 민씨 때문에 세상이 이렇게 흉흉해졌다우. 그래서 아기씨도 병이 들은 거야."

노파는 그렇게 말하고 휙 지나갔지만, 옆에서 듣고 있던 일행은 당황했다. 그리고 왕비 자신도 얼굴이 창백해지면서 고개를 돌렸다. 노파에게서 대놓고 욕을 듣자 왕비 민씨는 어쩔 줄을 몰라 하였다. 자신이 백성들에게 이렇게 악명이 떨쳐있을 줄은 미처 몰랐다. 죽일 년이라니. 그녀는 평생 그런 욕을 처음 들었다. 수행원들은 민망해서 얼른 채비를 챙겨 그곳을 떠났다. 걸음을 빨리하자 이천읍에 들어섰다. 마을에 있는 조현점사(鳥峴店舍, 여관)에서 머물렀다. 너무 걸음을 빨리해서 모두 지쳐서 일찍 숙소에 들어가 쉬었다. 쉬는 동안 민성규는 또 왕비의 진맥과 입안을 살폈다. 인후염은 계속 악화하고 있었고, 감기 기운이 오는지 춥다고 하였다. 그리고 다리에 종기가 났다. 한여름인데 추운 것은 문제였다. 평생 처음 겪는 도망가는 일이 왕비에게는 커다란 심적 고통을 주었던 것이다. 신경을 많이 쓰고 탈진해서 면역력이 떨어지다 보니 갑자기 염증이 생기는 것이었다. 다리의 종기에는 고약을 붙이고, 다시 약탕을 끓였다. 이번에는 감길탕 한 첩과 박하탕 용뇌 한 첩을 끓여서 마시게 했다. 다음날 아침에 점사에서 나와 다시 남쪽으로 발길을 재촉하여 점심 무렵에 단강 권삼대 집 숙소에 머물렀다. 소식을 듣고 여흥 민씨 문중의 전오위장 민영기(閔泳綺)가 와서 왕비를 배알했다. 민영기는 24세의 청년으로 눈치가 빠르고 약삭빠른 인상을 주었다. 왕비가 장호원(여주)으로 밀행했다는 말을 듣고 혹시 모를 훗날을 위해서 왕비에게 눈도장을 찍으러 왔던 사람이었다. 그냥 머물다가 밤이 되자 돌아갔다. 그는 훗날 한일합방을 도와준 일로 일본총독부로부터 귀족작위를 하사 받았다.

다음날도 비가 종일 오는 바람에 움직이지 못하고 계속 권삼대 집에서 머물렀다. 종기 난 왕비의 다리에 부스럼이 터져서 고름이 흘렀다. 민성규는 일본에서 수입한 아까징끼(소독약)로 씻어내고 고약을 붙였다. 고약을 붙일 때 왕비가 아픈지 얼굴을 찌푸리며 몸을 움츠렸다. 민성규는 허리를 굽히고 머리를 방바닥에 대면서 말했다.

"죄송합니다. 소신이 서툴러서 환후를 제대로 돌보지 못해 황공하옵니다."

"괜찮아. 고름이 터져서 아픈가?"

"약을 드시면 쾌유될 수 있습니다."

"그런데 목구멍은 계속 아픈데?"

"인후통이 완치되지 않아서 그렇습니다. 계속 감기 치료약을 드리고 있으니 괜찮아질 것입니다."

"인후통하고 몸이 으슬으슬 추운 것은 같은 증세요?"

"네, 그렇습니다. 오늘 저녁에도 감길탕 두 첩하고 박하탕 용뇌를 넣어 드리겠습니다. 원기가 떨어져 감기가 쉽게 낫지 않고 있습니다."

"똑같은 소리네. 감길탕과 박하탕 용뇌만 먹으면 낳는 것인가? 매일 먹는데 아픈 것은 여전하고……."

왕비 민씨는 아픈 것은 못 참는지 투정 비슷하게 말했다. 그 말을 다른 방에 있던 민씨들이 듣고 민성규에게 물어보지도 않고 다른 의원을 찾아 장호원에 사람을 보냈다. 장호원에 용한 의원이 있다고 하여 장 의원을 데려온 것이다. 밤에 온 장 의원은 길고 하얀 수염이 난 노인이었다. 나이는 짐작할 수 없으나 하얀 머리와 하얀 수염은 마치 도사 같은 느낌을 주었다. 도사 같은 장 의원이 오자 수행원들은 안심하는 표정이었다. 다만 왕비 민씨는 의원 민성규가 있는데 장 의원을 쓸데없이 불렀다고 핀잔하였다. 장 의원은 왕비 민씨를 진맥하고 민성규에게 무슨 약을 썼는지 물었다. 감길탕과 박하탕 용뇌를 계속 올렸다고 하자, 고개를 끄덕이며 잘하였다고 하였다. 그 탕약을 더 지속적으로 마셔야 할 것 같다고 의견을 말했다. 그리고 그는 탕약을 새로 제조하지 않고 그대로 가 버렸다. 장 의원이 민성규의 자존심을 세워 준 것인지 아니면 실제 다른 약을 쓸 필요가 없었는지 알 수는 없었으나, 그 일로 수행한 민씨들은 민성규에게 미안해하였다.

밤새도록 소나기가 퍼부었다. 옆방에서 자고 있는 왕비가 잠을 못 이루고 뒤척이는 기척이 들렸다. 이따금 기침하였다. 그 잔기침은 감기로 인한 인후통 때문으로 보였다.

　다음 날도 또 비가 내렸다. 그 집에서 그대로 머물렀다. 왕비의 원기가 떨어져서 개고기국 한 종발, 진한 붕어 국물 한 그릇을 올렸다. 민긍식이 먼저 충주 노은에 갔다. 왕비가 병환이 있어 처소를 자주 옮기기 어려울 듯해서 숙소를 알아보려고 간 것이다. 아침에 비가 오더니 잠깐 개었다. 그러나 오후 신시(다섯 시)가 넘어서 다시 퍼붓기 시작했다. 왕비 민씨는 방문을 활짝 열어놓고 쏟아지는 비를 내다보았다. 멍하니 앉아 있을 때는 비를 보는 것인지 그냥 허공을 응시하며 생각에 잠긴 것인지 알 수 없었다. 어쩌면 아무런 생각도 하지 않으면서 멍한채 있는지도 모를 일이었다. 민성규는 왕비가 몸이 허약해지면서 마음도 피폐해지는 것을 알았지만, 어떻게 할 도리가 없었다. 궁궐에서 내의원들이 달려들어 집중 치료한다면 차도가 있을지 모르지만, 지금 혼자 충분한 약재도 없이 견디는 것은 위험할지 모른다는 생각이 들었다.

　다음날 비가 그치며 가랑비가 왔다. 그 틈을 타서 다시 숙소를 옮기기 위해 움직였다. 충주 매산에 이르러 오봉학 집에서 점심을 먹었다. 식사를 마치고 다시 움직여 민응식의 향제를 숙소로 정했다. 그곳에 당분간 있기 위해 사랑채 한 동을 깨끗하게 청소하고 비웠다. 그곳에는 다락방도 있어서 때로는 그 다락방에서 칩거하는 것도 생각하고 있었다. 저녁 무렵에 보부상 이용석이 한양 소식을 가지고 돌아왔다. 민겸호가 반란군에게 맞아 죽었다는 사실을 그때 알았다. 그 소식을 듣고 왕비 민씨가 아무 말 없이 다락방으로 들어가더니 내려오지 않았다. 한참 후에 내려왔는데 얼굴을 보니 울어서 퉁퉁 부어 있었다. 왕비가 이용석에게 지금 임금은 자신이 살아있는 것을 알고 있느냐고 물었다. 그것은 모르겠고, 현재 중전마마가 서거하셔서 장례식을 치르고 있다고 대답했다. 왕명으로 국상을 치른다고 하였다. 대원군의 강요에 의해서 중전이 죽어서 장례식을 올려야 한다고 해서 그런 것인지, 아니면 정말 죽은 것으로 알고 임금이 장례 행사를 치르는 것인지 알 수 없었다.

왕비 민씨는 홍계훈에게 말했다. 혹시 임금이 왕비가 죽은 것으로 알고 있을지 모르니, 궁궐에 몰래 들어가서 임금을 만나고, 내가 살아있다는 사실을 전하라고 했다.

다음날 비가 오다가 구름이 끼다 하였다. 민성규가 대나무 통으로 다리 환처에 붕사를 붙였다. 감길탕 한 첩과 박하탕 용뇌를 타서 왕비에게 올렸다. 왕비는 불면증에 시달려서 밤에도 잠을 이루지 못했다. 큰 방에서 자다가 깜짝 놀라 잠을 깨기도 하였다. 큰 방에서 자는 것이 무섭다고 해서 왕비를 좁은 다락방에 모셨다. 다락방에서는 제대로 잠이 들었다. 그래서 왕비를 계속 다락방에서 자게 하였다.

하루는 민응식이 무당 한 명을 데리고 왔다. 왕비가 시간을 보내기 무료할 것 같아 데려온 것이다. 물론, 왕비도 데려오라고 했다. 무당은 마흔 살 정도 되어 보이는 중년 여자였다. 얼굴에 화장을 짙게 해서 단번에 무속인이라는 것을 짐작하게 했다. 무속인이라고 하지만 사주도 보는지 왕비의 생년 월일과 시를 따져보았다. 그리고 그녀는 이상한 소리를 꽥 지르더니 무슨 영감을 받은 것처럼 호들갑을 떨었다. 민성규가 보기에는 사기를 친다고 생각했다.

"걱정하지 마세요, 부인."하고 그녀는 빠르게 지껄였다. "부인의 남편은 인질이 되어 한양 모처에 잡혀 있지만, 곧 풀려날 것입니다. 그리고 부인도 남편을 만나게 될 것입니다."

무당이 부인이라고 하는 것을 보면 왕비를 못 알아보는 듯했다. 못 알아본다기보다 혹시 몰라서 민응식이 신분을 숨긴 것이다.

"나는 관우 장군의 딸입니다. 지금이 아니라 전생 말입니다. 그래서 신령과 잘 통합니다. 앞으로 딱 한 달이면 남편을 만날 수 있습니다. 한양으로 올라갈 수 있다는 말씀이지요."

무슨 헛소리인가 하고 수행원들은 생각하는 얼굴이었지만, 왕비의 표정이 밝아졌다. 왕비는 미신을 믿는 것이다. 민응식도 그것을 알기에 그녀를 위로하기 위해 무당을 데려온 것이다.

"정말 내가 한 달이면 한양으로 올라갈 수 있나?"

왕비가 무당에게 물었다.

"아, 물론입죠. 틀림없습죠."

무당이 그렇게 말했지만 왕비는 완전히 믿지 않았다. 그 말을 듣고 위안이 되기는 했으나 점쟁이의 말을 믿을 수는 없는 일이다. 그녀를 물러가게 하고 그 일을 잊었으나, 딱 한 달 후에 왕비 민씨는 한양으로 상경하게 된다. 대원군은 고종과 민씨 일파가 구원을 요청한 청나라 군대에게 납치를 당해서 톈진으로 가서 연금 당하고, 청군의 힘을 빌어서 왕십리에 주둔하고 있던 반군을 소탕해 버렸다. 고종과 민씨 일파가 다시 정권을 잡자 왕비는 상경하게 되었던 것이다. 그러자 무당의 예언이 신통하게 들어맞았다고 해서 왕비는 그 무당을 데려 오라고 하여 함께 한양으로 올라가 입궐했다. 무당에게 궁궐 안에 신당(무당집)을 차려주고, 매일 같이 굿을 하게 했다. 그리고 그 무당에게 진령군이라는 벼슬을 주었다. 그 벼슬이 얼마나 높은지는 모르지만, 대원군이나 진령군이나 모두 군(君)이 붙은 것을 보면 같은 급수인지 모르겠다.

홍계훈이 궁궐을 다녀와서, 상감마마에게 중전마마의 생존 소식을 알렸다고 말했다. 그 밖에 민씨 친족 일부에도 왕비의 생존을 알렸다고 하였다. 그러나 국왕은 부인 민씨에게 대원군이 정권을 잡아 모든 민씨와 개혁파 인물을 파직시키고 새로운 수구파 인물들을 고용하고, 반군 무리들이 대궐 안팎을 둘러싸고 권력을 틀어 쥐고 있어 아직 나오지 말고 그대로 은둔하고 있으라고 전하라고 했다.

홍계훈이 올 때 죽은 민승호의 처 정경부인 이씨, 전 참판 민영익의 처 정부인 김씨가 왔다. 두 부인은 초췌한 모습으로 있는 왕비를 보자 끌어안고 통곡을 했다. 왕비 민씨도 함께 울었다. 세 여자는 주변의 시선에는 아랑곳하지 않고 엉엉하고 큰소리로 곡을 했다. 그러자 집 안에 있던 왕비 수행원들이 모두 눈물을 흘렸다.

한 주일이 지나자 매산(충주) 전 판서 민영위(閔泳緯)의 집으로 옮겼다. 민영위는 왕비 민씨 일파임에는 틀림없으나 그렇게 악명을 떨치지는 않았다. 그는 헌종 14년(1848년) 증광별시문과에 갑과로 급제하여 고종 2년(1865년)에 이조참판에 임명되고, 그후에 사헌부 대사헌, 함경도 관찰사, 강원도 관찰사, 임오군란이 있은 직후 예조판서에 임명되고 정1품에 서품된 사람이다. 이상할 것이 없는 권력의 수레바퀴지만, 왕비 민씨가 장호원으로 도주할 때 잠깐이든 한참이든, 숙소를 제공하고 도와준 사람들은 모두 출세했다. 왕비 민씨는 자기를 도와준 사람은 꼭 기억하고 있다가 보은을 베푸는 것은 뛰어났다.

  소나기가 내렸다가 점차 약한 빗줄기가 내렸다. 마당에는 단번에 물이 고여서 경사진 낮은 곳으로 흘러 내려갔다. 처마 지붕에서 떨어지는 물방울이 땅을 파며 긴 도랑을 만들었다. 마루에 앉아 비 내리는 것을 한동안 바라보던 왕비가 김 상궁에게 종이를 가져오라고 하였다. 김 상궁이 물었다.

"글을 쓰시겠습니까. 조선종이를 대령할까요? 붓과 벼루도요?"

"아니다. 그냥 종이만 가져와."

  김 상궁이 안채로 들어가더니 종이 몇 장을 가져왔다. 마분지나 다름없이 투박한 종이였지만, 어디에 쓸지 몰라 아무것이나 가져왔다. 글을 쓸 것이 아니기 때문에 두꺼운 종이를 대령했다. 왕비는 종이를 받아 들더니 처마 밑으로 떨어져 내리는 물방울을 한참 내려다보았다. 그렇게 시름에 잠겨 있더니 가벼운 한숨을 내쉬었다. 본래 한숨을 자주 쉬는지 모르겠으나 요즘에 왕비는 자주 한숨을 쉬곤 하였다.

그만큼 시름에 잠겨있는 것이다. 우울증에 걸려 있는 것이 틀림없다. 왕비는 종이를 접었다. 민성규는 무엇을 하는지 가만히 앉아 지켜보았다. 그녀가 옆에 있어 달라고 해서 떠나지 못하고 앉아 있는 것이지만, 차라리 민성규가 옆에 없이 혼자 있는 것이 더 편해 보일 듯했다. 그러나 그녀 곁을 떠날 이유가 떠오르지 않았다. 김 상궁은 항상 떨어져 있었다. 보일 듯 말 듯 한 곳에 꼿꼿하게 서서 왕비가 부르면 얼른 나왔다. 가까이도 아니고 그렇다고 멀리도 아닌, 왕비가 부르면 들릴 정도의 거리에 서 있었던 것인데, 단 한 번도 그 규칙을 어기는 것을 보지 못했다. 지금도 종이를 가져다주고 어딘가로 가서 보이지 않았으나, 그녀는 집 안쪽 모퉁이에 서서 왕비가 부르면 시중들기 위해 대기하고 있는 것이다. 그것이 아주 그녀의 몸에 배어 있는 듯했다. 민성규는 자신보고 그렇게 하라고 하면 못할 것 같았다.

왕비가 종이로 접은 것은 배였다. 그것을 접어 마루에서 뜰로 내려섰다. 접은 배를 처마 물이 떨어지는 고랑에 놓았다. 물이 흘러가고 있어 종이배도 따라서 흐를 것으로 생각했으나, 처마에서 떨어지는 물방울이 세차서 단번에 물에 젖어 잠겼다. 조금 흐르다가 물에 잠겨버리자 왕비는 안타깝다는 이상한 신음소리를 내더니 민성규를 힐끗 돌아보며 수줍게 미소지으면서 말했다.

"의성 공, 배가 침몰했어. 처마에서 떨어지는 물방울이 너무 세어서 그런가 봐."

물에 젖은 종이배가 민성규 있는 아래로 흘러 내려와서 그는 얼른 일어나 종이배를 집어들어 마루 끝에 후려쳐서 물기를 뺐다. 물 먹은 종이가 쉽게 물이 빠지는 것은 아니었지만, 그것을 왕비에게 주면서 말했다.

"다시 한번 띄워보시죠. 물에 젖는다고 반드시 침몰하는 것은 아닙니다."

"그래요. 그러나 이 배는 물에 함빡 젖어서 안 돼. 그건 버리고 다시 만들지 뭐."

왕비는 새 종이로 다시 배를 만들었다. 그 배를 조심스런 동작으로 물방울이 떨어지는 고랑에 띄었다. 이번에도 물방울이 떨어졌으나 배가 끄덕끄덕 흔들리면서도 물에 빠지지 않고 밑으로 흘러 내려갔다. 종이배가 물길을 따라 내려가자 그것을 보고 왕비는 좋아하며 소리쳤다.

"어머, 배가 빠지지 않고 내려가. 봐요, 물방울에 맞으면서도 견디는 거 봐."

왕비는 말하면서 손뼉을 쳤다. 민성규는 왕비가 그렇게 좋아하며 웃는 것을 처음 보았다. 물론, 궁궐에서는 그녀를 접할 기회가 없어 볼 수 없었으나, 도피를 하던 이십여 일 동안 웃는 모습을 처음 보는 것이었다. 그리고 마치 소녀처럼 손뼉을 치면서 좋아하는 것도 처음 본다. 그녀에게는 지금 왕비라는 근엄한 모습은 전혀 없이 아이처럼 즐거워했다. 종이배가 물에 빠지지 않고 그대로 흘러간다는 것이 그렇게도 기뻤을까. 그런 생각을 하면 가슴이 아팠다. 지난날, 평소에 민성규는 왕비에 대해서 경원 의식을 가지고 있었다. 임금의 부인이라는 사실 때문에 존경해야 하는 존재이지만, 존경해야 하는 것이 마치 의무인 것처럼 생각하고 있었다. 그런데 종이배를 띄우고 손뼉 치는 모습을 보는 순간 그 불만이 씻은 듯이 사라지는 것이다. 그녀가 좋아지기 시작했다. 그것은 바로 그 순간 민성규가 본 것이 왕비 민씨가 아니고, 인간 민자영을 보았기 때문이다. 종이배가 고랑 아래로 사라져 보이지 않을 때까지 지켜보다가 또 가벼운 한숨을 내쉬고 민성규를 보더니 물었다.

"의성 공의 부인은 잘 있어요? 자녀는 몇이야?"

이십여 일이 지나도록 단 한 번도 물어보지 않던 가족에 대해서 질문했다. 너무 뜻밖이어서 그는 당황했으나 미소 지으면서 대답했다.

"잘 지내고 있습니다. 중전마마, 딸이 둘입니다. 마마."

"나중에 궁궐로 돌아가면 부인을 한번 만나요. 나는 원앙 자수를 잘 놓는데 부인은 어때?"

"제 처는 자수에 대해서는 젬병입니다. 손재주가 없어서 못해요."

"손재주는 나도 없어. 그러나 혼자 방 안에 있으면 고적하잖아. 그땐 자수를 놓는 것도 아낙네로서 하나의 방편이요."

항상 분주하게 친족들과 대신들 틈에서 바쁜 존재로만 알았던 왕비가 홀로 방 안에서 고적하게 지낸다는 말을 듣자 그는 또 놀라웠다. 그 고적을 그녀는 자수를 놓으며 푼다고 했다. 그냥 지나치며 하는 그 말은 그녀가 가지고 있는 또 다른 내면의 한 모습이었다.

"의성 공은 의원이 되었으면서 왜 무관으로 과거를 보았어? 나를 진맥하는 것을 보니 내의원에 들어와서 일해도 좋겠는데?"

선전관으로 있지 말고 내의원으로 들어오라는 말 같이 들려서 그는 대답했다.

"소인은 의원이 되기는 했으나, 무관이 되기를 원했습니다. 소인은 청년 시절, 뭐, 지금도 젊지만, 더 어렸을 때는 사냥을 즐기고, 낚시하는 것을 좋아했습니다. 지금도 무관의 기질이 더 있는 것 같고…… 외람되지만, 의원으로서의 자격은 한계가 있어 감히 내의원이 될 자격이 없습니다."

"영익의 형이 되지? 6촌 형이라고 들었는데. 영익이 나의 조카니까 공은 나와 몇 촌이 될까?"

"아직 거기까지 따져보지 못했습니다."

"내가 공의 당고모가 되나? 내가 영익의 고모니까 공과는 멀기도 하고, 가깝기도 한데…… 사돈의 팔촌도 가깝다고 하는데, 우리는 사돈 간이 아니라 동성동본이니 더 가깝지 않겠어?"

"네, 잘 모르겠습니다만."

"아, 비가 계속 내리는 것이 자꾸 슬퍼졌는데, 공과 이야기를 나누다 보니 슬픔이 달아나 버렸어. 앞으로 공과 자주 이야기를 나누었으면 해. 그럴 시간을 나에게 할애해 줄 수 있어요?"

"황공한 말씀입니다. 얼마든지 불러 주신다면 모시겠습니다."

"어머, 이제 비가 그치려고 하네. 아이구, 지겨운 비…… 올해는 장마가 왜 이리 오래 가지?"

왕비는 일어나서 뜰로 내려서더니 처마에서 떨어지는 빗방울을 손바닥을 펴서 받았다. 빗방울이 손바닥에 떨어지면서 물방울이 가루가 되어 튀어 올랐다. 그러자 왕비는 물방울이 얼굴 피부를 때리는 것을 즐거워했다. 전 같으면 짜증을 내거나 귀찮아했을 텐데 지금은 빗물 튀는 것을 즐기고 있었던 것이다. 갑자기 비를 좋아하는 소녀로 돌아온 것이다. 그렇게 되자 그녀의 표정도 밝아지고, 핏기 없는 얼굴에 생기가 돌았다. 그녀 몸에 학질이 돌아서 완전히 건강한 상태는 아니지만, 표정이 밝아져서 민성규는 다행이라는 생각이 들었다.

6월 29일(음력) 새벽에 한양에서 보부상 이용석이 왔다. 밤 자정이 넘어 한양을 출발했는데 삼백리 길을 말을 달려 충주에 도착한 것이다.

"중전마마, 저번에 갔을 때 민영익 참판이 청국 공사 여서창에게 구원을 요청했는데, 조선 국왕의 정식 요청이 필요하다고 해서, 대원군 몰래 주상 전하께서 정식 요청했습니다. 중국 영선사로 가 있는 김윤식, 어윤중에게도 급보를 보내 원조를 청했습니다. 그 결과 북양대신 이홍장이 명령해서 이홍장의 직무대리 장수성이 북양함대 제독 정여창에게 출동 명령을 내렸습니다. 장수성은 오장경(吳長慶)에게 덩저우의 회군부대(의용군) 3천여 명을 조선에 파병토록 명령했습니다."

"청국 병사를 끌고 온 장군이 오장경인가?"

"네, 그렇습니다."

"반군 진압을 한다고 와놓고 혹시 청군이 대원군 편을 들면 어쩌지?"

"그럴 리가요. 오장경은 중국어로 우창칭이라고 부르는 사람인데, 독서를 좋아하며 군사를 아끼는 장군이라고 소문이 나 있고, 유장(儒將, 유학자)이라고 합니다. 안휘성 여강현 출신이고…….'

"뭐, 어디 출신이냐는 것은 관심이 없고, 그 사람이 조선에 와서 어떤 태도를 보일까 성품을 물어보는 것이야."

"두 해 전에 절강제독으로 있었는데, 월남의 문제로 불란서 군과 긴장 관계가 생기면서 현재는 산동성의 군무를 보좌하고 있답니다. 밑의 부하 장교 가운데 원세개라고 있는데, 아주 촉망받는 부하라고 합니다."

말의 핵심이 자꾸 옆으로 새는 듯해서 왕비는 약간 짜증을 내면서 다그쳤다.

"그 사람 부하에 대해서 우리가 알 필요는 없고, 북양대신 이홍장과는 어떤 사이야?"

"이홍장을 따라 상해에 가서 태평천국 부대와 전투를 벌여 성과를 올려 유격으로 승진하고, 태평천국의 충왕 이수성을 격퇴하여 이홍장의 신임이 두텁습니다. 우창칭은 군함 4척, 기선 운송선 13척으로 3천5백 명의 군인을 데리고 남양만 마산포(화성시 송산면 고포리)에 입항했습니다."

"제물포에 입항하지 않았나?"

"아마도, 일본군 함대가 제물포로 오고 있어 충돌을 피하려고 그랬나 봅니다. 지금 쯤은 청국 군사들이 한성으로 행군하고…… 제가 한양을 떠나온 자정까지도 청군은 도착하지 않았습니다."

"이홍장의 명령을 어기지는 않겠지?"

"그럴 만한 이유가 있을까요?"

"청나라도 알 수 없는 나라야. 요즘 보면 밑에 있는 장군이 하극상을 일으키며 위에 있는 자를 잡아 죽이고, 양무운동도 기울고 있어 근대화를 추진하는 데 차질을 빚고 있어. 청나라도 저물어 가는 해가 아닐까 하는데……."

저물어 가는 해를 왜 잡으려고 하느냐고 묻고 싶었지만, 일개 보부상 신분이 왕비에게 할 질문이 아니라고 생각해 입을 다물었다. 왕비 민씨는 이용석을 힐긋 보면서 물었다.

"일본 공사관을 불태우고 일본인 13명을 죽였다면서? 그런데 일본군이 가만히 있지 않을텐데? 그 늑대 같은 놈들이 그렇게 당하고 이해한다고 하며 없는 일로 하겠어? 기회는 이때다 하고 들러붙어 무슨 요구가 있을 듯한데?"

"맞습니다. 중전마마. 공관을 탈출한 하나부사 요시모토 공사가 조선 정변 사실을 본국에 알렸고, 일본국은 군함 4척에 대대병력 3백 명을 제물포항에 상륙시켰다고 합니다. 일본군은 지금 제물포에 있습니다. 그 부대가 한성으로 오지 않고 있는 것은 이미 청군 3천여 병력이 한성으로 진군하고 있다는 정보가 입수되어 눈치를 보고 있는 듯합니다. 그러나 계속 지켜보고 있지는 않을 것으로 봅니다. 현재 일본군은 청군과 정면 부딪치는 것을 피하고 있는 듯합니다만, 언젠가는 두 나라가 부딪치지 않겠습니까? 제물포에 있는 일본군에서는 대원군이 임명한 조선 대신들에게 손해배상을 내라고 협상을 제의하고 있다고 합니다."

"역시 그러면 그렇지. 늑대가 무슨 핑계를 대든 우릴 겁박할 것이라고 생각했지. 또 조약을 맺자고? 근대에 들어와서 우리가 외국과 조약을 맺은 것 가운데 불평등 조약이 아닌 것이 하나라도 있었나?"

"조약을 체결하자고 하는 것은 청국도 마찬가지라고 합니다."

"그들이 무슨 조약을 요구하는 거야? 도와달라고 했으면 들어와서 도와주면 그만이지. 앞으로 한양에 방이 붙으면 잘 살펴 봐. 청군 사령관 오장경의 동태도 놓치지 말고 살피고, 특히 일본국과 청국의 정세를 유심히 살펴서 그들이 어떻게 나오는지 잘 살펴야 해."

"국제 정세에 대해서는 과문한 탓으로 소인은 모릅니다."

"할 얘기 다 해놓고 모르긴 뭘 모른다는 거야?"

왕비 민씨가 이용석을 흘겨보면서 핀잔을 했다. 그러나 왕비의 시선은 그를 미워하거나 질시하는 것이 아니라 중인이라는 신분에 비해서 똑똑한 놈이라고 생각하며 기특하다고 보았다. 왕비는 미리 써두었던 밀서를 이용석에게 주면서 민영익에게 주라고 했다. 그 밀서는 왕비가 국왕에게 쓴 편지였다. 일본군과 청군의 틈에서 어떻게 처신해야 하는지 방법론을 써놓은 것이다. 언제부터인지는 모르지만, 국왕은 혼자 무엇을 결정하지 못했다. 두려워하며 망설이는 것이 습관이 되었다. 정책의 모든 것을 부인 왕비와 상의하였다. 좋은 의미에서 상의이고, 나쁘게 말해서 아내의 지시를 기다리는 것이다. 국왕은 나이가 서른 살이 되었는데도 아직 11살 소년기를 벗어나지 못하는 듯했다. 국왕을 그렇게 만든 사람이 아버지라는 생각이다. 그러나, 왕비가 잘못 생각한 것은 아버지 대원군이 국왕을 그렇게 우유부단하고 소심한 성격의 소유자로 만들기는 했지만, 그 성품을 벗어나지 못하고 영원히 소년기에 머물게 한 사람은 왕비였다. 편지를 받아 품속에 넣은 이용석을 보면서 왕비 민씨가 물었다.

"민영익은 잘 있지?"

"네, 지금은 아직 반군 세력이 설치고 있어 민 참판은 남촌의 이강년 집에 머물고 있습니다."

"이강년이 누구지?"

"운강이라고 왕실의 후예라고 합니다. 선전관으로 있는 사람입니다."

"그 사람은 믿을 수 있어?"

"믿으니까 민 참판이 의지하고 있겠지요. 운강은 효령대군의 19대손이라고 합니다. 문경이라는 시골에서 올라온 화서학파 선비입니다."

"왕실 후예군. 왜 내가 모르고 있었지?"

"그 사람은 본래 나서기를 꺼리는 사람입니다. 고지식해서 주변에 친구들도 별로 없고요."

"나서기 꺼리는 사람을 공은 어떻게 알고 있지?"

"말씀드렸잖아요. 민 참판이 지금 그 집에 머물고 있다고요. 그래서 소인도 수차례 출입하면서 알게 된 사람입니다. 그에 대해서는 민 참판을 통해서 들은 말입니다."

"흠, 그런 고집불통이 오히려 좋아. 환궁하면 언제 한번 봐야겠네."

"민 참판이 잘 아니 그를 통해 불러들여 하문하시면 됩니다."

그러나 그 이후, 왕비가 궁으로 돌아온 후 나를 부르지는 않았다. 만날 사람도 많고 할 일이 많아서 나에게 신경 쓸 겨를이 없을 것이라고 생각했다. 그녀를 만난 것은 그해 겨울이 가기 전에 일본에서 시찰을 하고 돌아온 김옥균이 나를 데리고 왕비를 만나면서였다. 내가 선전관으로서 국왕을 밀착 호위해야 되는 임무로 국왕을 수행할 때 왕비를 보기는 했어도 사사로이 대면하지는 않았다. 왕비 역시 나에게 눈길 한 번 준 일이 없었다. 훗날 강민호의 입을 통해 들은 말이지만, 왕비가 나를 찾았으나, 민영익이 중간에 나서서 막았다고 하였다. 왜 막았는지 그것은 알 수 없었고, 그런 일을 민영익에게 물어볼 수도 없는 일이었다. 김옥균이 나를 데리고 왕비를 만난 것은 특별한 일이 아니었다. 김옥균이 일본을 다녀오면서 미국에서 제조한 수제 축음기를 일본 도쿄에서 사서 가져왔다. 국왕이나 왕비에게 올리는 모든 선물이나 물품은 일단 선전관청에서 검열을 마쳐야 담당 내관의 손에 넘어가고, 마지막에 국왕과 왕비에게 전달되었다. 김옥균과 같은 당상관이라 할지라도 선물을 올리려면 선전관청을 거쳐야 했다. 그때 축음기를 보여주며 고균이 함께 들어가자고 했다. 고균과 단 둘이 왕비를 배알한 것이 아니고, 민영익과 박영효, 서광범이 함께 있었다.

"운강 공, 나는 이용석을 좋게 봅니다. 공은 어떻게 생각하는지 모르지만. 그는 사람이 정직하고 일단 성실합니다. 보부상 출신이라니까 천한 상인으로만 생각하지 말라고 하고 싶습니다." 하고 민성규는 마지막에 이용석을 칭송하는 말로 이야기를 마쳤다.

민성규가 들려준 왕비 민씨의 도피 생활은 나에게 왕비 민씨를 바라보는 시선에 약간의 수정을 요구했다. 민성규가 말했듯이 그녀는 임금의 부인이라는 사실 때문에 우리들이 존경하지 않을 수 없는 존재였다. 그러나, 실제 마음속으로는 존경하지 않았다. 그것은 지금도 마찬가지지만, 그 경원 의식에 인간의 모습을 보고 약간의 연민이 생겼다고 할까. 그녀도 한 인간이었기에 슬프면 통곡하고, 몸이 아프면 칭얼거렸으며, 빗방울을 손바닥에 받으며 물방울이 얼굴에 튀는 것을 느끼고 즐거워했다. 우리는 그녀가 한때 순수한 소녀 시절을 겪었다는 사실을 간과하고 있었다.

그러나 마음에 들지 않는 것은 왕비 민씨의 권력이 다시 꿈틀거리고 있다는 사실이다. 내가 선전관청에 나갔더니 바로 내 옆자리에 이용석이 와 있었다. 내 옆자리에 앉아 있었던 선전관 민성규는 앞 건물 승정원으로 자리를 옮겼는데, 3품 동부승지로 승진했다. 오십일 동안 도피하는 중에 옆에 항상 붙어있으면서 건강 관리를 해준 의성 공이 참으로 마음에 들었던 모양이다. 선전관은 종6품이니까 그는 한꺼번에 3품계를 뛰어넘어 정3품 동부승지 당상관이 되었다. 세부적으로 보면 3품계가 아니라 정과 종을 분류해서 따지면, 일곱 품계를 뛰어넘은 것이다. 남이 출세한 것을 부러워서 하는 말이 아니라, 기준도 없는 무자비한 인사 평가는 다른 사람들의 의욕을 꺾어놓는다.

이용석은 민성규의 말처럼 성실하고 정직한 사람임에는 틀림없었다. 그는 처음에 선전관으로 들어왔지만 해가 바뀌자 궁내부 재산을 담당하는 내수사 내장원경에 발탁되어 떠났다. 그 자리도 당상관인 정3품의 품계이다. 왕비 민씨는 한성 소식이 궁금하면 빨리 이용석이 오기만을 기다리며 다락방에서 대문 밖을 바라보고 있었다고 한다. 이용석도 왕비의 마음에 들어서 그 역시 출세 가도를 달렸다. 왕비가 실권을 잡고 있던 기간에 그는 계속 승진하며 권력의 핵심 속에 들어갔다. 보부상으로 장사를 했던 경험으로 이재에 능해서 금광을 개발하여 거부가 되었다. 왕실의 재정을 맡아 삼포(蔘圃)와 광산을 왕실 관할로 만들어 궁내부 소속의 재정을 확보해 주었다. 탁지부 대신(재무부장관)으로 있으면서 전환국장을 겸무할 때 개정 화폐 조례에 따라 백동화를 만들어 대량 발주한 것은 큰 잘못이었지만, 일개 중인에서 대신(판서)까지 올라갈 수 있었다는 것은 아무리 왕비가 밀어주는 힘이 컸다고 해도 본인이 그만큼 받혀주지 않으면 해낼 수 없는 일이었다. 왕비 민씨의 지원을 받아 벼슬에 오른 자들이 하나 같이 자신의 권력과 금욕에 찌들어 부정을 저지른 것에 비해서 그는 어려운 시국에서도 근대적인 산공업을 육성하였다. 이재에 밝으면서도 청렴한 그의 성격 탓일 것이다. 그는 금광에서 돈을 벌어 지방 곳곳에 학교를 세웠다. 내장사의 직조소를 근대 공장으로 개편하고, 양잠소를 설치하고, 각 도에 공업전습소(工業傳習所)를 설치해서 염직, 직조업, 제지업, 금은세공, 목공의 근대 기술을 양성했다. 한양에 도자기 제조 회사를 설립하고, 총포 공장을 건립해서 소총을 생산했는데, 총포 공장은 조선이 군장비를 활성화시킬까 보아 겁을 낸 일본에 의해 좌절되고 말았다.

4

일본에 간 사절단은 일을 마치고, 일부는 미국으로 가서 시찰하고, 일부는 즉시 한양으로 돌아왔다. 김옥균을 비롯한 일부는 일본에 그대로 남아서 공식적이지 않은 사사로운 유람을 했다. 유람이라는 말로 내세워 구경 다닌다고 했지만 실제는 일본의 공업과 산업, 그리고 농촌의 생활 환경과 도시의 발전 모습, 학교의 현황과 육군과 해군, 병력, 무기, 전반적인 전투 능력이 어느 정도인가 살폈다. 한마디로 소풍을 한다고 해놓고 실태를 몰래 탐지한 것이다. 김옥균을 경호하면서 한편으로 시종처럼 따라다닌 강민호가 나에게 들려준 이야기에 의하면, 엄청난 속도로 발전한 일본의 모습에 모두 놀라서 할 말을 잃었다고 하였다. 일본을 돌아다니며 살펴볼수록 일행은 자괴감을 감출 수 없었다. 일본은 개혁 유신을 시작한 지 겨우 20년밖에 되지 않았는데 어떻게 이렇게 빨리 진화할 수 있는지 알 수 없었다. 일본은 고대로부터 중세기에 이르는 시기에 항상 내부 싸움으로 전쟁을 하였고, 서구 등 외부에는 문을 굳게 닫고 있어서 조선이나 일본은 마찬가지로 후진성을 면키 어려웠다. 오히려 고대로 올라가서 삼국시기에 일본은 조선반도보다 훨씬 뒤떨어져 있었다. 글자가 없이 한문으로 뜻을 주고 받았으나, 한문에 대해서도 문맹률이 높아 조정의 대신들조차 한문을 몰라 중국이나 조선반도에서 한문으로 된 공문을 보내면 그 뜻을 해독하느라고 쩔쩔매었다.

니혼쇼키(日本書紀)는 백제의 서기를 본뜬 것으로 보고 있다. 일본서기에서 고대사는 신화와 전설로 가득하고, 과장되거나 허구가 많다. 그것은 그들이 기록을 남겨 놓지 않아 거의 모든 것을 전래전언(傳來傳言)에 의존해야 했기 때문이다. 기록을 못한 것은 글을 아는 사람이 별로 없는 데서 생긴 일이다. 일본서기 민달원년(敏達元年, 서기 572년)조에 보면 고구려 조정에서 한문으로 된 편지가 왔는데 일본 신하 가운데 그것을 읽을 수 있는 자가 아무도 없었다는 기사가 있다. 6세기까지도 일본 전역에는 글자도 없는 암흑기가 지속되는 열악한 문화 수준이었다. 일본서기에는 그 글을 해독하기 위해서 백제계 유민 소아마자(蘇我馬子)를 대신으로 봉하고, 그 글을 읽게 했다는 기사가 있다.

일본서기에 나와 있는 글을 종합하면, 백제계의 소아씨(蘇我氏) 세력이 보수파를 타도하고 정권을 장악한 것은 불교 공인을 둘러싼 싸움이 계기가 되었다. 당시 백제의 아좌태자(阿佐太子)가 왜국에 가서 (서기 579년) 성덕태자(聖德太子)의 스승이 되었다. 성덕태자와 백제계의 비호를 받아 불교가 성행하면서 그 이후로 불상이며 승려들이 왜국에 들어갔다. 그러자 토착 보수파들이 반발하면서 민달(敏達)14년 (서기 585년) 물부씨(物部氏) 토착세력이 사탑, 불상, 불전을 불 지르고 파괴했다. 그해 천황이 죽고 용명(用明)이 즉위했지만, 군신간의 갈등으로 천황이 또 죽고, 다시 숭준(崇峻)이 천황에 올랐다. 그러나, 물부씨 세력이 계속 불교 진흥을 반대했기 때문에 백제계 소아씨 세력은 물부씨를 숙청하면서 천황도 함께 살해했다. 천황을 제거하고 소아마자(蘇我馬子)의 생질녀인 스이코(推古)를 제위에 올렸다. 백제 혈통의 여자가 천황에 오른 것이며, 스이코 천황은 일본 역사상 최초의 여황제가 된다. 그것은 마치 중국 당나라 시대에 이치의 뒤를 이어 황후 무미랑(70~82세)이 12년간 황제로 군림한 것과 비슷한 상황이다.

일본서기에 의하면 5세기에 백제의 왕인(王仁)이 도일(渡日)해서 처음으로 한자를 가르쳐 주었고, 그후 백제, 신라, 고구려 삼국의 승려와 학자들이 계속 도일해서 한문을 가르친 결과 8세기(서기 700년대)에 와서 어느 정도 글자가 퍼졌다. 백제의 오경박사(五經博士)가 도일해서 복서(卜書), 의서(醫書), 역서(曆書)를 가르쳤는데, 이 무렵에 일본어 음을 나타내는 리독식(吏讀式) 표기인 만요(萬葉)가나식 일본글이 형성되었다. 일본어 표기로 만요가나가 사용되었지만, 일상생활에서는 사용되지 않았다. 9세기경에 가나(假名)가 생겨서 히라(平)가나와 가다(片)가나를 사용하게 되었다. 가다가나는 일본음 표현의 한자 한 부분을 따서 표음 문자화한 것이다. 가다가나는 불충분한 약체(略體)라는 뜻이고, 히라가나는 한자의 초서체를 흘려 간소화한 글자이다. 여자들이 주로 사용했다. 한자는 마나(眞名)라고 하며, 남성 사회에서 사용했다. 일본어는 한문으로부터 생겨났으며, 한문은 중국에서 시작해 조선반도를 거쳐 일본으로 전래되고, 이두식 표기법과 신라와 백제의 토(吐)를 본받아 사용했다. 그러다가 가나 문자의 완성으로 실제 문자를 갖게 되었다.

강민호는 일본을 돌아보고 와서 입에 침을 튀기면서 나에게 말했다. 현재의 일본 정책이나 발전 상황을 듣고 싶었지만, 그는 계속 고대 일본과 우리의 문화 수준에 대해서 지껄이고 있었다. 고대의 양국 정황은 나도 알고 있었다. 그래서 그의 말을 막으려고 했으나, 두 팔을 들었다 내렸다 하면서 열변을 토하는 바람에 나는 참고 들었다.

"니혼쇼키에 나오는 천황이란 칭호가 문헌상에 나올 뿐 실제는 허구라면, 실제 왜왕에게 천황이란 칭호가 붙기 시작한 것은 언제부터인지 알 수 없습니다. 일본서기에 의하면 천하 통일도 하기 전에, 사방에 나라가 존재하는 전국시대에 천황을 세웠습니다. 일본서기를 무시하고, 실존하는 천황을 추적하자면, 수십 명의 왜왕 중에 천황이라고 칭하면서 행세한 자는 과연 천하통일을 했는지 의심스러운 것입니다. 일본서기에서는 천하가 통일된 사실을 기술한 부분이 없습니다. 일본서기를 편찬하는 시점까지(서기 720년) 천하통일은 되지 않았다고 볼 수밖에 없습니다. 정다산이 말하기를, 전국 통일된 일본을 제54대 인명천황(仁明天皇, 서기 841년 무렵) 헤이안시대(平安時代)로 보고 있습니다.

일본 천황의 기원에서, 조작한 일본서기를 믿지 못한다면 실제 진실은 무엇일까 생각해 보았습니다. 일본 천황의 기원에 대해서는 김수로왕의 일곱째 아들이 왜로 건너가 나라를 세워 천황이 되었다는 설도 있습니다. 그보다 더 설득력이 있는 것은 백제의 왕족들이 규수(九州)로 도일(渡日)해서 나라를 세웠다는 설입니다.

일본 천황의 시조가 누구였는지, 또는 조선반도 삼국과 가야 왕족이 왜로 건너가서 나라를 세우며 천황이 되었는지, 그리고 일본 역사가 기원전 660년인지, 아니면 응신조(應神朝)인 서기 397년부터 천황의 역사가 시작된 것인지, 54대 인명(仁明, 서기 841년)이 천황의 기원이며 이때부터 일본국이 성립되었다고 볼 수 있는 것인지, 이 모든 문제는 사실 밝혀진 바가 없으며, 조선과 일본의 학자 간에 견해가 다릅니다. 그에 대한 고증이나 역사적인 해석은 알 수 없지만, 확실한 것은 당시 왜 땅에 세워진 국가 중의 하나였던 왜국과 백제는 단순한 연맹 관계 이상의 혈연으로 맺어진 것을 여러 가지 사료에서 짐작할 수 있습니다. 백제와 왜국 사이는 고대부터 교역이 활발했으며, 왕자들이 오고갔습니다. 일본서기에는 백제 왕자가 방문한 것을 볼모라고 표현했지만, 당시 왜국은 백제의 왕자를 볼모로 잡을 만한 세력을 갖추지 못했습니다. 더구나 당시 양국은 전쟁도 없었는데 느닷없이 웬 볼모를 잡아 두겠습니까. 일본서기에는 다른 나라에서 선물을 보내면 조공(朝貢), 공물(貢物), 공헌(貢獻) 헌상(獻上) 등으로 표현하고, 정토(征討), 할지(割地), 장여(賜與) 등의 단어를 즐겨 사용했으며, 백제를 가리켜서 서번(西蕃)이라고 표현했습니다. 서번이란 서쪽에 있는 속국을 의미하는 중국식 용어였습니다. 백제 왕 근초고왕이 왜와 통상을 하는 의미에서 서로 선물을 주고 받았는데, 그때 야마토 왜에 칠지도(칼)를 만들어 선물한 것을 일본서기에는 조공을 바쳤다고 하고, 그것은 지금도 마찬가지로 인식하고 있습니다. 이것은 중국인이 주위의 이민족을 대하던 교만한 태도와 필법을 그대로 모방한 것이었습니다. 중국이야 워낙 큰 대국이었기에 주변의 작은 나라를 향해 그렇게 해도 이해가 되었다고는 하지만, 별로 큰 나라도 아니고 한 국가로서 틀을 지닌 강대국도 아닌 처지에 교만의 극치를 달리는 용어였습니다. 그런데 이러한 표현이나 교만이 당시 고대의 역사로 그친다면 별 문제가 없는데, 이런 교만이 오늘날의 일본인 위정자들이나 일본 민족에게 박혀 있어 역사 왜곡을 고대부터 현대에 이르기까지 전통적으로 답습하는 데 문제가 있습니다. 오늘날 일본 위정자들은, 특히 정한론을 주장하는 자들은 이렇게 왜곡된 일본서기 등의 왜곡 역사의식으로 조선을 우습게 보는 데 문제가 있습니다."

"일본은 왜 조선, 아니, 우리나라 반도와 대륙 중국을 치려고 하지요? 섬나라 근성이 그런가요? 무심 공은 어떻게 생각하오?"

"섬나라 근성? 그러고 보니 섬나라 영국도 여기저기 식민지를 만든 것을 보면 섬나라가 근성이 있나 보네요. 그러나 나는 그것을 근성이라고 보지 않고 일종의 생존 본능으로 봅니다. 섬나라는 갈 데가 없어요. 바다로 둘러싸여 있어서. 그래서 그 민족성이 침략해서 국토를 넓히려는 종자가 있는 것이죠."

"섬나라 종자가 따로 있다고요? 내가 보기엔······ 옛날에는, 이를테면 지금으로부터 10만 년 전 구석기 시대 마지막 빙하기에 해수면은 낮아져서 1만5천 년 전까지 현재 수심보다 135미터 낮았습니다. 그래서 조선반도와 일본이 붙어있었답니다. 서양의 지질학자 누군가 그렇게 말했는데, 인류가 대이동을 하면서 널리 분포된 시점이 바로 이때입니다. 해수면이 135미터 이상 낮아지면, 조선반도와 중국 산동성의 바다쪽 황해가 붙게 되고, 조선반도 남쪽 일본 땅도 붙어버린답니다. 물론, 아무리 수심이 깊은 동해라고 해도 그 무렵엔 해변가에 지금의 호남평야와 김해평야를 합친 크기의 평원이 있어 구석기 사람들이 그곳에 모여 생활했다고 합니다. 1만5천 년 전부터 해수면이 높아지면서 그 광활한 평원이 지금은 물에 잠겼지요. 지금의 우리 동해안은 워낙 수심이 깊어 그렇게 육지가 많이 생기지는 않지만, 남쪽은 이어졌다고 해요. 뭐, 중간에 수심이 깊었던 골짜기로 강이 가로지르며 흐르는 경우는 있어도 대륙이 붙어버린 것입니다. 해수면이 그렇게 낮아지면 지구 전체가 그랬을 것이니, 다른 대륙도 마찬가지로 많이 드러났겠죠. 이때 인류는 이동을 하면서 서로 섞이게 되는데, 국가 형태를 갖추지 못한 그 시기에는 씨족사회나 부족사회가 구성되었을 것으로 봅니다. 구석기 시대와 신석기 시대의 경계 시기라고 할까. 그 무렵에 키 작은 종족인 중국의 묘족이 조선반도로 이동해서 일본으로 건너갑니다. 그들이 일본의 고대 원주민이 된 것이오. 아시아 남부 민족과 몽골 쪽의 북방 민족이 같이 섞여서 내려와 조선반도에 터를 잡은 것이 바로 우리 조상의 원류라고 보여집니다. 그렇게 내려갔던 해수면은 다시 차오르기 시작해서, 약 5천여 년간 현재의 위치로 근접했다고 보고 있습니다. 지구 기온이 높아지면서 마지막 해빙기가 온 것이지요. 빙하가 녹으면서 해수면이 높아진 것으로 봅니다. 다른 의견으로는 지구에 물이 갑자기 불어난 시기가 있었다고 하는데, 기온에 의한 자연 현상으로 불어날 수도 있지만, 서구의 일부 종교학자들은 그 시기를 예수교의 성경에 나오는 노아의 방주 시기라고 보고 있습니다. 며칠 몇 달을 멈추지 않고 계속 비가 쏟아져 육지가 온통 바다로 변했다고 하는데, 바로 그때 물 수위가 현 상태 이상으로 불어났고, 그 이후 점차 또 줄어든 것이 아닌가 합니다. 그것은 종교적인 견해이고, 자연과학적으로 볼 때는 장시간 빙하가 녹으면서, 대략 5천 년간 계속 해수면이 높아져서 오늘날에 이른 것으로 보기도 합니다. 약 1만 년 전부터는 해수면이 올라와서 전처럼 쉽게 이동하지 못하게 되었습니다. 이동을 못하자 인류는 농작물을 심어 식량을 해결하고, 동물을 잡아 집에서 키우면서 가축을 만듭니다. 신석기 시대의 돌입인데, 중동과 아시아는 신석기 시대가 약 1만 년 전부터 시작되었다고 보고 있으며, 아프리카는 1만5천 년 전부터 시작되었다고 합니다. 인류의 문명이 신석기로 들어서면서 부족이 국가의 형태로 바꾸면서 발전합니다. 약 5천 년 전부터 국가의 형태가 구성되는데, 그 무렵에 국가는 조선반도만 해도 이백여 개가 있었다고 보고, 일본도 백여 개 있었던 것으로 봅니다. 국가라기보다 그때도 부족 집단체였지만, 국가 비슷한 독립 체제를 가지기 시작한 것이지요. 단 천여 명만 모여도 울타리를 치고 나라라고 했는데, 3천 명 정도 되면 국가였지요. 우리 국조 단군에 대한 천손강림 건국신화, 제왕운기 기록을 보면 '상제(上帝) 환인(桓因)에게 서자(庶子)가 있어 웅(雄)이라 하였다. 아들 환웅이 삼위태백에 내려가 인간을 이롭게 하겠다고 하자 허락하여 웅이 천부인(天符印) 3개를 받아 신하 3천 명을 이끌고 태백산정(太白山頂) 신단수(神檀樹) 아래에 내려왔다. 이를 단웅천왕(檀雄天王)라고 부른다. 그 아들의 이름이 환왕검(단군)이니, 아사달(朝鮮, 해뜨는 아침의 땅)을 세웠으며, 시라(신라), 고레(고구려), 남북옥저, 동북부여, 예, 맥이 모두 단군의 후손이다.'라는 말이 나옵니다. 역사 과학적으로 볼 때 할아버지 환인, 그 아들 환웅, 그리고 환인의 손자 환왕검(단군)이 3대에 걸쳐 나라를 세운 것으로 보여집니다. 국가 건립의 시작은 태백산정에 내려온 3천 명이 핵심입니다. 3천 명은 실제 3천 명 국민이었을 것입니다. 어쨌든, 물이 오늘날 같이 차올라 이동이 어렵게 되었지요. 물론, 8천 년 전에 만든 통나무 배가 고고학적으로 출토되는 것을 보면 해수면이 올라갔을 때 뗏목이나 배라는 해상수단으로 이동이 있었겠지만, 바다를 자유스럽게 오고 가지는 못 했을 것입니다."

"아니, 운강 공은 언제 그렇게 고고학적인 식견을 가졌습니까? 처음 듣는 말인데요?"

"일본도 1만5천 년 전 구석기 시대로 올라가면 우리나라를 거쳐 넘어간 같은 민족이라는 것이지요. 종자가 다르니 뭐니 하는 게 소용없다는 뜻입니다."

"그런데 지금은 이야기가 달라졌습니다. 무섭게 치고 올라온 일본은 반도를 거쳐 중국을 치려고 합니다. 이들이 3백 년 전 임진왜란 때 도요토미 히데요시가 내세웠던 중국대륙 정복론을 또 다시 펴려고 합니다. '조선은 비켜라, 우린 중국 대륙을 먹겠다' 하는 식이지요."

"글쎄요. 3백 년 전에도 쉽지 않았듯이 지금도 쉽지 않을 텐데요."

강민호와 내가 조선반도와 일본 땅이 붙어서 자유스럽게 사람이 오고 갔다는 1만5천 년 전의 해수면 강하 이야기를 하고 있던 그날 오후에 김옥균이 왕비에게 줄 수제 축음기를 들고 왔다.

민영익과 박영효, 그리고 서광범이 함께 왔다. 이미 왕비 민씨와 약속이 잡혀서 만나러 온 것이다.

5

 9월 6일(양력) 나는 김옥균 일행과 함께 창덕궁 별실로 안내되어 들어갔다. 별실 앞 마당 연못에 파란 연잎이 가득 차 있었다. 가을로 접어들면서 꽃은 지고 보이지 않았으나 여러 화초가 화단에 가득했다. 새들이 사방에 날아다녔고, 수양버드나무가 연못가에 축 늘어져 바람에 살랑거리며 흔들렸다. 담장 쪽으로는 심은 지 얼마 되지 않아 보이는 키 작은 오얏나무가 가득했다. 꽃은 보이지 않았으나 가지가 바람에 쓰러졌다 다시 일어나는 것처럼 휘었다. 접견실로 들어가자 넓은 방 한쪽에 왕비 민씨가 앉아 있었다. 앞은 발이 쳐 있고, 그 뒤 큰 의자에 왕비가 앉아 있는 것이 보였다. 대나무 발이 쳐 있어서 잘 보이지는 않았으나, 왕비는 정장을 하지 않고 소박한 한복 차림이었다. 대례복은 너무 거추장스러워서 공식적인 일이 아니면 잘 입지 않는다고 하였다. 발 앞에는 길죽한 탁자가 놓여 있고, 탁자 앞에 다섯 개의 의자가 있었다. 방안으로 들어간 우리는 나란히 섰다가 왕비에게 절을 올렸다. 김옥균은 절하기 전에 가지고 온 축음기 상자를 탁자 위에 올려놓았다. 절을 마치자 왕비 민씨가 말했다.

 "어서 와요. 경들을 기다리고 있었어요. 모두 자리에 앉아요."

 대나무 발에 가려 잘 보이지 않았으나, 왕비가 미소를 짓는 듯했다. 그것을 보고 김옥균이 말했다.

"중전마마의 표정이 밝으시군요. 무슨 좋은 일이라도 있으십니까?"

"있지요. 고균을 비롯해 우리 조선의 개혁 일꾼들이 온다는데 밝은 표정은 당연한 것이지요."

"황공한 말씀입니다."

우리가 모두 자리에 앉자 왕비가 누군가를 불렀다. 그러자 한 옆에서 쪽문이 열리며 나인 한 명이 들어왔다.

"여기에 온 대신들에게 준비한 그거 가져와라. 가페(커피) 말이다. 그리고 이 발을 걷어라. 모두 가족과 다름없는 공들인데 내외할 일이 있는가?"

왕비가 말하는 대신에는 김옥균이나 박영효, 그리고 민영익은 포함되었으나 서광범과 나는 해당되지 않았다. 그러나 그녀는 싸잡아서 대신이라고 호칭했다. 궁녀가 발을 걷자 의자에 앉아 있는 왕비 민씨가 드러났다. 하얀 바탕에 옅은 자주색 무늬가 있는 치마저고리를 입고 있었다. 멀찍이 떨어져서 보던 것과는 달리 가까이에서 보니 인상이 선명하게 드러났다. 갸름한 얼굴은 이번 군인 폭동으로 쫓겨 다녔던 일로 더욱 핼쑥했다. 왕비 민씨가 환궁한 지 한 달 하고 엿새가 되는 날이었다. 한 달간 몸조리를 하였지만, 핼쑥한 얼굴에는 피로가 여전히 남아 있었다. 얼굴에 진주 가루 화장품을 발라서 창백하게 빛났다. 햇살이 한쪽 화선지 창문에 비쳐서 안은 밝았는데, 진주 가루로 화장한 그녀의 얼굴이 더욱 하얗게 빛났다. 화장을 해서인지, 아니면 타고난 피부인지 무척 고왔고, 나이 서른한 살이 믿어지지 않을 만큼 젊어 보였다. 눈화장으로 눈썹을 동그랗게 칠해서 반달 같았고, 눈망울은 총명했다. 입은 앙다물고 있으면 고집이 세어 보였으나, 자주 미소를 짓는 것이 그녀의 기분이 좋아보였다. 진주 가루 화장은 중국에서 서태후가 즐겨 하는 화장이라고 하였다. 바다에서 건진 천연 진주를 갈아서 낸 가루에 달걀 노른자와 꿀, 피부 활성화를 돕는 약초 등 갖가지 재료를 넣어 만든 특수 제작된 화장품이다. 서태후는 왕비 민씨보다 나이가 열여섯 살이 많았다. 그녀도 조선 왕비만큼 주책이 없어서, 이상한 짓을 많이 하는 편이었다. 무엇보다 청국과 일본이 전쟁을 할 때 북양함대를 증강하고 전비(戰費)에 쓸 돈을 삼분의 일이나 빼돌려서 자기 생일잔치에 썼다고 한다. 이 정도 되면 우리나라 왕비랑 어깨를 겨눌 만큼 주책이 없는 여자일 것 같다.

"여기 처음 보는 얼굴이 있는데 경이 바로 이강년이오?"

"네, 그렇습니다. 중전마마."

"매산(장호원)에서 머물 때 민성규로부터 이야기를 들었어요. 효령대군 19대 손이라고 했던 것 같은데?"

"네, 그렇습니다, 중전마마."

"왕실의 후예인데 시골에 떨어져 살아서 오늘 처음 보게 되네요. 저번에 영익을 통해서 공을 부른 일이 있는데 그때 몸이 아파서 누워 있다고 하더니 지금은 환우가 좋아졌어요?"

그녀는 민성규와 지나치는 식으로 잠깐 흘린 대화를 그대로 기억하고 있었다. 기억력도 뛰어난 듯했다. 왕비가 나를 찾았을 때 민영익이 내가 아프다고 거짓말하고 만나게 하지 않았다는 것을 알았다. 하지만, 무슨 연유에서 그렇게 했는지 나로서는 짐작이 전혀 되지 않았다. 그리고 그런 사소한 일로 민영익을 곤란하게 하고 싶지 않았다.

"네, 지금은 몸이 쾌유되었습니다."

"그래서 오늘 영익이가 공을 불렀군요."

"네, 중전마마."

사실은 오늘 부른 것은 민영익이 아니고 김옥균이었다. 민영익의 체면을 살려주려고 거짓말을 하다 보니 거짓말이 계속 꼬리를 물었다.

"지금 선전관으로 있다면서요? 능력이 있는 공을 계속 당하관에 머물게 하는 것은 죄악이지. 승정원으로 가서 좀 더 큰일을 했으면 해요."

"황공하옵니다. 소인은 선전관으로 일하는 것으로도 과분합니다."

왕비의 말은 곧 승진시켜 주겠다는 말로 들렸다. 그것도 3품계, 아니, 일곱 품계를 한꺼번에 올라가는 벼락 승진이다. 그 말을 들으면 좋아야 하는데 왠지 나는 기분이 나빠졌다. 나의 고집인지는 모르지만, 벼슬을 구걸하는 느낌이 들고, 그렇게 기준 없이 승급되는 것을 옆에서 보며 기분 나빠했는데, 이제 내가 그런 벼락 승급을 하면 어떻게 되는가. 나는 다른 사람이 벼락 승진되는 것보다 더 기분이 나빠졌다. 그렇다고 그녀 앞에서 나의 더러운 기분을 표현할 수는 없는 일이었다.

"아, 그리고 이것은 뭐에요? 고균 공이 나한테 선물을 가져왔다고 하던데 이것이오?"

"네, 그렇습니다."

김옥균이 말하고 자리에서 일어나 탁자 앞에 있는 축음기로 다가갔다. 상자를 벗기고 그 안에서 축음기를 꺼냈다. 수제 축음기에는 손잡이가 달려있었는데, 그것을 잡고 돌렸다. 그러자 나팔관에서 노래 소리가 흘러나왔다. 미국인 여자의 목소리로 흘러나오는 그 노래는 '메리에게 작은 양이 한 마리 있다네' 하는 미국 동요였다. 영어로 나오는 소리지만 노래가 경쾌하고 밝았다. 그것을 듣더니 왕비 민씨가 깜짝 놀라면서 활짝 웃었다.

"어머나, 기계가 노래를 불러주네?"

그렇게 말하며 왕비는 손뼉을 쳤다. 신기한 것을 보거나 경탄하는 일을 만나면 손뼉 치는 것이 그녀의 습관인지 모르겠다. 가족이나 다름없다고 본인이 말했지만 그래도 상하가 구분되는 신하인데, 신하 앞에서 손뼉 친다는 것이 의외였다. 장호원에서 처마 밑에 떨어지는 물고랑에 종이배를 띄우고 손뼉 쳤다는 이야기를 들었을 때는 소녀같은 그녀의 순박함에 감동했지만, 이번에는 좀 경망한 느낌이 들었다. 같은 행동인데도 분위기에 따라 달라지는 것이었다. 영어 노래라서 무슨 뜻인지는 모르지만, 경쾌한 음률이 듣기 좋았다. 나인 다섯 명이 각기 커피잔을 하나씩 쟁반에 받혀 들고 들어와 각자의 앞에 놓고 물러갔다. 왕비는 커피를 마시지 않았다. 커피잔에서는 김이 모락모락

올라왔다. 나는 선전관청에서 더러 커피를 마셔 본 일은 있지만 설탕을 많이 넣지 않아 써서 잘 마시지 않았다. 노래가 모두 끝나자 김옥균은 바늘을 처음 시작하던 원판에 놓고, 다시 손잡이를 감았다가 놓았다. 다시 노래 소리가 울렸다. 김옥균은 노래를 듣고 있는 왕비에게 설명을 했다.

"이 축음기는 미국의 토마스 에디슨이라는 과학자가 만든 것입니다. 에디슨은 지금 서른다섯 살 정도 된 사람인데, 천재라고 소문이 난 사람입니다. 이 축음기는 5년 전에 만들었습니다. 무선 통신 기계를 만들다가 발명한 것이라고 합니다. 그 원리는 이렇습니다. 여기 구리로 만든 원통에 일 인치마다 열 줄의 구멍을 판 다음에 그 위에 주석줄을 씌우고, 이 원통에 바늘이 붙은 송화기를 연결했습니다. 축을 오른쪽으로 돌리면서 송화기에 대고 소리를 내면 소리의 떨림이 바늘 끝으로 전해지고, 그 소리의 떨림에 따라 바늘이 주석 구멍에 소리를 저장합니다. 소리가 저장된 후 오른쪽 축으로 돌리던 것을 왼쪽 축으로 돌리면 기록된 소리가 확성기를 통해 흘러나옵니다. 중전마마의 노래도 이렇게 저장해서 들을 수 있습니다."

"난 창가를 못해요. 내 창가를 들을 생각은 하지 말아요. 그런데, 이거 미국에 가서 사 온 거예요?"

"아닙니다. 일본 도쿄에서 샀습니다. 미국에서 일본에 수출한 것입니다. 이 축음기는 원통형에서 원반형으로 바꾼 것으로 그래모폰이라는 것입니다. 여기 원반 열 개도 사왔습니다. 이 원반을 여기 끼어

넣고 축을 돌리면 다른 노래도 들을 수 있습니다."

"하루 종일 창가만 듣게 생겼네. 얼마에 샀어요?"

"원반 열 개까지 합쳐서 1천5백 엔 들었습니다."

당시 일본의 1엔과 조선의 1원은 같은 치수로 환산되고 있었다. 1원이 10냥이니, 1천5백 엔은 1만 5천 냥이었다. 그 계산을 해보더니 왕비 민씨가 말했다.

"비싸네요. 이런 창가 기계가 그렇게 비싸단 말이야? 그럼 우리도 이걸 연구해서 만들어 외국에 팝시다. 돈을 벌겠는데? 헌데, 고균 공은 일본을 시찰하라고 돈을 주었더니 이런 비싼 물건이나 사 오고, 이거 되겠어요?"

"이거 소인의 사비를 털어 사 온 것입니다. 공금 안 썼습니다."

"그렇다고 정색하지 말아요. 그냥 해본 농담이에요. 나에게 선물을 주는데 내가 왜 화를 내겠어요."

"다시 다녀올 계획입니다. 저번에 갔을 때 차관을 빌려오지 못해서 이번에는 꼭 성공시키겠습니다. 이번에도 폐하의 신임장이 필요하니 중전마마께서 말씀드려 받아주십시오."

"임금의 신임장이 왜 필요하다는 거에요? 고균을 그렇게 못 믿는 거에요?"

"소인을 못 믿어서 그러는 것이 아니라, 그것이 국제 관례입니다."

"못 갚으면 임금보고 책임지라는 것이겠지요. 책임은 임금이 지고 돈은 당신이 먹겠군요?"

"무슨 그런 황공한 말씀을……."

"호호호, 농담이에요."

"그런데, 중전마마, 지난번에 일본에 갔을 때 분명히 폐하의 서명과 옥새를 찍어 갔는데도, 신임장이 가짜라고 하면서 이상한 소리를 하였습니다. 나중에 알고 보니 조정에서 누군가 그 신임장이 가짜라고 헛소문을 내며 일본 공사에게 거짓을 말했다고 합니다. 아무리 생각이 다른 정적이라고 하지만, 국가의 중대사 일을 이런 식으로 모함해서 되겠습니까?"

"누가 그런 망칙한 짓을 했어요? 누구야? 너는 알지?"

왕비 민씨가 민영익을 쏘아보며 물었다. 민영익은 움찔 놀라며 어떻게 해야 될지 몰라 하더니, 계속 쏘아보는 왕비의 시선을 피하지 못하고 대답했다.

"그 일은 묄렌도르프가 생각해낸 일로 어윤중 대감이 일본 공사에게 거짓 보고를 했던 것으로 알고 있습니다."

왕비가 뭔가 욕을 퍼부으려다가 잠깐 생각하더니 입을 다물었다. 묄렌도르프는 독일 사람으로 할레 대학에서 동양어(중국어와 조선어, 일본어)를 배우고 청나라 주재 독일 영사관에서 근무했다. 청나라의 세관 업무를 맡은 뒤 이홍장의 추천으로 조선의 통리아문 참의, 협판을 역임했다. 그는 외교와 세관 일을 했는데, 서구인을 관리로 채용해서 쓴 것은 이례적인 일이다. 다만, 이홍장이 조선을 정치적으로 간섭하기 위해 자기 사람을 심은 것으로 보고 있다. 그는 개혁진영과 반대

되는 생각을 가지고 있어 김옥균과 같은 개혁파를 싫어했다. 청나라 입장에서 보면 조선이 개혁한다는 것은 독립한다는 의미이고, 그렇게 되면 반청이기 때문에 자연히 김옥균파를 싫어했다. 그는 어윤중과 상의해서 김옥균이 일본 차관을 얻지 못하게 하려고 거짓 정보를 일본 공사에게 흘린 것이다. 그 내용을 자세히 알고 있는 민영익은 왕비 민씨에게 거짓으로 말할 수 없어 그대로 밝혔다. 그러나 그 내용은 김옥균도 알고 있는 일이라 민영익의 말에 놀라지 않았다. 김옥균에게도 궁궐 안팎과 조정에 정보를 가져오는 심복들이 깔려 있었다. 왕비는 청나라 사람이나 마찬가지인 묄렌도르프를 건드릴 수 없었다. 그리고 어윤중은 청나라 사신으로 가 있을 때 임오군란이 일어났는데, 군인 폭동의 배후가 대원군이란 사실을 간파하고 이홍장을 설득해서 대원군을 텐진으로 납치해서 연금하는 일을 했다. 물론, 그 일은 대원군의 아들 고종의 승낙을 받은 것이고, 고종은 그 일을 왕비 민씨와 상의했다. 최종 결정자는 왕비 민씨였다. 왕비도 성질 같아서는 죽이자고 하고 싶었으나, 임금의 아버지고 자신의 시아버지라는 사실 때문에 차마 그렇게 하지 못하고 청나라에 연금시켰던 것이다. 청나라 이홍장을 설득한 것이 어윤중이니, 그 은혜를 입은 왕비가 그를 비난할 수 없는 일이다. 그녀는 화제를 돌렸다.

"금릉위(박영효)를 수신사로 임명할 테니 갔다오세요. 내일쯤 공표할게요."

왕비는 마치 자기가 임금이나 되는 것처럼 임금이 할 일을 결정적으로 말했다.

"이번에도 전에 간 성원으로 갈까요?"

김옥균이 물었다.

"그렇게 해요. 여기 온 분들 모두 함께 다녀와요."

"이번에 저는 안 가렵니다."

민영익이 심통한 어조로 말했다.

"영익이는 꾀만 늘어서 귀찮은 것은 피하려고 해. 안돼, 너도 다녀와."

"소인은······."하고 나는 용기를 내어 말했다.

"수행원으로 가기 어렵습니다. 여행하기는 아직 건강이 회복되지 못해서입니다."

나는 왜 거부했는지 모르겠다. 말을 해놓고 보니 쓸데없이 말한 것 같다. 가지 않으려면 수신사 박영효나 김옥균에게 사정을 말해서 빠져도 될 일을 함께 가라고 하는 왕비 앞에서 거부했던 것이다. 아마도 일방적인 왕비 민씨의 절대적 권력에 저항감을 느꼈는지 모른다. 내 말에 왕비가 힐끗 쳐다보고 아무 말이 없었다. 그녀의 눈빛이 감히 내 지시를 어기는가 하는 싸늘한 기분이 전해왔다. 그러나 나는 선전관의 신분으로 사절단에 포함될 이유가 없다는 겸손한 마음도 있었다.

"축음기 만들어 돈을 벌기보다 우린 총포를 만들어야 합니다. 일본의 총포 공장에 가 보았는데, 남의 나라 총포를 모두 가져다 놓고 그 것을 분해하면서 연구하는 사람만 백 명이 넘었습니다."

다시 화제를 돌려 김옥균이 입을 열었다.

"백 명이 달려들어 연구한다고요?"

왕비가 호기심을 보이면서 물었다.

"네, 그렇습니다. 일본은 서구의 기계를 모방해서 잘 만듭니다. 일본은 작년에 미국과 영국에서 개발한 5연발 반자동 볼트액션 소총을 모방해서 38식 볼트액션 보병총을 만들었습니다. 그런데 총구의 구멍 고랑을 파는 기술력이 부족해서인지, 총알이 나가다가 옆으로 새었답니다. 과녁에 맞지 않고 자꾸 옆으로 튕겨져 나간 것입니다. 열 발을 쏘면 과녁에 맞는 것은 한두 발이고, 나머지 아홉 발은 모두 튕겨져 나갔습니다. 그런 결함에도 불구하고 그것을 군부대에 납품을 해서 전투에 사용했는데, 그 신형 총을 가진 부대가 화적대와 싸우다가 몰살했습니다. 2백 명이 그 총을 사용했는데, 총알이 적을 맞추지 못하고 옆으로 새는 바람에 상대방 총탄에 맞아 모두 죽은 것이지요. 그 일로 일본 내각과 의회는 발칵 뒤집어졌습니다. 그 책임을 지고 내각이 전부 사퇴해야 한다고 하고, 육군 대신은 사표를 내라고 하고 떠들었다고 합니다. 그런데 육군에서는 총기를 연구한 연구 책임자에게 책임을 물어 그를 사형시키는 것으로 일을 마무리했다고 합니다. 그러니까 아무 죄 없는 실무자를 죽이고, 고위층은 면죄부를 받은 것이지요. 그렇듯이 기계 연구라는 것은 엄중하고 중요합니다. 일백 명이 연구한다고 되는 것도 아니고요."

"일백 명씩이나. 그보다 미국 에디슨 같은 사람 하나 있으면 다 해결될 텐데."

"에디슨은 천재입니다. 그런 사람이 어디 흔하게 있겠습니까? 그는 활동사진, 전기를 일으키는 발전기, 전등, 전선 등 수백 가지를 연구해서 특허를 낸 사람입니다."

"전등도 그 사람이 만들었어요? 내년쯤 우리 궁궐에도 전등을 달기로 했어요."

"전등은 궁궐보다 한성 거리에다 먼저 달아야 합니다. 밤에 백성들이 다니기 좋게 해줘야 하고, 밤도둑을 막기 위해서도 필요합니다. 궁궐은 천천히……."

박영효가 말했다. 그러자 왕비 민씨가 약간 격앙된 목소리로 대꾸했다.

"궁궐에 왜 빨리 달아야 하는지 알아요? 진령군이 말하는데, 궁궐 안에 있는 기름불이 약해서 전체를 환하게 비추지 못해 신령이 길을 잃는답니다. 지금 궁궐 전체에 5백여 개 정도 기름 등불을 달아놓고 밤에 켜고 새벽에 꺼요. 그런데 5백 개의 등불을 켜고 끄는데 오십 명이 넘는 나인들과 내관들이 달려들어 일해요. 진령군의 말에 의하면 동시에 켜고 동시에 꺼야 하는데 그게 어려워요. 그래서 전기 전등을 연결하면 모두 전선에 이어져서 한꺼번에 켜고 한꺼번에 끌 수 있어요. 이 얼마나 효과적이고 편리해요? 그래서 제일 먼저 궁궐에 달을 거야. 제일 먼저 향원정에 달아서 연못 주변을 휘황찬란하게 해야지."

나는 당황하지 않을 수 없었다. 궁궐에다 전등을 설치한다는 것에는 이의가 없었지만, 그 이유가 진령군이라는 무당이 지시하기 때문에 해야 한다는 데서 어이가 없었다. 불이 밝지 않아서 신령이 길을 잃는다는 말도 처음 들어보는 말이다. 신령의 눈알은 어두운 데를 못 보는 모양이다. 그렇게도 기억력이 좋고 총명한 왕비 민씨가 무당이 하는 짓거리나 말을 수정 없이 그대로 듣는 것이 신기하고 이상했다. 왕비가 혼이 나간 것일까. 그러고 보면, 서태후는 군비 삼분의 일을 잔치상에 썼다고 하지만, 우리 왕비 민씨는 삼분의 이를 쓸 것만 같다.

화제는 다른 것으로 돌려졌다. 그것은 민영익이 계속 침묵하고 있다가 먼저 말을 꺼내면서 시작되었다.

"이렇게 모인 자리에서 중전마마에게 하명을 듣고 싶은 것이 있습니다. 지금 텐진에 모셔져 있는 국태공 대원위 대감을 다시 환국 시켜야 한다는 상소가 계속 올라오고, 한성 여러 곳에서 그 일을 지지하는 집회가 있다는 보고를 받았습니다. 그대로 놔두면 그 청원이 점점 커질 듯합니다. 어떻게 조치해야 하는지 하명하여 주십시요."

"텐진에 간 지가 얼마나 되었다고 벌써 상소를 올리고 집회를 열어요? 한 달 밖에 안 되었잖아요? 이것들이 미쳤나…… 대원위 대감은 내 시아버지에요. 그 어느 며느리가 시아버지를 다른 나라에 유배 보내고 싶겠어요. 그렇지만 그분이 조신하지 못하고 자꾸 백성들을 선동해서 일을 벌이잖아요? 지난 군대 폭동도 그냥 놔두면 양곡 지급 문제로 일시적인 소요에 불과했던 것을 국가 전복이라는 반역의 소용돌이 속에 밀어넣었어요. 그 일로 군사 급료와 아무런 관련이 없는 대신들이 열두 명이나 죽었어요. 그것도 처참하게 맞아 죽었어요. 내가 죽음의 공포 속에서 장호원으로 피신한 것은 둘째치고, 죽은 대신들의 생명에 대해 누가 책임질 거예요? 이런 분을 모셔 두면 언제 또 무슨 일을 벌일지 모르잖아요? 그렇게 생각 안 해요?"

모여 있는 그 누구도 입을 열지 않았다. 왕비 민씨의 태도가 완고해서 입을 못 열고 있었다. 그런데 김옥균이 나서면서 말했다.

"중전마마, 소인은 생각이 다릅니다. 대원위 대감은 우리나라 임금의 아버지입니다. 폐하의 아버지라는 사실을 잊어서는 안 된다고 생각합니다."

"공은 대원군 편입니까?"

"소인은 안동 김씨입니다. 여기서 저만큼 대원위 대감을 미워하는 사람이 있습니까? 그렇지만, 그분은 폐하의 친부입니다. 중국으로 따지면 태상황입니다. 그런 분을 다른 나라의 힘을 빌어 연금시키는 것은, 그 불효는 하늘이 용서하지 않을 것입니다."

"하늘 소리 하고 있네. 내가 말했잖아요. 자꾸 일 벌여 나라를 위태롭게 한다고. 그동안에 일어난 모든 역모 사건에 대원군이 관련되지 않은 것이 있어요? 모두 관련이 되었어요."

"대원위 대감이 역모를 획책했다는 증거는 없습니다. 다만, 역모하는 소인배들이 대원위 대감을 끌고 들어가거나 모함한 것으로 봅니다."

"증거가 없다고요? 증거를 남기지 않은 것이겠지요. 삼척동자도 알 수 있는 일을 고균 공은 왜 모른 척 합니까?"

"어쨌든 소인은 대원위 대감을 환국시켜 드려야 한다고 생각합니다."

"그건 안 돼요."

왕비 민씨의 눈빛이 살벌하게 빛났다. 납치했는데 한 달 만에 풀어주면 처음부터 잘못된 일을 인정하는 꼴이 되었다. 풀어줘도 지금은 안 될 일이었다. 그러나 김옥균은 당장 풀어주라고 주장하였다. 나는 왕비 민씨가 화를 내면 그의 눈망울에 살기가 어리는 것을 처음 보았다. 김옥균과 왕비 민씨의 대립이 격화되는 것을 보면서 나는 왠지 불안한 생각이 들었다. 두 사람은 쉽게 의지를 꺾지 않았고, 꺾을 수 없었다. 그것은 결국 숙명적인 대립각을 세울 것이라는 암시를 주었다. 박영효가 그만 물러나기를 청하면서 왕비와 김옥균의 논쟁은 계속되지 않고 그쳤으나, 두 사람의 운명은 어차피 공존할 수 없다는 느낌을 주었다.

그날 왕비와 함께 나눈 대화 중에 일본행 수신사 일은 그 다음날 국왕의 이름으로 공표되었다. 그것을 보고 나는 왕비의 권력이 대단하다는 생각이 들었다. 왕비가 기침 소리를 내면 모두 정색하며 긴장하는 대신들의 마음을 이해할 것 같았다. 박영효를 일본 수신사로 하고, 부사로 김만식, 종사관으로 홍영식, 수행원으로 서광범과 민영익의 명단이 들어갔다. 김옥균은 고문 자격으로 동행하였지만, 실제 일은 그가 모두 진행하였다. 내 이름이 수행원으로 들어가지 않은 것은 그때 건강이 나빠서 갈 수 없다는 나의 말을 인정한 것일까. 내가 건강이 완쾌되지 않아서 못 가겠다는 말을 믿을 사람은 없었을 것이다. 특히 왕비 민씨가 나를 힐끗 쳐다볼 때 그 눈빛이 내가 꾀를 부린다는 것을 단번에 알아차린 느낌이 들었다. 왕비의 말에 복종하지 못한 그 일은 그 후에 내가 벼락 승진이 이뤄지지 않은 이유라는 생각이 들었다. 그리고 벼락 승진이 이뤄지지 않은 것으로 내 자존심을 지켰다는 생각을 한 것은 잘못이 아닐 것이다.

제3장
삼일천하

1

갑신정변이 있기 전까지 나는 약 4년간 한성에서 무관으로 근무했다. 그때 내가 겪은 큰 사건은 임오군란과 갑신정변이었다. 임오군란은 말 그대로 구식 군인들의 폭동이었는데, 대원군이 개입하면서 정변으로 굳어졌다. 대원군이 군인 폭동을 이용해서 정권을 다시 잡으려고 했다. 만약 청군이 개입하지 않았으면 그 일이 성공했을지 모르겠다. 대원군이 다시 집정한다면 그의 완고한 정치사상으로 해서 김옥균의 개혁이 더 늦어질 수도 있었다. 민영익이 나의 집에 피신해 있으면서 한숨을 쉬며 걱정한 대로 개혁은 물 건너 갈 수도 있었다. 그러나 대원군의 정권 창출은 실패하였다. 다시 집권한 고종과 왕비 민씨는 과연 개혁을 제대로 했을까. 국왕 고종과 왕비 민씨는 김옥균의 개혁에 손을 들어주었다. 하지만, 적극적이고 확고한 지지를 보내지는 않았다. 그것은 바로 수구파 민씨 세력의 영향 때문이었다. 개혁은 두 번째고 당장 정권을 확고히 구축하는 데 열을 올린 민씨 문중의 횡포로 개혁은 차질을 빚었다. 그리고 국제정세나 국내 현실을 알고 있으면서도 경각심을 갖지 않은 왕비 민씨의 탓도 있다. 왕비 민씨는 대원군을 축출해 내면서 나이 20대 중반에 권력의 핵심에 섰다. 젊은 나이에 권력의 맛을 본 왕비 민씨는 교만해지고 사치해질 수밖에 없었다. 국왕이 오늘 저녁에 결정한 국책이나 대신 인사조차 하루만에 생각을 바꾸게 했다. 다음날 다시 공고가 붙으면, 정책이며 인사가 다른 사람으로 바뀐다. 그러자 왕비 민씨는 자신의 권력이 국왕 위에 있다는 착각을 하기에 이른다. 신하들조차 그것을 믿게 된다. 나중에는 승정원에서 〈1일 연착 공고〉라는 말이 나올 정도였다. 오늘 국왕이 공표하라고 지시한 일이 하루가 지나면 반대로 바뀌기 때문에 하루 늦어져서 공고한다는 말에서 연유된 것이다. 그래서 승정원에서는 그날 국왕의 교시를 바로 공표하지 않고 하루 이틀 머뭇거리며 가지고 있는 것이 당연시되었다. 국왕의 결재 뒤에 왕비가 다시 결재해야지 결정이 된다는 이상한 불문율이 정해졌던 것이다.

김옥균을 비롯한 개혁파 위정자들이 그것을 모를 리가 없었다. 그래서 김옥균은 일본에 다녀오면서 거금을 들여 수제 축음기를 사다가 왕비에게 선물로 주면서까지 아부하지 않을 수 없었던 것이다. 왕비 민씨가 지극히 아끼는 심복 민영익에 대해서, 사적으로 만나면 싸우면서도 그를 놓지 않고 끌어안았다. 민영익도 일본과 미국 등지를 다녀오면서 개화의 필요성을 절실히 느끼고 있었기에 김옥균 일파를 무조건 배척하지 못했다. 갑신정변이 터졌을 때 나는 먼저 올 것이 왔구나 하는 생각과 함께 왜 바로 이때 정변을 일으켜야 했는가 하는 점이 의문이었다. 사적으로 개화파들과 가까워지면서, 그들을 불러 집들이까지 하면서 두터운 인연을 쌓으려고 하였지만, 왠지 나와 맞지 않는 위화감을 주고 있었다. 그것은 도발의식의 팽배였다. 뭔가 일을 낼 것만 같은 분위기가 지속되었다. 솔직하게 말해 반란이라도 일으킬 것만 같은 느낌을 주었던 것이다. 그 점에 대해서 나는 동조할 수 없었다. 그것은 내가 왕실의 후예라는 사실 때문이 아니고, 체질적으로 나에게 있는 위정척사(衛正斥邪)의 뿌리 때문일 것이다. 나는 이항로와 류인석으로 이어지는 화서학파(華西學派) 계통의 선비였다.

갑신정변이 실패하고 그들이 조선을 떠나 일본에 망명하기 직전에 나의 집에 잠깐 들렸던 강민호의 말을 들어보면, 그때 정변을 일으키지 않을 수 없는 당위성은 이해할 수 있었다. 왕비 민씨를 위시한 민씨 세력이 너무 쪼여와서, 좀 더 머뭇거리다가는 개화파 성원 모두 조정에서 쫓겨날 판이었다고 한다. 강민호는 그의 처 한 씨 여인을 나의 집에 의탁하고 떠나면서 말했다.

"형님, 나는 곧 돌아옵니다. 우리의 혁명은 끝나지 않았습니다."

"일본으로 간다면서요?"

"힘을 비축해서 혁명을 완수하기 위해 돌아옵니다."

"일본군을 앞세워서 말이요?"

나의 말이 정곡을 찔렀는지 그가 움찔하는 표정이었다. 일본군을 등에 업고 개화를 부르짖으며 와서 개화시킨 다음 일본에게 나라를 바치는 것밖에 뭐가 남겠는가. 결국 나의 말대로 되었지만, 그때 강민호는 아니라고 하면서 말했다.

"형님, 그렇게 우리를 비하하지 마세요."

"비하하는 것이 아니고 그것이 현실이잖소?"

"아닙니다. 도움을 받는다고 휘둘리지는 않습니다."

"그리고 일본은 당신들, 개화파 말이요. 진정으로 도울 생각이 없었소. 앞으로도 없을 거요. 왜냐하면 1백50여 명의 일본군 경비병들이 청군과 제대로 싸우지도 않고 모두 제물포로 퇴각했다면서? 아무리 청군이 열 배가 많은 1천5백여 명의 군사라고 할지라도, 정예 일본군 1백50명을 쉽게 물리칠 수 없을 거요. 일본군은 화력이 앞서고, 훈련이 정예화된 공사관 수비병들이요. 그런데 별로 피해도 없는데 갑자기 퇴각한 것은 아마 본국에서 손떼라고 지시가 내려왔다는 뜻일 거요. 아니면, 우리가 모르는 일본군과 청군 간의 타협이 있었는지 모를 일이요. 그러니 남의 나라를 등에 업고 혁명할 생각은 말았어야지. 함경도 관찰사가 1천5백 명의 관군을 데려온다고 한 것은 어떻게 되었소? 1백50명만 데려왔다면서요? 함경도 관찰사도 양다리 걸친 거요. 혁명은 자발적으로 해야 하오. 그렇게 군사 반란을 일으키기 전에 먼저 개혁을 위해 당신들이 뭘 했지요? 제대로 준비는 했는지 묻고 싶군요."

"물론 준비했죠. 반역을 준비했다는 것이 아니라, 개혁을 위해 우리도 몸부림쳤어요."

그는 그동안 자기들이 개혁했던 일을 새삼스럽게 나에게 설명했다. 그동안 김옥균이 개혁을 위해 노력하지 않았던 것은 아니었다. 그는 제일 먼저 신식 군대를 양성하였다. 1882년 12월(음력)에 일본에서 귀국한 박영효가 한성판윤(서울시장)이 되었다. 박영효는 개화파 청년 40여 명을 선출해서 일본 육군사관학교에 보내 신식 군대 조직을 배우게 하였다. 그리고 한성에도 조선군관학교를 세워서 군 지휘관을 만들려고 했다. 그러자 수구파 세력이 그것이 개화파 세력을 확장하는 일로 보고 막으려고 했다. 왕비 민씨를 움직여 박영효를 한성판윤에서 파면시켜 광주 유수로 내려보냈다. 박영효는 광주에 내려가서도 군대 조직을 포기하지 않고 군관학교를 만들었다. 군인 폭동 당시에 해산한 군사들을 포섭하고, 지방의 청년들을 규합해서 1천여 명에 달하는 군영을 조직해서 훈련시켰다. 지난해에 일본 사관학교에 보낸 십여 명의 유학생들을 소환해서 교관으로 썼다. 사관학교 출신 신복모는 대장으로 하고, 박영효의 노비이면서 항상 경호를 맡아서 했던 이규원을 별동대 대장으로 했다. 이렇게 해서 군관학교 학생들이 훈련하는 장면을 국왕 고종이 친히 내려와서 사열했다. 그 사진이 우리나라 최초의 신문인 한성순보에 나갔다. 그 기사는 나도 보았지만, 우리 국민들에게 자부심을 심어주었다. 우리도 신식 무기로 무장한 제대로 된 군대가 생긴다는 기대를 하는 것이다. 그러나 그런 기대와는 달리 위기감을 느끼는 층이 있었으니 그들이 수구파 민씨 세력이었다.

 일본에 갔던 김옥균이 일본에서 일을 마치고 여덟 달 만에 돌아왔을 때 그의 공을 치하하지는 못하고 오히려 한직을 준다. 공식 직책은 외아문교섭통상 사무참의가 된 것이다. 박영효는 광주에서 다시 한성으로 불러 한성판윤 자리에 앉혔다. 광주 유수는 민씨가 갔는데, 얼마 되지 않아 군사학교는 없어졌다. 박영효는 다시 한성판윤이 되고 나서 한성 거리의 치도사업(도로 확장공사)을 전개한다. 옷을 간소화하게 입기 운동을 벌이고, 흰색에서 탈피해서 색옷을 장려했다. 복제 간소화는 긴 소매, 긴 갓끈, 도포끈을 짧게 하자는 취지였다. 홍영식은 함경도 병마절도사겸 병조참판의 직책을 맡았으나, 계속 상소를 올려 우리나라의 우편제도를 주창했다. 미국에 갔을 때 체신 제도의 간편함과 속도에 감탄했기 때문이다. 국왕을 설득해서 한성 전동(典洞)에 우정국을 설치했다. 그것을 주창했던 홍영식을 우정국 총판으로 임명했다.

 김옥균은 국왕에게 한성은 물론이고 조선의 도시를 중심으로 도로를 확장할 필요를 역설했다. 당시 조선에서 강을 하나 사이에 두고 남쪽에 있는 도시와 북쪽에 있는 도시의 쌀값이 심하게 차이가 나는 경우가 있다. 그것은 남쪽에 있는 곡창지대에서 수확한 쌀을 배로 실어 북쪽 마을의 나룻터에 갖다 대어도, 그 나루터에서 마차가 지나갈 도로가 엉망이라서 다닐 수 없었다. 강변에서부터 도시 거리에 이르기까지 모든 길이 가축과 사람의 똥이 범벅이 되어 진흙탕이기 때문에 마차가 지나갈 수 없었던 것이다. 그러다 보니 쌀을 실은 배가 강을 거슬러 위로 올라가 다른 나루터에서 내려 길을 삥 돌아간다. 그렇게 백여리 되는 길을 돌아서 가다 보면 운송료가 많이 들어 그 도시에 도착했을 때는 쌀값이 배로 올라 있는 것이다. 이 폐단은 전국적인 추세였다. 그러니 도로를 확장하고 수리하는 것은 국책 사업이 되어야 한다는 것이다. 수차에 상소를 올렸지만 도로 확장을 하려면 돈이 들어간다는 이유로 차일피일 미루면서 하지 않았다. 그러자 그 여론을 모든 사람에게 환기시키려고 한성순보에 기사를 실었다. 김옥균은 우리나라 최초로 언론의 힘을 빌리려고 한 것이다. 김옥균이 일본의 신문을 보고 그것이 여론을 형성하는 데 유일한 방법이라고 생각하고 조선에도 그 기구를 만들기 위해 세 명의 신문 기술자들을 데리고 들어와서 박문국(博文局)을 만들었다. 박문국은 민영목, 김만식을 당상관으로 하고, 일본인 이노우에 가쿠고로(井上角五郎)를 고문으로 해서, 한성순보를 찍어냈다. 한성순보 신문은 열흘에 한 번씩 찍어냈지만, 그 신문을 읽는 층이 한계가 있었다. 모두 한문으로 된 기사 때문에 읽는 층이 한정되어 일반 민중들이 기사를 접하지 못했다. 김옥균이 그 신문을 통해 여론에 호소하면서 내놓은 사설에서 나의 눈길을 끈 것은 기업체를 공기업으로 다수의 자본을 모아서 하자는 회사설(會社設)과 도로를 확장하자는 치도약론(治道略論)이었다. 치도약론은 김옥균이 두 번째 일본 방문 때 일본에서 저술한 글이다. 김옥균과 정사 박영효, 그리고 부사 김만식 세 사람이 모여 국가의 여러 문제를 의논하던 중 도시의 도로 정비에 관하여 이야기하였다. 그때 규칙초안(規則草案)이 작성되었다. 이렇게 작성된 치도약론은 그보다 먼저 도쿄를 떠난 박영효와 김만식이 가지고 귀국하여 국왕에게 제출했다. 국왕은 그 기사를 보고 왕비 민씨에게 읽어보라고 주었다. 왕비도 좋은 글이라고 칭찬했다. 그래서 그 기사를 한성순보에 실기로 결정한 것이다.

〈평화적 시기에 세상을 다스리는 데는 법을 세우는 것이 귀중하나 전시에 적을 방위하는 데는 길을 잘 정비해야 한다고 나는 생각한다. 지금 우리나라가 사변(임오군란)을 겪은 후에 폐하의 간곡한 교시가 한 번 내리자 고관들로부터 그 백성에 이르기까지 각기 나라를 돕고 백성을 편안케 하는 대책을 논하지 않는 자가 없다. 그들의 의견을 보면 대개가 빨리 조치하여 성과를 거두자는 것이다. 현명한 사람에게는 반드시 좋은 의견이 있는바 이 같은 의견을 자주 인군에게 제기하고 상하가 단결하여 좋은 의견을 실시한다면 오래지 않아 놀라운 성과를 기대할 수 있을 것이다. 오늘의 급선무는 반드시 인재를 등용하며, 국가 재정을 절약해 쓰며, 부화하고 사치한 것을 억제하며 문호를 개방하고 이웃나라들과 친선을 잘 도모하는 데 있는바 이 가운데서 하나가 빠져도 안 될 것이다. 그러나 구구한 의견보다도 문제는 실사구시다.

한두 가지라도 긴급한 것부터 해결할 것이요, 현실을 멀리 떠난 대책을 떠벌리는 공담만 해서는 안 될 것이다. 오늘의 세계정세는 변화하여 만국의 교통은 대양을 통하여 윤선이 내왕하고 전신줄은 지구면을 통하고 실오리를 짜듯 덮었으며 금, 은, 석탄, 철 등의 개발, 각종 공작 기계 등의 발명으로 인민들의 일상생활에 편리함을 주는 허다한 사실들은 이루 헤아릴 수 없이 많다. 그러나 이러기 위한 세계 각국에서 실시하는 정치의 요점을 찾아보면 첫째 위생이요, 둘째 농상이요, 셋째 도로이다. 이 세 가지는 비록 아세아의 성현들도 이것을 나라 다스리는 법칙으로 삼아 어길 수 없었다.

춘추 시대에도 외국의 사절로 갈 때는 우선 보는 것이 도로와 교량이다. 이것을 보고 그 나라 정치가 잘 되었는가 못 되었는가를 알았다고 한다. 나는 일찍이 어떤 외국인이 우리나라를 유람하고 돌아가 했다는 말을 들은 바가 있는데 그 사람은 말하기를, 조선은 산천이 비록 아름다우나 민가가 희소하여 사람들이 비록 강하고 포부가 있으나 사람과 가축의 똥오줌이 길가에 가득 차 있는 것이 기가 막히더라고 하였다. 어찌 차마 이런 말을 들을 수 있겠는가? 슬프다.

우리의 선조는 개국 초에 법을 제정한 데 있어서 도로와 교량을 관리하고 수리하는 사업은 하천을 관리하는 전문기관을 두어 개천을 파고 도랑을 내는 등 사업 질서가 비교적 자세하였다. 그러나 풍속은 점차 퇴폐하여 습관이나 다름없이 되어 비록 일신이 중병에 걸릴 염려가 있어도 그것을 다만 참고 미루기만 할 뿐, 나쁜 습관을 고치려고 하지 않고 좋은 법제나 아름다운 방침도 다만 허명만 남았을 뿐이다.

수십 년 이래 나쁜 질병들이 여름과 가을 사이에 유행하여 한 사람이 병에 걸리면 수천수백 사람에게 전염되어 수다한 청년 장정들이 계속하여 사망하고 있다. 이것은 비단 거처가 불결하고 음식에 절도가 없는 이유만이 아니라 더러운 오물들이 거리 복판에 쌓여서 그 독한 기운의 침습을 받기 때문이다.

  이럴 때 부유한 자들이나 존귀한 자들은 약간 위생을 한다고 하는 자인데도 불구하고 다만 화로에 향을 피우면서 주문을 읽는다. 귀신에게 비는 등 못할 것이 없으며 또한 의술을 조금 안다는 자들은 다만 병자를 피하려고만 하다가 부득이 병에 걸리면 당기고 밀고 분주히 돌아다니면서 요행수만 바라다가 환자를 고치지 못할 때는 언제나 한다는 말이 금년은 운수가 그러니 할 수 없다고 할 뿐이다. 날씨가 좀 차지고 전염병이 좀 멈칫해지면 사람들은 다시 의기양양해지며 기뻐하면서 지난날 일은 다 잊어버리고 만다. 어리석다고 할는지 슬픈 일이라 할는지 모를 일이다.

  현재 구라파 각국에서는 기술의 종목이 매우 많으나 의술을 제일 첫 자리에 놓고 있다. 이것은 인민들의 생명과 관계되는 문제이기 때문이라고 생각한다. 우리나라는 큰 관청으로부터 일반 민가에 이르기까지 대문 앞 뜨락은 질벅거리기가 도랑이나 다름없고 오물들이 뿜는 악취는 코를 막고도 견디기 어려울 정도로서 외국 사람들에게 수치거리로 되어 있다.

  근래에 전권 대사 박 공(박영효)과 부사 김 공(김만식)이 일본에 사절로 오면서 나 옥균이도 다시 동경까지 유람하게 되었다. 하루는 박, 김 양공이 나에게 말하기를, 우리는 도로 공사에 능숙한 일본 학자 몇 명을 초빙하여 함께 본국으로 가서 도로 개설에 관한 의견을 조정에 제기하여 실시코자 하는데 귀공의 의견이 어떠냐고 물어왔다. 나는 대답하기를, "지금 우리나라는 큰 개혁의 시기에 처하고 있는데, 당신들은 마땅히 이 중책을 감당해야 한다. 외국에 와 있는 동안 보고 들은 것에 근거하여 장차 나라에 큰 공을 세우는 것은 당신들의 책임이다. 어찌 겨우 길을 닦는 일만 급선무이겠는가"라고 하니, 그들은 웃으면서 말하기를, "그렇지 않다. 오늘날 우리나라의 급선무는 농업을 부흥시키는 일이며, 농업을 부흥시키는 요령은 실로 밭에 비료를 많이 살포하는 데 있으며, 시비를 부지런히 하면 오물도 없앨 수 있으므로 오물이 없어지면 전염병도 같이 사라질 수 있다. 그런데 농업이 잘 되어도 운송 수단이 불편하면 강 건너 곡식을 내지로 옮길 수 없다. 이것이 길을 잘 닦아야 하는 이유이며, 길이 잘 닦여져 있으면 열 사람이 하는 일을 한 사람의 힘으로 능히 할 수 있으며, 나머지 아홉 사람은 다른 기술 사업에 돌릴 수 있다. 그리하여 이전에 놀고먹던 자들은 각자 직업을 얻어 백성들도 편리하고 나라에도 이롭게 된다"라고 하였다.

　이에 나 옥균은 일어나서 그들에게 경의를 표하면서 말하기를, 귀공의 말씀이야말로 적절한 말씀이다. 위생과 농업과 치도는 고금을 통하여 변할 수 없는 진리이다. 나는 본국에 있을 때 옛 친구와 만나서 이 문제를 논한 바가 있었으나, 이렇게도 자세하고 분명하게 한 가지가 여러 문제를 해결하는 것을 알지 못했다. 나는 또한 듣기를 일본은 유신 이후에 개혁을 잘하여 도로공사에 많은 힘을 기울였기 때문에 그 성과가 매우 크다고 한다. 지금 당신이 돌아가서 말한 대로 실천한다면 전일에 조소하던 자들이 도리어 즐겨 이 사업을 축하할 것이 아닌가. 나라를 부강하게 하는 방법은 실로 이 사업부터 시작해야 한다고 하였다.

김 공이 뒤미처 나 옥균에게 도로공사 규정의 작성을 위촉하므로 옥균은 감히 사양하지 못하고 다음과 같은 초안을 작성하였다. 비록 문장은 익숙하지 못하나 오직 사업을 맡은 제공들이 양해하여 채택한다면 다행으로 여기겠다.〉

성상 즉위 19년(고종 19년) 11월 망복 김옥균 씀

이 글이 한성순보에 발표된 시점은 1884년 7월 3일(음력 5월 11일) 제25호에 〈치도약론〉이라는 제명으로 나갔다.

2

강민호가 나에게 들려준 말에 의하면 개화파 5인방(김옥균, 박영효, 홍영식, 서광범, 서재필)이 9월 17일(양력 11월 4일) 박영효의 집에 모여

정변을 구체적으로 모의했다고 한다. 그 자리에는 5인 이외에 강민호가 있었다. 그는 서기의 일로 회의 진행을 글로 정리하는 역할을 했다. 역적모의 회의를 기록으로 남겼다는 것은 특이한 일이다. 개화파 5인방은 자신들이 획책하는 일에 자부심 있어 그 길이 거국적이며 애국적인 일로 조금도 부끄럽다고 생각하지 않았다. 자신들의 거사를 역사적인 일로 기록에 남겨야 한다고 생각했다. 그 기록은 정변이 실패하고 사라지고 없지만, 김옥균이 일본에 망명하면서 썼던 갑신일록에 일부가 남아있었다. 그리고 기록을 했던 강민호가 나에게 들려준 이야기가 전부였다.

김옥균이 언제 정변을 결심했는지 그 시기는 나로서는 알 수 없다. 김옥균을 비롯한 5인방이 개혁을 준비하고 있다는 사실은 모두 알고 있는 일이었다. 김옥균의 개화사상은 백성들에게도 좋은 의미로 전달되어 앞으로 살기 좋은 세상을 만든다고 믿었다. 그래서 김옥균이 지나갈 때 백성들은 엎드려 절하며 칭송했다. 그러나 그들이 정변을 준비하고 있었다는 사실을 안 사람은 없다. 개화파 측근들조차 정확한 시기는 모르고 있었던 듯하였다. 어쩌면, 개화파 숙청 소식이 전해지지 않았다면 정변까지는 안 일으켰을지 모른다. 김옥균의 개혁 운동이 약간 과격한 점도 있었으나, 그것은 수구파 위정자들의 생각이고, 일반 백성이나 우리같은 관리들은 별달리 생각하지 않았다. 나라의 발전을 위해 좋은 일을 하는구나 정도 생각할 뿐이었다.

갑작스럽게 정변을 일으킨 것은 국왕과 왕비가 숙청 계획을 검토하였기 때문이다. 검토로 끝나지 않고 개화파를 숙청하기로 결정했다. 그것이 사실인지 아니면 강민호가 지어낸 말인지 그것을 확인하지는 않았다. 김옥균이 개화파를 동원해서 정변을 일으킬 계획으로 지어냈다고 하는 사람도 있으나 나는 알 수 없었다. 그리고 그것을 알고 싶지도 않다. 김옥균은 개화파 인물 가운데 자기를 지지하는 믿을 수 있는 사람을 왕궁 내부에 심어놓았다. 내관과 궁녀들 가운데 김옥균의 첩자가 있었다. 김옥균은 그들을 통해 국왕과 왕비 민씨가 어떤 생각을 하고 있는지 속속들이 알고 있었다. 국왕이 결정한 정책이 하룻밤 사이에 바뀌는 이유도 알고 있었다. 밤에 국왕과 동침을 하던 왕비 민씨가 왕을 설득해서 바꿔버린다는 사실도 알게 된다. 물론, 그 정도는 다른 신하들도 짐작하고 있는 일이었다. 하룻밤 사이에 발령을 내었던 인사가 다른 사람으로 바뀔 때는 처음 발탁된 그 인물이 왕비 민씨가 추천하는 인물이 아니기 때문이었다. 왕이 일단 결정을 한 것을 번복해서는 안 된다는 원칙이 있는데도 불구하고, 왕비는 떼를 쓰며 바꾸도록 했다.

  왕비 민씨는 어느날 민영익을 불러 한 가지 밀령을 내린다. 개화파 인물들의 과거 잘못을 모두 조사해서 보고하라고 했다. 털어서 먼지 안 나는 신하가 없을 것이니 약점을 잡아내라고 하였다. 아무 이유 없이 죽이거나 귀양을 보내면 국왕이 폭군이 되면서 민심이 흉흉해지니 죄를 물어 숙청하려는 것이다. 조선 왕조가 내려오는 동안 당파싸움에서 항용 사용하던 수법이었다. 왕비는 과거 역사에서 고약한 것을 배워서 지금 써먹으려고 하는 것이다. 그리고 왕비는 국왕을 만나 개화파 인물이 너무 설쳐 대어서 나라가 점점 어려워지니 숙청하자고 제안했다. 누구는 귀양을 보내고 누구는 처형해버리자는 것이다. 금릉위 박영효는 왕가의 사위이니 죽이지 말고 흑산도로 귀양 보내고, 홍영식은 나라에 충성한 영의정 홍순목의 아들이니 제주도로 귀양 보내자고 했다. 서광범이나 김옥균은 죽이자고 하였다. 그러자 국왕 고종이 당황하면서 죄도 없는 김옥균을 왜 죽이냐고 물었다. 왕비는 빙긋 웃고는 말했다. 자신이 민영익을 통해 조사한 바로는 지난번 일본 수신사로 갔던 김옥균이 국왕이 준 위임장을 가지고 일본에서 차관 17만 엔(170만 냥)을 받았는데, 그것을 일본에서 여행하는 동안 모두 써버렸다고 하였다. 보증은 국왕이 하고 돈은 김옥균이 먹었으니 이런 자가 역적이 아니고 누구냐고 하였다. 그 돈은 제물포 조약에서 임오군란 때 공사관을 불태운 것에 대한 배상금 50만 엔에서 5만 엔을 공제하고 나머지 12만 엔을 받았는데, 그 남은 돈은 조선의 젊은이들이 일본 학교에서 공부하는 데 학비로 사용하게 하고, 나머지 돈도 김옥균이 일 하면서 경비로 썼을 뿐이지 개인이 사용한 것은 아니었다. 국왕이 그 17만 엔을 자신도 보고 받았다고 하면서 유학하는 61명의 젊은이들 학비로 쓰게 한 것은 모두 공적인 일이며, 개인이 착복한 것이 아니라고 변명했다. 왜 변명까지 해주냐고 왕비는 눈살을 찌푸리며 말했다.

"주상전하는 김옥균이 얼마나 사악한 인물인지 모르고 있어요. 그놈은 집에서 데리고 있던 가노 서른 명을 모두 석방하고, 백 명의 머슴을 모아서 월급을 주며 호위병으로 쓰고 있어요. 제가 뭐라고, 거리를 지나가면 선도가 나서서 김옥균 대감 납시여 라고 소리치고, 그 소리를 듣고 백성들이 모두 엎드려 절을 한다고 합니다. 지까짓 게 임금이나 되는 것 같이 행차하는데 이것이 역적이 아니고 무엇이 역적인가요? 법에도 없는 노비를 함부로 석방하고, 백 명씩이나 되는 사병을 이끌고 다니는 자가 역적이 아니고 무엇입니까?"

"주인이 노비를 내보내는 것은 법에 어긋나는 것이 아니요. 그는 지난날 수차례 양반 제도를 없애자고 나에게 상소를 올렸소. 그리고 백 명의 사병을 데리고 다녔다고 해서 법에 어긋나는 게 아니요. 백성이 엎드려 그에게 절을 했다는 것은 그의 인품이 백성들에게 존경을 받았기 때문이 아니겠소?"

"아이, 싫어요. 왜 김옥균을 그렇게 감싸고 있어요? 그놈이 주상에게나 하는 배례를 받아도 좋다는 것인가요?"

왕비가 신경질을 내면서 소리치자 국왕은 입을 다물고 조용해졌다. 국왕은 헛기침을 하더니 나직한 소리로 말했다.

"그래도 김옥균은 아까운 사람이니 죽이지 말고…… 흑산도로 귀양 보냅시다."

"그래요. 귀양 보냈다가 나중에 약사발을 보내든지 하죠."

폭군이 충신을 죽이는 수법이다. 당장 죽이면 민심이 동요할 것 같아 먼저 귀양을 보내 민심을 다독이다가 일정한 시간이 지난 다음 약사발을 보내 죽이는 것이다. 왕비 민씨는 조선왕조실록에서 배운 듯 그대로 사용하려고 했다. 이 대화를 모두 들은 김 내관이 김옥균에게 와서 보고 했던 것이다. 그 말을 듣고 김옥균은 말없이 우두커니 앉아서 지고 있는 해를 한동안 바라보았다고 한다. 그리고 알았다고 고개를 끄덕였다고 하였다. 무엇을 깨달았는지 모르지만, 그때 김옥균은 정변을 일으킬 수밖에 없는 당위성을 깨달았는지 모른다. 그로부터 사흘 뒤 김옥균은 개화파 인물 십여 명을 자기 집으로 초대해서 일장 연설을 하였다.

그 연설이 바로 평화적 방법으로 개화하려고 했지만 죽음이 임박해서 어쩔 수 없이 결심한 길을 가야 한다는 말이었다.

"우리들은 수년 내로 평화적 수단으로 각고진력(刻苦盡力)하며 왔으나, 그 성과는 없었을 뿐만 아니라 오늘 이미 사지에 빠지게 되었습니다. 앉아서 죽음을 기다릴 것이 아니라 먼저 제인지책(制人之策)을 쓰지 않을 수 없는 형편에 이르렀습니다. 따라서 우리의 결심에는 한 길이 있을 뿐입니다."

여기서 박영효가 묻기를, 죽음을 기다리는 것이 무엇이냐고 했다. 그래서 김옥균은 내관이 들려준 국왕과 왕비의 대화를 공개했다. 이때 모여있는 개화파 성원들이 분노하면서 궐기할 것을 결정했다. 모든 사람들이 동감을 표하면서 정변을 결의했던 것이다.

나는 그가 갑자기 정변을 일으켰을 때 제일 먼저 생각한 것이 과연 정변을 일으키면서 개화해야 하는지 의혹을 가진 것이 사실이다. 잘

못하면 정권 다툼이 될 수 있기 때문이다. 권력 싸움이라는 것은 고대부터 오늘날에 이르기까지 항상 그래 왔던 것이다. 민영익은 김옥균이 정변을 일으킬지도 모른다고 항상 생각한 인물이었다. 그것은 삼 년 전에 나의 집에서 집들이 하면서, 왕비 민씨가 백동화를 만들어 보급할 것을 승낙했다는 말을 듣고, 김옥균이 왕비 민씨의 아명(민자영)을 들먹이면서 비난하자, 두 사람은 싸웠다. 그리고 민영익은 중도에 내 집을 나가버렸다. 그때 떠나면서 민영익이 나에게 한 말이 귀에 어린다. 저놈은 언젠가는 역적이 될 것이라고 말했던 일이다. 그것이 삼 년 전이라면 김옥균은 삼 년 전부터 정변의 가능성이 있어 민영익의 눈에 그렇게 비쳤는지 모른다. 훗날 이야기를 들으면, 민영익은 김옥균의 정변을 미리 알고 있어 혹시 정변을 일으키면 제압하기 위해 청군의 사령관 원세개를 가까이 사귀면서 대비를 했다고 하지만, 그것은 일이 지난 다음 승자가 하는 소리일 수 있다. 우정국에서 민영익이 칼에 맞아 죽을 고비를 당한 것은 민영익도 김옥균의 정변을 몰랐다는 말이 되는 것이다.

며칠 후에 김옥균은 다시 개혁 5인방을 박영효의 집에 모이도록 했다. 그들이 밤새우면서 토의한 내용은 거사 당일의 행동 지침과 내각 구성안이었다. 물론, 혁명 개혁안도 포함해서 논의했다. 주로 이야기하는 사람은 김옥균이고 다른 네 사람은 듣고 있었다. 그러나 거사 당일의 행동 지침에서는 의견이 달라져서 논의가 한동안 진행되었다.

"제1안은 일본 공사관 낙성식을 기회로 국왕을 청하고 배증하는 민가 일파 대신들을 그 노상에서 처단하는 방법이요. 단번에 모두 처치할 것이 아니라 그들 중에서 민영목, 한규직, 유태준만을 살해하고 그 죄를 그들과 사이가 좋지 않은 민태호, 민영익 부자에게 전가하여 그를 왕명으로 사형에 처하는 방법이요."

그 말을 듣던 박영효가 말했다.

"민태호와 민영익 부자는 왕비의 최측근인데, 국왕이 함부로 벌을 내릴 수 있겠습니까? 더구나 국왕이 보는 앞에서 민영목, 한규직, 윤태준을 살해하면 국왕이 놀라서 민영익 부자에게 죄증을 묻지 못할 것입니다."

고개를 끄덕이고 나서 김옥균이 다음 말을 이었다.

"제2안은 밤중에 자객을 시켜 앞의 세 명의 집에 침입시켜 이들을 처단하고 개화파 지도자들은 왕궁에 있다가 그 보고를 받자 민태호 부자에게 그 죄를 물어 기타의 무리들과 함께 사형선고를 내려 처단합니다."

"그 안 역시……."하고 홍영식이 말했다. "자객이 암살에 실패할 경우도 있고, 성공한다고 해도 민태호 부자의 죄를 추궁하기에는 상황이 좋지 않습니다. 그 세 명과 민태호가 아무리 사이가 나쁘다고 해도 자객을 보낼 정도인지 의문이기 때문입니다."

"제3안은 경기감사 심상훈을 꾀어 백록동 취운정 홍영식 공의 별장을 빌어 연회를 벌이고 여기에 수구파 대신들을 청해 놓고 일망타진합니다."

"심상훈이 홍영식 공의 별장에서 연회를 벌이려고 하겠습니까?"

서광범이 안된다는 식으로 말했다. 심상훈은 개혁을 지지하는 편이었으나, 왕비 민씨의 사람이다.

"제4안은 신축한 우정국 낙성식 축하연을 총판 홍영식 공이 배설하고 여기에 수구파 요인들을 청해 놓고 처단합니다."

"홍영식 공이 주재하는 그 축하연에 민가들이 올까요? 올지 말지 그게 문제입니다."

서광범이 말하고 홍영식을 보면서 빙끗 웃었다.

"제5안은 북악 아래에 새로 지은 내 별장 신축 낙성연에 배설하고 여기에 내외 요인들을 전부 초대하고 연회 끝에 민가 일파 대신들을 전부 처단하는 것입니다."

"민가들이 하나같이 모두 고균 공을 싫어하는데, 별장 연회를 연다고 해서 오겠습니까?"

박영효가 약간 거북한 표정을 지으며 말했다. 그러자 김옥균은 낭패한 표정을 지으면서 물었다.

"그렇다면 달리 어떤 방법이 있는지 의견을 기탄없이 말씀해 보시오."

아무도 대답하지 않았다. 다른 사람들도 별다른 생각이 없는 것이다.

"이 문제는 앞으로 더 연구해 보도록 합시다."

김옥균이 말하며 씁쓸하게 웃었다.

"거사 현장은 빨리 정해놓는 것이 좋습니다." 하고 박영효가 나섰다. "만약 그 다섯 가지 안 밖에 없다면 그중에 꼭 선택하라면…… 저는 네 번째 안 우정국 축하연에서 일을 벌였으면 합니다. 첫째 안은 국왕을 초빙해서 벌여야 하는 관계로 우리에게 불리해서 안 됩니다. 시해 현장을 국왕에게 보여주는 것은 안 됩니다. 그 후에 국왕이 우릴 어떻게 보겠습니까? 두 번째 안 자객을 보내는 것도 일의 성공 여부도 불확실하고 왕궁에서 보고를 받고 민태호 부자를 성토하는 것도 복잡해서 안 됩니다. 세 번째 안은 심상훈이 과연 응할까 문제이고, 다섯 번째 안은 고균의 별장 집들이에 민가들을 초청해도 안 올 것이기에 소용이 없습니다. 가장 적합한 것은 네 번째 안, 우정국 신축 낙성식에 수구파 요인들을 부르는 것입니다. 우정국은 국가의 미래이니만큼 빠질 명분이 없을 것입니다. 민가들이 다 오지야 앉겠지만, 민영익이야 틀림없이 오겠지요. 자기도 나서서 우정국을 만들었는데 낙성식에 빠지는 것은 말이 아니지요."

"그럼 일단 그렇게 하도록 정합시다. 다른 변고가 있으면 그때 바꾸도록 하고요." 김옥균이 다음 안건을 말했다. "그다음 우리가 내세울 개혁안입니다. 다른 말로 혁명 정강이라고 할까. 그동안 내가 여러 가지를 검토해서 개략적인 내용을 추렸습니다. 강 군, 적어 온 거 이리 줘보게."

강민호는 호주머니에 넣고 있던 종이를 꺼내 김옥균에게 내밀었다. 김옥균은 그것을 펴들고 말했다.

"평소에 여러 동지들이 주장하는 바를 충분히 종합해서 만들었습니다. 나의 개인적인 주관도 들어갔지만, 여러 동지들의 의견도 참작했습니다. 더 필요한 것은 첨부하기로 하고, 우선 한번 검토해 보시지요."

그렇게 말하고 김옥균은 종이를 등불에 비쳐 보면서 읽었다.

"아이구, 내 나이 겨우 서른을 넘었는데 벌써 글씨가 잘 안 보이니…… 강 군, 자네가 읽어보게."

강민호가 김옥균이 내미는 종이를 받아들었다. 김옥균의 나이 이제 서른세 살이었다. 그런데 그의 머리는 희끗희끗하게 세어 있고, 턱수염에도 희끗한 것이 바싹 늙어버린 느낌을 주었다. 강민호는 종이에 적혀 있는 것을 읽었다.

"첫째, 대원군을 근일 내로 환국시키도록 할 것. 둘째, "

"잠깐"하고 박영효가 나섰다. "고균, 대원군을 불러들이는 것은 안 됩니다."

"나 안동 김씨요."하고 김옥균이 말했다. "나보다 더 대원군이 원망스런 사람 여기 있소? 그렇지만 그는 한 개인의 신분을 떠나 이 나라의 임금 아버지요. 어떻게 다른 나라에서 다른 나라 임금의 친부를 연금할 수 있단 말이요? 대원군이 죄가 있고 없고는 우리의 소관이지 청국이 관여할 일이 아니요. 대원군을 환국 시키는 것은 우리 주권에 해당하오. 동시에 앞으로 청국에 조공 허례 행사를 폐지해야 하오."

그 말에 다른 사람들이 조용해졌다. 아무도 대꾸를 하지 않았다. 김옥균이 강민호를 돌아보며 읽으라고 했다.

"강 군 계속 읽어보게. 그리고 다 읽은 다음 의견은 다음에 개진합시다."

강민호가 괜히 긴장되는지 기침이 나와서 헛기침을 두어 번 하고 글을 읽었다.

"둘째, 문벌을 폐지함으로써 모든 백성들의 평등한 권리를 제정하고, 사람들을 재능에 따라 등용하며 문벌로써 등용하지 말 것. 특히, 노비 제도를 폐지하고 노비로 있는 사람을 계속 고용할 때는 노동에 합당한 월급을 주고 고용할 것. 셋째, 전국에 걸쳐 지조법을 개혁하여 관리들의 협잡을 방지하고 백성들의 부담을 덜어 그 곤란을 제거하며 동시에 국가 재정을 유족케 할 것. 넷째, 내시부를 폐지하고 그중에서 재능있는 자가 있으면 등용할 것. 다섯째, 과거 현재 할 것 없이 나라에 엄중한 손해를 끼친 자는 엄벌할 것. 여섯째, 각 도의 환자(환곡) 제도를 영영 폐지할 것. 일곱째, 규장각을 폐지할 것. 여덟째, 시급히 순사(巡査)를 설치하여 도적을 방지할 것. 아홉째, 혜상공국을 폐지할 것. 열째, 과거 현재 할 것 없이 유배 금고를 당하였던 사람들을 다시 조사하여 면죄 석방할 것. 열한째, 군부대 4영을 합하여 1영으로 하고 그중에서 선발하여 근위대를 시급히 설치할 것(모든 군부대와 근위대 등을 포괄해서 육군 대장은 왕세자로 할 것). 열둘째, 일체 국가의 재정은 호조에서 통일적으로 관할하며 이 밖의 재무관청은 전부 폐지할 것. 열셋째, 대신과 참찬은 날을 정하여 합문 내 의정부에서 토의 결정한 후 정령 발표로써 정사를 집행할 것. 열넷째, 정부 6조 외 일체 불필요한 관청을 폐지하고 대신과 참찬으로 하여금 토의 처리케 할 것……
그리고 기타 첨부 사항이 있습니다. 그것도 읽을까요?"

"모두 읽게."

"전체 국민은 단발할 것. 유능한 청소년들을 다수 선발해서 외국에 유학생으로 파견할 것. 궁내부를 설치하고 궁중 사무와 부중 사무를 구별할 것(왕비가 하는 일과 국왕이 하는 일을 구분하는 제도를 만들자는 내용, 즉 왕비 민씨가 정치에 관여하는 일을 제도적으로 막아놓으려는 것). 국왕 전하라고 부르던 것을 황제 폐하라고 부르며, 왕의 명령을 칙(勅)으로, 왕 자신을 짐(朕)으로 개칭할 것. 장차 재래의 관제를 폐지하고 내각제도를 설치하고 이에 8개 성을 두도록 할 것. 과거제도를 폐지할 것. 내외 공채(內外公債)를 모집하며 산업, 운수, 교육, 군비의 충실을 기할 것 등 부수적인 것은 토의를 통해 보충함 등…… 여기까지입니다."

박영효와 홍영식, 서재필, 그리고 서광범이 모두 손뼉을 치며 동의했다.

3

1884년 10월 17일(양력 12월 4일) 오후 7시에 우정국 낙성식이 시작되었다. 양력 12월로 접어들면서 날씨는 쌀쌀했다. 맑은 날씨였으나 바람이 불어서 귀가 시렸다. 가지만 남은 떡갈나무 사이로 바람이 스치고 지나가며 쇳소리를 내었다. 저녁이 되자 기온은 더 떨어졌다. 청사를 개축하면서 안팎으로 전등을 달았기 때문에 건물을 환하게 비추었다. 우정총국은 고종21년(1884년) 4월 22일(양력)에 지난날 사용하던 통신 수단 역전법을 근대식 우편제도로 바꾸었다. 미국에 다녀왔던 홍영식이 미국의 우편제도를 보고 감동한 나머지 조선에도 하루바삐 우편제도를 근대식으로 해야 한다고 국왕에게 여러 차례 상소해서 이룩한 제도였다. 이제 그 축하를 하는 자리였다. 낙성식과 더불어 우편제도를 활성화하기 위해서 새로운 우표를 만들었다. 오문(푼), 십문, 이십오문, 오십문, 백문으로 다섯 가지 우표였다. 국수 한 그릇이 2문인 것을 감안하면 우푯값이 비쌌지만, 편지나 물품을 조선 어디로 부치든 우표를 붙이면 배달이 되었기 때문에 근대식 우편제도는 획기적인 것이었다. 개업을 기념하며 만든 이 다섯 가지 우표는 갑신정변이 실패하면서 사용하지 못하였다.

  우정총국 건물은 궁중에서 사용하는 의약을 제조하고 약재를 재배하던 전의감(典醫監)이 있던 자리에 개축해서 세운 것이다. 내부 천장 내진 부분은 소란 우물 반자로, 외진은 연등천장으로 꾸몄다. 바닥은 대리석을 깔았고, 남쪽 양 모서리와 북쪽 면은 모두 원기둥이고, 나머지는 사각 기둥으로 했다. 정면 가운데는 두짝문을 내고, 나머지 칸은 사분합창을 내었다. 상부는 모두 빛살 광창을 설치하였다. 처마는 홑처마이고, 단청으로 곱게 장식했다. 지붕은 팔각지붕이고, 합각면은 적벽돌로 했다. 낙성식 기념 연회에 외국의 공사들과 벼슬아치들이 방문하기 때문에 입구에는 십여 명의 무관들이 줄을 지어 대기하고 경비를 했다. 언뜻 보아 의전상 도열해 있는 듯이 보이지만 사실은 기념식을 주관하는 개화파에서 살수들을 배치해 놓은 것이다. 살수 대장이 전에 평양 감사(평안 관찰사)를 지냈던 일이 있는 강용준이었다. 그는 역적으로 몰려 죽을 고비를 당했으나 김옥균이 나서서 구해 준 일이 있었다. 그 이후 강용준은 김옥균의 개화파에서 함께 일을 했다. 이번에 김옥균의 핵심 인사로 발탁되어 행동대장 중에 한 사람이 되었다. 행동대장의 또 한 사람은 강민호였다. 두 사람은 종씨 간이라고 하면서 친해졌지만, 실제는 같은 행동대장으로 생명을 함께 내놓은 동지였다.

기념식에 손님으로 온 사람들은 개화파와 민씨 측의 수구파, 그리고 외교관들로 구성될 수 있었다. 김옥균, 박영효, 서재필, 홍영식, 서광범 5인방과 유길준, 고영희, 서재창, 박영교 등 개화파 중요 인물이 모두 모였다. 온건한 개화파 인물로 분류하고 있는 김홍집, 김윤식, 박정양, 어윤중, 신기선, 이조연, 민영익도 참석했다. 외국인으로는 독일인 외교 고문 묄렌도르프가 참석했다. 그의 조선 이름은 목인덕(穆麟德)이었다. 루시어트 푸트 미국 공사, 에시턴 영국 총영사, 청국 총판 조선 상무 진수당, 일본 공사관의 서기관 시마무라 등이 왔다. 일본 공사 다케조에 신이치로(竹添進一郎)를 비롯해서 독일 공사가 병을 핑계로 참석하지 않았다. 두 외교관은 사전에 김옥균이 찾아가서 정변이 있을 것이라고 말해 주었기 때문에 피한 것이다.

서재필과 서재창은 형제지간인데, 두 사람은 조련국 병사들을 책임지고 있었다. 휘하에 있는 병사들을 끌어와서 우정국 주변에서 대기하도록 했고, 일본 사관학교에서 공부하는 유학생 열세 명을 귀국시켜 조선 무위영 부대 병사들을 지휘하게 했다. 함경도 관찰사(병마절도사) 윤웅열을 시켜 지방 관군 1천5백 명을 동원하기로 했다. 김옥균은 일본군을 이용하기 위해 공사 다케조에 신이치로에게 도와달라고 했다. 다케조에는 조선 정변에 가담하는 일이 공사 혼자 결정할 수 있는 일이 아니어서 본국에 전문을 보내 도와도 좋으냐고 타전했다. 그런데 당시 일본 내각에서는 조선을 먹자는 정한론자와 아직은 시기상조라서 안 된다는 온건파가 대립을 하고 있었다. 그래서 정변 가담에 대해서 결정을 못하고 시일을 보내는 바람에 이미 정변이 시작되었던 것이다. 사전에 대답을 얻지 못한 다케조에는 자신의 독단적인 결정으로 돕기로 결정해서 김옥균에게 공사관에 있는 1개 중대 병력 150명의 군사를 파견하겠다고 약속했다.

청군이 움직일 경우를 대비해서 김옥균은 대비를 하였지만, 생각처럼 쉽게 진행되지 못했다. 정변에 대해서 예행연습을 할 수도 없고, 그에 대한 경험이 전무한 개화파 사람들은 변수가 생기면 갈팡질팡하고 헤매기 마련이다. 국왕과 왕비를 연금해서 함부로 움직이지 못하게 해서 모든 일은 국왕이 지시하는 것처럼 꾸몄으나, 만약 국왕과 왕비가 개화파 망을 벗어날 경우 어떻게 할 것인가 하는 대책이 없었다.

그렇다고 두 사람을 전쟁 포로처럼 포승에 묶어 연금할 수도 없는 일이었다.

  김옥균은 나름대로 계획을 짜서 진행했다. 처음에는 우정국 옆 별궁에 방화를 해서 소란을 일으킨다. 우정국 연회에 참석한 사람들이 소란에 우왕좌왕하면서 밖으로 뛰쳐 나갈 때 살생부에 오른 인물들을 모두 죽인다. 별궁 방화는 이인종이 지휘하며, 이규완, 임은명, 유경순, 최은동 네 명이 책임지고 처리한다. 우정국 바로 옆에 있는 서광범의 집 뜰안으로부터 별궁 북문으로 침입해서 방화하며, 밤 8시 30분에서 9시 사이에 한다. 별궁에 방화하면 대궐을 지키는 각 영사(營使)들이 불을 끄러 오면 그때 4영사들을 모두 처결한다. 수구파 1명에 2명씩 배치하고, 각각 권총 일정과 칼 1자루를 지참하고 응한다. 민영익을 처결하는 데는 살수 책임자 강용준을 위시해서 유경순, 이은종이 맡도록 하고, 윤태준은 박상룡, 황용택이 맡고, 이조연은 최은동, 신웅모가 맡으며, 한규직은 이규완, 임은명이 책임진다. 당일 왕래의 정찰, 통신 연락은 유형로, 고영석으로 한다. 창덕궁에 출입하는 대신 별입시 전용 통용문 금호문은 신복모가 책임 군졸 43명을 인솔하고 매복하고 있다가 별궁 방화와 함께 왕궁으로 들어가려고 할 민태호, 민영목, 조영하 3명을 처치한다. 전영(前營) 소대장 윤경완은 50명의 병사를 인솔하고 이날 왕궁 내 국왕 침전 정문을 파수하다가 만일 수비선을 무단 통과하여 침전으로 들어가 국왕을 만나려는 자가 있으면 바로 처단한다. 궁녀 모씨(고대수)는 미리 폭발탄을 가지고 있다가 별궁 방화와 함께 통명전에 던져 폭발시킬 것이다. 김봉균, 이석이는 미리 폭발약을 인정전 행랑 아래 수 개소에 숨겨 두었다가 개화파 요인들이 입궐시에 폭발시킨다. 정변이 일어난 후, 혼란 상태에 빠져 아군과 적군을 구별하기 어려운 사황이 되면 우리 편을 확인하도록 할 암호는 천(天)이라고 하면, 요로시('괜찮아'라는 뜻의 일본어)라고 한다. 이날 비가 오면 그 이튿날로 하루 연기한다. 만약 정해진 작전대로 수행하다가 변수가 생겨 작전을 바꿀 상황이 되면 그 정보를 선전관 강민호를 통해 김옥균에게 전달한다. 김옥균의 지시는 특별한 일이 없는 한 모두 강민호를 통해서 하달한다. 그렇지 않고 다른 사람을 통해 내려간 명령은 확인을 요한다.

연회는 서양식으로 진행했다. 홍영식이 감사 인사를 마치자 금릉위 박영효가 우정국 발족에 대한 축하 인사를 했다. 외교관을 대표해서 미국 공사관이 축하 인사를 했고, 청국 영사가 축하 인사를 할 때는 조선어 통역을 묄렌도르프가 했다. 조선에 들어온 지 두 해가 지나면서 그 사이에 묄렌도르프는 조선어를 유창하게 하였다. 별궁에 불이 날 때까지 시간이 소요되기 때문에 김옥균은 시간을 끌기 위해 요리사 책임자에게 요리를 천천히 가져오게 했다. 아홉 시가 되었는데도 별궁에 불이 나지 않았다. 초조했던 김옥균이 뒤에 대기하고 있는 강민호를 불러 귓속말로 전했다.

"왜 아직 불이 나지 않는 거야? 알아보게."

강민호가 밖으로 나갔다가 조금 있다 들어와서 김옥균에게 귓속말로 말했다.

"별궁에 불 지르는 일이 실패했답니다."

"무슨 말이야?"

"준비한 화약이 물에 젖어서 폭발하지 않았답니다."

"그럼 그냥 이불이라도 불 질러 태워야지. 바로 옆의 초가집에 지르라고 해."

강민호가 밖으로 나가서 조금 있자 소란이 일어났다. 초가집들이 불이 붙어 탔던 것이다. 사방에서 불이야 하고 소리치는 소리가 우정국 연회장 안까지 들렸다. 불이 났다는 소란에 식사하던 사람들이 술렁거렸다. 식사는 거의 끝나고 옆에 있는 사람과 환담하고 있던 중이었다. 벽에 걸려있는 괘종시계에서는 열 시를 가리키고 있었다. 김옥균이 강민호를 통해 무엇인가 지시하는 것을 보고 거동을 수상하게 여긴 민영익은 재빨리 자리에서 일어섰다. 그가 제일 먼저 밖으로 뛰어나갔다. 그가 나오자 문밖에서 대기하고 있던 살수들이 칼을 들어 민영익에게 일격을 가했다. 여러 명이 민영익에게 달려들어 칼을 휘둘렀다. 처음에는 귀밑에서 목을 스쳐 지나 가슴을 베었다. 칼로 민영익의 머리를 치자 몸을 젖히면서 뒤로 물러섰다. 칼이 귀를 스치고 지나가며 민영익의 귀를 잘랐다. 여러 명의 칼침을 맞자 민영익은 본능적으로 비명을 질렀다. 그는 처음에 모퉁이를 돌아 골목으로 달아나려고 했지만 그곳에 대기하고 있던 살수들에게 가로막혀 다시 칼을 맞았다. 칼을 맞고 피를 흘리면서도 정신을 차린 그는 사방에 살수들이 에워싸고 있는 것을 보고 재빨리 돌아서서 방금 나왔던 우정국 안으로 뛰어 들어갔다. 순간적인 충동으로 뛰었지만, 우정국 안으로 들어서면서 바닥에 쓰러졌다. 몸을 지탱할 만큼 기운이 남아 있지 않았다. 그의 몸에서는 피가 뿜어져 나왔다. 피투성이가 되어 바닥에 쓰러진 민영익을 사람들은 당혹스런 시선으로 바라보았다. 바로 문앞에 있던 묄렌도르프가 민영익의 몸을 안으면서 소리쳤다.

"빨리 옮깁시다. 누구 도와주시오."

묄렌도르프는 한 손으로 피가 많이 나오고 있는 민영익의 가슴을 누르면서 소리쳤다. 옆을 지나가는 요리사 한 명을 손짓해서 불러 몸을 들라고 했다. 그리고 연회에 참석했던 이조참판 민성규가 달려들어 민영익의 몸을 함께 부축했다. 묄렌도르프가 민영익의 몸을 업고, 뒤에서 민성규가 부축한 채 뒷문으로 빠져나갔다. 밖에 불이 나서 소란이 일면서 칼침을 맞은 사건이 생기자 일동은 사태가 단순하지 않다고 느꼈다. 그러나 개화파 사람들을 빼고는 그 사태를 짐작하지 못했다. 요리사를 비롯해서 직원들이 수십 명 밖으로 뛰어나갔고, 외교관들이며, 수구파 인물들이 한꺼번에 뛰쳐나갔다. 수십 명이 한꺼번에 나오자 밖에 대기하고 있던 살수들은 칼을 쓸 수 없었다. 전등불이 환하게 밝히고 있었지만, 살생부에 오른 인물을 찾아내기 어려웠다. 찾아내었다고 해도 외교관을 비롯한 다수가 보는 앞에서 처형하기는 어려웠다. 살수들이 우물쭈물 하고 있는 동안 모든 사람이 흩어져서 우정국은 단번에 텅 비고 개화파 인물들만 남았다.

"그대로 진행합시다. 우린 창덕궁으로 가서 국왕 부처를 모시자고요."

김옥균은 처음 예정했던 대로 국왕 부처를 인질로 잡고 일을 벌이려고 하였다. 김옥균, 박영효, 서광범은 윤경완이 지휘하는 50명의 무관들을 불러 호위시키고 창덕궁에 들이닥쳤다. 궁문은 이미 개화파 군사들이 장악하고 있어서 막는 자는 없었다. 금호문으로부터 왕궁으로 들어가 취침 중인 국왕을 깨웠다. 국왕은 일찍 잠이 들어 자고 있었다. 국왕이 밤잠을 자지 않고 늦게까지 깨어서 혹시 소란이 일어났을 때 엉뚱한 지시라도 내릴까 보아 일찍 잠들게 꾸몄다. 그것은 같은 개화파 충의계 회원인 내관 김씨에게 상주문을 한 보따리 가져다 주어 국왕이 그것을 모두 읽게 했던 것이다. 국왕은 항상 낮잠을 길게 자는 버릇이 있었다. 그리고 밤에 잠을 자지 않고 잔치를 한다거나 놀았다. 낮에 주로 자고 밤에 업무를 보았다. 그러나 그날만은 낮에 업무를 보게 만들어서 피곤했던 국왕이 저녁을 먹자마자 취침에 들어 골아떨어지게 했다. 잠에서 깬 국왕은 무슨 일이냐고 하면서 두리번거렸다. 김옥균을 비롯한 신하 여러 명이 한꺼번에 몰려와 있었기 때문에 놀란 것이다.

"폐하, 지금 변란이 발생했습니다."

"변란? 무슨 변란?"

"일부 사대 매국노들이 청군들을 이용해서 반란을 획책했습니다."

사대 매국노라는 말은 아주 애매한 말이다. 그런데 청군들을 이용했다는 말은 김옥균의 실수였다. 아무렇게 둘러대려고 한 말이지만, 왕실과 가까워져 있는 청군인데 반역을 도울 리가 없었던 것이다. 더구나 왕비 민씨의 하수인 민영익이 청군 사령관 원세개와 밀접한 관계를 맺고 있다는 것을 잘 알고 있었다. 청군이 반란에 동참했다는 말에 왕비는 단번에 김옥균을 의심했다. 이놈이 무슨 수작을 부리는 것인가 하고 경계를 했지만, 아직 사태를 파악한 것이 아니다. 세상일이란 알 수 없다. 어제 동지였던 자가 오늘 적이 되는 것이 다반사였다. 원세개이든 청군이든 배신하지 말라는 법이 없다. 바로 그때 창덕궁 인정전 낭하에 장치해 놓았던 폭약이 폭발하며 연달아 폭음이 터졌다. 다이너마이트가 폭발한 것이다. 그 폭약은 작년에 김옥균이 일본을 시찰하고 돌아올 때 토목 공사를 하는 어느 일본 업체로부터 사서 가져온 것이다. 다이너마이트를 몰래 사들여 왔다는 것은 그때 이미 김옥균은 정변을 생각하였는지 모른다. 그렇다면 그는 한해 전부터 정변을 계획했다는 것일까. 아니, 어쩌면 십 년 전부터 개화 운동을 시작하면서 순리대로 개화가 어렵다는 것을 알고 언젠가는 정변을 일으켜 개화해야 한다는 것을 알고 있었는지 모른다. 어쨌든, 그 폭발은 엄청나게 커서 궁궐이 흔들릴 정도였다.

  폭발음은 국왕과 왕비를 겁주는 데 효과를 주었다. 처음 들어보는 굉음에 국왕과 왕비는 새파랗게 질리면서 김옥균이 가자고 하는 경우궁으로 발길을 옮겼다. 옮겨가는데 걸어가지 않고 국왕은 내관 김씨가 업고, 왕비는 상궁 홍씨가 업어서 갔다. 특히 왕비는 달빛을 받으며 정원을 산책하는 것은 걸었지만, 이렇게 거처를 옮기는 일은 조금도 걸으려고 하지 않았다. 급히 가마를 마련하지 못해 업혀서 갔는데, 폭탄 소리에 내관과 궁녀는 뛰다시피 달렸다. 경우궁으로 천가한 일행은 국왕 부처뿐만이 아니라, 왕세자와 대비도 포함되었다. 궁은 계동에 있던 큰 궁전으로 비어있었다. 궁중에 큰 혼례가 있을 때 사용하는 궁전이다. 경우궁에 안착한 김옥균 일행은 국왕 부처를 인질로 잡은 것이 확실시되자 다음 단계로 수구파 대신들을 척결하는 작업에 들어갔다. 김옥균은 개화파 군사를 경우궁 주변에 배치하였다. 그리고 국왕에게 말했다.

"폐하, 앞으로 어떤 사태가 벌어질 줄 모르니, 일단 일본 공사에게 경비 군사를 보내달라고 해서 지키도록 해야 합니다. 우리 군사들이 있기는 하지만, 무기고에 있는 소총이 사용하지 않아 모두 녹 쓸어서 사용이 불가합니다. 그래서 그 총기 소제가 마쳐질 삼사일 정도는 일본 경비병이 필요합니다."

그때 듣고 있던 왕비 민씨가 불쑥 나서면서 김옥균에게 물었다.

"그럼 청군은?"

청군은 왜 안 부르느냐는 것이다.

"청군은 사대 매국노들과 합작을 한 마당에 지금은 안 됩니다. 나중에 청군과 협상하도록 하겠으나, 지금은 일본 경비병만으로도 충분합니다."

"그렇게 하시오."

국왕 고종이 승낙하였다.

"일본군을 부르려면 먼저 공식적으로 폐하의 친서를 써주시옵소서."

김옥균은 종이와 붓을 대령시켜 고종이 쓰게 했다. 일본군은 와서 보호해주기를 요망한다. 조선국왕(日軍來保護要望朝鮮國王)라고 쓰고 서명을 했다. 김옥균과 일본 공사관에는 이미 일본 경비병을 파병하기로 약속했지만 형식을 갖춰 국왕의 친서를 받는 것이다. 어쨌든, 나라가 얼마나 형편이 없었으면, 외국 군대 150명의 병사를 불러 왕을 지켜달라고 할 수 있는지 알 수 없다. 이렇게 형편없는 국력을 가진 나라가 망하지 않을 수 없는 것이다. 국왕의 친서를 일본 공사관에 전하자 경비병 150여 명이 왔다. 그들은 경우궁 외곽지역을 지켰다. 일본 공사 다케조에가 국왕을 배알하고 인사를 했다. 그는 구렛나루 수염을 쓰다듬으며 거만하게 서서 국왕을 비롯한 왕세자, 그리고 왕비를 바라보았다. 시선은 마치 불쌍한 왕족들 하듯이 약간 경멸하는 눈빛이었다. 사실 불쌍한 것은 왕족이 아니라 이 나라 백성이었다. 다케조에는 형식적인 말로 옥체 상한 데는 없는지 물었다. 이 판에 죽지 않고 살아있구나 하는 듯이 보였다. 물론, 그것은 함께 경우궁에 있었던 강민호의 배타적인 생각에 불과했지만.

김옥균은 왕명으로 대신들을 경우궁으로 불러들였다. 날이 새기 전에 모두 오라고 했다. 모두 불렀다기보다 죽일 놈을 선정해서 부른 것이다. 판돈영부사겸 해방총관 민영목, 의정부 좌찬성 민태호, 지충

추부사 조영하 세 사람은 국왕을 배알하러 온 경우궁 대문 안에서 매복하고 있던 김옥균 살수들에게 타살되었다. 그들의 시체는 궁 옆으로 흐르는 하천으로 옮겨 시궁창에 던졌다. 그들의 시체는 사흘간 시궁창에 박혀서 퉁퉁 불었는데, 갑신정변이 실패로 끝나고 나서야 발견되어 건져냈다. 후영사 윤태준, 전영사 한규직, 좌영사 이조연은 모두 병권을 틀어쥐고 있는 민씨 사람들이었다. 그들은 일단 국왕을 배알하고 뭉기적거리자 김옥균이 핀잔하여 내보냈다.

"경들은 모두 국가 위급의 사태 발생에 대하여 국가의 병권을 장악한 중임을 지고 있으면서 빨리 나가서 군대를 인솔하고 돌아올 생각은 하지 않고 서로 모여 서서 수군거리고만 있으니 무슨 까닭이요. 나가시오."

김옥균이 호령하자 그들은 움찔거리면서 눈치를 보다가 나갔다. 좀 전까지만 해도 이번 정변을 누가 일으켰는지 그들도 모르고 있었다. 그렇게 눈치를 보고 있었는데 김옥균이 국왕이 있는 자리에서 호령하는 것을 듣고 바로 범인이 그라는 것을 알아차렸다. 그러나 그 사실을 알았다고 뾰족한 수가 없었다. 할 수 없이 밖으로 나갔다가 매복한 군사들의 칼을 맞아 세 명이 동시에 죽었다. 그들의 시체도 시궁창에 버려졌다. 세 명의 대신들에게 호령을 하며 내쫓자 그것을 보던 내관 유재현이 나서면서 호통을 쳤다.

"고균 공, 여기 상감마마가 계시는데 왜 그렇게 목소리를 키우시오? 무례하기 그지없군요. 계속 지켜보자니 당신이 감히 우리 상감마마를 위협하면서 마음대로 하는데…… 이거 될 일입니까?"

"뭐라고? 내시 주제에 감히…….."

유재현은 중판이라는 내관 벼슬을 가지고 있어 당상관 신분이며, 무엇보다 왕비 민씨가 아끼는 심복이다. 그렇지만 그는 내시에 불과했다. 귀천을 없애기 위해 양반제도를 폐지하자고 했던 김옥균이지만 내시가 호통치는 것은 못 참았다. 그는 옆에 있는 강민호에게 눈짓을 했다. 싸늘한 그의 눈빛을 보자 단번에 알아차리고 강민호가 유재현 내관의 앞으로 갔다. 그리고 칼을 빼들면서 한칼에 내려쳤다. 유재현의 목이 떨어지지는 않았으나 목의 힘줄이 베어지면서 동맥이 터져 핏줄기가 뿜어져 나와 주변을 시뻘건 피로 물들였다. 조금 떨어져 있는 탁자 앞 의자에 앉아 있기는 했으나 국왕과 왕비, 그리고 왕세자와 왕대비가 모두 보았다. 유재현은 피를 흘리며 쓰러졌고, 목이 반쯤 잘린 곳에서는 계속 피가 흘러내렸다. 피를 보자 왕족들이 놀랐다. 왕세자는 어머니 왕비의 품에 얼굴을 묻으면서 부르르 떨었다. 왕세자 순종은 이제 열 살에 불과한 어린아이였다. 왕비 민씨는 아무 말이 없다. 이때 왕비 민씨는 이번 변란의 당사자가 김옥균이라는 사실을 깨달았다. 그 사실을 깨달은 것은 왕비뿐만이 아니라 국왕도 마찬가지고, 정치에는 관심이 없는 대비도 마찬가지였다. 다만 영문을 모르는 것은 어린 왕세자뿐이다.

강민호가 내관들에게 시체를 치우라고 하자 여러 명의 내관들이 시체를 황급히 내갔다. 그리고 피가 흐른 바닥을 여러 명이 달려들어 물로 씻어내고 닦았다. 현장은 수습되었으나 왕이 보는 앞에서 신하를 살해한 김옥균의 일은 큰 실수였다. 이후부터 국왕과 왕비의 태도가 달라졌다. 달라졌다기보다 김옥균과 말을 섞으려고 하지 않았다. 굳게 다문 입은 불신과 배신이라는 분노로 굳어 있었다. 수구파 중요 인물을 거의 척살하고, 국왕 부처를 연금한 상태에 들어서면서 김옥균은 혁명의 성공을 느꼈는지 모른다. 그래서 본인도 모르게 해서는 안 될 실수를 하였다. 실수라는 것을 알았지만, 그 일에 매달려 있을 수는 없었다. 해야 될 일이 시각을 다투면서 산적해 있었다.

김옥균을 비롯한 5인방은 밤에 잠을 자지 못하고 궁안에서 밤을 새웠다. 새벽에 그들은 모여서 이미 짜놓은 대로 신정부 수립을 만천하에 통고하며 인선을 발표했다. 만천하라고 해보았자 몇 곳의 공사 및 영사관과 조정 인사들이다. 백성들은 아직도 뭐가 뭔지 모르고 있었다. 새로 정부 인사를 발표한 것을 보면 개화파 일색이었다. 영의정에 이재원, 좌의정에 이재선, 병조 판서에 이재완을 등용하였는데, 모두 고종의 근친이었다. 우의정에 홍영식, 형조 판서에 윤웅열, 호조 참판에 김옥균이다. 호조 판서가 비어있는 참판이니 김옥균을 호조 판서라고 봐야 할 것이다. 산업 경제권을 틀어쥔 것이다. 전후 양 영사 및 한성판윤은 박영효, 이조판서 겸 홍문관 제학은 신기선, 좌우 양 영사 겸 서리외무독판은 서광범, 외무아문 참의는 윤치호, 승정원 도승지는 박영교가 차지했다. 인사한 것을 살펴보면 서재필을 정령관 겸 병조참판에 임명해서 군사권과 재정권을 장악했다. 대원군의 장남 이재면을 의정부 좌찬성에 올린 것을 보면 대원군 계열과도 손을 잡으려고 하였다. 인사에 왕실 인물과 대원군 인물까지 끌어안은 것을 보면 김옥균 개화파만 가지고는 힘이 부쳤던 것을 알 수 있었다.

나는 아침에 궁내에 있는 선전관청에 출근하려고 하는데 궁을 지키는 군사들이 들어가지 못하게 했다. 나는 선전관이며 집무실이 궁안에 있으니 들어가야 한다고 했지만, 통하지 않았다. 그다음 날도 마찬가지로 통제되었다. 아예 궁을 봉쇄해버린 느낌이었다. 그럴 수밖에 없었던 것이, 그 시기에 일본군과 청군이 대치하고 있어서 어느 순간 전투가 벌어질지 알 수 없는 전쟁 직전의 상황이었다.

궁안에서 폭발하는 굉음이 들리고 이따금 총성도 울렸기 때문에 무슨 변고가 일어난 것은 짐작했으나, 정확한 소식은 알지 못했다. 사흘이 지나 갑신정변이 실패하면서 개화파 인물이 일본 공사관으로 피신하던 밤에, 강민호가 나의 집으로 왔을 때, 그리고 그로부터 그간 궁안에서 벌어진 일을 들으면서 모든 것을 알게 되었다. 그는 일본으로 망명하기 전에 아내 한 씨를 나의 집에 맡기려고 왔다. 한 씨를 데리고 직접 와서 부탁하였다. 나는 그의 청을 들어주었다. 역적의 부인을 감춰주는 것은 위법이지만, 한양에 집을 마련해 준 은혜가 있어 그의 청을 거절할 수 없었다. 그리고 남촌에 있는 그 집도 실제는 한 씨의 집이 아니던가. 별채를 마련해서 강민호의 부인 한 씨와 함께 온 몸종 꽃슬이라는 계집이 묵을 방을 내주었다.

강민호와 부인 한 씨는 서로 헤어지지 못해 손을 잡았다 놓았다 하면서 떨어지지 못했다. 부인 한 씨가 눈물을 흘렸으나 강민호는 사내다운 표정을 지으면서 여유 있어 했다. "곧 돌아올 거야. 일 년 안으로 돌아올 거야"하고 큰소리쳤다. 그 일 년이 십 년이 될 것을 그때는 서로 간에 몰랐던 모양이다. 그리고 두 사람은 헤어졌다. 나는 집 밖 골목까지 그를 따라 나가면서 배웅했다. 그는 길 모퉁이에 잠깐 서서 정변의 마지막 순간을 나에게 이야기했다. 이야기를 모두 하고 나서 나보고 돌아가라고 하고 골목 저편으로 사라졌다. 나는 골목에 서서 궁에서 선물로 받은 궐련 담배 한 개피를 꺼내 입에 물었다. 그렇게 담배를 피우며 마음이 울적해서 남산으로 거슬러 조금 올라갔다. 골목을 막 벗어나서 큰길로 나가려는데 저편 담장 아래에 강민호가 쭈그리고 앉아 울고 있는 모습이 보였다. 나는 그가 우는 모습을 처음 보았다. 그리고 그렇게 슬프게 우는 것도 인상적이었다. 아내와 헤어지는 것도 슬펐겠지만, 무엇보다 김옥균과 벌였던 개화 운동이 실패하자 그 자괴감이 더욱 컸을 것으로 짐작했다. 쭈그리고 앉아 우는 모습을 한동안 바라보다가 나는 돌아서 집으로 돌아왔다. 더 이상 서 있으면서 그의 모습을 바라보다가는 나까지 울 것만 같았던 것이다.

4

 "형님이 처음에는 저에게 왜 지금 정변을 일으켜야 했는가 하는 질문을 했습니다. 그 질문에 대한 답변으로 저는 국왕과 왕비 민씨가 개화파를 숙청하려고 하는 정보를 입수한 데서 시작되었다고 했습니다. 그런데 사실 군사 정변의 필요성은 왕실에서 숙청하려고 한다는 정보 이전에, 항상 대두되었던 일이었습니다. 개혁을 위해 돈이 필요해 일본이나 외국에 차관을 얻으려고 해도 그 돈을 개인이 착복할까 두려워서 그러는지 계속 방해했습니다. 국왕의 위임장이 가짜라는 둥, 그 돈을 받으면 개혁보다 반란을 위한 군자금으로 쓰려고 한다는 둥, 엉뚱한 모함을 해서 신용을 떨어뜨렸습니다. 개혁 인사가 적재적소(適材適所)에서 일하려고 하면 세력을 가질까 보아 좌천시켜 버리는 등 방해를 하기도 했습니다. 새로운 산업을 구상하면 나라에 도움이 되는 것은 생각하지 않고 개인 권세를 구축하려고 하는 것으로 의심을 하며 반대했습니다. 국방을 위해 군대를 만들어 장병을 양성하려고 하면 병권을 장악해서 권력을 가질까 보아 군대를 없애려고 기를 썼습니다. 이렇게 사사건건 반대해 오는 수구파의 세력이 줄어들기는커녕 점점 더 거세지는 것이었습니다. 겨우 국왕을 설득해서 하나씩 개혁해 나갔지만, 그것을 완성하기도 전에 좌절시키는 것입니다. 그럴 때마다 고균은 군사 행동을 생각했을 것입니다. 정변이 아니고는 개혁이 어렵다는 사실을 알고 있었던 것입니다. 일본의 유신도 처음 시작하기 전에는 사무라이 전통을 깨는 데 어려움이 많았다고 합니다. 쇼군의 체제를 깨고 천황 체제로 바꾸면서, 즉 입헌군주제를 도입하기까지 정변이나 다름없는 내분을 거쳤다고 합니다. 고균은 수년 전부터 군사 혁명을 생각했던 것 같았습니다. 그러다가 당장 숙청 정보를 입수하자, 시기를 앞당긴 것입니다.

형님은 지금 정변이 왜 실패했느냐고 물었습니다. 왜 실패했을까요? 한마디로 우리들의 능력 부족이겠지요. 우리는 너무 젊었고, 패기가 충천한 것은 있으나 용의주도하지 못했습니다. 젊은 혈기만 가지고 달려들었던 것입니다. 패배한 것을 따지면 여러 가지가 있겠지요. 군사 혁명을 할만한 군부대도 없었습니다. 한성과 지방을 모두 합쳐야 겨우 수천 명에 이르는 군사들은 제대로 훈련을 받지도 못했고, 무기 공급도 없었습니다. 무기고에 사다 놓은 2만 5천 점이 넘는 소총이 있지만, 사용하지 않고 처박아 두어서 모두 녹쓸어 사용이 불가능하였습니다. 갑작스럽게 일을 추진하면서 우리는 민심 동요나 사태 수습, 인건비 등 자금을 충분히 마련하지 못했습니다. 일본에 갈 때마다 고균은 국왕의 위임장을 가지고 다니면서 300만 엔을 빌리려고 했지만 뜻을 이루지 못하고 겨우 은행으로부터 20만 엔을 빌렸는데, 그것도 깎여서 17만 엔을 빌렸습니다. 그 돈마저 임오군란 때 불지른 공사관 보상을 하라고 해서 5만 엔인가 떼고 12만 엔을 받았습니다. 그 돈을 가지고 들어와서 정변에 사용했으면 도움은 되었겠지만, 정변을 일으킬 마음이 없었겠지요. 그 돈은 유학생들이 경비로 쓰게 주고, 신식 기계를 사오고, 새로 개발한 일본 소총을 사들였습니다. 소총은 일본 정부에서 팔지 않으려고 해서 제가 알고 있는 국제 밀수업자를 소개해서 그로부터 구입한 것입니다. 정변 때 우리 군사들이 현대 장비로 무장한 것은 그때 소총 2백 정을 구입한 것이 큰 도움이 되었습니다.

우리가 개화파로만 똘똘 뭉치고, 생각을 달리하는 남인 등 다른 정파 사람들을 포섭하지 않고, 한성의 상인이나 빈민들을 포섭하지 못한 것도 실패의 원인입니다. 상인들은 일본에 밀착해 있는 우리 개화파를 나쁘게 봅니다. 임오군란 때 대원군은 5천 냥 정도 돈을 풀어 하루만에 5천 명의 군중을 모았습니다. 그것이 기폭제가 되어 군사 반란이 잠시 성공했지요. 만약 청군이 아니었으면 대원군도 군란이 성공했을 것입니다. 이번에도 청군 때문에 실패했듯이 외국 군대가 문제네요. 그렇게 군사 간섭을 막으려면 자체 군사력이 있어야 합니다. 우리 개화파에서 훈련이 잘 되고 신식 병기로 무장한 군인 1만 명만 준비되었다고 해도 청군이니 일군이 방해하지 못했을 것입니다. 실제 군사 혁명은 그렇게 하는 것입니다. 그런데 일본 공사관 경비병을 모으고, 좌우영 조선 군인에서 박영효 세력권에 있는 군사 2백 명을 모집하고, 재래식 훈련을 하고 있는 함경도 관찰사(병마절도사) 윤웅렬의 군사 1천5백 명을 동원하려고 하였지만, 고작 1백 50명만 데려오고, 고균이 데리고 있는 사병 1백 명, 박영효의 가노 30여 명, 홍영식의 사병 30여 명, 이런 식으로 모아서 얼마나 버틸 수 있겠습니까. 더구나 무장이 제대로 되지도 않은 군사는 아무 소용이 없었습니다. 무기고에 있던 총기 2만 5천 점을 사용만 가능했어도 얘기가 달라졌을 것입니다. 몇 년간 사용하지 않고 소제를 안해서 모두 쓸모 없게 되었더군요. 이렇게 국고를 낭비하는 게 어디 있습니까?

그래도 우리 병력이 수백 명이 되었고, 일본군 화력을 보탠 상태에서 처음에는 청군도 함부로 진공하지 못했습니다. 희생이 크고, 일본과 청국과의 전쟁으로 비화될 수 있어서 청군이 적극적인 공격을 피했지요. 그래서 비원 쪽에 진지를 구축한 우리 군영 2백 명이 있는 곳을 집중적으로 공격했습니다. 도중에 일본 정부에서 정변에 관여하지 말라는 전문이 왔다고 합니다. 일군이 물러가자 청군이 본격적으로 진입을 한 것입니다.

이틀째 되던 날 경우궁에서 일본 공사 다케조에가 고균에게 본국에서 철수하라는 지시가 내렸다고 자기들은 병력을 빼야겠다고 하더군요. 고균이 펄쩍 뛰면서 그래도 이 정도로 버티는 것은 신무기로 무장한 일본군이 있어서 청군이 함부로 못 들어오는 것인데 이대로 빠지면 어떻게 하느냐고 항의했습니다. 지금 무기고에 있는 소총을 소제하고 있는 중인데 소제가 마쳐지고 그것을 조선 군인들이 무장할 수 있는 시간만이라도 벌게 해달라고, 이삼일만이라도 있어 달라고 했습니다. 내가 옆에서 보기에는 아주 매달리듯이 말하더군요. 그러자 다케조에는 곰곰이 생각하더니 본국 핑계를 대면서, 그렇지 않아도 본국 내각의 허락을 받지 않고 조선 정변에 간섭해서 자기는 곧 해직될 거라고 궁시렁거렸습니다. 해직은 다음 문제고 당장 위험하니 제발 군대를 빼지 말라고 했습니다. 다케조에는 알았다고 하면서 고개를 끄덕이더군요. 그러나 다케조에는 다음날 밤에 병력을 모두 공사관으로 철수시켜버렸던 것입니다.

  그것으로 정변은 끝난 것입니다. 그에 때를 맞춰서 왕비 민씨는 경기감사 심상훈이 경우궁을 다녀간 다음 심상훈으로부터 청군의 동향을 들었던 것 같습니다. 청군이 경우궁을 공격하면 좁아서 이곳에 있는 국왕과 왕대비, 왕세자, 그리고 왕비도 다칠 수 있기 때문에 공격을 못한다는 것입니다. 그러니 좀 더 넓은 궁으로 옮겨주면 공격해서 점령하겠다고 했답니다. 동시에 청군이 군사 간섭을 할 수 있는 국왕의 친서를 요구했던 것입니다. 국제적인 여론을 의식해서 자기들의 공격을 정당화시키려는 것이었습니다. 심상훈이 왔을 때 그를 저지시켜야 했는데, 평소에 그도 개혁에 대해서 긍정적으로 대하였기 때문에 믿고 나둔 것이 실수였습니다. 그가 다녀간 다음 왕비가 국왕에게 머무는 궁을 창덕궁으로 옮겨 달라 하라고 시켰던 것입니다. 왕비와 국왕이 모두 경우궁이 좁아서 불편하니 창덕궁으로 옮기자고 입을 모았습니다. 고균은 안된다고 잘라 말했습니다. 경우궁은 좁아서 적을 막아내는 것이 가능하나, 창덕궁은 너무 넓어서 방어에 불리하다는 이유를 대었습니다. 그러자 왕비 민씨가 왕세자에게까지 그렇게 말하라고 시켰는지 어린 왕세자도 갑갑하다고 하면서 창덕궁으로 가자고 했습니다. 아이가 뭘 알겠습니까? 왕비가 시킨 것이 눈에 보였습니다. 나중에는 왕대비조차 창덕궁으로 가자고 했습니다. 이 지경이 되다 보니 고균은 궁 옆의 이재원의 집 계동궁으로 국왕과 왕비의 거처를 옮겼습니다. 이재원의 집은 경우궁보다 넓었으나, 궁궐보다는 규모가 적어서 소수 병력으로도 수비는 가능했습니다.

계동궁에 옮겨서도 왕비 민씨는 계속 창덕궁 환궁을 요구했습니다. 왕비가 그렇게 끈질긴 것은 처음 보았습니다. 역시 대원군을 상대해서 싸울만큼 끈질기고 영리하더군요. 고균을 아주 귀찮게 했습니다. 따라다니면서 옮기자고 졸라대었던 것입니다. 그래도 고균은 안 된다고 딱 잡아떼더군요. 따라다니면서 창덕궁으로 가게 해달라고 왕비가 졸라대는 것을 옆에서 보던 일본 공사 다케조에가 마치 자기가 뭐라도 되는 것 같이 생색을 내면서, 일본군 중대 병력의 화력으로 오합지졸인 청군 일이천 명은 문제없이 막아낸다고 하면서 창덕궁으로 가도 좋다고 했습니다. 일본 공사가 그렇게 말하자 고균도 안된다고 할 수가 없었든지 이동하기로 결정했습니다. 지내놓고 보면 일을 하다가 실수한 부분이 눈에 띄게 마련인데, 이것도 우리의 실수였던 것입니다. 경우궁에서 버텼다면 일본군이 없었다고 해도 쉽게 무너지지 않았을 것이고, 무엇보다 청군은 국왕과 왕비가 있는 좁은 궁을 향해 총이나 대포를 쏘면서 공격 못했을 것입니다. 이를테면 우리는 인질을 제대로 잡고 있었는데 넓은 곳으로 옮기면서 인질을 놓친 것입니다. 자기 나라 국왕을 인질이라고 해서 미안합니다만, 현실이 그랬다는 것이지요.

　창덕궁으로 돌아온 국왕 고종은 고균의 지시를 받고, 아니 지시라는 말이 좀 어폐가 있겠지만, 그때는 국왕이 고균의 말이면 무조건 따랐습니다. 시비를 걸고 이의를 제기하는 것은 왕비 민씨였지만, 국왕은 참 착했습니다. 그냥 하라는 대로 하더군요. 내 말이 엿먹으라는 뜻으로 들리겠지만 사실이 그랬습니다. 국왕은 혁신정치를 천명하는 조서를 내려 새로운 정부를 공표했습니다. 새로운 정부 인사 명단을 공표하기도 했습니다. 이것을 가지고 자가혁명(친위쿠데타)이라고도 합니다만, 국왕이 쇄신하는 것으로 되어버렸습니다. 그 무렵 왕비 민씨는 궁녀라든지, 내관을 통해서 이미 청군의 사령관 위안스카이(원세개)와 내통을 시작했던 것입니다. 왕비의 이름으로 청군이 정변에 개입하도록 정식 요청했던 것입니다. 국왕의 일거수는 감시했으나 왕비까지 세세하게 감시할 수 없었기 때문에 비밀문서가 오고 가는 것을 놓쳤던 것입니다. 위안스카이가 왕비에게 국왕을 모시고 북관묘 쪽으로 몸을 피하라고 요청했던 것 같았습니다. 창덕궁에 오자마자 왕비와 왕세자, 왕대비를 비롯한 궁녀와 내관 일부가 그곳으로 달아나버렸습니다. 북관묘(北關廟)는 중국 삼국지에 나오는 관우 장군을 모시는 신당으로 임오군란 때 장호원에 도망갔다가 만난 무당 진령군이 자기는 전생이 관우 장군의 딸이라고 하면서, 그 조상을 섬겨야 된다고 해서 왕비가 지어준 사당이었습니다. 창덕궁 북쪽에 있어서 북관묘라고 했습니다.

6일 오후에 청군 1천5백 명 군사와 조선 연합군 군사 1천6백 명, 모두 합하여 약 3천여 명의 군사가 창덕궁과 창경궁 후원 일대에서 김옥균 부대를 공격했습니다. 일본군 공사관의 경비병과 개화파 군인들이 막아내었습니다. 그런데, 그날 밤에 일본군 부대는 슬며시 빠져 공사관으로 퇴각했습니다. 박영효가 지휘하는 신식 군대 2백여 명과 일본 신식 소총으로 무장한 김육균의 2백여 명의 군대(경호원들과 일반인을 소집해서 편성한 사병)들이 밤새워 교전을 했습니다. 함경도 병마사가 데려온 1백50명의 군사들은 제대로 훈련이 안되어 별로 소용이 없었습니다. 전투가 벌어지며 총알이 오고 가자 그 군사들은 모조리 도망을 가버렸습니다.

　밤이 깊어지면서 상황은 분명해졌습니다. 중과부적으로, 청군과 관군이 밀려 들어올 정황이었습니다. 일본군 부대가 퇴각하자 기다렸다는 듯이 청군은 맹공격을 퍼부었습니다. 창덕궁이 함락되기 직전에 고균은 국왕을 왕비가 피신해 있다고 하는 북관묘로 보냈습니다. 보내면서 고균이 눈물이 글썽한 눈으로 국왕을 보면서 말했습니다. 이 나라는 폐하의 나라가 아닙니다. 우리 이천만 조선의 백성 나라입니다. 항상 그 점을 명심해주시기를 바라겠습니다. 청국이 폐하를 구한 것이 아니고, 청국이 우리의 독립을 막은 것입니다. 청국으로부터 벗어나려면 먼저 대조선제국을 세우고 황제가 되셔야 합니다. 다음에 뵙게 될 때까지 폐하, 부디 옥체 건강하옵소서.

　그러자 국왕이 머뭇거리다가 말했습니다.

나는 경의 마음을 잘 알고 있소. 개혁을 해보려고 몸부림치다가 이렇게까지 되었다는 것도 알고 있소. 일본으로 가면 부디 몸조심하시오. 내가 빠른 시일 안에 경의 사면령을 내릴 터이니, 그때까지 건강하기 바라오.

그 말을 듣자 고균의 마음이 약해지는지 울려고 했습니다. 울컥하는지 억지로 참으며, 옆에 있는 홍영식과 박영교에게 말했습니다.

두 분은 따라가는 일이 괜찮겠소?

두 사람은 국왕을 모시고 끝까지 동행할 의사를 비쳤습니다. 혹시 왕비 민씨에게 죽을지 모르니 막으려고 했으나 홍영식이 웃으면서 말했습니다.

죽어도 할 수 없지요. 그게 내 운명이라면 받아들여야죠.

형, 괜찮겠어요? 그냥 우리와 함께 일본 공사관으로 갑시다.

같이 있던 박영효가 그의 형인 박영교에게 걱정스레 물었습니다. 그 역시 홍영식처럼 담담하게 말했습니다.

이제 역적이 된 몸 어디 가서 살란 말이냐? 죽으려면 빨리 죽는 것이 낫지.

그렇게 말하고 국왕 일행과 함께 북관묘로 간 두 사람은 그곳에서 처형되었습니다. 국왕은 그들을 살리려고 했으나 왕비가 허용하지 않았습니다. 청군의 오조유 장군이 두 사람을 체포하고 나서 국왕과 왕비에게 어떻게 해야 되는지 물었습니다. 국왕은 종이에 생(生)이라고 썼으나, 왕비가 종이에 척살(刺殺), 즉 죽이라고 했습니다. 오조유는 국왕이 쓴 생은 무시하고 왕비가 쓴 글씨를 보고 칼을 빼들어 홍영식의 목을 쳤습니다. 박영교의 목도 마찬가지로 쳐서 죽였습니다.
 여기까지가 제가 겪은, 겪었다기보다 행동대장으로 했던 전부입니다. 이제 형님과도 헤어지면 언제 다시 만날지 모르겠군요. 제 처 앞에서는 일년 후에 온다고 말했지만 실제 어떻게 될지 저도 모르겠습니다."

5

 승정원과 선전관청으로 이어지는 금호문은 갑신정변이 일어난 지 닷새가 지나도록 닫혀 있었다. 그곳을 통과하지 못한다는 것은 승정원과 선전관청이 폐쇄되었다는 뜻이다. 엿새째 되는 날 문이 열렸고, 나는 집무실에서 다른 무관들을 만났다. 그들도 약간 어리둥절한 표정이지만 사태를 파악하고 있었다. 조심하느라고 함부로 입을 열지는 않았으나 김옥균을 중심으로 개화파 무리들이 반란을 일으켰다가 실패한 것을 알고 있었.
 "모두 잡혔다고 하지요?"
 누군가 그렇게 말하며 히죽 웃었다. 웃을 일은 아니었지만 그는 싱겁기로 소문난 건달 같은 선전관 윤씨였다.
 "아니야. 모두 도망갔다고 하는데? 부산으로 가고, 제물포로 가고,

원산으로 도망가고. 제물포로 간 사람들은 개화파 우두머리들이라고 해요. 일본 공사관 패들과 함께 제물포에서 일본으로 갔다고 하는데요."

"당신도 한패였나? 그들이 도망간 곳을 어떻게 잘 알아요?"

"소문으로 들었지요."

"그런 것도 소문나요?"

윤익선이 신경질적으로 뱉었다. 그는 중인 출신으로 집이 워낙 가난해서 어린 시절부터 산에 가서 나무를 해서 지게로 져다 팔았다. 오일장에 나가서 팔기도 했으나, 나중에는 수단이 생겨 북촌의 양반 집에 단골을 정해놓고 땔감을 공급해주었다. 윤씨가 단골로 했던 북촌 양반 집 가운데 박영효와 서재필 집이 있었다. 박영효와 서재필은 노비라든지, 중인들에 대해서 남다른 평상심을 가지고 대했다. 반상을 가리지 않고 사람을 대하는 태도는 그들이 개화사상을 체득한 것에서 필연적인 현상이었다. 윤씨가 18살이 되던 어느날 장작 등짐을 지고 서재필 집에 갔을 때 서재필이 그에게 짐을 한쪽에 놓고 잠깐 대청에 앉으라고 하였다. 영문을 모른 채 대청에 걸터앉자 서재필이 윤씨에게 조용히 물었다.

"이봐, 자네도 이제 장정이 다 되었는데, 이렇게 장작 땔감이나 팔고 세월을 보낼 수는 없잖아."

"무슨 말씀입니까, 나리."

"일본에 가서 공부하겠나?"

"일본요? 저는 돈도 없고 서당에 다니지도 못했는걸요."

"돈은 나라에서 줄 테니 걱정하지 말고, 공부는 지금부터 배우면 되잖아. 한문은 어느 정도 읽나?"

"서당은 못 다녔어도 천자문은 뗐는걸요."

"그럼 조금만 더 배우면 되겠군. 일본어를 배우려면 한자부터 알아야 하니까."

"일본에서 무슨 공부를 해요?"

"총 쏘는 법, 군사를 지휘하는 법, 전투하는 것을 배우지."

"신나는 일이네요."

"그럼 가겠나?"

"일본은 처음이라서요. 말도 통하지 않고 겁이 납니다."

"다른 유학생들을 데리고 나도 간다."

"그럼 가죠. 나리 따라가죠. 까짓것 말이 통하지 않으면 손짓 발짓 다 해보죠."

"그럼 되는 거야."

박영효와 서재필은 양반이든, 중인이든 평민이든, 또는 쌍놈일지라도 가리지 않고 체격이 건장하고 됨됨이가 되는 청소년들을 골라 일본 도야마 육군사관학교에 보냈다. 서재필은 그 작업을 하였던 것이다. 장작을 공급하고 있는 청년이 듬직하고 마음에 들어서 추천한 것인데, 그는 도야마 육군사관학교에서 1년의 단기 수련 과정을 거치고 귀국해서 병조 조련국의 교관이 되었다. 그곳에서 조금 있다가 선전관으로 발령이 나서 내가 근무하는 관청으로 왔다. 사람을 잘 웃기고 쾌활한 윤익선이었다. 그런데 내가 알고 있기로 그가 서재필의 심복이었기 때문에 이번 정변에 행동대원(살수)이 되었을 텐데 이렇게 선전관청에 나온 것을 보면 관여를 안 한 듯했다. 관여하지 않은 것이 이상했다. 개화파에서 보내준 일본 사관학교 출신들은 모두 이번 정변에 참여한 것으로 알고 있었다. 그에게 그것을 물어볼 수도 없는 일이었다.

그날 밤 내가 야간 당직을 서고 있을 때, 마침 북관묘(北關墓)에서 액땜 굿이 있었다. 밤 날씨는 12월 중순으로 접어들면서 추워졌다. 하늘의 별이 보이지 않을 정도로 구름이 덮여 있고, 당장이라도 진눈깨비가 내릴 것 같았다. 궁에서 하는 액땜 굿은 전에도 자주 보았기 때문에 새로운 것은 없지만, 이번에 액땜 굿은 색다른 것이었다. 열 살 정도 되는 사내와 계집 아이 5백 명을 불러 신굿에 제를 올리는데, 제물로 바치고 있었다. 제물로 바친다고 그 애들을 죽이는 것은 아니었다. 다만 동남동녀(童男童女) 5백 명에게, 남자애는 도령복을 입히고 여자애들은 색동저고리를 입혀서 사열시키는 것이다. 그 광경을 아무나 들어와 볼 수는 없었다. 대궐에 관련된 관리들과 조정의 고급 관리들, 그리고 한성에 있는 무당 조합원들 1백여 명이 참관하였다. 행사하는 아이들과 행사를 주재하는 서른 명의 무당들, 악기를 다루는 악사들이 이십여 명이 있었다. 그래서 전등을 환하게 밝히고 있는 북관묘 주변은 휘황찬란하게 빛나면서 무슨 축제를 올리는 분위기였다.

그 제사에서 중요한 것은 국왕과 왕비 민씨가 참여한다는 사실이었다. 국왕은 평소에 입던 곤룡포(袞龍袍)를 입지 않고, 왕비 역시 예복을 차려입지 않았다. 입고 있는 옷은 무당들이 입는 무신복(巫神服)이었다. 추위 때문인지 솜옷으로 두툼했으나, 이상한 옷을 입고 있자 언뜻 보아 국왕 부처도 무당처럼 보였다. 다만 춤을 추거나 작두 위에 서지 않았을 뿐이다.

그 광경을 지켜보고 있는데, 윤익선이 나의 옆으로 와서 섰다. 그는 당직이 아니라고 알고 있었기 때문에 나를 만나러 온 것인가 하는 생각도 들었으나, 나를 만날 일이 없었다. 그렇다면 북관묘에서 벌어지고 있는 액땜 굿을 구경하려고 들어온 듯했다. 액땜 굿은 궁궐에 나쁜 일이 일어나는 것을 미리 예방하기 위해 관우 장군 신에게 제사를 지내는 굿이었다. 궁안에서 액땜 굿은 자주 열렸다. 액땜 굿이 열릴 때는 궁안의 모든 전등불이 환하게 켜지면서 수십 명의 무당들이 춤추며 주문을 외운다. 아이들을 모아서 이렇게 세운 것은 처음 있는 일이었다. 시끄러운 징소리와 북소리, 나팔과 장구 소리가 울리면서 무당들이 춤을 추고 알아들을 수 없는 이상한 주문을 외웠다. 그런데 그런 주문을 도열해 서있던 동남동녀들이 일제히 외쳤다. 차가운 공기로 아이들의 입에서 하얀 입김이 쏟아져 나왔다. 솜옷을 모두 입히기는 했으나 아이들은 추위에 떨었다. 멀리서 보아 잘 보이지는 않았으나 얼굴이 새파랗게 얼어있는 듯했다. 무당들이 입으로 암송하는 주문과 달랐지만, 아이들이 뭐라고 하면서 이상한 소리를 내었다. 훈련을 받았는지 목소리는 합창처럼 들렸다. 아이들이 합창하듯이 주문을 외우자 듣고 있는 나는 소름이 오싹 끼쳤다. 마치 관우 장군 영혼이 우리를 스치고 지나가는 느낌마저 들었다. 정말 신이 강림한 것일까? 이 미친 짓을 왜 하는 것일까. 정말 이런 굿을 하면 나라에 나쁜 일이 없어질까.

"액땜 굿이라고 했지만, 나쁜 일을 없애는 것이 아니라 이번 굿은 갑신정변의 액운을 털어내려는 것 같습니다. 동남동녀 오백 명을 동원한 것이 말입니다."

윤익선이 킥킥 웃으면서 지껄였다.

"어디서 저렇게 많은 애들을 동원했지요? 참 대단하네요."

"저기, 애들 앞에 가운데 서 있는 애 보이죠?"

"애들을 지휘하는 애인가요?"

"정확히는 모르지만 추측하기에 저 애가 아마 진령군의 아들일 것입니다."

임오년에 구식 군대에 쫓겨 도망간 왕비 민씨가 장호원에서 입궁할 때 무당 진령군과 함께 그녀의 어린 아들을 데리고 들어왔다는 말을 들었다.

"진령군이 관우 장군의 딸이면 저 애는 손자겠네요?"

"외손자가 되겠군요."

비웃는 말이었으나 마치 정말인 것처럼 우리는 진지하게 말했다.

"궁궐에서 굿을 한다고 칩시다. 그렇지만 국왕과 왕비가 저렇게 무당 옷을 입고 나가서 굿장단에 맞춰 사열하는 게 대관절 어느 나라가 저렇게 한답니까?"

"어느 나라가 아니고 우리나라잖습니까. 지금 보고 있잖아요." 하고 윤익선이 이죽거리면서 말했다. "고조선에 말입니다. 단군조선의 실제 이름은 당굴아사달이라고 했답니다. 당굴을 한자로 표기하다 보니 단군(檀君)이 되고, 아사는 아침이란 뜻이고, 달은 땅을 의미합니다. 해 뜨는 아침의 땅, 즉 조선(朝鮮)이라고 한자로 표기되었다는 것입니다. 단군 시대 같은 고대의 나라 제왕은 제사장을 겸하게 되어서, 왕이 곧 무당이었다고 합니다. 당굴이란 말도 무당의 뜻이 담겨 있다고 하네요."

"난 그런 고대어는 모르겠고. 그래서 우리 상감마마가 저런 차림으로 무당이 되어도 된다는 뜻입니까?"

"국조 단군도 실제 이름은 무당 이름 당굴이라니까요. 무당을 그렇게 나쁘게 보지 마시오."

"윤 공은 지금 이 현상이 재미있습니까? 이게 나라입니까?"

"지금 보고 있잖습니까?"

"이게 우리나라의 운명일까요? 김옥균의 정변이 성공했어야 했는데. 나는 반정에 참여하지는 않았으나, 이번 정변이 성공했어야 했다고 생각합니다."

내 말에 옆에 있는 윤익선이 조용해졌다. 아무 소리를 하지 않고 침묵하는 것이 놀란 듯했다. 감정대로 말을 뱉고 나니까 속으로 감춰야 하는 말을 드러낸 듯해서 나도 깜짝 놀랐다. 우리 두 사람은 다른 말을 못하고 한동안 침묵했다. 침묵이 계속되기에는 너무 어색했다. 윤익선도 그렇게 느꼈는지 헛기침을 하며 조용히 입을 열었다.

"운강 공도 반역자시군요."

"생각이 그렇다는 것이지 난 반역 행위를 하지는 않았습니다."

"생각이 그래도 반역입니다."

"그렇다면 나를 고발하시든지."

"하하하, 왜 이러십니까? 나를 어떻게 보시고 그런 말씀을." 하고 잠깐 말을 끊고 침묵하다가 다시 말했는데 이번에는 웃음기가 전혀 없이 그의 목소리가 진지했다. 마치 다른 사람같이 말했다. "운강 공, 난 실제 반역자입니다."

"그럼 내가 고발할까요?"

"뭐, 그렇다면 어쩔 수 없지만요. 강민호 선배는 일본으로 잘 갔겠지요?"

"그랬을 것입니다."

"강민호 선배가 떠나기 전에 저에게 당부했습니다. 너는 계속 복면을 하고 일했기 때문에 외부에 노출이 되지 않았을 것이다. 그러니 너는 남아서 제2의 김옥균이 되어라. 앞으로 뜻을 같이 할 사람은 많이 있다. 여러 가지 사정으로 우리 결사조직 충의계에 들어오지 못했지만, 어느 순간 우리와 뜻을 같이 할 수 있는 사람은 많다. 그중에 한 사람을 추천할테니 그를 잘 모시고 가까이 지내라. 강민호 선배가 나에게 추천한 사람이 누군지 아십니까?"

"글쎄요, 내가 그걸 어떻게."

"운강 공입니다."

"나를요?"

"강민호 선배의 부인이 지금 운강 공의 집에 숨어 있지요?"

나는 깜짝 놀라지 않을 수 없었다. 내가 말을 못하고 있자 그는 조용한 어조로 말했다.

"걱정하지 마십시오. 그 사실을 말한 사람이 강민호 선배였으니까요."

"윤 공은 정변에서 어떤 역할을 했어요?"

내가 물었지만 무당 굿이 절정에 올라 시끄럽게 울려서 내 말이 잘 전달되지 않았다. 윤익선이 나에게 더욱 다가서면서 물었다.

"방금 뭐라고 하셨어요?"

"정변에서 무슨 일을 했나 하고 물었습니다."

"아, 저는 살수 역을 맡았습니다. 죽이는 역할이죠. 그때는 검은 보자기로 복면을 하고 얼굴을 감추었습니다. 어두운 그늘에 숨어 있다가 갑자기 나타나서 베는 것이죠. 그렇게 여러 명 죽였습니다. 나를 살인마로 보실지 몰라도 나는 수구파 악질들을 여러 명 처형시켰습니다. 제일 먼저 일착으로 민영익을 죽이려고 했는데 실패했습니다. 왜 실패했는지 아십니까?"

"글쎄요."

"저는 이제까지 사람을 죽여본 일이 없었습니다. 개구리 한 마리도 못 죽이는 성격이었지요. 그러나 혁명을 위해서 제 감정을 죽이고 그 일을 했습니다. 우정국 앞 벽에 나무 그림자에 숨어 있었습니다. 다른 군사들은 모두 문 앞에 버티고 서 있었지만, 저는 몸을 숨기고 있었지요. 우정국 공관 안에서 제일 먼저 튀어나오는 자가 민영익이었습니다. 그는 고균이 나에게 내린 명령에서 살생부 명단에 들어있는 인물이었어요. 그가 나올 때 다른 살수들이 달려들어 베려고 했습니다. 그런데 그는 재빨리 뛰어 집 모퉁이로 달아났습니다. 내가 숨어있는 담 옆을 지나가는 것입니다. 어둠 속에서 몸을 드러내며 그의 다리를 걸어 넘어뜨렸습니다. 그는 담벽에 부딪치며 나뒹굴었습니다. 쓰러진 그에게 칼을 번쩍 들고 치려고 하는데, 나를 쳐다보는 그의 눈이 보였습니다. 그의 한쪽 눈은 칼에 맞았는지 피가 흐르고 있었는데, 한쪽 눈만 나를 보았습니다. 사람이 한쪽 눈으로 보는 것이 어떤 느낌을 주는지 나는 처음 알았습니다. 그 한 눈에 그자의 감정이 모두 담겨 있었습니다. 살려줘 하는 듯했습니다. 듯했다기보다 아마 그렇게 눈빛은 말했습니다. 한 눈을 보자 나는 내가 살인자가 돼야 한다는 절박한 생각이 갑자기 떠오르면서 주춤했습니다. 이렇게 사람을 죽일 수 있는 것인가. 이 자는 왜 나에게 죽지 하는 엉뚱한 생각이 스치고 지나갔습니다. 운강 공은 사람을 죽여 보았습니까? 전쟁을 치르지 않았으니 그런 경험은 없을 것입니다. 그런데 사람을 죽인다는 것은 참으로 쉬운 일 같으면서도 어렵더군요. 그래도 어쩔 수 없는 일이었습니다.

임무는 완수해야 했거든요. 그래서 그를 칼로 내려쳤습니다. 칼로 목을 쳐서 단숨에 끝내려고 했는데 내 칼이 비스듬히 들어가면서 급소를 비껴갔습니다. 그의 한쪽 어깨를 쳤던 것입니다. 어깨에서 피가 났지만 죽지는 않았습니다. 다시 칼을 추켜들어 쳤습니다. 그의 가슴을 스치며 지나가기는 했습니다만 옷을 찢고 몸은 살짝 스쳤습니다. 일본 육군사관학교에서 실습할 때 검도 수련도 했는데, 짚 뭉치를 놓고 자를 때는 아주 잘했지만, 사람 몸을 직접 베는 것은 서툴렀습니다. 내가 계속 헛짚자 그는 재빨리 일어나 달아나려고 했습니다. 그때 다른 군사들이 여러 명 달려들어 그의 몸을 난도질 했습니다. 칼을 이리저리 많이 맞았는데도 그대로 버티다가 이번에는 방향을 바꿔 다시 우정국 공관 안으로 뛰어 들어갔습니다. 공관 안으로 들어가자 우리는 따라 들어가지 못했습니다. 공관 안에는 우리 동지들과 외교관들이 있었기 때문에 그들이 보는 앞에서 칼질을 할 수 없었던 것입니다. 공관 안으로 피했지만, 민영익은 여러 군데 칼을 맞았기에 죽을 것으로 생각했습니다. 그런데 얘길 들으니까 묄렌도르프란 놈이 미국인 선교사이며 외과 의사인 알렌이라는 놈에게 데리고 가서 응급조치를 취하고 수술을 해서 고쳤답니다. 서양 의술이 대단하긴 해요. 그렇게 난도질한 몸을 어떻게 살려냈는지."

　북관묘 쪽에서는 5백 명 아이들이 주문 외우는 소리가 진동했다. 아이들의 합창에 무당들이 외우는 주문이나 북소리, 장구 소리 따위는 잘 들리지도 않을 정도였다. 악사가 이따금 징을 쳤지만 그 소리도 아이들의 합창에 먹혔다. 국왕과 왕비는 한 자리에 서있지 않고 왔다 갔다 하면서 자리를 옮겼다. 그렇게 움직이자 무당이나 국왕 부처나 모두 같은 무리로 보였다. 보기 싫어서 나는 자리를 뜰 생각을 하였다.

"저기 대신들도 와서 보고 있는데 국왕이 저러면 상감마마 이러시면 안 됩니다 라고 말리는 놈이 하나도 없네."

나는 자리를 뜨면서 그렇게 말했다. 옆에서 걸어가면서 윤익선이 대꾸했다.

"그랬다가는 당장 파직이 될걸요? 우리 상감마마야 그렇게 하지 않겠지만, 중전마마가 조치를 취할 것입니다."

"우리 상감마마는 너무 착해요. 그게 문제예요."

"그 점에서는 나도 동감합니다. 차라리 폭군이어도 좀 강단있게 일을 처리했으면 합니다. 그러나 상감마마의 성격이 그런데 어떻게 하겠어요. 그리고 나는 우리나라 사대부들도 개새끼라고 생각합니다. 안동 김씨 고균이 우리 우두머리였지만, 안동 김씨도 문제예요. 우리 상감마마가 열한 살 때 연 끊어진 일화를 아십니까?"

"모르겠는데요."

"열한 살 이명복(국왕 고종)이 북촌에서 연을 날리는데 줄이 끊어져 그 연이 안동 김씨 집안으로 떨어졌다고 합니다. 그런데 이명복이 담 밖에 서서 하루종일 울었다고 합니다. 지나가던 안동 김씨 누군가 왜 우냐고 물으니까 연의 줄이 끊어져 집안에 떨어졌다는 것이었습니다. 이야기는 여기서 끝납니다."

"그게 무슨 화제인가요?"

"그게 아니지요. 연이 집안에 떨어져서 밖에서 하루종일 운 애가 이하응의 둘째 아들 이명복이라는 것을 안 것입니다. 그 무렵에 조정에서는 이하응의 아들 중에 한 명을 왕으로 추대해야 될 상황이었습니다. 이하응의 아들 중에는 본부인 여흥부대부인에게서 두 아들이 있었는데, 한 명은 장남 이재면이고, 다른 한 명은 차남 이명복이었습니다. 그 밖에 소실에게서 얻은 아들 이재선이 있었지만 서자라는 이유로 제외되고, 결국 이재면이냐 이명복이냐는 선택을 하게 되었지요. 장자 이재면은 그때 열아홉 살이고, 차남 이명복은 열한 살이었습니다. 안동 김씨 쪽에서 누굴 미느냐에 따라 결정될 상황이었는데, 안동 김씨 문중 회의에서 연 끊어진 이야기가 나왔습니다. 연이 끊어져 담안에 떨어졌으면 문을 두드려 연이 떨어졌으니 달라고 하든지, 그런 부탁을 하기 싫으면 연 따위는 대단하지 않으니 그냥 버려두고 집으로 돌아가버리면 끝날 일인데, 밖에서 하루종일 울고 있었다는 것이 무엇을 시사할까요? 이런 놈을 왕으로 세우면 정권을 휘두르기 쉽다고 판단한 것입니다. 똑똑한 자보다 어리벙벙한 자를 왕으로 추대한 것입니다. 나라를 위해서 똑똑하고 영민한 사람을 추천해서 왕으로 추대해야 되는 것이 진정한 애국자이고 상식적인 일이 아니겠습니까? 그런데 안동 김씨에서는 권력의 권세만을 생각하였던 것입니다. 그 결정이 나는 순간 우리나라 운명이 서글퍼졌다고 봐도 될 것입니다. 우리가 지금 국왕에게서 느끼는 한심한 생각이 연 떨어져 담 밖에서 울고 있는 소년을 보는 것과 같은 것입니다."

여기까지 말하고 윤익선은 에이 시팔, 세상 더럽다 하고 투덜거리더니 나와 헤어졌다. 그때 그와 헤어지는 것이 마지막이 될 줄은 몰랐다. 다음 날 아침에 만날 줄 알았으나 그는 출근하지 않았다. 그다음 날도 나오지 않아서 무슨 일인지 다른 선전관들에게 물어보았다. 아무도 말을 하지 않으려고 하였다. 윤익선이 출근하지 않은 것에 대해 영문을 모르는 사람도 있었으나, 내용을 잘 알고 있는 사람도 있었다. 누군가 한 사람이 밝혔다.

"어제 아침에 집에서 나오다가 의금부 나졸에게 체포되었답니다. 지금 의금부 감옥에 가 있다고 해요."

6

내가 금부(禁府)에 끌려가서 문초를 받았던 것은 윤익선이 체포되고 나흘 후였다. 나흘이 지났는데 윤익선이 처형되었다는 소식이 전해왔다. 선전관 신분이었던 윤익선이 의금부에 체포되었다가 나흘 만에 처형되었다는 소식을 접하고 선전관들은 모두 충격을 받았다. 평소에 건들건들하며 사람을 잘 웃기던 그가 역모를 했다는 사실도 뜻밖이었지만, 서재필의 부하로서 행동대원(살수)이었다는 사실이 의외였다. 선전관들은 모두 윤익선에 대해서 말했다. 사람은 겉모습으로는 잘 알 수 없다고 하면서 한마디씩 거들었다. 나는 아무 말을 하지 않고 입을 다물고 있었다. 나흘 전 밤에, 북관묘에서 있었던 액땜굿 현장에 왔을 때 같이 했던 이야기가 떠올라 여간 신경 쓰이지 않았다. 윤익선의 역모와 처형 소식이 화제로 올라 떠들고 있을 때 의금부 나졸이 관청에 들이닥쳤다. 그리고 포승으로 나를 묶어 끌고 갔다. 내가 끌려가자 다른 동료들이 무척 놀라는 듯했다. 의금부에서 사람을 체포할 때는 거의 역모 사건이었다. 역모가 아닐 경우도 있지만, 의금부의 기능이 국왕과 관련된 일이어서 역모나 다를 바가 없었다. 일상적인 사법 문제는 형조에서 맡아서 하지만, 국왕과 관련된 일은 금오, 또는 금부라고 불려지고 있는 의금부에서 맡았다. 주 기능은 역모한 자를 잡아내는 곳이지만, 필요에 따라서는 있지도 않은 역모를 만들어 내서 왕에게 거슬리는 존재를 제거하는 일도 했다. 그러다 보니 악명이 높을 수밖에 없었고, 그 과정에 온갖 고문이 총동원되어 중국의 고문 기술이 의금부에 가면 모두 있다는 말이 나올 정도였다. 의금부에 잡혀갔다 풀려난 자도 두 번 다시 들어가고 싶지 않을 만큼 혹독한 고문을 당해서 혀를 내두르는 곳이었다. 의금부 수장은 종1품의 판의금부사였으며, 다음 직위가 정2품 지의금부사였다. 이 두 사람은 모두 국왕과 밀접한 측근을 두는 것이 상례였다. 지금은 왕비 민씨의 최측근이 맡고 있어 두 사람 모두 여흥 민씨 집안의 인물이었다.

의금부 관청은 종각 길 건너에 있다. 겉으로 보아서는 다른 건물과 별로 다를바 없어 보였다. 그러나 안으로 들어가면 높은 담장으로 막은 곳에 감옥이 있고, 그 안으로 들어가면 땅굴을 파서 만들어 놓은 토굴이 있었다. 그 토굴에 들어가면 방이 여러 개인데, 이곳이 심문실이고 고문실이었다. 나는 토굴 한곳에 들어가 멍석을 깔아놓은 바닥에 내팽개쳐졌다. 나를 끌고 온 나졸이 모두 나가고 나서 조금 있자 새로운 나졸이 세 명 들어왔다. 나이는 좀 들어 보였으나, 신체가 건장하고 눈이 부리부리한 것이 첫인상부터 고약했다. 그들은 세 명 모두 홍두깨처럼 생긴 몽둥이를 들고 있었다. 들어오면서 키가 작달막한 사내가 먼저 그 몽둥이로 나를 후려쳤다. 뒤이어 다른 자들이 몽둥이질을 했다. 주로 어깨나 등을 때렸으나 내가 몸을 피하려고 이리저리 움직이다가 어느 몽둥이가 내 머리를 쳐서 머리에서 피가 흘러 얼굴로 쏟아졌다. 피를 보자 그들은 신바람이 났는지 더 과격한 몽둥이질을 했다. 그때는 얼굴이며 팔이나 다리 등 가리는 곳 없이 마구 때렸다. 맞으면서 나는 소리쳤다.

"말로 합시다. 왜 이러는 거야? 뭐가 잘못되었기에 나를 때리느냐?"

그들은 나의 말에 들은 척을 하지 않고 계속 팼다. 그렇게 맞고 나자 온몸이 피투성이가 되었다. 그리고 머리를 여러 번 맞아서 여기저기 피가 흘렸고, 현기증이 일어나면서 어지러웠다. 잠깐 정신을 잃은 듯했으나 내가 정신을 잃든 말든 그들은 계속 때렸다. 이렇게 때려서 나를 죽일 것만 같았다. 형벌에 때려죽이는 벌이 있다. 그것은 주로 흉악범에게 해당된다. 물론, 왕권에서 볼 때는 역모자들도 흉악범

일 것이다. 능지처참과 부관참시에 대한 형벌은 인조 시기에 금했으나, 그 형벌이 멈추지 않고 계속 시행되다가 대원군 섭정 시기에 법으로 금했다. 주로 역적에게 행하던 벌이었지만 너무 참혹해서 금했다. 법이 금해도 이곳에 들어오면 능지처참과 부관참시가 이뤄지는 것이다. 능지처참이나 부관참시는 모두 중국에서 건너온 형벌이다. 중국 전국시대에 역모한 자를 죽이는 형벌로 생긴 법이다. 조선에서 이 법은 점차 완화되어 살아있는 자에게 행하기보다 일단 죽인 다음 사지를 작두로 잘라서 토막난 것을 지방 관청으로 보내 백성들이 보게 했다. 머리는 머리대로, 왼팔 오른팔은 각기 자르고, 두 다리도 자른다. 이렇게 여섯 토막을 내어서 전시하여 그 죄의 엄중함을 백성들에게 일깨워 준 것이다. 폐륜 흉악범이나 역적들에게 행했다. 부관참시는 말 그대로 죽은 자의 관을 열고 시체를 꺼내 잘라내는 것이다.

"이놈의 새끼들아. 무슨 이유인지 연유나 알고 맞자. 죽이는 이유라도 알자."

내가 고함을 치자 몽둥이질하던 자들이 멈칫했다. 그렇지 않아도 한동안 매질하자 지치는지 헉헉거리며 숨을 몰아쉬었다.

"왜 이러는지 이유를 좀 알자고."

아무도 대답하지 않았다. 사실 나는 그들이 왜 나를 잡아 와서 패는지 이유를 모르지 않았다. 분명히 김옥균의 갑신정변 때문일 것이다. 그러나 나는 갑신정변에 참여한 일이 없으니 억울하지 않을 수 없었다. 일단 심문해야 변명이라도 할 것인데 다짜고짜 패니 대책이 없다.

내가 호통치자 잠깐 쉬면서 숨을 고르더니 세 명의 사내들이 아무 말 없이 나가버렸다. 그들이 나가고 텅 빈 방에 혼자 남았다. 그제야 온 몸에 통증이 엄숙하면서 몹시 고통스러웠다. 몸을 약간 움직여도 터진 살이 고통스럽게 했다. 피는 온몸에서 흘러 옷을 축축하게 적시었다. 내가 입고 있던 무관복이 축축하게 젖을 정도로 피가 많이 나왔다. 나는 문득 금의부의 가공할 폭력을 접하면서 권력자들이 하는 행위를 인식하지 않을 수 없었다. 묻지도 않고 듣지도 않고 그대로 때려죽이는 것이다. 이렇게 희생된 선량한 백성이 얼마나 많았을까.

한참 후에 옷을 말쑥하게 입은 종사관이 들어왔다. 그는 종4품 벼슬을 하고 있는 무관이었다. 이를테면 의금부의 중간 관리라고 할까, 실무자라고 볼 수 있다. 그는 벽에 있는 의자를 끌어당겨 앉아 나를 뚫어지라고 바라보았다. 그가 들어오자 이제 말이 좀 통할 것 같아 나는 있는 힘을 다해 몸을 가누면서 멍석 위에 앉았다. 멍석은 나의 피로 피범벅이 되어 있었다.

"이유도 모른 채 맞았는데 의금부는 이렇게 심문을 시작하는 거요?"

"질문하는 쪽은 나고 당신은 질문에 대답하는 쪽이오. 그 점 알고 시작합시다." 하고 종사관은 말했다. 그는 나이가 나보다 더 젊어 보였다. 처음 보는 얼굴이지만 귀티가 나는 것이 분명히 권문세가의 자식임에 틀림없을 것이다. "왜 충의계에 가입하지 않았지요?"

나는 처음에 무슨 말을 하는지 종잡을 수 없어 다시 물었다.

"뭐라고요?"

"왜 김옥균의 반역 사조직 충의계에 명단을 올리지 않았느냐고요?"

"가입하지 않은 것도 죄입니까? 당신은 왜 가입하지 않았나요?"

"아까도 말했지요. 묻는 것은 나고 당신은 대답하는 거라고."

절도 있게 말하는 그의 태도에 나는 약간 기가 눌렸다.

"당신은 김옥균과 개인적으로 친한 친구 사이입니까?"

"아니요. 고균은 나보다 일곱 살이 많은 선배라서 친구라고 생각한 일은 없소."

"집들이에 김옥균과 박영효와 서광범, 강민호를 부른 일이 있지요?"

이놈이 별것을 다 알고 있다는 생각이 들었다. 사실이기 때문에 그렇다고 대답했다.

"모두 개화파 인물인데 그렇게 개화파 인사를 집들이에 부르는 것을 보면 당신도 개화당이요?"

"무슨 당? 개화당이라는 것도 있소? 집들이에 그 네 사람만 부른 게 아니고 민영익과 민성규를 부른 것은 왜 묻지 않지요?"

"다시 말하는데 당신은 질문하지 말래도. 또 어기면……."

어기면 어떻게 하겠다는 것인가. 또 패겠다는 것인가.

"김옥균과 개인적으로 만난 것이 몇 번이요?"

"그가 있었던 승정원과 우리 선전관청이 바로 붙어 있어서 보기는 여러 번 자주 보았소. 따로 만나 식사를 하거나 술을 마신 일은 별로 없습니다."

"별로 없다는 것은 있기는 있다는 말 같은데 언제 어디서 만났소?"

"기억나지 않습니다. 같이 주막에서 국수를 사 먹거나, 국밥을 사 먹기도 했고, 고균과 함께 술을 마신 경우도 있지만 단둘이는 아니고, 강민호가 함께 하기도 했소. 아, 고균과 박영효, 민영익, 서광범도 있었군요. 함께 중전마마를 뵈온 일도 있었소."

"중전마마를? 무슨 일로 알현하였지요?"

"고균이 일본 시찰을 마치고 돌아와서 중전마마에게 수제 축음기를 선물할 때 같이 알현하자고 해서 같이 들어가 뵈었습니다. 그때 중전마마께서 하문하시기를……."

"뭐요? 당신에게 중전마마께서 하문하셨다고요? 무슨 말씀을?"

"경이 시골에서 살아서인지 왕실의 후예임에도 내 오늘 처음 보는구려. 앞으로 고균 공을 도와 우리나라 개혁에 힘써 주시오. 당신 같은 재능있는 젊은이들이…… 승정원은 어떨까? 좀 더 능력을 발휘할 수 있는 곳에서 일하면 더 좋을 텐데…… 다음에 다시 경을 만날 기회가 있었으면 하오. 이렇게 말씀하셨습니다."

나는 약간 말을 보태서 대답했다. 그러자 그의 표정이 미묘하게 꼬이는 듯했다. 마치 내가 왕비 민씨의 총애를 받는 것 같이 대답했으니, 그의 표정이 꼬이지 않을 수 없었을 것이다. 여기까지 심문하던 종사관이 갑자기 자리에서 일어나더니 한마디 말도 없이 나가버렸다. 나는 그가 나가버린 이유를 알 수 없었다. 적인지 알고 심문하다가 갑자기 왕비 민씨와 나눈 대화를 듣더니 무슨 반사 작용을 일으키듯이 나갔다. 그것은 왕비 민씨와의 대화가 기분이 나빴다는 뜻인지, 아니면 적인 줄 알았는데 사실은 같은 편이라는 것을 깨닫고 심문을 더 이상 할 필요 없다고 생각한 것인지, 그것도 아니면 좀 더 두고 보자는 뜻인지 알 수 없었다. 그러나 그것으로 끝난 줄 알았던 것은 나의 착각이었다. 얼마 후에 다른 나졸 세 명이 들어왔다. 그들이 가지고 들어온 몽둥이는 좀 길쭉했다. 그것으로 나를 팰 것으로 생각했으나 그렇지 않았다. 한 사내가 나의 등에서 어깨를 잡고 짓눌렀고, 두 사내는 양쪽에서 다리를 묶더니 다리 사이로 몽둥이를 끼워서 눌렀다. 약간 비틀면서 잡아당겼는데, 그것이 말로만 듣던 주리틀기였다. 주리틀기 고문은 명나라에서 건너온 고문으로 조선에 와서 더욱 발전했다. 명나라에서는 육각봉을 이용했으나, 조선에서는 삼각봉을 이용하여 더욱 고통스럽게 했다. 전도주뢰라고 부르는 이 고문은 형벌이라기보다 심문할 때 실토시키기 위해 자주 사용했다. 이 고문을 심하게 받으면 다리가 찢어지고 피가 솟구친다. 그런데 이상한 것은 뭔가 자백을 강요하면서 하는 게 아니고 그냥 맛보기로 보여주는 것 같이 고통을 주었다. 나는 이들의 나에 대한 의도를 알 수 없었다. 물론, 김옥균과 한패라고 하며, 같이 반역했다는 말을 끌어내기 위해서 하는 짓이라고 하지만, 고문 기술자들이 들어오면 묻지도 않고 대답을 기다리지도 않았다. 내가 자백을 해도 고문은 계속될 것만 같았다. 그러나 사실 나는 자백할 것이 없었다. 그 종사관이 나가면서 주리틀기를 하라고 지시한 것을 보면 왕비 민씨와 대화 나눈 것을 기분 나쁘게 생각하는 듯했다. 왕비가 기분 나쁜 것이 아니고 내가 기분 나쁜 것일 터이다. 전해 듣기로는 이 주리틀기를 심하게 받으면 후유증이 심하다고 하였다. 근육과 뼈가 상해서 앉은뱅이 신세가 된 사람이 많으며, 무릎을 꿇거나 앉을 수 없어, 절을 할 수 없어 조상의 제사도 모시지 못하는 경우도 발생하였다. 손톱을 뽑는다거나 불에 달군 인두로 가슴을 지지는 형벌은 받을 때는 고통스럽지만 지나고 나면 후유증이 별로 없었다. 주리틀기는 절름발이가 되는 경우가 많아서 가혹했다. 그래서 영조 왕조 시기에 금지했다. 공식적인 폐지에도 불구하고 의금부나 포도청에서 공개적으로 행하고 있었다.

나중에 알았지만, 갑신정변 실패로 처형된 자가 574명이었다. 그 중에 나도 포함될 뻔하였다. 나처럼 갑신정변에 직접 가담한 일이 없는 억울한 사람도 있을 것이다. 갑신정변 주체 세력의 친구나 가까운 지인이라는 이유로 고문을 받다가 죽은 사람도 적지 않을 것이다. 옛날부터 반란이라는 것은 성공하면 충신이고 실패하면 역적이라는 것이 하나의 공식이다. 처형된 사람이 많은 것은 연좌제가 적용되어서 친척이 포함되었기 때문이다. 다만, 갑신정변에서는 외가집과 처가에는 연좌제를 적용하지 않았다. 김옥균의 생부 김병태는 천안 관헌의 감옥에 투옥되었다가 훗날 처형되었다. 동생 김각균은 대구 감영에 투옥되었다가 그 역시 죽었다. 김옥균의 생모 송 씨와 여동생은 독약을 먹고 자살했다. 아내 유 씨 부인은 일곱 살된 딸과 함께 옥천관아에 관노로 끌려갔다. 영의정을 했던 홍영식의 아버지 홍순목은 집에서 독약을 먹고 죽었다. 같은 날 홍순목의 지시에 따라 일가 20여 명이 독약을 먹고 자결했다고 하였다. 한성부 감옥에 갇힌 서광범의 아버지 서상익은 8년간 수감생활을 하다가 아사했다. 서상익은 감옥에 수감되었으나 그가 무엇 때문에 갇혔는지 밝히지 않아서 무슨 죄로 들어왔는지도 모르고 지냈다. 돼지가 먹던 음식 찌꺼기로 먹고 살다가 죽었다. 아내 김 씨는 옥중에서 10년을 버티며 살아남았다. 서재필의 생부 서광효는 옥중에서 가족들에게, 만일 관노사령배가 문전에 오면 잡혀가 욕을 당하느니 자결하라는 유서를 남기고 자결했다. 관노사령들이 앞길에 나타난 것을 보고 두 여동생이 마주 보고 앉아 독약을 마셨다. 언니는 죽었으나, 동생은 생명이 바로 끊어지지 않아 대청 대들보에 목을 매고 죽었다. 맏형 서재춘은 독약을 먹고 자살하고, 둘째 형 서재형은 도망가려고 하다가 잡혀서 관군에게 살해당했다. 생모와 부인 광산 김씨는 바로 죽지 못하고 관노로 끌려갔다가 다음 해에 자결했다. 서모까지도 관노로 끌려갔고, 이복 동생도 처형되었다. 서재필의 친구 윤길은 갑신정변에 가담하지 않았으나 의금부에 끌려와서 고문을 받다가 죽었다. 윤길은 나와 같은 처지였는데 버티지 못한 듯했다.

고통으로 내가 정신을 잃으면 나졸들도 잠깐 쉬었다. 같이 쉬고 있다가 내가 정신을 차리면 다시 시작하는 것이다. 같이 쉬고 같이 일하고, 같이 쉬고 같이 일하기를 여러 차례 하면서 하루를 보냈다. 정강이 뼈가 허옇게 드러나면서 나는 기진맥진했다. 그렇게 하루가 지났다. 그런데 그 하루 동안 아무런 기척이 없었다. 또 하루가 지나자 의원 한 사람이 와서 나의 몸을 살폈다. 내가 워낙 건장하고 체력이 강해서 인지 의원은 혀를 내두르며 칭찬인지 안타깝다는 것인지 말했다.

"대단하군요. 이 정도를 버티다니."

의원이 지혈하고 상처 난 곳을 소독하고 붕대로 감아주고 나갔다. 의원이 들어와서 치료해 주는 것이 수상했다. 의금부에서 죄수에게 그렇게 하는 경우는 거의 없다고 봐야 한다. 그날 저녁 무렵에 나는 들것에 실려 집으로 돌아갔다. 집까지 가마에 태워 보내준 것이다. 집에 도착하자 아내가 놀라서 비명을 질렀다. 그렇지 않아도 관청에서 여러 날 돌아오지 않아 전전긍긍했는데, 몸이 만신창이가 되어 들것에 실려 왔으니 기가 찰 노릇이었다. 별채에 있던 강민호의 부인 한 씨도 나의 상태를 보고 놀라면서 물었다.

"혹시 제 남편 일 때문에 당하신 건가요?"

"아니요. 부군의 일은 부군의 일이고 내 일은 내 일입니다."

나의 말이 아리송한지 눈을 껌벅이며 잠자코 있더니 돌아서서 별채로 갔다. 축 늘어진 그녀의 어깨를 보면서 이 정도로 끝난 것도 다행이라는 생각이 들었다. 혹시 내 집을 뒤져서 그녀라도 발견하는 날이면, 그녀는 역적의 아내라는 연좌제로 해서 지방 관청 관노로 끌려갈 것이다. 그녀의 아버지가 역적으로 몰려 한 번 남원 관노가 되었던 그녀가 다시 관노가 될 처지가 되었다. 그렇게 되면 그녀는 살지 않으려고 할 것이다. 그녀의 남편 강민호에게 그녀를 보호하겠다고 약속을 해놓고 지키지 못한 나는 배은망덕한 자가 될뿐더러, 나 역시 역적으로 몰려 처벌 받을 것이다. 생각만 해도 끔찍했다.

그날 밤에 민성규가 나의 집을 방문했다. 그의 방문은 너무나 뜻밖이었다. 그는 왕비 민씨의 배려로 승승장구하여 이제 종2품 이조참판이 되었다. 왕비 민씨의 인사권을 틀어쥐고 천하를 호령하는 것이다. 갑신정변이 일어났을 때도 고균과 친했던 관계로 살생부에서 제외되는 행운을 누렸다. 그는 왕비처럼 여흥 민씨 문중이었지만, 수구파도 아닌 개화파 사상과 교분을 가지고 있었다. 무엇보다 나하고는 친해서 서로 간에 허물없이 지내는 사이가 되었다. 하지만 이조참판으로 바빠서 그런지 갑신정변이 일어나기 얼마 전부터 그의 얼굴조차 볼 기회가 없었다. 그는 혼자 온 것이 아니고 어떤 젊은 서양인을 데리고 들어왔다. 그 서양인은 스무 살을 갓 넘은 청년이었는데, 얼굴이 곱상하고 고와서 꼭 여자 같았다. 서양 청년의 손에는 커다란 가방이 들려 있었다.

"운강 공, 얼마나 고생이 많았습니까? 많이 다쳤죠? 한의원 애길 들으니 왼쪽 다리뼈가 부러진 것으로 말하던데?"

"내가 의금부에 끌려가서 고문당한 것을 아셨소?"

"거기 종사관이 나를 찾아와서 운강에 대해 물었소. 그래서 나는 그 분은 절대 역모에 가담할 분이 아니며, 내가 보증할테니 빨리 풀어주라고 했어요. 이미 주리틀기를 하면서 형벌을 가했더군요. 급히 정지시키고……."

나를 풀어준 것이 그의 힘이라는 것을 알았다. 나중에 알았지만, 내 소식을 듣고 민영익도 나를 풀어주라고 말했다고 한다. 그는 몸이 만신창이가 되어 병원에 누워있으면서 나에 대해서 알아보려고 그를 찾아간 그 종사관에게 그렇게 말했다고 한다. 그 두 사람의 구명으로 나는 살아난 것이다. 그들이 아니면 나는 고문을 받다가 죽었을 것이다. 나는 하인들에게 내 몸을 서재 별채로 옮기라고 해서 우리는 서재가 있는 별채로 들어갔다. 민성규는 나를 요 위에 눕히고 몸 전체를 살폈다. 먼저 옷을 벗기고 소독약으로 상처 난 곳을 소독했다. 그리고 살이 벌어진 곳을 실로 꿰매는 것이다. 그가 데려온 청년은 선교사이면서 동시에 외과 의원 교습생이라고 하였다. 의원이 되기 위해 먼저 교습을 받는 자였다. 외과라는 것은 지금 민성규가 하고 있는 살을 꿰매는 일이었다.

"나는 그동안 서양 외과 기술에 반해서 한동안 밤마다 알렌한테 가서 외과 교육을 받았습니다. 나는 조선 의원이지만, 서양에서 하고 있는 외과 기술은 과연 감탄을 금할 수 없는 기술임을 깨닫고 반했던 것입니다. 나는 좀 더 배워 외과 전문의가 될 것이고, 이놈의 이조참판이니 하는 벼슬은 집어치우려고 합니다. 중전마마가 나를 예쁘게 봐주셔서 이렇게 고위직에 승진했지만 내 적성에 맞지 않는 벼슬입니다."

그는 나의 등이며 가슴에 찢어진 살을 꿰매면서 재미있게 말했다.

살을 꿰매는 작업은 젊은 서양 의원 교습생도 하였는데, 그가 할 때는 별로 아프지 않게 조심하여서 다행이었다. 민성규는 조심성이 없이 나의 살을 집게로 잡아당겨 휘젓는 것이다. 그래서 내가 꿰매는 일은 저 서양 교습생에게 맡기고 나하고 그동안 지낸 이야기나 하자고 하였다. 그는 그렇게 하자고 하면서 바늘을 젊은 서양 교습생에게 넘겨주었다. 그는 재미있는지 모르지만 나는 살을 꿰매자 고통으로 움찔거렸다. 그러나 창피하게 비명을 지르지는 않았다. 그는 갑신정변이 일어나던 날 밤에 사경을 헤매는 민영익을 부축하며 묄렌도르프와 함께 광혜원으로 갔다. 광혜원에는 미국 선교사이며 외과 의사인 알렌이 있었다. 알렌은 마이에미 의과대학에서 외과 교육을 마치고 중국 선교사가 되어 상해에 갔다. 상해에서 의료봉사를 하다가 조선 선교사를 자원했다. 조선에 와서 그는 선교 활동을 하면서 병원을 차렸는데, 조선에 없는 외과 병동이었다. 물론, 일반 내과도 보면서 진료 활동을 하였다. 마침 민영익이 온몸에 칼을 맞고 왔을 때 알렌은 그에게 응급조치를 한 다음 외과 수술을 실행했다. 누가 보아도 죽은 목숨이었던 민영익이 살아난 것이다. 그때 수술하는 장면을 보았던 민성규는 죽은 사람이 살아나는 것을 보고 감탄을 금할 수 없었다. 나도 바로 저 일을 해야겠구나 생각했다. 그 후 민성규는 매일 광혜원으로 가서 알렌을 통해 외과 수술하는 것을 공부했다.

  민성규는 내 다리가 부러진 것을 알고 그에 대한 준비를 해왔다. 부목을 대고 석고로 고착시킨 다음 붕대로 감았다. 앞으로 삼 개월 정도

떼지 말고 그대로 붙이고 있으라고 한다. 적어도 한 달 동안은 집에서 쉬고 있을 것이며, 관청에 출근하더라도 부목은 뗄 수 없으니 삼 개월 정도 달고 다니라고 했다. 나는 관청에 병가를 내고 집에서 쉬려고 했다. 그러자 선전관청 직속 상관인 당상관이 의원의 진단서를 가져오라고 했다. 다리가 부러져 삼 개월간 쉰다고 하자 믿지 않았던 것이다. 나는 당상관에게 의원의 진단서는 주지 않고 대신 사직서를 내었다. 당상관은 그것을 즉시 처리하지 않고 나를 찾아왔다. 내가 다리에 붕대를 감고 있는 것을 보더니 정말이군 하고 히죽 웃었다. 그리고 사표를 나에게 돌려주며, 이러지 말자고 하면서 엉겼다. 그러나 나는 사표를 낸 것은 다리 때문이 아니고 이참에 벼슬을 버리고 시골로 돌아갈 생각을 했다.

의금부에서 겪었던 고문과 부당한 처사가 나를 실망시켰다. 나는 조선 정부 권력 기관에 대해서도 실망했다. 이것도 나라인가 하는 생각을 하였다. 이런 부패한 정부에서 내가 무슨 긍지를 가지고 일할 수 있단 말인가. 더구나 그동안에 느꼈던 국왕 고종과 왕비 민씨에 대한 실망도 겹쳤다. 국왕을 생각하면 왜 자꾸 11살 이명복이 남의 집 담장 안에 들어간 연을 두고 하루종일 우는 모습이 연상되는지 모르겠다. 왕비 역시 그녀가 가지고 있는 인간적인 모습은 아름답고 연민을 주고 있었지만, 시아버지 대원군으로 해서 상대적으로 생성된 권력인지 이해할 수 없는 횡포가 마음에 들지 않았다. 의식 저편에 무당에게 놀아나고 있는 소아병적인 결함도 싫었다.

민성규는 자주 나의 집에 찾아와서 내 다리를 진료했다. 부러진 다리는 접합이 제대로 되어 삼 개월 정도 지나자 완쾌되었다. 그래도 비가 오는 날이면 다리가 욱씬거렸다. 추위가 물러가고 봄이 왔다. 손 없는 날을 잡아 문경으로 귀향하기로 했다. 그리고 강민호의 처 한 씨를 만나서 사실대로 말했다. 그녀는 나의 아내를 통해서 이미 이야기를 들었다고 하면서 나보고 잘 가라고 하였다.

"잘 가라니요? 우리 함께 문경으로 가서 사는 게 어떻습니까? 혼자 이 큰 집에 사시는 것은 좀 그렇습니다."

"아니에요. 내 몸종 꽃슬이도 있는데 뭘요. 여기서 남아 집을 지키겠습니다."

"제 처에게 얘길 들으니 남으신다고 해서, 그런데…… 이것은 이 집 집문서입니다. 무심 공이 나에게 준 것이지만 사실 주인은 부인이 아니겠습니까? 이 집문서를 드리고 가겠습니다."

"그렇게 안 해도 되는데요. 이왕 드린 것인데 다시 물려받기가 ……."

"아닙니다, 우리는 떠나고 부인은 남아서 사실 분이니 이 집을 지키셔야죠. 언젠가는 부군이 돌아올 것입니다. 그때까지 버티세요. 그런데 여기서 혼자 사시려면 돈이 필요할 것 같아 좀 준비한 것이 있어서……."

나는 1천 냥짜리 배동익 어음 한 장을 문서 속에 끼워서 그녀에게 내밀었다. 한 씨는 봉투에서 집문서는 놔두고 배동익 어음은 나에게 돌려주면서 말했다.

"돈은 나에게도 있으니 도로 가져가세요."

내가 어음을 돌려받지 않고 망설이자 그녀가 덧붙여 말했다.

"저번에 제 남편이 여길 떠나면서 저에게 어음을 주고 갔어요. 그것으로 제가 평생 먹고 살 수 있으니, 제 걱정은 하지 마세요."

나는 더 이상 할 말이 없어 그녀가 내미는 어음을 받았다. 그리고 그녀에게 이사 갈 날이 사흘 후라고 말했다.

"그동안 보살펴 주셔서 고맙습니다. 제 남편은 반드시 돌아올 것입니다. 제 남편을 만나시면 그때 다시…… 꿈을 펼치세요."

마지막에 한 말, 꿈을 펼치라는 말이 매우 의미심장하게 들렸다. 다시 개화 운동을 하라는 말로 들리는 것은 왜일까. 아마, 그녀 역시 이 나라가 온전하려면 개혁해야 된다고 생각하고 있는 듯했다. 그것은 모르겠다. 강민호를 다시 만났을 때 그가 개혁을 꿈꾸는 야망을 버리지 않고 있을지, 아니면 그냥 흔한 친일분자로 남아서 일본의 밀수업자와 어울리며 돈이나 벌고 있을 소인배가 되어 있을지는 나로서 알 수 없는 일이었다.

제4장

민심(民心)이 천심(天心)

1

　날씨가 쌀쌀하면서 차가운 바람이 불던 하오였다. 대문 밖에서 인기척이 들리면서 하인이 나에게 와서 손님이 찾아왔다고 하였다. 누구냐고 물으니 노복은 모르는 사람이라고 하였다. 모르는 사람이라고 했다가 무엇인가 곰곰이 생각하더니, "아, 그 양반인가? 털보가 되어서 처음엔 누군지 몰랐는뎁쇼"하고 내심 반가운 표정을 지으며 웃었다. 누군데 그러냐고 모시라고 했다. 집에 있는 노복은 이제 나이가 칠십이 다 되는 홍칠이라는 노인이었다. 이 노인은 힘든 일은 못하고 집사 일이라고 할까, 손님맞이 등 가벼운 일을 하는 영감이었다. 영감이 대문 밖에 나가더니 털보라는 사람을 데리고 들어왔다. 들어오는 사내는 몸집이 크고 힘이 있어 보이는 장사였다. 한눈에도 장군같은 분위기를 주는 거인이었다. 그런데 얼굴이 온통 털이 무성해서 영감

말처럼 털보라고 불러야 제격이었다. 털보가 들어오더니 마당에 넙죽 꿇어앉으며 큰절을 했다. 그러면서 대뜸 말했다.

"아이구, 형님, 그동안 찾아뵙지 못해서 미안합니다."

나에게 형님이라고 하면서 나를 찾아오지 않는 사람이 한둘이 아니라서 나는 감을 잡을 수 없었다. 무엇보다 누군지 몰라서 그의 인사를 받는 둥 마는 둥 하고 뜰로 내려서면서 자세히 쳐다보았다. 그래도 감이 잡히지 않아 물었다.

"아우님이 누구시더라?"

"에이, 형님, 아무리 10년 세월이지만, 날 몰라보나요? 나 무심 공 강민호올시다."

"아, 강민호……."

그를 어떻게 잊을 수 있겠는가. 10년이란 세월이라고는 하지만 한눈에 그를 알아보지 못한 것이 미안했다. 그래서 나는 마당에 앉아 있는 그를 얼른 잡아 일으키면서 말했다.

"정말 오래간만이요. 아우님."

"형님도 많이 변했구려. 10년 전에는 나에게 아우님이라고 한 일이 없는데. 지금은 동생으로 인정하나 보군요."

"내가 그랬소?"

"10년이 되어도 나에게 하대를 안 쓰시는군요. 역시 변함이 없는 고집불통이셔."

그는 나와 나이가 같았다. 선전관으로 처음 만났을 때 같은 동갑이라서 친구로 사귈 수도 있었는데, 그가 나보다 하루 생일이 늦다고 하면서 나를 형님으로 모시겠다고 하였다. 그 이후 그만두라고 내가 말렸지만, 그는 항상 형님이라는 호칭을 사용했다. 그러다 보니 어느 사이에 나는 그의 형님이 되어버렸다. 하지만 하루 생일이 빠르다고 형님 행세하기가 쑥스러워 계속 그에게 존칭을 사용했다. 그렇게 존칭을 쓰다 보니 그것도 습관이 되어서 하대하지 못했다.

"일본에서는 언제 귀국했소?"

"귀국한 것은 한참 됩니다. 3년 전이요. 신묘년(1891년) 음력 2월에 조선에 몰래 들어와서 흥성대원군을 만났습니다."

"흥성대원군은 왜?"

이미 이름도 거의 잊다시피한 인물이다. 무슨 변란이 터지면 항상 흥성대원군이 개입되어 있었기에 대원군이란 말이 나오면 먼저 긴장이 된다. 나는 이미 조정의 일에는, 좀 더 엄밀하게 말해 조선에 대한 일은 잊어버리고 낙향해서 평범한 한 명의 선비로 살고 있었다. 조상에게서 물려받은 전답이 좀 있어 농사를 지으며 살고 있는 평범한 백성의 한 사람에 불과했다. 그런데 최근에 와서 문경 지역에서 세력을 키우고 있는 동학도들이 나를 끌어들이려고 찾아왔다. 나는 그들을 물리치면서 다시는 오지 말라고 했지만, 나중에는 내 은사라든지, 친척 어른을 통해 나를 찾아와서 자기들 훈련만이라도 지도해 달라고 했다. 군사 훈련을 해서 무엇에 쓰려고 하느냐고 했더니 혁명을 하겠다는 것이다. 종교를 믿는 교도가 혁명을 한다는 것은 반란을 일으킨다는 뜻이라 나는 다시는 발길을 하지 말라고 엄포를 놓았다. 하루는 이들 집단이 마을의 어느 집 닭을 잡아먹어 닭 주인과 싸움이 벌어졌다. 숫자가 많은 동학교도들은 닭주인을 두들겨 패서 마당에 쓰러뜨리고 그대로 갔다. 화가 난 내가 벽에 있는 칼을 빼들면서 "이놈들이 눈에 보이는 것이 없는가?" 하고 뛰어나가려고 하는데 방안에서 어두운 눈으로 뜨께질 하던 어머니가 나를 말리며 말했다.

"얘야, 그렇게 칼을 빼들고 나가서 어쩔 것이냐? 저들은 총도 가지고 있는 듯한데 너라고 총알이 피해 가느냐? 동학도들은 총알도 피해 간다고 하지만."

"그래도 저런 놈들을 놔두면 안 됩니다."

"안 되긴 뭐가 안돼. 너는 닭을 잡는데 큰 칼을 쓰려고 하느냐? 네 칼은 나라에 쳐들어온 왜놈 잡는 데 써라."

왜놈 잡는 데 칼을 쓰라고 훈계하는 어머니 말을 듣고 나는 움찔했다. 내 몸을 총알이 피해가지 않을 것이란 말도 상당히 상징적으로 들렸다. 목숨을 아무 데서 버리지 말라는 뜻일 것이다. 당시 동학교도들은 가슴에 부적을 붙이고 다녔는데 그것을 붙이고 있으면 총알이 피해 간다고 믿고 있었다. 그런 미신을 믿지 않았으나, 나중에 동학교도들을 지휘하면서 일본군과 전쟁을 했을 때, 총탄을 맞고 죽은 사람들을 살펴보니 모두 가슴에 그 부적을 붙이고 있었다. 그 부적을 붙이거나 주문을 외우면 정말 총알이 피해 가는 것을 믿고 있었던 것이다. 나는 기가 차서 한동안 말이 나오지 않았다. 그때 옆에 있던 강민호가 나에게 말했다.

"형님, 그렇다고 동학 군사들에게 부적을 떼라고 명령하지 마십시오. 그것은 미신이지만, 이들에게 있어서는 수호신입니다. 그 부적을 붙이지 않으면 적이 쏘는 총탄이 빗발치는 곳에서 그 공포로 모두 도망갑니다. 그래도 그 부적 때문에 버티면서 싸우는 것이오."

나는 동학교도를 좋지 않게 바라보고 있었는데, 오래간만에 찾아온 옛 벗이라고 할까, 나를 형님이라고 부르니, 의형제를 맺은 것이나 다름없는 강민호가 동학교도였다. 그것도 남원 대접주라고 한다.

"대원군을 왜 만났는지 아세요? 고균이 편지를 써서 나에게 주며 대원군에게 전해달라고 했습니다."

"아, 고균 대감은 잘 있소?"

"망명 생활이 오죽하겠습니까. 왜놈들은 고균을 싫어합니다. 그가 다시 일어서면 쉽게 조선을 못 먹을 것 같아서 괄시를 하거나 연금시키는 등 별짓을 다 합니다. 박영효와 서광범, 서재필은 미국으로 망명 가서 버티지만, 고균은 조선과 가까운 곳에 있어 어느 때라도 자기가 필요하면 달려가야 한다고 생각하는 듯했습니다. 편지 내용은 내가 보지 못했지만 두 양반이 무슨 음모를 꾸미는지 나는 종잡을 수가 없었습니다. 그렇게 대원군 집에 며칠 머물고 있는데 집에 다른 손님이 한 사람 와 있는 것을 보았습니다. 전봉준…… 접주였습니다. 그는 그때부터 동학교도를 무장시켜 탐관오리를 물리치고 나라를 바로 세워야 한다고 생각하고 있었나 봅니다. 동학 항쟁으로 이끌었던 3인방, 이를테면 전봉준과 손화중, 그리고 김개남이 있는데, 그때 전봉준과 손화중이 대원군 집을 들락거리고 있었던 것입니다. 그들이 무슨 이야기를 나누는지 그리고 왜 회동하고 있는지 그것은 그때 몰랐지만 지금 생각하니 음모가 있었지 않은가 합니다. 대원군은 그들에게 혁명을 일으켜라, 즉 농민 반란을 일으키라고 충동질하였고, 전봉준과 손화중은 교도들의 힘을 빌려 세상을 바꾸고 싶었던 것이오. 서로 목적은 다르지만, 뜻이 합치되었던 것입니다. 물론, 이 사실은 내가 그때 전봉준을 만나 그와 대화를 나누던 도중에 알게 된 것입니다. 그가 그 누구보다 민족애가 강하고 의기가 대단하다는 생각이 들었고, 그는 종교 지도자가 아니라 민중의 지도자가 될 인물이라고 생각했습니다. 뭐, 서당의 훈장질을 하다가 동학교도가 되었다고 하는데, 제가 전봉준의 속마음은 모르죠. 나는 그때부터 동학교도가 되어 일단 공부를 했습니다. 종교적인 공부를 한 것이 아니라 솔직하게 동학교도들을 이용해서 그들을 김옥균의 군대로 만들고 싶었습니다. 사람을 동원하는 기술이 있었는지 나는 남원 대접주가 되었습니다. 제 휘하에 교도들이, 1만 5천 명이 있습니다."

"그 교도들이란 군사를 뜻하는 것입니까?"

"군사로도 가능한 사람들이지만, 대부분 농민입니다. 농사철에는 농사짓고 집안일을 하다가 때가 되면 모이는 군중입니다. 이미 고부(정읍)에서 혁명의 기치가 올라간 것을 아십니까?"

나는 전혀 모르는 이야기였다.

"고부의 사또가 너무 횡폭해서, 아, 전봉준의 고향이 고부이고, 거기서 그의 아버지가 사또의 횡포에 죽었답니다. 그래서 전봉준이 이끄는 동학교도 수백 명이 고부 관아로 들어가 모두 때려 부수고 악질적인 아전들을 잡아 죽이고, 사또는 전주 감영으로 튄 다음이라 잡지 못했다고 하지만, 곳간을 열고 양곡을 모두 백성들에게 나눠주었답니다. 그 후 군사들은 작정을 하고 봉기한 것입니다. 그래서 내가 지휘하는 남원도 봉기한 것입니다."

"이미 봉기하고 나를 찾아온 것이요?"

"여기 문경은 조용합니까?"

"여긴 봉기라기보다 동학교도들이 수십 명씩 떼를 지어 다니며 마을에 해를 끼치기도 합니다. 닭이나 돼지를 잡아먹고 종이쪽지를 하나 주면서 나중에 후천 개벽 세상이 되면 갚아 줄테니 잘 보관하라고. 이 미친 소리를 해서 마을 사람들이 때려죽여도 시원찮을 놈들이라고 합니다만."

"극히 일부가 교리에 어긋나는 그런 짓을 하고 다닙니다만, 대부분 교도들은 그런 짓을 안 합니다. 형님, 제가 이곳에 온 것은 형님으로부터 도움을 받고 싶어섭니다."

"나보고 동학교도가 되라는 것이요?"

"뭐, 솔직하게 교도가 되라는 말이 아닙니다. 이항로 화서학파 선비라고 하는 형님을 동학도가 되라고 할 수는 없고요. 그냥 좀 도와주십시오."

"난 싫소."

나는 한마디로 잘라 말했다.

"형님의 그 냉정한 것은 10년 전이나 똑같이 여전하시군요."

개화파로 끌어들이려고 무던히 애썼으나, 끝까지 충의계에 가담하지 않은 나를 두고 하는 말이었다. 그때 충의계에 가담했다면 나는 역적으로 몰렸을 것이다. 의금부에 끌려가서 왜 충의계에 가담하지 않았느냐고 종사관이 물었을 때, 당신은 왜 가담하지 않았느냐고 되물었던 것이 떠오른다. 10년 전의 일이지만, 그때 의금부에 끌려가서 고문받던 일을 떠올리면 이가 갈린다. 지금도 비가 오는 날씨면 주리 틀려 부러진 다리가 욱씬거린다. 강민호는 집 하녀가 가져다주는 녹차를 마시지도 않고 열심히 지껄였다. 내가 동학교도의 일에 가담하지 않겠다고 잘라 말하자 그는 화제를 다른 데로 돌렸다.

"저기 몸종도 십 년이 지나니 많이 늙었네요?"

"누구?"

"아까 차를 가져다 준 하녀 말입니다."

"아, 과부? 무심 공이 봤을 때가 한양 남촌이었으니 벌써 십 년이 지나갔는데, 저 여자도 늙었겠지요. 이제 나이 오십인데."

"지금도 과부라고 부릅니까?"

"과부를 과부라고 부르지 뭐라고 부르오?"

그 하녀는 처음에 이름이 떠오르지 않아 과부라고 불렀다. 실제 과부였기 때문이다. 그런데 그것이 습관이 되어서 그녀가 듣는 데서도 과부라고 불렀다. 그녀는 실실 웃으면서 고깝게 듣지 않고 잘 받아주어서 나중에는 그녀의 이름이 과부로 굳어졌다. 집에 있는 아이들까지도 그녀를 과부라고 불러서 좀 계면쩍었으나 그녀가 잘 받아줘서 이제 이름은 과부가 틀림없다. 나중에는 마을 사람들도 그녀를 호칭할 때 과부라고 불렀다. 과부라고 부르면 싫어할 텐데 오히려 좋아하는 표정이었다. 그러니 사람들은 안심하고 과부라고 부르는 것이다.

"형수님은 안녕하시죠?"

뒤늦게 강민호가 나의 처에 대한 인사를 했다.

"십 년 만에 만나니 많이 변했수다. 강산도 변한다는데 인생살이도 변하는 것이요."

"왜 갑자기 그런 말씀을?"

"내 처는 병을 앓다가 죽었수다."

"저런…… 몰라 뵈어서 죄송합니다."

"일본에 망명 가 있는 사람이 그걸 어떻게 알겠소. 미안해할 것은 없소."

"그럼 형님은 지금 홀아비로 사세요?"

"내가 홀아비로 살아야 좋겠소?"

"그게 제격인 것 같아서요."

"아니, 나도 홀아비로 살까 했으나 주변 친척들이 오히려 더 성화해서 재혼을 했수다."

"그 형수님은 지금 어디 가셨어요?"

"아마 마실에 나갔나 봅니다. 첫째 처가 병사한 후에 2년이 지나면서 나는 안동 권씨 여인과 재혼하여 두 아들을 낳고, 딸도 얻었어요. 재혼해서 2남 1녀를 얻었오."

"제사 걱정은 안 해도 되겠습니다. 저는 일본에서 처를 한 사람 더 얻어서 살았습니다."

"망명 가서도 할 짓은 다 했군요. 나도 인사가 늦었는데, 당신 부인 한 씨는 어떻게 되었오? 10년 전에 이사 오면서 헤어지고 소식을 모르고 살았습니다만."

"내 처 한 씨는 한성에서 지금 같이 살지만 우린 부부가 아니고 남매간처럼 삽니다."

"그게 무슨 말이요?"

"한성무역이란 말 들어보았소?"

"한성에서 크게 영업하는 상업소가 아니요? 배동익 다음으로 어음에 신용이 있다고 하는데?"

"한성무역이 그렇게 소문이 났습니까? 그런 걸 보면 아내는 기업가로 대성했군요."

"한성무역이 당신 부인이 하는 것이요?"

"네."

"한성무역 대행수가 여자인 것도 난 모르고 있었소만."

"형님은 그런 일에는 관심이 없잖습니까? 그건 그렇고, 옛날 남촌의 그 집은 비워두고 우린 북촌에 새집을 마련해 사는데, 남이 볼 때 나는 그녀의 오라버니고 그녀는 고종사촌 동생입니다. 그녀의 어머니 평양 강씨가 나와 동성동본이지 않습니까."

"당신 성은 가짜잖아."

"다른 사람은 그렇게 믿지 않아요."

"어쨌든 강 공의 부인이 기업가로 출세했다니 반갑소."

"남촌 집은 그냥 비워두고 있습니다. 그 집은 크고 참 잘 만든 집인데, 자주 비워지는 것이 그 집의 운명인가 봅니다. 사람처럼 집도 운명이 있다는 생각이 듭니다. 그 집에서 살고 싶어도 나는 아직 그 역적 사면이 안 되었잖습니까? 언젠가는 풀리겠지만."

"그렇다면 일본에서 얻은 여인과는 같이 살고 있소?"

"그 첩은 일본에 유명한 사무라이 집안의 후손이라는데, 조선에 와서 살지 않으려고 해서 데려오지 못했습니다. 제 처에게 말하니까 데려와서 같이 살라고 합니다만."

"그 말이 진심일까요?"

"표정을 보니 진심 같던데요? 우리 처는 순수합니다."

"순수한 것이 아니고, 당신에게 오라버니라고 부르는 것을 보면 부부 관계는 끝났다는 것이 아니요?"

"그렇기도 하지만, 그녀는 나를 내쫓지는 않습니다. 그리고 첩을 데리고 와서 같이 살자는 것을 보면 참 순수합니다."

"글쎄요. 난 여자 마음은 잘 모르겠소."

순수한 것이 첩을 데리고 와도 괜찮은 것인가 하고 나는 잠깐 생각해 보았다. 그런 쓸데없는 생각에 몰두해 있을 수가 없었다. 그가 조금 전에 동학교도들을 지휘해 달라는 것은 나보고 대장이 되어 달라는 것인지, 아니면 훈련을 맡아 교관이 되어 달라는 것인지 알 수 없었으나, 그의 청을 단칼에 잘라버리고 마음이 편하지 못했다.

아까부터 대문 밖에서 말의 울음소리가 들렸다. 한두 마리가 아니고 여러 마리였다. 짐작하기에는 십여 마리 되었다. 그래서 강민호에게 물었다.

"밖에 여러 말의 울음소리가 들리는데 일행이 같이 왔소?"

"네, 동학도 제 동지들입니다. 열두 명을 데리고 왔는데 그들은 단순한 농민 동학도가 아니고 전사들입니다. 제가 훈련시킨 백부장들이죠."

"1만 5천 명이 있다고 했는데 그 숫자는 남원 교도들의 숫자를 말하는 것이오? 아니면 군사들의 수입니까?"

"아까도 말씀드렸듯이 교도이면서 동시에 군사들입니다. 남원에는 대접주가 또 한 사람 있는데 그 사람은 김개남이라는 사람입니다."

"교도들이야 동학을 믿으면 그만이지만, 군사라 함은 일정한 훈련이 된 사람이어야 하고, 무엇보다 제대로 무장이 되었는가 하는 것이 가장 중요합니다."

"그 점은 저도 잘 알고 있습니다. 군인으로서, 아니, 전쟁에서 무기는 가장 중요한 요소입니다. 회상하면 가슴이 아픈 이야기입니다만, 제가 갑신정변 현장에 있었잖습니까? 총지휘를 한 고균의 부관으로 옆에 붙어 모든 전황을 보았습니다. 그날 밤 국왕 가족이 경우궁에서 계동궁으로 옮겼는데, 그곳도 비좁다하면서 왕비가 창덕궁으로 가자고 했습니다. 고균이 수비하기 어렵다고 안된다고 하였지만 줄기차게 따라다니면서 청하더군요. 그때 함께 있던 일본 공사 다케조에가 생색을 내려고 그랬는지 나서면서, 창덕궁으로 옮겨도 일본군 수비대 1개 중대 병력이면 청군 이천 명도 막아낼 수 있다고 했습니다. 걱정없으니 창덕궁으로 가도 된다는 것이었습니다. 일본 공사가 그렇게 말하니 그래도 안 된다고 할 수 없었는지 고균이 승낙했고, 우리는 모두 창덕궁으로 옮겼습니다. 경우궁과 계동궁을 지키던 일본군 병력 150여 명과 우리 조선군 2개 부대 병력 4백 명이 창덕궁 국왕 가족이 있는 곳을 지켰습니다. 다음날 밤 청군과 전투가 벌어졌는데, 3시간을 교전했어도 승부가 나지 않았습니다. 청군 1천5백 명 이외에 민씨 일파가 지방군 1천6백 명을 불러 올려서 창덕궁을 공격했습니다. 잘 아시는 바처럼 조선군의 실력이나 무기는 형편이 없었으니 숫자만 많았을 뿐 별로 염려될 것은 없었습니다. 그런데 갑자기 일본군이 빠져나가는 것입니다. 일본군 화력에 밀려 청군은 창덕궁에 진입을 못했는데, 일본군이 빠져나가자 우리 군대를 격파하면서 밀려들었습니다. 그래서 우리는 국왕 가족을 북쪽의 북관묘로 가라고 피신시키고, 우리도 모두 철수했습니다. 나중에 배를 타고 일본으로 망명하면서 우리는 다케조에 공사를 욕하였습니다. 막아낼 수 없으면 아예 안 된다고 했으면 계동궁에서 계속 버틸 수 있었는데 막아낸다고 큰소리

쳐놓고 불리하니까 퇴각했다고 말입니다. 그런데 사실 나중에 알았지만, 일본군은 불리해서 퇴각한 것이 아니라 본국에서 철수하라는 명령이 떨어진 것입니다. 다케조에가 거짓말한 것이 아니고, 실제 일본군 1개 중대 병력이 청군 이천 명을 막아낼 수 있는 것이 사실인가 하는 점인데, 제가 일본에 있으면서 육군사관학교를 다녔습니다. 그때 알았습니다. 당시 일본 공사관 1개 중대에서는 기관총 다섯 정을 가지고 있었다는데, 이게 미국에서 수입한 맥심 기관총이었다고 합니다. 맥심이라는 자가 완전 자동사격이 가능한 기관총을 개발했습니다. 분당 6백 발 정도 발사할 수 있는 총이었다고 합니다. 당시 기관총 총탄이 20만 발 이상 가지고 있었다고 하였지요. 5개의 기관총이 1분간 발사하면 모두 3천 발의 총탄이 날아간다는 계산입니다. 십 분간 발사하면 3만 발의 총탄을 날릴 수 있으며, 적어도 십 분의 일, 즉 열 발 중에 한 명을 저격하는 확률이라고 해도 십 분이면 3천 명을 죽일 수 있다는 계산입니다. 만약 청군이 건물이나 담벽같은 엄폐물이 없는 벌판에 있었다면 십 분 만에 몰살했을 것이라고 합니다.

  소총은 무라다 소총으로 당시로서는 가장 신식 무기로 다섯 발을 한꺼번에 장탄해서 쏠 수 있는 것이었습니다. 다케조에가 이것을 믿고 2천 명도 문제없다고 한 것입니다. 그러니까 다케조에가 터무니없는 거짓말을 한 것은 아니라는 것입니다. 그때 철수하라는 본국의 명령이 없었다면 전세가 어떻게 될지 알 수 없었습니다. 그 세 시간의 전투에서 일본군 수비대는 다섯 명이 죽고 열일곱 명이 부상을 입었는데, 청군은 170명이 전사하고 205명이 부상을 입었다고 합니다. 김옥균 부대는 57명이 죽고 1백 명 정도 부상을 입었고요.

　무엇을 말하려고 일본군 화력을 말했느냐면 당시 일본군은 무기가 전투에서 가장 중요하다는 것을 깨닫고 자체 개발도 박차를 가했을 뿐만 아니라 신식 무기를 대량 구입해서 사용했던 것입니다. 결론은 우리도 무기 없이는 아무 것도 할 생각을 말아야 합니다."

　"좋습니다, 무심 공. 나하고 조건부 흥정을 합시다. 내가 무심 공의 군사를 지휘하거나 교관 자격으로 훈련을 시키겠소. 그러나 대나무창을 가지고 싸우는 군사를 훈련할 수는 없습니다. 무슨 전법을 써도 그런 무기로는 싸울 수 없습니다. 그래서 우리 부대라면 무기부터 챙겨서 무장하시오. 그래 준다면 내가 훈련해서 무심 공의 부대를 조선 최고의 정예부대로 만들어 드리지."

　"정말입니까? 그런데, 형님, 저 호를 바꾸었으니 앞으로는 무심이라고 하지 마십시오. 무심이라는 호를 듣고 사람들이 나보고 중이냐고 물어서요. 일본에서는 중이 사복을 입고 머리도 깎지 않습니다. 그래서 일본에서 나는 완전히 중으로 불릴 때가 많았습니다."

　"그럼 호가 뭐요?"

　"옥반(玉盤)이라고 했습니다."

　"옥반? 옥쟁반?"

　"그렇습니다."

　"좌우간 당신은 호도 별나게 짓는군요. 그건 그렇고, 밖에 있는 군사들을 모두 들어오라고 하시오. 모두 차 한 잔씩 대접하리다."

"그럼 우리와 같이 남원으로 가시겠습니까?"

"성질도 급하긴. 내가 말했잖아요. 먼저 무장하고 나서 이야기하자고."

"그럼 우리 군사들을 먼저 무장시키라는 말인데, 소총이나 기관총을 사라는 뜻입니까?"

"기관총은 사기 어렵더라도 소총만은 신식무기로 구입해서 무장시키시오."

"그 소총을 어디서 구하지? 밀수할까?"

"잘 아시는군요."

"내가 잘 아는 일본인 밀수꾼이 있긴 한데, 근래에 만나지 않아서. 전에 고균이 일본국에 정식으로 무기, 즉 소총 일천 자루를 구입하려고 했는데 무기는 안 판다고 해서 그 밀수꾼을 이용해서 밀수로 2백 정을 들여온 일이 있습니다. 지금도 밀수를 하는지 모르겠네. 어쨌든 좋습니다."

"그런데 당신은 왜 그렇게 수염을 기르고 다녀요? 정말 처음에 못 알아보겠던데? 우리 집에 있는 집사 영감은 당신을 단번에 알아보았지만."

"아까도 말씀드렸잖아요. 나는 아직 역적 사면이 안 되었다고. 한양에 가면 아직도 나를 알아보는 사람이 있어서 아예 털을 길렀어요. 다행히 털이 보기 좋지 않습니까? 내 이름은 이제 털보입니다. 옥반 공도 아니고 털보 공이라고 해주십시오. 하하하."

강민호의 부하라고 하는 열두 명의 장정들을 들어오라고 해서 녹차를 대접했다. 강민호가 나에 대해서 얼마나 풍을 쳐놓았는지 장정들은 내 앞에서 지나친 겸양을 떨었다. 함부로 고개를 들고 쳐다보지도 못했던 것이다.

"편히 마시고 떠나시오. 남원까지 가려면 길이 머니까 조심해 올라가시오."

"장군님은 함께 가지 않습니까?"

젊은 장정 양일순이란 자가 나와 강민호를 번갈아 쳐다보며 물었다. 아마도 나를 데리고 남원 부대로 올라갈 것으로 알았던 것이다. 강민호가 변명했다.

"장군님께서는 할 일이 좀 있으셔서 다음 기회에 합류하기로 하셨다."

"장군님을 이렇게 뵙게 되어 영광입니다."

다른 사내가 나서면서 나를 우러러보았다. 강민호는 부하들에게 내가 축지법을 쓰며 십 리를 한걸음에 가고 손을 들어 장풍(掌風)을 내어 바람을 일으키고, 발로 땅을 쿵 하고 구르면 지진이 일어난다고 한 것이다. 나중에 들은 이야기지만. 그렇게 말해놓자 세상을 잘 모르는 순진한 농민들은 믿게 되었다. 그래서 전투 중에 불리해지자 한 동학군이 나를 향해 소리쳤다. 장군님 빨리 바람을 일으켜 저들을 쓰러뜨려 우리를 구해주십시오. 총알이 몸을 피해 간다는 부적만큼 나의 존재는 그들에게 신비의 대왕이었다. 강민호와 짜고 사기를 치는 듯해서 나는 동학군을 모아놓고 그것이 아니라는 사실을 강론했으나, 그것은 내가 겸손해서 그렇게 말하는 것으로 알고 여전히 장풍을 일으키는 무림의 고수로 알고 있었다. 이번에 데리고 온 열두 명의 장정들은 모두 농민 출신이었고, 독실한 동학교도였다. 항상 강민호를 따르는 경호원이기도 하고, 그의 참모이기도 하였다.

나는 뜻하지 않게 동학 패거리들과 어울리게 되었다. 사실 다른 선비들처럼 동학을 좋게 보지 않는다. 우리는 동학을 동비(東匪)라고 호칭했다. 동비란 말 그대로 무장을 하고 떼를 지어 다니면서 사람들을 해치는 도둑이었다. 극소수의 일부가 동학 이름을 내세우며 화적 짓을 했고, 마을에서 닭을 잡아먹고 주인을 패고 달아난 동학 무리처럼 무단으로 양민을 괴롭히는 자들도 있었다. 그러나 대부분 동학도는 바르게 살자는 그들의 종교 이념대로 올바른 의식을 가지고 있었다. 전봉준을 위시한 일부 동학교도들이 봉기한 것으로 보인다. 그것은 도둑 떼의 본성을 드러낸 것이 아니라, 바르게 살기 위한 항쟁의 표시였다. 그것은 곧 척양척왜(斥洋斥倭) 사상으로 기치가 올려지고, 남접과 북접으로 패가 갈리기는 했으나 전체 동학교도들이 떨치고 일어나는 혁명이 되었다. 단순히 부패한 관료를 청산하고 올바른 민정을 요구하는 1차 봉기는 음력 1월에 일어난 고부 민란이다. 그다음 음력 4월 봄에 일어난 전주성 봉기가 2차 봉기이다. 전주성이 함락되고 집강소가 차려지며 위기가 닥치자 국왕과 왕비가 청군을 끌어들였고,

뒤이어 일본군이 조선에 진주한다. 그때부터 동학군의 저항은 부패 척결과 민정 쇄신이 아니라, 척양척왜 사상으로 돌변했다. 음력 9월 전주와 광주, 그리고 보은에서 일어난 봉기가 3차 봉기라고 볼 수 있다.

 나는 2차 봉기 때 강민호가 지휘하는 남원 접주 산하의 동학군을 돕기 위해 무기를 공급해주고, 기본 훈련을 시키는 방관자 입장에서 도와주었다. 그러나 3차 봉기가 일어나는 시점에서는 일본군의 무차별한 동학군 탄압과 양민까지 함께 학살하는 것을 보고 남원 동학교도들을 이끌고 직접 전투를 지휘하게 되었다. 그때부터 어딜 가나 동학교도들의 깃발에는 척양척왜 깃발이 펄럭이기 시작하였던 것이다.

2

 일본 밀수선의 선장은 이노우에 시로(井上四郞)라고 했다. 그와 나는 이 씨의 언덕 집 큰방에 마주앉았다. 이노우에와 나의 중간에 강민호 털보가 앉아서 통역했다. 뜻밖에도 이노우에는 한복 차림이었다. 우리를 만나기 때문에 일부러 그런 복색을 한 듯했다. 머리를 짧게 깎아서 상투는 못 올렸으나 머리에 갓을 얹은 것이 괴이하기까지 했다. 상당히 어색했지만 그런 복색을 하고 나타났다. 강민호가 일본 말로 나를 소개했다. 이노우에는 하이하이 하고 자주 고개를 숙여 보이면서 강민호의 말에 귀를 기울였다. 그리고 놀란 얼굴을 하며 고개를 숙인다. 나는 강민호에게 방금 뭐라고 했기에 나에게 고개를 숙이며 경의를 표하는가 물었다.

"형님이 효령대군 19세 손인 왕실 사람이라고 했습니다. 그러니까 이놈이 감격합니다."

감격하는 게 아니고 감격하는 척하는 것이다. 내가 일본인을 잘 안다고는 할 수 없으나 그 정도는 알 수 있었다. 우리가 앉아 있는 언덕집에서 보면 창문을 통해 저편으로 강이 보이고, 강 가운데 정박해있는 화물선이 있었다. 밤이었기 때문에 그 증기선이 어둠에 묻혀 시커먼 괴물처럼 버티고 있었다. 증기로 움직이는 기선은 군함이 아니고 상선이었다. 배가 워낙 커서 강변이 얕아 정박할 수 없어 가운데 세워놓고 작은 배로 사람들이 왕래하는 것이다. 이노우에가 타고 온 선박이었다. 이노우에는 경호병이라고 할까, 다섯 명의 장정과 함께 왔는데, 모두 육혈포(권총)를 차고 있고, 허리에는 긴 칼과 짧은 칼이 꽂혀 있었다. 전형적인 사무라이 차림이었다. 우리는 다른 말은 생략하고 본론에 들어갔다. 두 개의 등잔불이 넓은 방안을 흐릿하게 밝혔다. 밖에는 선장이 데리고 온 다섯 명의 선원(경호원)이 서 있었고, 강민호가 데리고 다니는 12명의 동학군과 이 씨가 있었다. 선장 이노우에가 길게 말했다. 털보가 통역했다.

"나는 조선에서 동학교가 있어 농민을 중심으로 폭동을 일으키고 있다는 말을 들었습니다. 그 숫자가 많다고 들었지만, 오합지졸이기에 별로 문제되지 않는다고 조선의 관군들이 하는 말을 들은 일이 있습니다. 한 가지 묻겠는데 당신네의 동학교 지도자들은 법술을 부려 병이 집 안에 들어오거나 전염되지 않게 하고, 농사가 잘되어 풍년이 들고, 세금을 내지 않아도 되며, 관리하고의 싸움에서도 총탄을 물로 변하게 하여 죽지 아니한다고 했소. 당신도 그것을 믿고 있소?"

그 질문에 대한 대답은 털보가 하였다.

"나는 믿지 않습니다만, 그것은 종교로 파생될 수 있는 선동이라고 보아야 할 것입니다. 법술로 전쟁을 할 수는 없습니다. 우리는 많은 대중을 모으기 위해 어쩔 수 없이 그 편법을 쓰고 있습니다. 우리의 농민들은 관리에게 착취당하고 원한에 사무쳐 있는 것은 사실이지만 자기 생명을 바쳐 생사를 알 수 없는 싸움에 뛰어들기에는 약합니다. 때문에 그와 같은 종교적인 신념을 줄 수밖에 없습니다."

"그런 미신과 헛된 소문을 듣고 안심하고 모여 든 군중이 그것이 아니라는 사실을 알았을 때 어떻게 대처하지요?"

"그 점은 내가 우려하는 바이오. 그래서 당신의 도움을 받기를 원하오."

"무기를 팔라고 하지만, 내가 조선의 관리들에게 듣기에는 동학교는 일본과 청국은 물러가라는 기치를 내세우고 있다고 들었소. 일본을 배척하는 당신들에게 나보고 무기를 팔라는 것이오?"

"그렇소. 당신에게 무기를 사서 우리는 일본군과 청군을 물리칠 것이오."

"당신의 태도는 좋소. 내가 무기를 당신에게 판다면 나는 결국 나의 나라를 배신하는 것이 될 것이오."

"당신은 밀수를 하고 있소. 나라의 배신을 염려할 만큼 정의로운 자라면 밀수를 하지 않을 것이오."

내가 나서면서 이노우에에게 말했다.

나의 말을 듣고 털보는 그대로 통역하기 어려운지 나에게 물었다.

"형님, 지금 이 사람의 비위를 맞춰야 할 입장에 그렇게 말하면 어떡합니까?"

"그대로 통역하시오."

털보는 그대로 통역하는 듯했다. 옮기면서 달라질 수도 있고, 정확히 전달하고 있는지 알 수 없었으나 왜선의 선장 이노우에의 표정이 굳어지는 것이 그대로 전달한 것으로 보였다. 그는 억양을 높여 대꾸했는데, 화를 내었지만 두드러지게 표시하지 않았다.

"나는 일본의 무사이며 일본 사람이오. 나를 해적으로 볼지 모르나 나는 일본 정계에 어느 정도 영향력을 가지고 있소. 당신은 세계의 흐름이 어떻게 바뀌고 있는지, 일본이 조선을 어떻게 생각하고 있는지 전혀 모르고 있소. 일본은 지금 정한론과 반대론이 대립되어 있소. 반대자 역시 정한론을 궁극적으로 반대하자는 것이 아니고, 그 시기를 기다리자는 것이오. 정한론자들이 군부라는 데 문제가 있소. 반대하는 것도 국제 정치상의 어려움 때문이지 조선을 포기하자는 것이 아니오. 이토와 가와가미의 대립은 심각하오."

"가와가미가 누굽니까?"

"국방성의 참모 차장이지만 군의 수뇌와 마찬가지며 육군 중장이오."

"나는 일본의 군대 직제를 모르겠군. 어쨌든 일본의 정계 동향은 알고 싶지 않소. 군부에서 조선을 공격하려는 것은 말하지 않아도 알 수 있소. 문제는 선장이 우리에게 무기를 팔 수 있느냐는 것이오."

털보가 이노우에에게 전했다. 그는 잠깐 생각하더니 나를 쳐다보며 물었다.

"군대가 무장을 하려면 무기는 상당히 많이 필요할 텐데 얼마나 갖기를 원합니까?"

"소총 1만 점과 그에 필요한 탄약."

털보로부터 말을 듣더니 그가 웃었다. 나는 그의 웃음이 기분이 나빠서 그를 쏘아보았다. 그는 정색하더니 말했고, 털보가 통역했다.

"소총 1만 점이면 구할 수도 없을뿐더러 전혀 가망 없는 짓입니다. 만약에 정부를 전복한 후 새로운 정부를 세운 후 우리 일본의 입지를 세워 준다면 당신들에게 무기를 공급하는 일을 일본 정부에 건의하여 할 수도 있습니다. 그렇게 되면 당신들이 주장하는 부패의 일소나 탐관오리의 척결, 바람직한 개혁은 가능할 것이오. 그러나 당신들이 주장하는 일본을 척결하는 일은 할 수 없을 것이오."

"동학군이 일본의 무기를 쓰는 대신 일본의 입지를 세우라고? 그것은 이율배반적인 말이오? 불가능하오. 당신의 정부를 끼지 않고 무기를 얼마만큼 팔 수 있겠소?"

"소총 1백 정"

"1천 정을 요구합니다."

"불가능하오."

"꼭 1천 정이 필요합니다."

"안 됩니다. 1백 정 이상 팔 수 없습니다. 그 이상 요구하면 불가능하니 우린 이만 돌아가겠습니다. 다른 것은 모르겠으나 무기만은 한계가 있습니다."

"1백 정의 소총도 필요합니다. 그 대가로 쌀을 주겠는데 소총 1정에 어느 정도를 원하오."

"소총 1정에 쌀 열 섬을 요구합니다."

"그렇다면 1천 섬의 쌀인데, 그 대가가 너무 크군. 지금 우리에게는 1천 섬의 쌀도 없소. 총 한 자루에 쌀 한 섬으로 합시다."

털보가 그 말을 전하자 이노우에가 화를 내며 자리에서 일어섰다. 나는 그에게 앉으라고 말했다. 털보가 통역하지 않아도 내가 앉으라고 한 몸짓은 알아들었는지 그는 머뭇거리더니 다시 앉았다.

"한 자루에 두 섬은 어떻소?" 하고 내가 다시 흥정했다.

"한 자루에 다섯 섬 이하는 안 돼요."

"두 섬이오."

"다섯 섬."

"서로 주장하는 선에서 반씩 양보합시다. 석 섬이면 되겠지."

"석 섬 반으로."

"석 섬 이상은 불가능하오."

이노우에가 잠깐 생각해 보더니 좋다고 했다. 총을 언제까지 가져오겠느냐고 물었더니 한 달 걸린다고 했다. 한 달이라는 시간의 경과는 너무 늦었으나 그들이 일본을 다녀오려면 그 정도의 시간을 주지 않을 수 없을 것이다. 선장은 나에게 다른 제의를 해 왔다. 털보에게 물으니 그가 기관총을 말하고 있다고 하였다. 기관총의 위력을 설명하면서 1정에 쌀 1백 섬을 내라고 했다. 나는 기관총의 위력은 체험해 보지 못하고 이야기만 들어서 실감할 수 없었다. 미국산 맥심 기관총은 분에 6백 발을 쏠 수 있다고 한다. 이 가공할 무기는 듣기만 해도 몸이 떨릴 만큼 위력이 대단했다. 한 대의 맥심 기관총이 숙련된 30명의 소총 사수가 볼트액션 총을 일시에 쏘는 화력과 맞먹는다고 하였다. 돈이 얼마가 들든 그것을 가지고 싶었다. 어쨌든 1정의 기관총이 30정의 소총 이상의 위력이 있는 무기라는 것에는 동감하고 있어서 그렇게 하자고 했다. 그가 어떤 경로로 어떻게 무기를 빼오는지 호기심에서 물어보았다.

"소총 1백 정과 1정의 기관총을 가져올 수 있다고 했는데 어떻게 입수합니까?"

"당신이 알 필요는 없소."

일본 밀수선 선장과의 담판은 대충 끝난 셈이었다. 최소한 1천 정의 소총을 입수하려고 생각했던 것이 틀어졌으니 목적을 달성했다고 볼 수는 없었다. 그러나 1백 정의 총이라도 절실히 필요했기 때문에 부족한 대로 협상하였다. 한 달 뒤라면 어떻게 될지 모르는 판국이었으나 그와 한 달 뒤에 이곳에서 만나기로 했다. 나는 4백 섬의 양곡을 가져오고 그는 1백 정의 소총과 1정의 기관총을 가져올 것이다. 나는 덧붙여서, 우리는 탄약을 만들 수 없기 때문에 충분히 사용할 수 있는 탄약을 첨부해 달라고 했다. 그러자 밀수업자는 1정의 소총에 탄약을 1백 개씩 공급하겠으나 더 이상 필요하다면 사라고 했다. 선장 이노우에는 자기 말로는 무사라고 했지만 무사라기보다는 전형적인 장사꾼으로 보였다. 그는 어떻게 해서든 이득을 취하려고 유도해 내었다. 총이 아무리 많아도 탄약이 없으면 소용없다는 식으로 말하여 나를 더욱 당황하게 만들었다. 총기를 사면 딸려서 제공하는 소총의 탄약 1백 개와 기관총의 탄약 1천 개는 숫자상으로는 많아 보여도 실제 사용하면 잠깐이면 없어지는 것이었다. 나는 소총의 탄약을 5만 개, 기관총의 탄약을 2만 개 요청했다. 이노우에는 탄약 한 개당 양곡 한 되씩을 달라고 했다. 그렇게 되면 쌀 한 섬에 2백 개의 탄약을 사는 것이었다. 7만 개의 탄약을 사기 위해 3백 50섬의 양곡을 내놓을 수는 없었다. 전체 탄약을 5만 개로 줄이고 양곡도 줄여서 탄약 가격으로 2백 섬 내기로 했다. 전부 6백 섬의 쌀을 내기로 했다. 그가 받아들여서 나는 한 달 후에 6백 섬의 양곡을 가져와야 했다. 돈으로 환산한다면 1만 3천 냥이었다. 일본 돈 엔과 한국 돈 냥은 십분의 일의 환율이라서 1천 3백 엔의 돈이 필요했다. 쌀 6백 섬을 싣고 오려면 마차 60대가 필요했다. 무기가 아무리 비싸다고 하지만 많은 출혈이었다. 그러한 협상이 전봉준의 허락을 얻게 될지 의문이었고, 다른 접주들이 반대할 것이 예상되기도 했다. 일본인 선장하고 협상이 끝난 후 술상이 나와 술을 마시게 되었다. 밖에서 대기하고 있는 이노우에의 부하들에게도 술상이 차려졌다. 나는 이노우에와 함께 술을 마시기는 했지만 무기 구입에 따른 과중한 양곡의 지출이 마음에 걸려 즐겁지 않았다. 각 고을에 있는 소총은 구형이지만 이노우에 부하들이 들고 있는 것은 볼트액션 신형 총이었다. 그것을 1백 정 소유하면 강한 화력이 될 것은 틀림없었으나 6백 섬의 쌀이 눈앞에 어른거렸다. 각 고을에서 빼앗고, 토호들에게서 약탈하면 양곡을 마련할 수는 있겠지만 지출이 크다는 생각이었다. 좀 더 깎아서 흥정하지 못한 것이 후회되었으나 이제 지나간 일이어서 어쩔 수 없었다. 나는 피로하다는 핑계를 대고 술자리를 일어나 밖으로 나왔다.

"대장, 흥정은 잘 되었나요."

작은 문을 나서려고 할 때 뜰의 나무 밑에서 동학군 청년 양일순이 강민호에게 물었다.

"글쎄, 접주들이 쌀을 내놓을지 모르겠네. 안 내놓으면 내가 돈을 마련해서 내 부대 동학군을 무장시킬 거야."

"털보에게, 아니, 실례했소. 강 공에게 그만한 돈이 있소?"

내가 묻자 그는 히죽 웃고는 말했다.

"나는 없지만 제 처가 있습니다. 그리고 절 털보라고 불러도 좋습니다. 뭐, 강 공이니 옥반 공이니 하는 격식을 차리지 마십시오. 그냥 털보라고 부르세요."

문뜩 십 년 전에 강민호의 처와 나누었던 대화가 떠올랐다. 그녀에게 집문서를 돌려주면서 생활비에 쓰라고 1천 냥 어음을 주자, 그것을 도로 내놓으면서 자기에게는 남편이 주고 간 어음이 있다고 했다. 그 돈으로 사업을 해서 일으킨 것으로 보였다.

"그때 얼마나 주었기에 그 돈을 불려서 거부가 되었다는 것이요?"

"제 아내의 부친 한 참판에게서 받은 돈 전부를 주고 떠났습니다. 십만 냥 정도 되었습니다. 처음에는 전답을 사서 곡식을 경작해서 늘렸다고 합니다. 한성 진고개(충무로) 땅을 샀는데, 그곳에 일본인 상인 거류민이 들어서면서 땅값이 서른 배 늘어났다고 합니다. 나중에 백 배로 늘어날 때 처분해서 무역 사업에 손을 대어 거부가 되었다고 합니다만."

"공은 부자 부인을 두었군요."

"부인? 전에도 말했지만, 오래간만에 만나더니 이젠 남편 자격이 없다고 하면서 나보고 오라버니가 되라고 합디다."

"부인인지 동생인지 그건 내가 알바 아니니 당신들이 해결하도록 하고…… 부인이 동학군 군자금으로 내놓을까요?"

"걱정마십시오. 한지희는 애국자입니다."

"아, 그렇습니까? 참 다행이군요."

"나는 지금 건달입니다. 내가 있는 자리는 남원 대접주인데, 그것도 그냥 편의상 가진 감투이고."

그렇게 말하며 털보는 킥킥 웃었다. 동학교도로 들어갔지만 신앙심은 전혀 없는 듯했다.

3

동학군이 전주성으로 향하다가 군산항에 내려 전주성으로 앞질러 가는 관군에 대한 정보를 듣고 고부로 돌아갔다. 고부에서 출발해 고창의 관가를 점령하고 동학군이 무장(고창)에 침입했을 때 나는 안성포를 떠나 털보와 다른 12명의 동학군과 함께 말을 타고 달렸다. 무장은 손화중의 지역이어서 그가 주도하며 관리와 토호들을 처벌했는데, 그곳에서는 백산에서 맹약한 '살인하지 않고, 파괴하지 않는다'라는 것이 지켜지지 않았다. 무장에 이르렀을 때 동학군의 수는 1만 명 이상 불어났고, 그 기세는 하늘을 찌를 듯이 솟구쳐 있었다. 무장의 군수와 가족은 이미 도주하여 없었고, 남아 있던 이방과 형방 등 관속들은 모두 체포되어 심한 고문을 받다가 처형되었다. 그들의 목이 관가의 입구에 매달려 있었는데, 무장 일대 토호의 집이 불타고 양반들이 끌려 나와 죽었다. 어느 양반은 온몸이 죽창에 찔려 죽기도 했다. 그에게 원한이 있는 사람이 시체에 죽창을 찔러 한을 풀었기 때문에 피가 나오지 않는 시체에 무수한 창상이 있었다. 발가벗겨진 몸에 형체를 알아볼 수 없는 창상을 보고 나는 얼굴을 돌렸다.

내가 관가에 도착했을 때 접주들은 안성포에서 일본 밀수선과 무기에 대한 협상을 한 결과에 주목하며 모여들었다. 나는 전봉준을 비롯한 접주들이 있는 자리에서 그동안 안성포에서 있었던 일을 말했다. 일본선 선장 이노우에와 나누었던 대화를 그대로 전하고, 볼트액션 최신형 소총 1백 정과 기관총 1정, 탄약 5만 발을 사며, 쌀을 6백 섬 요구한다고 했다. 그러자 접주들이 놀라는 기색이었다. 전봉준은 눈을 감으며 생각에 잠기고, 손화중은 얼굴을 찌푸리며 나에게 소리쳤다.

"당신, 정신이 있는 거야, 없는 거야?" 그는 나에게 삿대질을 하며 분노한 목소리로 말을 이었다. "양곡 6백 섬이 아이 이름인 줄 아시오? 뭐가 그렇게 비싸요? 총 한 자루 값이 대관절 얼마요?""

"십 년 전만 해도 볼트액션 최신 총기 한 자루에 황소 한 마리 값이었습니다. 이제 많이 깎여 총 한 자루에 쌀 넉 섬입니다. 그것도 많이 깎은 것입니다. 그들이 무기 거래를 하지 않으려고 하는 것을 억지로 교섭한 것입니다."

"소총 1백 정을 구하면서 그렇게 많은 양곡을 내줄 수는 없소. 소총은 무장의 관가에서 50정이 나왔소. 각 고을의 무기고를 털면 무기는 어느 정도 충당할 수 있소."

손화중이 잘라 말하자 다른 접주들은 아무 말이 없었다. 전봉준마저 아무 말이 없는 것으로 보아 무기를 사는 양곡의 대가가 많은 것을 느끼고 있음을 감지할 수 있었다. 나에게 전권을 맡기고 일을 성사하도록 하고는 아무 말이 없자 나는 낭패감을 느꼈다. 그러나 가만히 있을 수가 없어 나는 설명을 하였다.

"소총 1백 정이라고 하지만 볼트액션 신식총으로 성능이 좋습니다. 총에 딸려 나오는 소총 탄약 1만 발과 기관총 탄약 5만 발의 총탄은 우수한 화력이 될 것입니다. 1백 명의 정예부대를 만들어 특공대로 육성하면 죽창을 들고 있는 1만 명의 부대보다 더 우수한 병력이 될 것입니다."

1만 명의 병력보다 낫다는 말은 좀 과장된 말이었으나, 그에 준하는 위력을 줄 것으로 믿었다.

"당신의 말을 어떻게 믿어야 할지 모르지만, 우리가 흘린 땀으로 지은 곡식을 왜놈에게 내줄 수는 없소. 왜놈 물러가라고 외치는 우리가 왜놈에게 곡식을 내주고 무기를 샀다면 그게 말이 되는 것이오?"

손화중 접주가 명분을 내세워 말하자 아무도 반대를 못하고 침묵했다. 나는 시선을 돌려 전봉준을 쳐다보았다. 전봉준은 나와 시선이 부딪치자 잠깐 눈을 돌렸다가 말했다.

"무기 구입은 운강 공에게 일임했고, 누구보다도 잘 알고 있는 입장이니 그대로 합시다. 쌀은 이곳 무장의 관가 창고에서도 어느 정도 나왔으니 그렇게 모으면 되겠지요."

"무장에서 나온 1백 섬의 양곡은 우리 군사를 먹이는 데 써야 하오. 보다시피 우리 군은 1만 명으로 불어나 마을이 온통 군사로 들끓고 있소. 이들의 군량미를 무엇으로 충당할 생각이오? 확보되는 양곡을 비싸게 사는 무기 값으로 지불하면 우리는 무엇으로 먹고 싸웁니까?"

제4장 민심(民心)이 천심(天心)

"물론 이해합니다. 그러나 우리가 대표로 보낸 운강 공이 약속을 하고 돌아온 것을 번복할 수는 없잖습니까?"

"우리라고 하지만 나는 이방인을 안성포로 보내지 않았소. 보낸 것은 전봉준 접주이니 당신이 알아서 하시오."

"손화중 접주, 그게 무슨 말씀이오?"

강민호가 듣기 싫었는지 대들었다.

"총포를 구입하니 뭐니 나는 관심이 없소. 나는 여기서부터 나의 교도를 나누어 데리고 가겠소."하고 김개남이 말했다. "그리고 1만 명이라는 군사가 한꺼번에 움직이는 데는 시간이 걸리고, 서안의 각 고을을 점령하는 데는 그렇게 많은 군사가 필요한 것도 아니오. 몇 백 명이면 한 고을의 관가는 점령할 수 있소. 그러니 몇 천 명을 데리고 각자 움직여도 충분히 전라도의 각 관가를 석권할 수 있소."

손화중은 나를 이방인이라고 했다. 그것은 내가 동학교도가 아니라는 말과 같았다. 나는 교도도 아니면서 동학군사도 아니었다. 고문 자격으로 도와주고 있지만, 그것도 남원 접주 강민호가 부탁해서 받아들인 것이다. 김개남은 전봉준과 손화중이 대원군과 짜고 일을 벌이고 있다고 싫어해서 군사를 합동으로 운영하지 않고 따로 부대를 움직이고 있는데, 이 회의 이후 더욱 틀어졌다.

"그것은 김 장군의 말씀이 옳습니다. 전라도 각 고을을 석권하는 데 1만 명의 군사가 움직일 필요가 없고, 나누어 점령하는 것이 빠릅니다. 서로 연락을 취하며 나누어 공략합시다. 그리고 전라도 각 고을을 석권한 후 시간을 정하여 전주성을 공격할 때 합치면 됩니다."

손화중은 분산하자는 데 동의했다. 무기를 구입하는 문제에 대한 결론을 내리지도 않고 접주들은 분열할 기미를 보였다. 분열이라기보다 나누어 고을을 치자는 의견이었다. 전봉준이 접주들을 돌아보며 말했다.

"내 생각으로는 나눈다기보다 이곳이나 고부에 총사령부를 두고 각 고을로 군사를 파견하여 치는 것이 더 좋을 것입니다. 접주들은 각자 해당 교도들을 이끌고 떠나면 횡적인 유대를 기대하기 어렵습니다. 더구나 전주성에 들어간 관군이 그대로 성을 지키고 있을 리가 없습니다. 물론 우리가 그들을 끌어내기 위해 서안을 돌리고 하지만, 신식 무기로 무장한 경군(京軍)이 내려와 공격할 경우 세력이 분산되어 있다가 이기리라는 보장도 없습니다. 군사란 모름지기 뭉치면 힘이 커지고 분산되면 힘이 약해지는 것으로 알고 있습니다."

"당신은 병법을 운운하며 모든 것을 거기에 맞춘다는 식이지만, 전쟁이란 공식만을 가지고 하는 것이 아니오. 뭉쳐 있지만 지휘부의 의견이 맞지 않을 경우는 더욱 힘이 약화되는 것이오."

"손 장군님의 말씀은 맞습니다. 뭉쳐 있어도 지휘부가 다른 견해를 가지고 있으면 그 군대는 힘이 약해집니다. 그래서 총사령관이 필요한데 왜 그것을 못 만드십니까?"

"만든다면 우리 접주 중에 김개남 장군이 가장 선배이니 김 장군이 해야 되지만 많은 교도들이 봉기를 시작한 전봉준 장군을 따르고 있으니 그렇게 할 수도 없고, 그렇다고 선후배의 위계질서를 무너뜨리고 전 장군을 내세울 수도 없소."

형식이 그렇게 중요한 것이 아니라는 생각이 들었지만 동학도들의 입장에서는 그렇지 않았다. 결국 총사령관을 추대할 수 없는 동학군의 조직적인 모순으로 접주들이 각자 교도들을 이끌고 분산해서 싸워야 하는 위기를 맞이한 것이다. 그러나 전라도 접주들은 수십 명 되었으나, 군사를 이끌 만한 집단은 대여섯에 불과했고, 특히 김개남과 손화중, 김덕명, 최경연, 강민호에 불과했다. 전봉준의 무리를 비롯하여 다섯 집단에 딸린 교도들이 합류하여 있었다. 무기 구입에 대한 논의는 피하고 접주들은 전라도의 고을을 나누어 공격하는 일을 의논하였다. 영광, 함평, 고성, 남원, 나주, 회정 등지를 나누어 일시에 공격해서 무기고의 무기를 빼앗아 동학군을 무장시키고, 관가의 곡식 창고를 털어 군량미를 확보하기로 했다. 그리고 적절한 시기를 정하여 모든 동학군들이 진격하여 전주성을 빼앗고, 합류된 세력으로 충청감영 공주성을 점령한 후 한양으로 진격한다는 전략이 세워졌다. 그러한 전략을 세우면서 우리의 적으로 경군(京軍)을 생각했지, 청군이나 일본군을 고려하지 못했다. 전략이 세워지자 접주들은 방을 나갔는데 나는 안성포의 무기 구입에 대한 결론을 내려 주기를 바랐지만 분위기는 내가 다시 제기하기조차 어려웠다. 나는 전봉준과 함께 방을 나와 뜰을 걸으며 안성포에서 무기 구입하는 일을 물었다.

"한 달 후라고 했어요?"

"그렇습니다."

"6백 섬의 양곡을 주고 가져올 만한 가치가 있다고 생각합니까?"

"물론 그만한 가치가 있다고 생각했기 때문에 거래를 추진한 것입니다."

"다른 접주들은 모두 반대하는 눈치요. 결국 우리가 독자적으로 구입할 수밖에 없을 것 같습니다. 마련해 보겠소."

"장군, 이와 같은 현상이 분열을 의미하는 것이 아닌지 모르겠습니다. 지금은 힘을 합쳐도 힘든데 접주들이 분열하면 곤란합니다."

"분열이라고 생각하지 않소. 나는 보은에 계시는 최시형 교조에게 포고문과 함께 궐기해 줄 것을 호소하는 편지를 보냈소. 오만섭 교도가 갔으니 곧 소식을 가지고 올 것이오. 교조의 집에는 각 도에서 온 대표 접주들이 있으니 나의 호소를 의논할 것으로 보입니다."

"최 교조는 무력 봉기를 반대하지 않았습니까?"

"반대했지만 우리가 이미 봉기하고 나섰는데 찬동하리라 믿습니다. 전국에서 교도들이 무장 봉기하면 그 누구도 막지는 못할 것입니다."

그는 하오의 햇빛을 받으며 고개를 들어 하늘을 올려다보았다. 그의 유일한 희망은 교조 최시형이 무장봉기를 찬동하며 전국의 동학교도들이 떨치고 일어서는 일이었다. 다른 지역의 교도들이 전라도처럼 떨치고 일어설지는 의문이었지만 팔도에서 호응을 한다면 양상은 달라질 것이다. 관가의 담장 옆에 서 있는 감나무에서 감꽃이 떨어져 내렸다. 우리는 그 밑을 지나 동학군들이 야영하는 관가의 뒤쪽 개울 건너 야산으로 향했다.

4

 다섯 명의 접주들이 동학군을 나누자 김개남의 동학군이 3천여 명으로 가장 많고, 다음이 손화중이 거느리는 2천5백 명의 동학군이었다. 전봉준이 거느리는 동학군은 2천 명이었고, 강민호가 이끄는 동학군은 천여 명이었다. 전봉준과 강민호는 부대를 나누지 않고 함께 움직였다. 두 부대는 동학군을 이끌고 내장산을 지나 영광의 관가를 점령한 다음 장성에 머물었다. 장성에 머물 때는 동학군이 불어나 4천여 명이 되었다. 관가를 점령할 때마다 무기를 확보하기는 했지만 대부분 무기가 사용하지 않아 녹이 쓸거나 충분한 탄약이 없어 제대로 기능을 발휘하지 못했다. 그러나 여러 마을을 공략하면서 죽창이나 농기구로 무장한 동학군의 상당수가 창과 칼을 비롯한 총기 등으로 무력을 갖추게 되었다. 총기를 지급하는 사람은 선별을 하였고, 충분히 가르쳐 주었지만 사용한 경험이 없어 총기 사고를 내기도 하였다. 영내에서 총성이 울리면 거의 총기 사고를 일으킨 것이었다. 더러는 사람이 부상하기도 했고, 죽는 경우도 있었다. 나는 그때마다 현장으로 달려가서 사고의 원인을 규명하였다. 그날도 강민호 접주와 저녁 식사를 마치고 쉬고 있는데 동학군 진지에서 총성이 울렸다. 관가를 기습하거나 토호들의 집을 공격할 때 더러 총을 쏘기도 했지만 아무런 전투가 없을 때의 총성은 사고에 해당했다. 전투가 없을 때는 총기를 거두어 무기고에 넣었지만 경비용으로 약간의 총기가 사용되고 있었다. 집 모퉁이에서 허름한 농군 차림의 청년 한 명이 피를 흘리며 쓰러져 있었고, 사람들이 몰려와 둘러서서 지켜보았다. 쓰러진 청년의 머리가 파열되어 있었고, 그곳에서는 계속 피가 흘러나왔다. 그의 머리 옆에는 소총이 떨어져 있었다. 그와 동행하고 있었던 다른 동학군이 긴장된 표정으로 나에게 말했다.

"순찰하고 있는데 홍길이가 나에게 총을 한번 만져보자고 했습니다."

홍길이란 사고로 죽은 청년의 이름으로 보였다. 나는 홍길이라는 청년의 몸을 옆으로 뒤집어 살펴보았다. 총탄은 그의 왼쪽 눈으로 들어가 머리를 관통했다.

"총구멍을 들여다보면서 뭐라고 하더니 총소리가 들렸습죠."

"총구를 들여다보며 방아쇠를 건드린 모양인데 이런 어리석은 짓을 하다니. 당신은 어디 소속인가?"

"갑군의 25열 민진호입니다."

편의상 편제를 해 놓았는데 그는 정예부대에 속하는 갑군의 병력이었다. 강민호가 나서면서 소리쳤다.

"총을 다룰 줄 모르는 사람에게 총을 주다니. 당신에게서 총기를 압수하겠다. 갑군 25열 조장에게 말해 놓을 테니 돌아가 있어. 시체는 치우고 당신 열 대장에게 보고해."

민진호라는 사내가 매우 난처한 표정을 짓고 서 있었다. 총기 사고 현장에서 총기를 압수하여 본부로 돌아오자 전봉준이 동헌에 나와 있었다. 그는 전주성 쪽으로 탐색을 나간 동학군이 돌아와 보고하는 것을 듣고 있었다. 강민호와 내가 갔을 때는 보고가 끝나 세 명의 사내들이 물러가고 있었다. 전봉준은 나를 손짓하여 가까이 오라고 했다. 나는 대청마루로 올라가 다른 참모들과 함께 그의 가까이 앉았다.

"방금 보고가 들어왔습니다. 우리의 작전대로 경군(京軍, 한성에서 보낸 중앙군 병력)이 전주성에서 나와 이쪽으로 오고 있습니다. 지금 내장산에서 야영을 하고 있다고 하오."

나는 아무 말 없이 그의 말을 듣고 있었다. 그는 나의 의견을 듣고 싶어 했으나 자신이 어떻게 해야 된다는 것을 마음속에 결정하고 있는 듯해 나는 입을 다물었다.

"내일 한낮이면 관군이 우리와 부딪칠 것이오. 함평에 있는 손화중 부대에 연락하여 오도록 하고, 남원으로 연락하여 김개남 부대를 합류시키려고 합니다."

"사람을 보냈습니까?"

"어제 보냈소. 관군이 이리 오고 있다는 것은 알고 있었으니까." 하고 그는 다른 참모와 내가 보는 데서 설명을 했다. "경군의 수는 많지 않소. 다만 신식 소총과 대포가 있다고 하니 그 화력이 강할 뿐이오.

들리는 말로는 경군의 반이 그동안 도망갔다고 합니다. 결국 사오백 명에 불과할 것이오."

"그러나 모두 신식 무기로 무장을 하고 있고, 대포가 있어 우리의 사오천 명과 맞먹습니다."

나의 말에 그는 고개를 끄덕이며 말했다.

"그것은 나도 알고 있소. 우리는 내일 황룡촌으로 옮겨 진지를 구축할 것입니다. 황룡촌은 그 지형으로 봐서 적이 쏘는 총탄과 포탄을 피하기 좋은 위치입니다. 언덕으로 둘러 싸여 있고 바위가 많은 개울이 가로지르고 있어요. 적이 공격하면 우리는 재빨리 숨을 수 있고 반격을 가할 수 있는 곳입니다. 우리는 적이 선제공격을 하도록 할 것입니다. 이 황룡촌의 외곽에는 손화중의 부대와 김개남의 부대를 매복시켜 공격하는 경군의 후미를 칠 것입니다. 결국 지난번에 고부의 황토현 전투와 같은 양상이기는 하지만, 바위가 많은 개울을 끼는 것은 경군의 포격에 대응하자는 것입니다. 그들을 격파하고 우리는 즉시 전주성으로 갑니다. 전주성은 비어 있을 것입니다. 관군의 원군이 오기 전에 전주성을 차지해야 합니다."

"김개남 부대가 우리 지시를 따를까요? 부대를 분리해서 하겠다고 했는데."

강민호가 걱정스런 표정으로 말했다. 강민호는 일본 육군사관학교를 다녔다는 말이 실감될 정도로 전법에 대해 잘 알고 있었다. 잘 알면서도 나에게 자문을 구하는 것은 나를 참여시키기 위해 신경쓰는 것으로 보였다. 나는 강민호의 참모장인지 고문인지 알 수 없는 직책을 가지고 있었다. 날이 어두워지자 대청에 등불을 밝혔다. 불빛에 비친 전봉준의 얼굴에서 유난히 빛나는 것은 두 눈이었다. 불빛에 반사된 눈이 마치 불덩이처럼 보였다. 그는 감정을 억누르고 있었지만 항상 눈에 살기를 띠고 있었다. 감정을 억누름으로써 그의 눈에 발산되는 광채는 더욱 살기를 띠었다.

김개남은 순창과 담양 일대의 관가를 석권하고 있다가 관군이 장성으로 온다는 전갈을 받고 왔다. 손화중이 함평과 무안을 점령하였다가 장성으로 왔는데 집결한 동학군의 군사는 2만 명에 이르렀다. 관가에서 무기고를 열고 무기를 꺼냈지만 그 수가 한정이 되어 대부분 농부들은 죽창을 지니고 있었고 더러는 농사를 짓다가 나온 사람처럼 괭이를 들고 있는 사람도 많이 눈에 띄었다. 낫에다가 긴 막대기를 묶어 그것을 메고 다니는 사람도 있었다. 소규모 집단을 이룬 다른 접주들에게는 연락을 하지 않아 모이지 않았다. 2만 명의 동학군은 한 마을을 가득 메우고 있었고, 그와 같은 부대를 대하면 경군이 공격하지 않고 수비하는 태세를 취할 것으로 보여 다시 분산하였다. 전봉준과 강민호의 부대가 황룡촌에 진지를 만들어 머물고 김개남과 손화중의 부대는 매복을 하였다. 견고한 전주성에서 경군을 끌어내는 데 성공한 동학군은 황토현 전투 이후 두 번째 큰 싸움을 눈앞에 두었다. 동학군들은 주문을 외우며 경군의 총탄에서 비켜나기를 기도했다.

황룡촌에서 대열을 정비하고 점심 취사 준비를 하고 있을 때 잠복하고 있던 동학군들이 와서 경군이 다가오고 있다고 전했다. 나는 말을 달려 산으로 올라갔다. 골짜기에 자욱한 먼지를 일으키며 경군의 대열이 오고 있었다. 주력의 수백 보 앞에는 첨병으로 보이는 기마병이 여러 명 천천히 말을 몰고 있었고, 그 뒤에 주력 부대가 왔는데 그 수는 많지 않았으나 마차에 실려 있는 대포의 포신이 햇빛을 받아 번쩍거렸다. 대포는 5문 정도였는데, 눈에 번쩍 띈 것은 기관포 한 대였다. 그 기관포는 미국산 맥심 기관포는 아니었다. 일본 자체에서 생산한 구식 기관포였다. 그 기관포는 1분에 백 발 정도밖에 쏘지 못하고, 중간에 걸려서 중지하는 경우가 많았다. 그리고 너무 많이 쏘면 열이 나서 총구가 휘거나 파열되었다. 없는 것보다 낫겠지만, 맥심처럼 위력을 발휘하지는 못했다.

    경군 군사의 수는 눈짐작으로 5백 명을 넘지 못했다. 2만 명의 동학군과 대적하면 40대 1의 비율이었지만 지니고 있는 화력의 차이로 해서 싸워 봐야 결과를 알 수 있었다. 나는 관군들이 메고 있는 소총을 보면서 이 전투에서 승리하여 그들의 소총을 확보할 수 있다면 커다란 전과가 되리라는 생각을 했다. 그렇게 되면 조정에서는 경군을 내려보낸 것이 동학군에게 무기를 주어 무장시키는 결과를 낸 것이나 다름없었다. 나는 산을 급히 내려가 전봉준과 강민호 부대가 있는 진지 황룡촌으로 갔다. 황룡촌에서는 동학군들이 점심 취사를 하고 있었다. 10여 리 밖에 경군이 다가오고 있는데 취사를 하고 있어서 나는 당황한 어조로 물었다.

"강 공, 지금 경군은 10여 리 밖에 접근해 왔습니다. 우리가 이곳에 있는 것을 알고 있을 것입니다."

강민호는 히죽 웃으며 대답했다.

"형님, 그래도 우리 군사가 먹어야 싸울 것이 아닙니까? 취사가 거의 끝날 때쯤에 공격해 오겠지요."

그러나 이해가 안 돼 그를 멍하니 쳐다보자 그는 나에게 설명했다.

"나는 최근에야 병법의 필요성을 알고 손자의 병서와 오자의 병서, 강태공의 육도를 읽고 있습니다. 전에는 멀리했던 것들이지만 군사를 이끌면서 필요성을 알았습니다. 적에게 취사하는 모습을 보여 주는 것은 적이 안심하고 기습하도록 한 것입니다. 손자병법에 나오는 허허실실 전투지요. 그렇지 않고 적이 마주 보고 진지를 구축하면 우리가 공격을 해야 하는데 그렇게 되면 희생이 더 클 것입니다."

"언제 그렇게 병법을 읽었소? 그 작전은 전 장군도 알고 있소?"

"전 장군은…… 모릅니다. 설명을 해줘도 잘 모를 것 같아 말하지 않았습니다."

서당에서 아이들에게 훈장 노릇을 한 전봉준을 강민호는 무시하고 있는 듯했다. 훈장으로 일하던 사람이 갑자기 군사를 이끌려고 하니 잘 모를 것이라는 짐작이었다. 그러나 내가 보기에는 그도 나름대로 병법을 어느 정도 알고 있었다. 나에게 진법을 의논하는 것을 보니 나름대로 공부한 것이다. 물론, 무관이면 누구나 알 수 있는 것이지만. 서당 훈장치고는 세밀한 부분까지 터득하고 있었다.

취사가 거의 끝날 무렵 개울을 건너서 포성이 울렸다. 멀리서 떨어져 대포를 쏘았기 때문에 동학군은 총이며 활을 전혀 사용할 수 없었다. 포탄이 떨어졌지만 군사들의 위에 떨어진 것이 아니고, 개울이나 바위에 떨어지는 것이 많았다. 거리가 멀어서인지 동학군의 진영까지 날아오지 않았다. 그러나 어느 포탄은 동학군이 취사하고 있는 바로 위에 떨어져 여러 명이 비명을 지르며 쓰러졌다. 화약 냄새가 매캐하게 퍼졌고 땅을 울리는 진동이 일어났다. 동학군들은 취사하던 것을 멈추고 일제히 함성을 지르며 포를 쏘고 있는 개울 건너 언덕 쪽으로 달려갔다. 취사를 하는 모습에서 갑자기 전투 대형으로 바뀌면서 수천의 군사들이 몰려오자 경군들은 멈칫하였다. 그러나 달려가는 동학군을 향해 포를 쏘았기 때문에 사상자가 늘어났다. 기관포 소리가 울리면서 동학군들이 무더기로 쓰러지는 것이었다. 개울에 몸을 박으며 쓰러지는 동학군들의 모습을 보면서 나는 구식 기관총도 기관총이라는 사실을 깨달았다. 기관총의 공격이 있을 때는 무조건 바위에 몸을 의지하고 숨어야 한다. 그것을 모르는 동학군들이 겁도 없이 달려들자 무수한 사상자가 발생했다. 나는 황급히 강민호에게 군사를 후퇴시키라고 했다. 경군이 있는 언덕으로 다가가며 동학군들이 무수히 쓰러지는 것을 그도 보고 있었다. 무리를 지어 달려갔기 때문에 포탄이나 기관포의 사격에 많은 사상자를 내었다. 그러나 매복해 있던 전봉준과 손화중의 동학군이 측면을 공격하자 포대의 방향이 분산되면서 경군 대열이 흐트러지기 시작했다. 동학군들은 사방에서 함성을 지르며 언덕을 올라갔다. 일부 경군들이 포대를 싣고 도주하는 모습이 보였다. 경군들은 소총으로 사격을 하면서 골짜기 아래로 빠져 나갔다. 더러는 산으로 달아나는 모습도 보였다. 우리가 경군의 진지로 갔을 때는 두 개의 포대와 1정의 기관포를 남겨 두고 달아났다. 상당수의 소총도 획득했다. 경군의 시체도 언덕에 즐비하게 쓰러져 있었다. 승리했다고 생각한 동학군들이 만세를 외치며 환호했다.

경군들이 사용하다가 죽은 후 총기를 버리기도 했지만 철수하는 경군들이 거두어 가고 총기가 없는 시체도 많았다. 화약 냄새와 피비린내 속에서 경군을 격퇴한 동학군들은 만세를 외치며 그들의 대장을 둘러싸는 것이다. 나는 그들이 너무 경망하게 기분에 좌우되는 듯해 걱정이었다. 그들은 강민호와 전봉준, 손화중 이름을 부르며 소리쳤다. 장군 만세 소리가 황룡촌의 골짜기를 가득 메웠다.

경군이 서쪽으로 빠져 퇴각했지만 군사의 반을 잃었다. 사상자의 수는 동학군에서 더 많았으나 경군은 병력의 수가 훨씬 적었기 때문에 타격은 더욱 컸다. 경군은 2백여 명이 죽고 50여 명이 부상을 입었다. 부상자의 대부분이 총상이기 때문에 살 가망이 희박했다. 부대에서 이탈해 도주한 경군을 1백여 명으로 보고 있었다. 그렇다면 경군은 150여 명의 군사를 이끌고 퇴각한 것이 되었다. 손화중은 서쪽 길로 퇴각한 경군을 추격하여 섬멸하자고 했지만, 전봉준은 처음의 계획대로 전주성으로 진입하자고 했다. 여기서 두 사람은 또다시 의견이 대립되어 주장을 폈다. 화약 냄새와 피비린내, 그리고 부상자가 지르는 비명 속에서 전봉준과 손화중은 목소리를 높이며 말했다.

"무기를 구하기 위해 양곡을 왜놈에게 주는 것은 반대합니다." 손화중은 내가 들으라는 것인지 갑자기 무기 구매를 반대였다. "도주한 경군의 손에는 아직 대포가 3문이나 있고, 소총도 많습니다. 경군들은 죽은 자들이 버린 소총도 거두어 갔지만, 우리가 따라가서 섬멸하면 그 총을 우리가 다 차지할 거요."

"경군이 150여 명이라고 하지만 3대의 대포가 있고 신식 소총이 수두룩합니다. 뒤따르는 것은 위험해요."

퇴각하는 적의 뒤를 따라가 공격하자는 의견과 비어 있는 전주성으로 들어가자는 의견이 대립하여 한동안 옥신각신했다. 그러자 결국 손화중은 퇴각하는 관군을 추적하는 것으로 결정했고, 전봉준과 강민호 부대는 전주성으로 입성하려고 했다. 부대가 갈라지려고 하자 나는 당황해서 손화중과 전봉준에게 말했다.

"여기서 분리되면 안 됩니다. 무기가 충분하지 못한 우리에게 군사의 수가 많은 것이 유일한 세력인데 분산하면 약화됩니다. 전주성이 비어 있을 것으로 보지만 반드시 그렇다는 보장도 없습니다. 만약 전주성에 군사가 있다면 우리는 치열한 전투를 해야 합니다."

"전주성을 점령하는 것이 중요한 것은 아니오."

"중요합니다. 전주성을 점령하는 일은 상징적인 의미를 줍니다. 그것은 한양을 점령하는 다음으로 전세에 유리하며 많은 교도들의 사기에 영향을 미칩니다."

"나는 달아난 경군을 그대로 놔둘 수 없소."

손화중이 양보를 하지 않고 주장을 펴자 잠자코 듣고 있던 강민호가 나섰다.

"내 의견은 전봉준 장군과 같습니다. 전주성을 점령하는 일은 의미가 큽니다. 우리가 경군을 밖으로 불러낸 것도 결국 전주성을 점령하기 위한 전략이듯이 이대로 전주성으로 진군하는 것이 옳다고 생각합니다. 패전한 경군을 쫓기 위해 시간을 소모할 수 없습니다."

"그럼 두 분이 전주성으로 가시오."

손화중은 굽히지 않고 버티었다. 주위에 서 있는 참모들의 시선이 날카로워졌다.

"우리는 여기서 분산되어서는 안 됩니다." 하고 나는 다시 말했다.

"당신이 나에게 명령하는 것이오?" 하고 손화중이 나에게 말했다. "나는 당신의 명령을 받으며 피를 흘리고 싶지 않소."

"손 장군." 하고 강민호가 말했다. "고문에게 그 무슨 무례한 소리요."

"무례하다니? 고문이면 당신 고문이지 나에게 무슨 상관이요."

손화중은 말을 듣지 않고 북쪽으로 향했다. 조금 전에 싸우다가 퇴각한 관군 쪽으로 진군했던 것이다. 어쩔 수 없이 전봉준 부대와 강민호 부대는 전주성으로 방향을 돌려 남쪽으로 진군했다. 저녁 무렵에 전주성에 다가왔을 때 김개남 부대 병력을 비롯한 다른 동학군 부대들과 마주쳤다. 일부는 이미 성안으로 들어가 있었고, 성문에는 동학기가 펄럭였다. 동학기가 따로 있는 것은 아니지만, 척왜양창의(尺倭洋倡義)라는 붉은 글씨가 새겨진 깃발이 펄럭였다. 깃발에는 동학을 상징하는 최시형의 커다란 인장이 찍혀 있었다. 그것을 보자 교도들은 만세를 외쳤다. 너무 기분에 젖으면서 흥분했고, 감정을 감추지 못하고 들떠버리는 것이다. 그것을 보면서 나는 걱정이 앞섰다.

5

아침 햇살을 받으며 말을 탄 관군의 포교 한 사람이 막대기에 흰 기를 들고 북문으로 다가왔다. 흰 기는 항복을 뜻하거나, 전투 의사가 없다는 것을 뜻했기 때문에 동학군들은 눈을 빛내며 다가오는 관군을 주시했다. 북문 가까이 온 관군은 고개를 들고 성곽 위를 올려다보았다. 말이 콧김을 내뿜으며 울음을 울었다.

"나는 관군의 사절이오. 당신들의 대장을 만나 전할 말이 있소."

관군은 큰 소리로 말했다. 성 위에 있던 수비장 유동한이 대꾸했다.

"전할 말이 무엇인지 나에게 하시오."

"직접 하겠소, 전봉준 장군을 만나게 해주시오."

"항복하겠다는 것이오?"

"협상의 뜻을 전하는 것이오. 우리의 초토사 어른과 당신의 장군과 이야기를 나누자는 것이오."

"몸을 수색하여 무기를 지녔는가 확인하고 장군님을 만나게 해 줍시다."

내가 유동한에게 말했다. 나는 홀로 바람을 쏘일 겸 전주성 성곽을 산책하고 있던 중에 북문 성곽을 지나고 있었다. 지나가고 있는데 수비장 유동한이 나에게 궐련 담배 한 개피를 권해서 그것을 받아 피워 물고 그와 환담을 하고 있던 중이었다. 내 말에 유동한이 잠깐 생각해 보더니 고개를 끄덕였다. 그리고 성문을 열라고 지시하여 관군의 포교를 들어오도록 했다. 동학 경비병은 성 아래로 내려가 포교를 맞이했다. 그는 말에서 내려 허리를 굽혀 인사를 했다.

"나는 이학승 대장 밑에 있는 김정우라고 합니다."

"여기서 잠깐 기다리시오." 하고 유동한은 밑의 동학군을 시켜 관가에 있는 전봉준에게 관군의 사절이 왔다고 전하라고 하고, 다른 군사에게 관군의 몸을 수색하라고 했다. 포교 김정우의 몸에는 무기가 없었고, 품에서 두루마리 서한이 나왔다. 김정우가 말했다.

"그 서한은 우리의 초토사 어른께서 전봉준 장군께 전하는 친서입니다."

"기다리시오. 장군님께서 만나기를 원하면 우리와 함께 갑시다."

관가로 갔던 동학군이 달려와서 데리고 오란다고 전했다. 동학군들은 포교 김정우를 데리고 북문에서 조금 떨어져 있는 관가로 향했다. 관가로 가는 동안 성안에 있는 동학군의 병영 앞을 지나게 되었는데, 동학군들이 나와 지켜보았다. 더러는 손짓을 하며 욕설을 퍼붓기도 하였다. 과격한 동학군이 달려들어 포교를 위해할 가능성이 있어 유동한은 부하들에게 그를 호위하라고 했다. 그래서 10여 명의 군사가 걷고 있는 포교를 에워싸고 갔다. 감사가 쓰던 감영의 정문에는 오만년수운대의(五萬年受運大義)라는 글이 쓰여 있는 동학기가 펄럭였다. 깃발뿐만이 아니라 벽에는 하얀 천에 척양척왜 보국안민(斥洋斥倭 保國安民)이라는 글씨가 쓰여 있었는데, 포교는 문을 들어서며 그곳으로 눈길을 돌렸다.

동헌으로 가자 전봉준이 기다리고 있었다. 포교는 허리를 굽혀 절을 하고 품에 있는 두루마리 서한을 꺼내어 전봉준에게 주었다. 전봉준은 두루마리 종이를 풀고 들여다보았다. 글은 별로 길지 않고 짧은 듯 곧 시선을 돌려 전봉준이 포교에게 물었다.

"관군의 초토사 홍계훈이 나와 만나 말하려는 용건이 불분명하오."

"장군님, 용건은 만나서 상의하는 것이 아니겠습니까?"

"전주성 안에 경기전을 비롯한 왕조의 유적이 있어 파괴시킬 수 없어 공격을 못 한다는 것은 거짓이 아니고 무엇이오. 이미 수십 발의 포탄을 쏘아 여기저기서 화재가 일어났거늘."

"협상이란 만나야 되는 것이옵니다. 만나기를 원한다면 오늘 정오에 북문 밖에 있는 다가천의 팔각정이 좋다고 하며 양쪽에서는 수행군사를 다섯 명씩만 데리고 나오되, 필히 대표로는 전봉준 장군님이어야 한다는 것입니다. 다른 대표는 아니 된다고 하였습니다."

"우리가 누구든지 대표를 선정해서 보내면 되는 것이지, 나 이외는 아니 된다는 것은 무엇이오. 어쨌든 좋소. 당신네 초토사 홍계훈에게 가서 협상에 응하겠다고 하시오."

"장군님의 높은 뜻을 받들어 전하겠습니다."

포교는 허리를 굽혀 보이고 물러섰다. 유동한이 동학군들에게 포교를 호위하여 성밖으로 내보내라고 했다. 포교가 물러가자 참모들이 전봉준의 주위에 둘러섰다. 전봉준이 일동을 둘러보며 침통한 목소리로 말했다.

"우리가 전주성을 차지한 지도 여러 날이 지나갔소. 이 상태에서 전주성을 지키며 계속 머물 수도 없는 일이고, 우리도 무엇인가 결단을 내려야 할 계제에 관군들이 타협하고 들어오는 것 같소."

"장군님" 하고 김상기가 말했다. "그들이 우리에게 타협할 이유가 있습니까?"

"그건 두 가지로 보고 있소. 이 성에서 격전을 벌이면 선조의 성지가 파괴될 것이고, 그렇게 되면 관군이 승리한다고 하여도 초토사는 면책이 어렵게 될 것이오. 다른 한 가지는 청군과 일본군의 개입이오. 우리도 그 점을 고려하지 않을 수 없는 것이오."

"장군님" 하고 임해수가 말했다. "우리가 목적한 바를 달성하지도 못했는데 관군과 협상하는 것은 시기상조가 아닐는지요."

"우리가 목적하는 것은 조정을 전복하는 데 있는 것이 아니지 않소."

"조정을 혁신하지 않고 우리가 주장하는 개혁이 가능할까요. 장군님?"

 강민호가 물었다. 전봉준은 전체적으로 보지 않고 국부적인 것만을 보고 있었다. 강민호는 관가에 오랫동안 있었기 때문에 관리들의 타성을 잘 알고 있었다. 중앙 정부에서 확고한 지침이 없는 한 지방 관리는 임시변통에 급급하다는 것을 알고 있었다.

 "지금으로서는 우리도 어쩔 수 없는 일이오. 초토사를 만나 우리의 조건을 펼 내용을 정리해 보도록 합시다."

 참모들은 전봉준과 함께 큰방으로 들어갔다. 그리고 초토사에게 내놓을 요구 조건을 논의하였다. 그것은 전봉준이 오래전부터 마음에 간직하고 있는 것이 있었기 때문에 별로 어려움 없이 스물일곱 개의 조건을 기술하였다. 그날 정오 전봉준을 비롯한 참모들은 다가천의 팔각정 정자로 나갔다. 이미 관군 측에서 나와 기다리고 있었다. 전봉준이 요청해서 나와 강민호가 전봉준의 수행원으로 따라갔다. 나는 사양하고 피했으나, 전봉준은 강민호와 나와 같이 관가에서 벼슬을 한 사람이 현장에 있으면서 상대방 벼슬아치의 진의를 파악해 달라는 것이었다. 그냥 협상하면 되지 무슨 진의를 파악하느냐고 반문하고 싶었으나, 강민호가 나서면서 수행하겠다고 하자 나는 입을 다물고 강민호와 함께 전봉준의 협상 회의에 참석했다.

 팔각정에 나와 기다리고 있는 사람은 초토사 홍계훈, 새로 부임한 전라 감사 김화진, 관군의 지휘를 맡은 대장 이학승, 그리고 호위 군사 세 명이었다. 세 명의 호위 군사는 소총을 지니고 있었고, 이학승은 권총을 차고 있었다. 호위 군사와 대장 이학승은 뒤로 물러서 있었고, 초토사와 신임 감사가 동학군 쪽으로 나서며 부드러운 미소를 지었다. 그들이 미소를 지으며 반기는 태도가 아주 어색했다. 홍계훈은 자주 신경질적으로 얼굴 근육을 꿈틀거렸다. 두 관리의 태도는 초조한 기색을 감추지 못하고 있었다.

정자의 마루에 김개남과 전봉준이 나란히 앉고 그 앞에 초토사와 신임 감사가 앉았다. 나와 강민호를 비롯한 다른 참모들은 뒤에 서서 지켜보았다. 마루에 앉아 네 사람은 통성명을 하였다. 인사가 끝나자 먼저 홍계훈이 입을 열었다.

"어떠한 이유로든 이와 같은 소란은 외국 군대를 불러들이는 결과를 초래하고 있소. 어제 아산만에 청국 군사 5천 명이 상륙했다는 보고를 받았소. 청국 군사뿐만이 아니라 일본군도 거류민 보호를 명분으로 출병하겠다는 것을 우리 조정에 통보해 왔소. 당신들의 반란이 청군과 일본군의 출병을 유도하고 있다는 것을 알아야 하오."

"청군을 끌어들인 것은 우리가 아니고 조정입니다. 청군을 불러들였기 때문에 일본군도 출병하는 것입니다. 원인이 우리에게 있는 것이 아니라, 부패한 조정의 관리에게 있습니다."

"이제 원인을 따질 것이 아니라 수습을 의논합시다." 하고 홍계훈이 말했다. "계속 소요가 있으면 청군이 전주성으로 진군할 것입니다. 즉시 군사를 해산하시오. 해산하고 전주성을 양도하면 그간의 폭도들이 저지른 행위는 불문에 붙이겠소."

"우리가 봉기한 것은 정당한 이유가 있습니다. 지금 초토사께서 결정하는 일이 중앙 조정의 뜻이며, 나의 조건을 수락하는 내용을 조정에서 받아들일 수 있는지 묻고 싶습니다."

"나는 조정으로부터 빨리 수습하라는 명령을 받고 의논하는 것이니 조건을 말해 보시오."

"여기 27개 조의 요구 조건이 있습니다. 이를 모두 수락한다면 성을 내주고 우리 군사를 해산하겠습니다."

"폭도들을 해산하겠다면 어떤 조건이든 수락하겠소."

"우리 도인들을 폭도라고 하지 말아 주십시오. 우리는 폭도가 아닙니다. 우리는 농민들로서 탐관오리들의 폭정에 견디다 못해 의거한 것입니다."

"어쨌든, 명분이 어떻든 나라의 기강을 어지럽히고 사람을 죽이고 집을 불사르고 파괴했으니 폭도는 폭도요."

"그렇다면 당신들은 폭도와 협상하려는 것이오?"

"아아, 쓸데없는 논쟁은 말고 본건에 들어갑시다." 하고 듣고 있던 감사 김화진이 말했다. "나라에서 들어줄 수 있는 것이 있고, 안 되는 것이 있을진대 조건을 먼저 들어봅시다."

홍계훈과 김화진은 전봉준이 준 두루마리를 들고 읽어보았다. 읽으면서 홍계훈의 얼굴이 일그러졌다. 김화진의 표정도 언짢은 기색이었다. 그들이 받아들이기 어려운 문구가 있음을 알 수 있었다. 홍계훈이 전봉준과 김개남을 향해 말했다.

"27개 조의 요구 조건을 보니 수긍이 가는 것도 있지만 도저히 들어주기 어려운 것도 있소. 그리고 불필요한 것도 더러 섞여 있소."

"조정에서 보면 불필요할지 모르나 우리 백성에게는 단 하나도 불필요한 것이 없습니다. 무엇이 불필요하고, 무엇이 들어줄 수 없는지 말씀해 주십시오."

감사와 초토사는 서로의 얼굴을 마주보았다. 그들은 동학군의 비위를 상하지 않게 하려고 신경 쓰는 것으로 보였다. 홍계훈이 말했다.

"노비 문서를 소각하라는 것은 그동안의 세습으로 보아 어렵겠소. 이미 8년 전에 노비 세습제도를 없앴으니 그것으로 만족할 수 있잖소. 청상과부의 개가를 허락하라는 것은 불필요한 것으로 보이오."

"그것은 백성들의 일입니다. 조정 대신은 노비가 아니니까 모를 것입니다. 세습제도를 없앴다고 하지만, 지금 수많은 노비들이 천대를 받으며 살고 있습니다. 세습 타파뿐만이 아니라, 노비 제도 자체를 없애야 합니다. 대신들은 청상과부의 입장이 되지 않아 모를 것입니다. 과부의 설움을. 우리의 주장 가운데 단 하나도 어긋나는 것은 없습니다. 모두 백성의 한 맺힌 요구입니다. 백성들의 요구, 즉 백성들의 마음은 민심이라고 할 수 있고, 그 민심(民心)은 곧 천심(天心)입니다."

"민심이 어떻다든지 하는 것은 이해하는데, 탐관오리의 죄목을 가려 처벌한다거나 횡폭한 부호배, 불량한 유림과 양반을 징습하는 등속은 당연히 해야 할 일로 보이오. 그러나 나라의 정책을 바꿔야 할 부분들은 우리가 인정한다고 해결되는 것이 아니고, 또한 나라에서 정책을 세웠다고 하여 그것이 하루아침에 시정되는 것은 아니오. 이 나라에는 유림의 수가 많고, 그동안의 관습도 무시할 수 없기 때문이오. 그렇지만, 내가 알기로는 노비 제도 타파는 이번 개혁에서 채택하려고 하니 두고 봅시다."

"초토사 어른, 우리가 무엇 때문에 봉기한 것입니까? 단순히 해결할 수 있는 일이라면 이렇게 생명을 바쳐 나라의 법을 뒤엎겠습니까? 개혁이란 그와 같은 옛 관습을 쇄신하는 데 있습니다. 그 조건을 모두 들어주셔야 합니다."

"정세로 보아 우리가 시간을 끌 수 없지만 동학군에서 요구하는 조건을 조정에 보내어 재가를 얻도록 할 테니 이삼일 뒤에 다시 만나서 이야기하도록 합시다. 그동안에 여하한 형태든 전투를 금지할 것이며, 지금 당신들을 진압한다는 핑계로 외국 군대가 들어오니 이 점 협조해 주기 바라오."

"우리 역시 어떤 핑계든 외국군이 이 땅에 발을 들여놓는 것을 원치 않습니다. 우리의 봉기는 외국의 간섭을 배척하는 데 있습니다."

첫 만남에서 결론을 내리지는 못했지만 비교적 호의적인 분위기였다. 관군은 어떠한 양보라도 할 입장이었다. 노비 제도를 폐지하고, 청상과부가 시집을 가고, 반상의 제도를 없애며, 신분과 무관하게 관리를 채용한다는 문제는 커다란 개혁이었다. 그것이 쉽게 지켜지리라고 생각하지도 않았지만, 일단 그것을 받아들이겠다는 태도로 나왔기 때문에 관군의 입장이 궁지에 몰린 것을 알았다. 그렇다고 해서 궁지에 몰린 그들을 역용할 수는 없었다. 나라 내부의 일이라면 양보할 수 없었으나, 청군과 일본군이 개입하였고, 뒤이어 러시아군이나 그 밖의 외국군이 들어와 조선이 외국군의 진지가 된다면 문제는 달라지는 것이었다. 전봉준도 그 점에 있어서는 조정과 생각을 같이하고 있었다.

전봉준과 홍계훈이 세 번째 만나면서 서로의 주장이 타결되어 동학군은 전주성에서 자진 철수하기로 했다. 서로의 주장이라고 했지만 관군 쪽에서는 성을 물러나 비워 주는 것이 전부였고, 동학군 쪽의 주장은 많았다. 스물일곱 개의 조건을 내세웠고, 부수적으로 동학교도의 신분을 보장해 주어 절대 검거나 억압을 하지 않는다는 점이 강조되었다. 스물일곱 가지 조건은 사실 한양을 점거한다면 전봉준이 발표하려고 생각했던 개혁안이기도 했다. 그것이 지켜질지 모른다는 참모들의 이의가 있었지만 현시점은 청군을 본국으로 돌려보낼 구실을 주어야 했기 때문에 일단 철수하기로 했다. 철수는 동학군들을 해산시켜 집으로 돌려보내는 방법을 택했다. 그러나 집이 없고, 돌아갈 곳이 없는 동학군은 계속 전봉준이나 각 지역 접주 휘하에 남아도 좋도록 했다. 확보해 두었던 군량미는 집으로 돌아가는 동학군들에게 노자 명목으로 두 말씩 나누어 주었다. 모두 쌀을 둘러메고 집으로 향했는데, 대부분의 거처가 전라도 지방이었기 때문에 그렇게 멀지 않았다. 하루에서 사흘 안에 집으로 돌아갈 거리였다. 전주성을 비우고 동학군이 철수한다는 말을 들은 병석에 누운 손화중이 화를 내었다.

그는 손상익을 비롯한 참모들의 부축을 받고 관가에 머물고 있는 전봉준에게 왔다. 그때 나는 전봉준, 털보 강민호와 점심 식사를 마치고 뒷일을 의논하고 있던 중이었다. 동헌으로 들어선 손화중은 얼굴을 벌겋게 붉히며 전봉준에게 삿대질하였다.

"당신을 대장으로 인정했더니 겨우 하는 짓이 관가 놈들의 농간에 넘어가 싸우지도 않고 철수한다는 것이오?"

"손 접주, 고정하시고 이리 올라와 들어 보시오."

전봉준이 침착하게 말하며 대청으로 올라올 것을 권했다. 손화중은 그대로 뜰 아래에 서서 거칠게 뱉었다.

"나도 27개 조건을 읽어보았소. 그것이 지켜질 것으로 보아 타협하는 것이오? 그러한 안건은 조정의 대신이나 왕하고 결정해야지 지방에 내려온 초토사나 감사 정도로는 효과가 없다는 것을 당신은 모르오?"

"그건 나도 알고 있소. 그러나 우리는 청군과 일본군의 개입을 막는 데는 협조해 주어야 하오. 만약 청군과 일본군이 우리와 싸운다면 승패를 불문하고 우리의 사상자는 엄청나게 많을 것이오. 우리가 물러가는 것은 패배가 아닌 전술적인 의미도 있소."

"그렇다면 당신은 승리라고 생각하시오?"

"승리라고도 생각하지 않지요. 그러나 승리 쪽에 가깝지요."

"말도 안 되는 소리. 승리면 승리고 패배면 패배지, 가깝다는 것이 무엇이오."

"이미 결정 내려 우리는 철수 준비를 하고 있으니 손 접주도 휘하의 군사를 이끌고 고향으로 돌아가 기다려 주시오."

"당신이 이미 결정하여 그렇게 했다니 나로서도 어쩔 수 없겠군. 그러나 이 이후로는 당신의 명령을 받지 않겠소. 우리는 독자적으로 투쟁하겠으니 그리 아시오."

손화중은 마지막으로 뱉고 돌아섰다. 몇 발자국 걷다가 부상 때문인지 주저앉았다. 그의 참모들이 옆으로 가서 부축하자 그는 손을 뿌리치고 일어나 밖으로 절룩거리며 나갔다. 문을 나서며 다시 쓰러졌고, 일어나지 못했다. 부하들이 부축하여 데리고 나갔다. 전봉준의 시야에서 멀어지자 손화중은 부하들의 부축을 뿌리치지 않았다. 손화중이 나가고 나서 전봉준이 한숨 섞인 어조로 참모들에게 말했다.

"우리가 힘을 모아도 어려울 텐데, 저렇게 분열되면 안 되는데."

"장군님, 분열을 획책하는 손 접주는 차라리 같이 행동하는 것이 방해가 됩니다. 떨어져 독자적으로 해보겠다는 것이 잘 되었는지도 모릅니다."

김상기의 말에 전봉준이 억양에 힘을 주며 말했다.

"그렇게 생각하지 마시오. 바로 그러한 분열 때문에 우리 민족이 힘을 강하게 키우지 못하는 것이오. 모두 나가 해산하는 도인들을 격려하고 남을 사람을 점검하시오. 집으로 돌아갈 사람은 오늘 중에 먼저 떠나고, 나를 따를 사람은 내일 아침에 성을 떠날 것이오."

"이미 떠난 교도가 반은 넘습니다. 쌀을 나누어 주는 데 시간이 걸려서 지체되고 있을 뿐입니다."

 김상기가 말하며 히죽 웃었다. 군량미를 넣어 둔 여러 곳의 창고 앞에는 쌀 배급을 타려고 동학교도들이 줄을 서 있었다. 쌀을 넣을 포대가 모자라서 제각기 만들어야 했기 때문에 어느 동학교도는 겉옷을 찢어 포대를 만들기도 했다. 쌀을 메고 가다가 포대가 터져 땅에 쌀을 쏟은 사람들이 쭈그리고 앉아 그것을 퍼 담는 모습도 보였다.

 나도 떠날 준비를 하고 있었다. 문경 집으로 가는 게 아니고 무기를 사기 위해 안성포로 가야 했다. 동학군 진영에서는 쌀이라든지 돈을 마련하지 못해 결국 강민호가 개인 재산으로 무기를 모두 사기로 했다. 그 무기는 그의 휘하에 있는 동학군이 가져갈 것이다. 그러나 이제 동학군이 해체되는 입장에서 그 무기가 필요할지 모르겠다. 그때 강민호가 헐레벌떡 달려오더니 나에게 말했다.

 "부안 안성포에서 이노우에(밀수선 선장)를 만나기로 한 것이 나흘 후인데 말입니다. 그래서 내가 한지희에게 말해서 배동익 어음까지 준비하였는데 말입니다."

 "무슨 일인데 왜 그렇게 당황하시오?"

 "이노우에가 일본군 헌병 부대에 체포되었다는 정보가 들어왔습니다."

 "밀수선이 발각되었다는 뜻이요?"

 "이노우에라는 인물도 그렇고, 그 밀수선도 일본 정부에서조차 다 알고 있는 인물입니다."

"그런데 갑자기 체포라니 무슨 수작이요? 이번에 조선에 새로 부임하는 일본 공사 이름이 이노우에 가오루라고 하던데, 혹시 그 사람과 인척이 되는 사람이요?"

"일본 내무상을 지낸 이노우에 말씀이죠? 아무 관련이 없이 성이 같을 뿐인데, 아마도 먼 친척 정도 되겠지요. 그렇지만 이노우에 선장은 가끔 자기는 내무상과 인척이 된다고 말합니다. 그건 그렇고 갑자기 왜 그를 체포했는지 우리가 모르는 뭐가 있는 듯한데."

"그 정보가 확실한가요? 일단은 약속 날짜에 가보기는 합시다. 혹시 잘못된 정보면 우리가 약속을 어기는 것이 아니겠소."

"갔다가 우리도 일본 헌병에게 체포되는 것이 아닌지?"

"일본 헌병이라면 일본군이 벌써 조선에 들어왔다는 뜻이요?"

"네, 제물포에 1만 명의 군대가 들어왔다고 합니다."

"뭐라고? 1만 명"

나는 깜짝 놀랐다. 1개 사단 병력을 조선에 들여보낸 일이 한 번도 없는 대규모 병력이다. 그렇게 많은 군사를 보낼 때는 다른 이유가 있을 듯했다. 단순히 동학군을 토벌하기에는 지나치게 많은 군사였다. 우리가 모르는 무엇인가 심상치 않은 일이 벌어지고 있는 것을 예감했으나 우리가 할 수 있는 일은 아무 것도 없었다.

6

 전라도의 각 군에 집강소를 설치하는 일이 곧 이루어졌고, 전봉준은 남원에 가 있는 접주 김개남과 부안의 손화중, 김덕명, 최경연에게 연락하여 집강소에 있을 동학도를 배치했다. 집강소가 설치되자 군수들은 못마땅했으나 감사의 명령이었고, 감사 김화진은 한양의 조정에 보고하여 집강소 설치를 재가받았기 때문에 지방 관리 아무도 거부하지 못했다. 오히려 동학도들의 눈치를 보며 적극적으로 협조하였다. 그로 인해서 행정 경험 없이 집강소 직책을 맡은 동학도 일부는 오류를 범하였다. 군수가 해야 할 일을 대신 처리하는 일이 발생했고, 집강소의 동학도들이 군수와 아전들 위에 군림하게 되었다. 그 부작용은 심각한 양상이 되었다. 그러나 집강소가 농민들의 편에 서 있었기 때문에 백성으로부터는 지지받았다. 백성들은 민원 할 일이 있으면 관가에 송사하지 않고 집강소를 찾아와 탄원하는 사태가 벌어졌고, 집강소의 동학도들은 군수의 허락도 없이 처리했다. 결국 고을의 관리는 허수아비처럼 실권이 없는 이름뿐인 관리였으며, 그것도 조용히 있어야 자리를 차지하고 있을 수 있었다. 동학도들이 하는 일을 간섭하려고 하면 쫓겨났다. 이와 같은 혼돈은 시간이 지날수록 심해서 폐정 개혁이라는 기본 정신과는 무관하게 약탈과 보복이 성행하였다. 전봉준은 잠시도 쉬지 않고 순찰을 돌았으나 넓은 호남 지역을 모두 살필 수는 없었다. 그래서 참모들을 각처로 나누어 보내 부작용을 살피도록 했다.

전봉준은 나에게 함평, 영광 쪽으로 내려가 집강소의 기강을 살피고 와 달라고 하였지만 나는 거절했다. 내가 동학교도도 아닌데 집강소를 시찰하는 것은 불필요한 짓이라고 생각했다. 그러자 전봉준은 강민호를 대신 내려보냈다. 곧 안성포로 가서 무기를 사와야 해서 나는 강민호와 행동을 같이 할 수밖에 없어 어쩔 수 없이 집강소를 둘러보게 되었다. 강민호는 동학교도 중에 보부상 하는 친구를 통해 이미 마차 2대를 준비해 놓았다. 무기를 사면 가져오려고 하는 것이다.

우리는 장성에 들렸다가 영광으로 갔는데, 그곳은 접주 김덕명의 관할로서 손화중의 관할 못지않게 동학도들의 부작용이 극심하다는 소문이 난 곳이었다. 장성에서는 모든 토호들이 내쫓겼고, 상당수의 양반들과 유생들이 동학도에 입당하여 있었다. 강제로 입당시킨 것을 알 수 있었다. 우리가 영광 관아에 갔을 때 한 무리의 양반들이 감옥에 갇혀 있었고, 일부는 동헌으로 끌려 나와 재판을 받으며 형틀에 묶여 있었다. 양반들의 체벌은 곤장을 때려 마을에서 추방하는 일 이외에 후손의 씨를 말린다는 이유로 거세를 하였다. 집강소에서 동헌을 차지하고 서기와 성찰, 그리고 집사 세 사람이 주축이 되어 10여 명의 동학도들과 함께 뜰에 있는 노인 한 명을 재판하고 있었다. 영광 군수는 기생들과 함께 강으로 나가 뱃놀이를 한다고 하였다. 관리는 나가 놀라고 하고 동학도에서 죄수를 다루고 있었다. 끌려나온 노인은 하얀 수염이 길게 늘어진 입을 우물거리며 동학도들을 쏘아보며 연신 호령을 하였다.

"고얀 쌍놈들, 너희들이 누구이기에 감히 나를 이렇게 하느냐?"

"저 노인은 무슨 죄로 잡혀 왔소?" 하고 나는 동학도 한 사람에게 물었다.

"우리를 욕했소. 양반이라는 것을 끝까지 내세우며 우리를 능멸했던 것인데, 끝까지 버티기 때문에 노인이지만 어쩔 수 없소."

대부분 양반들은 동학도가 하는 일에 침묵하였으나 극소수의 사람들이 욕설을 퍼부으며 반대했다. 그 사람들을 체포하여 고문하는 것으로 보였다. 나는 잡혀 온 사람이 노인이었기 때문에 그에게 형벌을 내릴 수는 없다는 생각이 들어 집강소의 서기에게 놓아 주면 어떠냐고 의견을 말했다.

"당신, 전봉준 장군이 보내서 왔단 말이지? 우리는 김덕명 장군의 산하에 있는 동학군이오. 간섭하지 마시오."

"접주가 누구이든 전봉준 장군은 총사령관이오. 지나친 고문이나 학살은 삼가라는 명령이니 따르시오."

서기는 옆에 있는 강민호를 돌아보며 피식 웃었다. 그들은 나의 말을 들을 생각을 하지 않았다. 자기 계통의 접주가 아니면 말을 듣지 않는 것이 동학군이 직면한 하나의 문제점이기도 했다.

"우리 보고 학살을 한다고 하는데 대관절 우리가 누구를 학살하고 있단 말이오? 농민을 괴롭히고 노략질을 한 양반 족속들을 다스리는 일이 학살이란 말이오?"

"저 노인이 우리에게 욕설을 했다고 저렇게 형틀에 묶어 매질할 수는 없지 않소? 양반이 으스대는 반상의 폐단은 오랜 세월 내려온 폐단이오. 그것이 하루아침에 없어지리라고 보는 것은 잘못이오."

"당신은 우리 일에 간섭하지 마시오."

"김덕명 장군은 어디에 있소?"

"함평으로 가 있소."

나는 결국 서기나 성찰 등 집강소의 사람들에게는 설득력이 없고, 접주들을 만나 전봉준의 뜻을 전하는 수밖에 없음을 깨달았다. 나의 만류를 무시한 서기는 노인을 더욱 가혹하게 다루었다. 내가 보는 앞에서 그 노인의 성기를 절단했던 것이다. 그 노인은 나이가 많았기 때문에 양반의 씨를 퍼뜨린다는 일과 무관했음에도 불구하고 거세했다. 날이 어두워 와서 우리는 그곳에서 하루를 묵었다. 강민호와 나는 저녁 식사를 마치고 강에 나가 뱃놀이를 하고 돌아온 영광 군수 이진영을 만났다.

이진영은 환갑이 된 노인으로 최근에 새로 부임해 왔다. 몸이 바싹 말랐으나 남달리 기생들을 좋아하고 있다는 소문이었다. 그래서 동학군이 그에게 기생과 함께 뱃놀이를 하라고 내보내면 군소리하지 않는다고 하였다.

"전봉준 장군이 보내서 온 강민호와 이강년입니다." 하고 털보가 군수에게 인사했다. 군수는 전봉준이 보냈다고 하자 긴장하는 표정이었다. 전봉준이 동학군의 우두머리라는 것은 그도 잘 알고 있었기 때문이며, 전라 감사보다 전봉준을 더 두려워하고 있는 것이 전라 각 고을의 관리들이었다.

"관가의 일을 집강소에서 모두 하고 있는데, 그렇게 맡겨 놓아도 되는 것입니까, 사또?"

강민호가 나를 힐끗 보며 싱긋 웃더니 물었다.

"누가 뭘 한다고요?"

그는 귀가 어두운지 나지막하게 말하면 알아듣지 못했다. 강민호는 했던 말을 다시 했다.

"하하하." 하고 그는 수염을 쓰다듬으며 웃더니 말했다. "모든 일을 집강소에서 대신해 주고 있어 나는 할 일이 없소."

"모든 일이란 무엇을 말함이오?"

"관가의 노비를 모두 석방하고, 고용하는 자는 돈을 주도록 했으며, 관할의 부자는 불러 양곡을 거두고, 감옥에 있는 죄수들을 내보내고 새로운 양반 죄수를 잡아와 다스리고, 관청에 소송을 하러 온 자는 나에게 오지 않고 집강소로 가서 탄원하니 내가 할 일이 없는 것은 당연한 일이오. 그래서 아예 동헌을 내주고 나는 기생들과 뱃놀이나 하고 있소."

"그것을 잘하는 일이라고 생각하십니까?"

나는 한심한 생각이 들어 그에게 물었다. 군수 이진영은 어쩔 수 없는 일이라는 표정으로 나를 쳐다보더니 히죽 웃었다. 동학군의 집강소가 대관절 무엇을 하는 곳인지 처음에 만들 때와 의미가 달라져 있었다. 관가의 사또와 협력하고, 치안을 맡아 처리하면서 접주와 연락하여 쇄신하자는 데 있었지만, 결국 사또의 권한을 침해하여 대행하고 있었다. 전봉준의 지시를 받고 강민호와 나는 몇 곳의 집강소를 돌면서 부조리한 일을 시정하기를 요구했으나, 그들은 우리의 지시를 받아들이지 않았다.

"내가 할 일은 없소." 하고 이진영은 불만에 가득 찬 어조로 말했다. "그렇다고 불만을 말하면 동학도들에게 배척을 받았소. 집강소는 군수를 파면하는 권한까지 지니고 있는 듯하오. 내쳐도 감영이나 조정에서는 아무 말 못 하고 방관만 하고 있으니 세상에 이런 권력이 어디 있소?"

"폐정 개혁을 위해 권한을 준 것입니다만 그것이 잘 쓰여져야 할 것입니다. 그 권력을 원한을 푸는 데 사용하면 아니 될 것으로 생각합니다. 사또께서는 그 점을 살펴 다스려야 합니다."

"나에게 무슨 힘이 있겠소. 나는 명분뿐인 사또요."

"그래서 기생들과 뱃놀이만 하실 것입니까?"

"그 밖에 다른 일도 하고 있소."

"무슨 일입니까?"

"강에서 낚시질이오. 형씨도 나와 함께 뱃놀이를 하든지 낚시를 갑시다. 큼직한 잉어가 많소."

나는 한심하다는 생각을 하며 그를 쳐다보았다. 그는 관기를 불러

술상을 차려 오라고 하였다. 나는 사양한다고 하며 자리에서 일어났다. 그가 붙들었지만 나는 밖으로 나왔다. 강민호는 술 생각과 관기 생각이 났든지 나오지 않고 머뭇거렸다. 내가 나오라고 손짓하자 히죽 웃으면서 나왔다.

"형님, 오래간만에 기생을 끼고 술 한잔 하려고 했는데 왜 가자는 것입니까?"

"털보까지 왜 이러오? 지금이 그럴 때요? 청군과 일본군이 물밀듯이 쏟아져 들어오고 있는데. 아무래도 나라에 무슨 변고가 생길 것 같소."

"언제는 나라가 편했나요? 항상 변고가 생겼지."

"그래도 거의 십 년간 별일이 없었잖소."

"그 십 년이 아깝소. 너무 아깝소. 고균에게 그 십 년이 있었다면 이 나라는 강국이 되었을 텐데."

그는 아직도 김옥균을 잊지 못하며 한탄했다. 우리가 관아를 나오는데 동구 쪽에서 불길이 솟구치고 있었다. 관가에서 그렇게 멀리 떨어진 곳이 아니었고 밤이었기 때문에 불길은 주위를 밝히며 관가의 마당까지 열기가 전해 오는 듯했다. 사람들이 웅성거리며 동구 쪽을 바라보았다. 관가를 나가 동구로 향했다. 마을 사람들은 집 밖으로 나와 불타는 곳을 바라보았다. 나는 불길이 일어나는 곳으로 걸어가며 길가에 나와서 바라보고 있는 사람에게 무슨 일이냐고 물었다. 두 명의 여인이 지켜 서서 바라보다가 낯선 나를 의심에 찬 시선으로 흘겨보며 대답했다.

"유진사네 집이 불타고 있당께요."

"유진사의 집이 왜 불탑니까?"

"동학군 짓이랑께."

동학군이 유진사의 집을 불질렀다는 말이었는데 그와 같은 일은 여러 번 보았다. 새삼스러울 것은 없었지만, 집강소를 세우고 나서도 보복으로 불을 지르는 일이 있어서는 안 될 것이다. 강민호와 나는 불길이 휩싸이고 있는 동구로 갔다. 그곳에는 마을 어른들과 아이들이 몰려 있었다. 저녁에 동헌에서 만난 일이 있었던 집강소의 서기와 성찰, 그리고 집사의 모습이 보였다. 그 밖에 동학군으로 보이는 10여 명의 청년들이 창과 소총을 들고 서 있었다. 나는 서기 옆으로 다가가서 물었다.

"왜 불을 질러서 태웁니까? 집을 불사르는 것은 당사자뿐만이 아니라 다른 식솔에게도 형벌을 내리는 결과입니다."

"백성을 착취하고 탄압한 양반은 식솔도 형벌을 받아야 한다고 생각하오. 그들을 불태워 죽이는 것은 아니오. 그들을 이 마을에서 쫓아내기 위해 취한 일이오. 그들은 이 고장에서 영원히 추방되어야 하오."

"유진사가 무슨 잘못을 저질렀소?"

"당신은 양반 편이오?"

"내가 누구 편이어서 묻는 것이 아니고, 나는 전봉준 장군의 지시로 이와 같은 과격한 행위를 막기 위해 나온 사람이오. 불을 지르며 이와 같은 행위가 계속된다면 군사를 보내서라도 통제할 수밖에 없소."

"군사를 보내 통제한다고? 하하하" 하고 서기는 웃으며 나를 비웃었다. 그는 웃음을 그치고 털보 강민호를 쏘아보더니 말했다. "털보 당신은 궁궐에서 선전관 관리를 지냈다고 소문이 나 있던데, 조정 관리로 있으면서 권력의 앞잡이 노릇을 했을 것이니 잘 알 거요. 아전, 그리고 양반배들이 우리 백성을 얼마나 못살게 굴었는지 잘 알 것이오. 이 집의 주인 유진사도 이 마을의 대표적인 악질 양반이오. 유진사는 거세를 하고 매질을 했더니 피를 많이 흘려 죽었소. 그러나 그 밑에 자식들이 많이 있지요. 그놈들도 같은 패라서 모두 거세를 해서 내쫓았소. 유진사의 양곡은 백성에게 나누어 주고, 패물은 집강소에서 압수했소."

"거세하다니? 그 일은 나라에서도 안 하는 형벌인데 왜 당신들이 그 짓을 하지? 유진사가 어떤 잘못을 저질렀기에 그렇게 혹독하게 다룹니까?"

"이 마을 사람들은 모두 유진사의 죄과를 알고 있어 당신 같은 그런 질문은 하지 않소. 유진사는 나이 예순이 넘었으나 마을의 농부 딸들을 탐하고, 특히 소작농의 처녀들을 탐하여 원한을 사고 있소. 행실이 좋지 못한 것뿐만이 아니라 소작의 배율도 형편없이 착취하였고, 가난한 농부들에게 돈과 양곡을 꾸어주고 그 몇 배의 고리를 받아 착복하고, 힘없는 농부들을 붙들어 매질을 하는 것이 마치 고을 원이나 된 것처럼 했소. 그래도 그동안 군수와는 내통하여 관가의 눈총을 받지도 않았고, 오히려 관가의 비호를 받았던 인물이오. 불량한 유림과 양반배를 징습하라는 폐정 개혁 조건에 따라 우리는 행하고 있는 것이오. 그런데도 당신은 군사를 보내어 우리의 짓을 막겠다고? 대관절 그 군사는 어디의 군사요? 설마 관군은 아니겠지요? 아니면 청군이나 왜군이란 말이오? 그렇지는 않겠지."

"그렇다고는 하지만 사람을 응징하지 집을 불사르는 것은 지나친 행위라고 생각하오."

털보가 불쾌한 표정을 지으며 말했다. 유진사의 집은 거의 모두 타고 있었다. 커다란 아흔아홉 칸의 기와집과 헛간이며 창고가 모두 불탔다. 인접한 곳에 다른 집이 없어 불길이 옮겨 붙지는 않았으나 불길이 거세어서 바람에 날려 숲의 나뭇가지에 불이 붙었다. 마을 사람들이 나무에 붙은 불을 껐다. 그 불길이 마을의 집에 옮겨 붙지 않게 하려고 애쓰고 있었다. 사람들은 불길 가까이서 구경하다가 바람이 불어 불길이 다가오면 재빨리 물러서곤 하였다. 유진사의 집이 타는 불길에서 뜨거운 열기가 전해 왔다. 사람들의 얼굴을 벌겋게 비췄고, 아이들은 불구경하는 것이 신이 나서 뛰어다니며 소리를 질렀다. 나는 착잡한 기분으로 불길을 바라보고 있었다. 불량한 유림을 징습하는 이 행위는 나에게는 충격을 주었으나, 마을에서 지켜보고 있는 평민들에게는 마땅한 일이 되었다. 한 가지 일을 놓고도 보는 관점에 따라 달리 보게 되는 것이었다. 나는 유학자로서 불경에 대해서 관심이 없지만 한때 법화경에 관심을 가지고 책을 독파한 일이 있었다. 법화경에 보면 일수사견(一水四見)이란 말이 나온다. 한 가지 물을 가지고도 보기에 따라 네 가지 생각이 다르다는 뜻이다. 물은 선한 사람이 보면 선하게 사용하고, 악한 사람이 보면 악하게 사용한다. 물은 짐승이 볼 때는 마시는 것에 불과하고, 물고기가 볼 때는 물이 아니라 집이다. 이 진리는 나를 감동시켰다. 내가 바라보는 이치가 내가 보는 관점이지 다른 사람이 보는 것과 다름을 인정해야 한다는 뜻이다. 한동안 반상의 골은 쉽게 무너지지 않을 것이다. 시간이 흐르면 언젠가는 없어지겠으나 과도기적인 부작용이 일어나고 있었다.

〈제2권에서 계속〉

나의 전쟁은 끝나지않았다

초판 1쇄 발행 2025년 07월 31일

지은이 정현웅
펴낸이 이규종
펴낸곳 해피&북스
인쇄소 한솔미디어
주　소 서울시 마포구 토정로 222
　　　한국출판콘텐츠센타 422-3

등　록 제2020-000033호
전　화 (02)6401-7004
팩　스 (02)323-6416
이메일 elman1985@hanmail.net

ISBN 979-11-993712-1-7
정　가 15,000

잘못된책은 바꾸어드립니다. 무단복재를 금합니다.